Beth Garrod

MEGA AWKWARD

Voll peinlich, aber gut drauf

DIE AUTORIN

Beth Garrod schreibt schon seit einer Ewigkeit für Teenager, und Erfahrung im Awkward-Sein sammelt sie schon ihr ganzes Leben. Sie hat für die BBC gearbeitet, Radio 1, Disney und seit Neuestem für MTV. Momentan lebt sie im Osten von London und träumt davon, sich einen Hund anzuschaffen. »Mega Awkward« ist ihr erster Roman.

Mehr über cbj auf Instagram unter
@hey_reader

BETH GARROD

MEGA AWKWARD

VOLL PEINLICH, ABER GUT DRAUF

Aus dem Englischen von
Catrin Frischer und Petra Koob-Pawis

cbt

Sollte diese Publikation Links auf Webseiten Dritter enthalten, so übernehmen wir für deren Inhalte keine Haftung, da wir uns diese nicht zu eigen machen, sondern lediglich auf deren Stand zum Zeitpunkt der Erstveröffentlichung verweisen.

Dieses Buch ist auch als E-Book erhältlich.

MIX
Papier aus verantwortungsvollen Quellen
FSC® C014496

Verlagsgruppe Random House FSC® N001967

1. Auflage 2019
Erstmals als cbt Taschenbuch August 2019

Die Originalausgabe erschien 2016 unter dem Titel »Super Awkward«
bei Scholastic Children's Books,
einem Imprint von Scholastic Ltd, London

Übersetzung: Catrin Frischer und Petra Koob-Pawis
Umschlaggestaltung: *zeichenpool, München
unter Verwendung des Originalumschlags von
© Scholastic Ltd
MP · Herstellung: eR
Satz & Druck: GGP Media GmbH, Pößneck
ISBN 978-3-570-31252-0
Printed in Germany

www.cbj-verlag.de

Für meine Familie, die alte und *die neue.*
Und für alle, die sich schon einmal
mega akward gefühlt haben.
Ihr rockt.

Kapitel 1

Tadá! Jetzt ist es offiziell. Mein Leben ist scheiße. Ich habe es schon immer geahnt, aber dieser Camping-Trip hat es endgültig bestätigt. Ich, Bella Fisher, befinde mich geradewegs auf der Einbahnstraße Richtung Loser-Town. Und das ist keine Straße, bei der man mal eben an der Tanke halten und ein Päckchen Haribo kaufen kann, um sich besser zu fühlen.

Ist es eigentlich normal, in meinem Alter schon eine so hohe Peinlichkeitsquote zu haben? Ich lebe seit fünfzehneinhalb Jahren auf diesem Planeten und an vier dieser Jahre kann ich mich nicht einmal erinnern (abgesehen von damals, als ich mit dreieinhalb an einer Packung Eis geleckt hab und meine Zunge dann eine Stunde lang daran festgeklebt hat, aber das zählt nicht). Schon in meinem zarten Alter habe ich auf der *Megapeinlicher-Mist*-Liste fast alles abgehakt. *In der Schule aufgetaucht, ohne zu merken, dass eine Unterhose in meiner Socke steckt …* check. *Unseren durchgeknallten Geografielehrer aus Versehen »Mum« genannt …* abgehakt. Und das sogar zweimal, obwohl er eindeutig ein Mann ist. *Einen Baseball ins Gesicht bekommen mit Bluterguss am Kinn, dass es aussah, als hätte ich einen Bart* – Volltreffer, und das ausgerechnet am Tag vor der Schulmodenschau.

Warum passiert so etwas immer *nur mir*? Und warum ständig? Ja, alle anderen dürfen sich drüber schlapplachen, aber versetz dich doch mal für eine Sekunde in meine Lage! Die Welt ist ein saugefährlicher Ort. Es würde mich nicht wundern, wenn ich eines Tages in der Kramschublade unterm Waschbecken – in die Mum alte Geburtstagskarten, halbverbrannte Räucherstäbchen und leere Batterien reinschmeißt – einen irren Vertrag finde, den sie bei meiner Geburt unterzeichnet hat:

Liebe Mrs Fisher,

mir ist durchaus bewusst, dass es sich bei einer Geburt um ein schwieriges Unterfangen handelt, aber Ihre Tochter hat es innerhalb der ersten dreißig Sekunden ihres Lebens geschafft, einen Urinstrahl abzusondern, der mich, einen hoch angesehenen Arzt, mit der Wucht eines Düsenantriebs ins Auge getroffen hat. Es tränt immer noch. Daher bleibt mir nichts anderes übrig, als folgende Regeln für das Leben ihrer Tochter aufzustellen.

Besten Dank
Ein hoch angesehener Arzt

BELLAS LEBENSREGELN

- Bella sollte einen Alarm-Geruch verströmen, den jeder auch nur halbwegs coole Junge sofort wittert, damit er ihr auf jeden Fall aus dem Weg geht. Dieser Geruch sollte das Aroma einer Furzwolke haben.
- Bellas Lachen sollte sich anhören wie das Schnauben eines Pferdes. Gelegentlich von Rülpsern und Schluckauf begleitet.
- Sobald irgendwo eine Party stattfindet, zu der wirklich ALLE kommen, müsste Bella weit weg öde Ferien mit der Familie verbringen. Besagte »Ferien« sollten vorzugsweise aus endlos langen Urlauben auf muffeligen Campingplätzen am Ende der Welt bestehen, wo ihre Mum sie mit Vorträgen über die wohltuende Wirkung von Beckenbodenübungen bombardiert.
- Bella sollte ein heimlicher Nerd werden. Aber nicht auf die coole, schicke Geek-Art, sondern eher auf die Mathe-und-Physik-Streber-Art.

- Bella sollte grundsätzlich durch Mathe und Physik rasseln.
- Und zum Schluss: Was auch immer Bella tut oder sagt, um jemanden zu beeindrucken, sie sollte immer – IMMER – das genaue Gegenteil bewirken.

Uff, genauso könnte dieser Vertrag aussehen. Memo an mich: muss dringend die Schublade durchsuchen. Sollte da was zu finden sein, hätte es allerdings auch Vorteile, weil ich dann nicht selbst an der Tragik meines Lebens schuld wäre, sondern alles auf das Schicksal und meine Mum schieben könnte. Und gegen das Schicksal ist man machtlos, sagt Mum (was sie allerdings nicht daran hindert, mit rotem Kuli die Aussagen ihres Horoskops zu korrigieren, die ihr nicht in den Kram passen).

Vielleicht wäre alles ganz anders gelaufen, wenn Mum nicht so durchgeknallt wäre. Oder wenn es kein Internet gäbe, denn Mum + Internet = die schlimmste Kombi seit Thunfisch-Eiscreme.

Letztes Jahr hat sie für ihre Abba-Fansammlung ein Pappmodell von Benny online ersteigert. Sie hat sich keine Sekunde lang gefragt, warum die Versandkosten für ein 18 Zentimeter großes Figürchen so hoch waren. Der Gedanke, es könnten 1,8 METER sein, ist ihr nicht gekommen. Wenn meine Schwester Jo und ich jetzt auf die untere Toilette gehen, sind wir auf Augenhöhe (oder besser gesagt auf Hosenhöhe, urgh) mit dem lebensgroßen Pappmodell eines bärtigen Schweden. Ab und zu holt Mum ihn aus der Toilette, um Vertreter schon an der Haustür in die Flucht zu schlagen oder potenzielle Einbrecher abzuschrecken.

Ständig schärft sie mir ein, dass ich keinen Kontakt mit Fremden aus dem Internet aufnehmen soll. Wer sich nicht an diesen Rat hält? Meine Mum! Und genau deshalb sind wir nun auf dem Weg zu dem spaßfreisten Ort unserer Galaxy, den ihr eine wildfremde Person namens *MysticBabs* in einem Forum namens *HippyAndHappy* empfohlen hat. Schrillen da nicht bei jedem die Alarmglocken? Mum zufolge ist Babs eine »spirituell erleuchtete Frau« – ich tippe eher auf einen Zwölfjährigen, der sich für besonders lustig hält. Sie (oder er, wer weiß) hat meine Mum davon überzeugt, dass der Weg zum inneren Glück nicht darin besteht, samstagabends Dermot O'Leary anzuschmachten – einen TV-Moderator mit einer Vorliebe für klatschenge Hosen und daher Schwarm aller Mütter –, sondern darin, die eigenen Chakren neu auszurichten. Eine dubiose Internetsuche später hatte Mum meine Schwester und mich ins Auto geschubst und uns dazu verdammt, den Rest der Ferien – und damit unsere letzten Tage in Freiheit – auf dem Campingplatz von Black Bay zu verbringen, wo Mum das Spaßpaket *Glücklich mit Meditation* gebucht hatte.

Es war einfach nicht zu fassen. Selbst als unser brauner Mini, der älter ist als Jo (Mum nennt ihn *Vintage*, wir ihn *den Todesengel*) aus unserer Einfahrt bog. Ich unternahm einen letzten verzweifelten Versuch.

»Mum, ich weiß, dass du dringend an deinen Chakren arbeiten musst, aber kannst du nicht ohne uns fahren? Bitteeeeeee …« Mum drehte »Dark Pipe of The Moon« (ein *Pink Floyd* Coveralbum *mit Panflöte*, echt jetzt?) auf volle Lautstärke, um zu demonstrieren, dass sie sich nicht umstimmen lassen würde.

»Was willst du denn alleine zuhause anfangen, Bells? Kannst du mir auch nur einen Grund nennen, warum ich gegen das Gesetz verstoßen und dich unbeaufsichtigt zurücklassen sollte?« Sie warf einen prüfenden Blick in den Rückspiegel, um sicherzugehen, dass ihr leuchtend pinker Lippenstift nicht verschmiert war. Anscheinend war Tod durch Langeweile in ihren Augen kein ausreichender Grund. »Winkt Benny zum Abschied, Mädchen!«

Wie zum Protest schob ich meine Hände unter den Hintern.

»Meine große Schwester kann doch auf mich aufpassen … STIMMT'S, JO?! Sie muss sich auf den Trip des Uni-Leichtathletikteams vorbereiten. Ich wette, sie hat Unmengen an Zeug zu packen. Bestimmt muss sie, ähm, Trainingshosen bügeln und ähm … ihre Turnschuhe schnüren?« Die Welt des freiwilligen Sports ist mir schon immer ein Rätsel gewesen. »STIMMT'S, JO?«

Der kunstvolle Dutt meiner Schwester wippte auf und ab, als ich mein Knie von hinten in die Rücklehne rammte, um die richtige Antwort aus ihr herauszuschubsen. Immer darf sie vorn sitzen. Kein Wunder, dass sich meine Beine noch kürzer anfühlen als sie ohnehin schon sind. Wie üblich sprang mir Jo sofort zur Seite ... HAHA, guter Witz.

»Hast du genug Platz da hinten? Vielleicht merkst du es nicht, aber du trittst mich immer wieder.« Geschwisterliche Loyalität ist für sie ein Fremdwort. »Oh, wie seltsam, jetzt haben die Tritte aufgehört. Und danke für deine Fürsorge, aber ich habe bereits gepackt. Bin schon seit Tagen fertig – du weißt doch, dass ich meinen Kram gerne frühzeitig erledige. So vergisst man nichts. Übrigens, hast du daran gedacht, deine Bücher mitzunehmen – du wolltest doch, dass ich dir bei den Hausaufgaben helfe.«

Augen. Roll. Irgendwann, vor sehr, sehr langer Zeit, ist Jo einmal so alt wie ich gewesen. Aber ich denke, Mums alternative Ersatzkakao-Torte hat sie an ihrem dreizehnten Geburtstag mit einem Schlag ins dreißigste Lebensjahr katapultiert – wo sie seither feststeckt. Dieser Urlaub würde schrecklich genug werden, da wollte ich ihn nicht auch noch zum Arbeiten nutzen. So bescheuert war ich dann auch wieder nicht.

»Danke der Nachfrage, aber ich habe schon alles erledigt. Was glaubst du denn, was ich gestern den ganzen Tag in meinem Zimmer gemacht habe?« Bella: 1 zu 0.

»Ich schätze, du hast deine Nagellackfläschchen farblich zu einem Regenbogen geordnet, stundenlang Selfies geschossen, die so aussehen sollen, als wären sie ganz spontan entstanden, und eine Collage mit Zitaten aus Anna-Kendrick-Filmen zusammengestellt.« Spiel, Satz und Sieg für Jo. Genau das hatte ich getan.

»Stalkerin«, zischte ich unter der Kopfstütze hindurch.

»Loserin«, zischte sie zurück und lehnte sich nach hinten, sodass ich ihre braunen Haare im Gesicht hatte.

»Schluss jetzt, alle beide«, schaltete sich Mum entnervt ein. »Wir haben eine vierstündige Fahrt vor uns. Black Bay ist so etwas wie das Saint-Tropez von Wales, also hört mit dem Gezicke auf. Andere wären froh, wenn sie mit euch tauschen könnten.«

Das bezweifelte ich.

»Nenn mir eine Person, Mum, nur eine.«

Sie dachte nach. »Hm … Benedict Cumberbatch ist ein großer Fan von Black Bay.«

»WIE BITTE? Sherlock macht dort Urlaub?«

»Na ja, der Angestellte seiner Lieblingsreinigung macht dort immer Ferien. Anscheinend haben die beiden einen sehr ähnlichen Geschmack, was Hosen angeht – und das gilt höchstwahrscheinlich auch für Ferienorte.«

Widerstand war zwecklos.

Sieben Stunden und drei Pinkelpausen später erreichten wir mitten in der Nacht unser Ziel. Der einzige Lichtschein kam von einem Willkommensschild, das stolz verkündete: »BLACK BAY CARAVAN PARK – PARTY LIKE IT'S 1999.« Auf den ersten Blick hatte der Park tatsächlich Ähnlichkeit mit Saint-Tropez – aber nur, wenn man sich darunter kein sonnenüberflutetes französisches Yachtparadies, sondern ein hundert Prozent britisches Schlammfeld vorstellte. Im Inneren unseres winzigen Wohnwagens gab es mehr Orange- und Brauntöne als auf einer Kostümparty, bei der sich die Gäste als fischstäbchenfressende Otter verkleidet haben. Alles war genau wie befürchtet – nur noch ein bisschen schlimmer.

Wie zum Teufel sollte ich die nächsten fünf Tage überleben? Gab es nicht irgendein Regierungsgremium gegen den massiven Missbrauch von Schulferien, an das ich mich wenden konnte? Da ich keinen Empfang hatte, konnte ich weder Nachrichten abrufen noch Hilferufe senden. Also gab ich mich Mum geschlagen und fing an, meine Sachen auszupacken.

Meine Definition von Auspacken – alle Kleider aus dem Koffer kippen, sodass man sie leicht wiederfindet, und gleichzeitig nach einem Ring wühlen, den ich offenbar zuhause vergessen hatte – brachte mir bei Mum weniger Bonuspunkte ein als Jos traditionelle Kleiderbügel-Methode. Daher – Überraschung, Überraschung! – bekam meine ordnungsfanatische, schleimerische Schwester das Sofabett, und ich musste mich mit einer Klappliege begnügen, die tagsüber als Wohnzimmertisch diente.

Als ich das Teil endlich richtig ausgeklappt hatte, schnarchte Mum mir bereits die Ohren voll.

Ich kroch unter die Decke und versuchte zu verdrängen, dass mein Kissen nach Schinken roch (der Wäscheschrank diente auch als Speisekammer). Dann stöpselte ich die Kopfhörer ein, die ich zwischen meiner Unterwäsche hergeschmuggelt hatte. Aber nicht einmal *5 Seconds of Summer* und *The 1975* konnten mich aufmuntern. Die Tatsache, dass ich in einer überdimensionalen Konservenbüchse festsaß, das Schnarchkonzert meiner Mutter ertragen musste und mein Bett nach *Eau de Piglette* duftete, war dabei noch nicht einmal das Schlimmste. Nein, etwas viel Schrecklicheres stand mir bevor. Das Schrecklichste seit Mum damals versehentlich ihre gesamte Fotogalerie auf mein Instagram-Profil hochgeladen hatte.

Den Rest der Woche in Black Bay zu verbringen, bedeutete nämlich, den kommenden Samstag zu verpassen. Das Event des Jahres. Die Party zum sechzehnten Geburtstag meiner besten Freundin. Mum kapierte nicht, was für eine Katastrophe das war. Ihrer Meinung nach reichte es völlig, dass unser Freundinnen-Trio am Tag vor meiner Abreise – Rachs eigentlichem Geburtstag – den letzten Punkt auf Rachs Bucket-List für das vergangene Lebensjahr abgehakt hatte (morgens, mittags und abends Pizza essen). Aber Samstag war der Tag der *Großen Party*. Es würde ein legendärer Abend werden: sturmfreie Bude, eine Playlist, an der wir sechs

Monate gefeilt hatten, ein ganzer Kühlschrank voller *Ben & Jerry's* – und das alles ohne mich.

Ich zog mir die Decke über den Kopf, um das Leuchten meines Displays zu verbergen, und versuchte noch einmal, Google Maps zu laden. Selbst wenn ich mich sofort zu Fuß auf den Weg machte, käme ich erst zwei Tage nach der Party zu Hause an. Und das, ohne zu schlafen oder zu essen oder Fotos im Frodo-Style zu posten, um alle an meiner abenteuerlichen Wandertour teilhaben zu lassen. Mein Schicksal war besiegelt. Die Ferienreise war offiziell zum Horrortrip geworden. Statt Berg und Tal zu durchwandern, krabbelte ich über den Teppich und den Unterwäschestapel und angelte mir eine Socke, die ich zuhause heimlich mit Karamellkeksen gefüllt hatte. Während ich mich leise durch den krümeligen Inhalt von vier Zehen mampfte, dachte ich darüber nach, wie schlimm das FOMO-Syndrom mich angesichts dieser verpassten Party wohl treffen würde.

Ich ahnte nicht, dass im selben Moment auch andere über die Party nachdachten und dass ihr perfekter Plan im Desaster meines Lebens enden würde.

Kapitel 2

Kann das Wetter einen verhöhnen? Als wären diese Ferien in der Hölle nicht schon schlimm genug, regnete es seit vier Tagen ununterbrochen. NICHT WITZIG, WOLKEN! Ihr habt meinen Bob in krause Ringellocken verwandelt, weshalb ich jetzt aussehe, als hätte ich Schamhaare auf dem Kopf.

Warum ist Black Bay nicht wie diese Ferienparks, in denen Lou (eine aus unserer Klasse, die zwei Jahre früher als alle anderen Mädchen einen Busen bekommen hat) immer den Sommer verbringt? Auf ihren Urlaubsfotos sehen diese Orte aus wie eine Real-Life-Version von *90210*. Hier in Black Bay bin ich die Jüngste, abgesehen von ein paar Kindern, und die zählen nicht, denn ich hänge garantiert nicht mit Popel essenden Rotznasen ab. Igitt! Der Höhepunkt des Tages ist das Russisch Roulette am Buffet, bei dem täglich eine Lebensmittelvergiftung droht. Zumindest habe ich es geschafft, mich vor dem Kurs im Aktzeichnen zu drücken, den Mum und Jo heute besuchen. Ich erklärte ihnen, ich müsste an meinem Kostüm für den Abend arbeiten. Das klang würdevoller als: »ERNSTHAFT? GLAUBT IHR WIRKLICH, ICH WILL EUCH BEIDE DABEI HABEN, WENN ICH DAS ERSTE MAL EINEN ECHTEN PIMMEL SEHE?«

Ich stach mit dem Messer auf die Cornflakes-Packungen ein, aus denen ich mein Kostüm zusammenbastelte, als wären die Schachteln an dem verkorksten Abend schuld. Seit ich Rachel kenne, haben wir der Party zu ihrem Sechzehnten entgegengefiebert. Also praktisch seit ihrer Geburt.

Rachel alias Rachel ist die eine Hälfte meiner besten Freundinnen, Tegan und Rachel (sie ist natürlich die Rachel-Hälfte). Drei ist eine ungerade Zahl, aber was soll's? Wir sind ein tolles Trio. Die beiden sind für mich so lebenswichtig wie das Atmen, sie bewahren mich jeden Tag davor, den Verstand zu verlieren. Ich glaube, ich weiß mehr über sie als über mich selbst. Tegan zum Beispiel ist ein echtes Genie. Vermutlich wird sie eines Tages das Land regieren. Außerdem beherrscht sie den Spagat vorwärts und seitwärts. Nicht dass sie als Premierministerin Spagat machen müsste – das macht sie nur bei Wettkämpfen mit ihrem Gymnastikteam. Auf ihren Socken stehen die Wochentage (die Schriftzüge stickt sie selbst auf, allerdings trägt sie verschiedene Tage am linken und am rechten Fuß).

Rachel ist permanent gut gelaunt und lächelt andauernd (sie sieht immer aus wie auf einem Foto mit dem Hashtag *#lifegoals*). Rachel bringt uns jeden Tag zum Lachen. Sie ist ständig mit krassen Kunstprojekten beschäftigt, zum Beispiel malt sie Hundebilder, die nur aus Dreiecken bestehen. Als unser Kunstlehrer eines ihrer Bilder in die Hände bekam, reichte er es sofort für einen Wettbewerb ein. Es hat natürlich gewonnen – und das obwohl es falsch herum aufgehängt war. Wenn Rachel ausnahmsweise einmal nicht zeichnet oder malt, kuschelt sie sich mit einem Buch auf die Couch (was merkwürdig ist, denn obwohl sie so viele schlaue Wörter in ihren Kopf hineinstopft, kommen manchmal ziemlich sinnlose Sätze wieder heraus). Außerdem kriegt sie Panik, wenn Gabeln sich in der Besteckschublade verhaken, und sie fürchtet sich höllisch vor Eichhörnchen. Sie schwört, dass sie einmal von einem Eichhörnchen gebissen worden ist (ihr Dad sagt allerdings, es wäre nur der verrückte Nachbarshamster gewesen).

Rachels Partys sind der Hammer (und das schon bei ganz normalen Anlässen). Aber die Party am Samstag ist seit einem ganzen Jahr in Planung. Rachels Haus ist gigantisch, und ihre megareichen Eltern werden dafür sorgen, dass es ein Fest wird, auf dem sich sogar Kendall und Kylie blicken lassen würden. Solche Eltern hätte ich auch gerne. Meine Mum hält sich schon für eine tolle Gastgeberin, wenn sie ausnahmsweise einmal

Käsebällchen serviert, die nicht von einer Billigmarke stammen. *Würg!* Ihre Einladungen sind peinlicher als jedes Damenkränzchen.

Ich warf einen Blick auf mein Handy. Keinerlei Update von der Partyvorbereitung. Ich legte das Smartphone auf den Boden und versuchte, es mit reiner Willenskraft und vorwurfsvollen Blicken zum Leben zu erwecken. Mum beschwert sich oft, dass ich ständig am Handy festklebe, aber was kann ich denn dafür, dass sie eine technologiefreie Langweilerjugend hatte? Damals gab es nur Schnitzholz und Waschmaschinen und Wasserkessel und so ödes Zeug.

Ich schlitzte eine weitere Cornflakes-Schachtel auf. Wenn Tegan und Rachel hier wären, könnten wir sogar in Black Bay unseren Spaß haben. Wenigstens hatte Jo versprochen, mir bei meinem Projekt »Überlebe den heutigen Abend« beizustehen. Um mich auf andere Gedanken zu bringen, wollten wir nach dem Zeichenkurs auf die *Pop-Swop-Night* des Campingplatzes gehen. Das sollte so ein Kostüm-Karaoke-Abend werden. Okay, es wird keine geniale Party mit meinen Freunden und auch keine *X-Factor*-Tour in Wembley, aber besser als nichts. Außerdem wird niemand je davon erfahren. Was auf dem Campingplatz von Black Bay passiert, bleibt auf dem Campingplatz von Black Bay.

Darf. Nicht. Aufs. Handy. Schauen. Das war die reinste Qual. Meine Augen wurden wie magnetisch angezogen.

Zum Glück sitzen sie fest in ihren Augenhöhlen, sonst würden sie herauspoppen und am Display kleben bleiben wie gruselig glotzende Eisenspäne. Längst war das kein Handy mehr, sondern ein Folterinstrument. Als ich zum letzten Mal nachgeschaut hatte, zeigte es 20 Uhr 28 an. Wenn ich es schaffte, erst wieder um 22 Uhr einen Blick darauf zu werfen, hatte ich schon das erste Drittel der Party überstanden. Dem Pre-Party-Gossip zufolge (Mikey hat es Rachel erzählt, die es Tegan erzählt hat, die es mir erzählt hat) würde Luke wahrscheinlich mit Lou, dem Knutsch-Wanderpokal der Schule, rummachen. Ob mich das trifft? Mich? Ja, verdammt, aber das würde ich natürlich nie zugeben. Am liebsten würde ich es nicht einmal mir selbst eingestehen. Klar, dass ich eine mega-schlechte Lügnerin bin.

Nicht zu fassen, dass ich jemals mit Luke zusammen gewesen bin. Er steht für das EX in Extremidiot. Dieser Vollpfosten war mein erster richtiger Freund. Anfangs war ich echt happy, aber dann stellte er sich als Totalkatastrophe heraus, für die man mindestens Level fünf im Umgang mit Jungs erreicht haben sollte. Ich habe noch nicht einmal das erste Level geschafft, bei dem man lernt, Händchen zu halten, ohne Schweißausbrüche zu kriegen, und erfährt, was an Cricket so toll sein soll. Ich bin Anfängerin im Boyfriend-Business, und Luke ist einer, der selbst Taylor Swift den Stoff für mindestens drei Songs liefern könnte.

Luke und ich haben nicht mehr miteinander geredet, seit ich kurz vor Weihnachten vorschlug, dass wir uns vielleicht nicht mehr ganz so oft sehen sollten, woraufhin er lachend erklärte, dass es für ihn von Anfang an nichts Ernstes gewesen sei. Die Nachricht machte blitzschnell die Runde, und ich bekam im Schulflur Highfives dafür, dass ich als Erste den Spieß umgedreht und ihn abserviert hatte. Ich war so sauer auf Luke, dass ich mir nicht die Mühe machte, das Gerücht richtigzustellen. *Grrr.* Könnte ich bitte mit der Delete-Taste seine Existenz auslöschen?

20 Uhr 30. *Verdammtichhabgeguckt.* Ich bin absolut mies im Einhalten von Versprechen, die ich mir selbst gegeben habe. Ich muss mir versprechen, es in Zukunft besser zu machen.

Ich fragte mich, was inzwischen abging. War Lou schon zur menschlichen Diskokugel mutiert in einem ihrer berüchtigt enganliegenden schulterfreien Glitzertops? Würde Mikey endlich mit Tegan über seine Gefühle sprechen? Hatte Rachel bereits unabsichtlich die ersten Herzen gebrochen? Sie will nicht bewusst gemein sein, das könnte sie gar nicht, aber wenn man die leibhaftige Ausgabe einer Disney-Prinzessin ist, dann passiert so was eben. Ihre Haare sehen aus, als würden sie im Wind wehen, auch wenn sie gar nicht im Freien ist. Gesunder Menschenverstand ist allerdings nicht gerade ihre Stärke. Einmal hat sie zu mir gesagt: »Ich weiß, dass der erste April der Anfang eines Monats ist, mir fällt nur nicht ein welcher.«

20 Uhr 32. *Argh.* Waren ernsthaft nur zwei Minuten vergangen, seit ich zum letzten Mal mein Handy gecheckt hatte? Hörte diese Tortur denn nie auf? Zumindest wusste ich nun, wie es sich anfühlte, das wichtigste Event des Jahres zu verpassen. Es war ein bisschen so, als müsse man an Weihnachten krank im Bett bleiben, nur eine Million Mal schlimmer.

Ich konnte den morgigen Tag kaum erwarten, dann waren wir endlich wieder auf dem Weg nach Hause. Es war fast schon peinlich, wie sehr ich mich darauf freue, nach Appleton zurückzukehren. Appleton ist der Prototyp einer Kleinstadt, in der es nichts zu tun und nichts zu sehen gibt. Das einzige Highlight ist ein bizarrer Felsen, der aus einem bestimmten Blickwinkel betrachtet, wie William Shakespeare aussieht. Leider ist das nur ungefähr 0,5 Sekunden lang interessant. Ich lebe schon seit 15,5 Jahren da und das sind ziemlich viele Sekunden. Zum Glück leben auch meine Freunde dort, sonst wäre ich vermutlich Englands jüngste Einsiedlerin, was wie der Titel einer schrägen TV-Show klingt, die ich mir in meiner Einsamkeit wahrscheinlich sogar reinziehen würde.

Ich schnippte eine abtrünnige Cornflakes-Flocke weg, die an meinem Knie klebte, und versuchte, mich darauf zu konzentrieren, für mein Do-it-yourself-Kostüm die Verpackungen aufzureißen. Eigentlich sollte es BDDIY heißen: *Bella-don't-do-it-yourself* (denn es war so ziemlich die mieseste Idee, die ich je hatte). Während ich Nagellack auf die Pappe tropfte und die Einzelteile zusammenklebte, redete ich mir ein, dass die Idee nicht mies, sondern geradezu genial war.

PIEP.

ENDLICH! Ein Lebenszeichen der Außenwelt. Der Name, der auf meinem Display erschien, traf mich mit der ganzen Wucht eines Tennisballs, den man direkt vor die Brust bekommt. Luke. WARUM hat Gott Smartphones erfunden? Und warum lässt er zu, dass man auf Campingplätzen ab und zu Handyempfang hat, wenn er es noch nicht einmal schafft, dort für heißes Wasser zu sorgen – ganz zu schweigen von Essen, das keine beige Pampe ist. *Check mal deine Prioritäten, alter Rauschebart!* Vielleicht hatte er mir aus Versehen geschrieben, weil er das Handy in der Arschtasche hatte (Luke, nicht Gott). Ich öffnete die Nachricht. Drei Worte.

Rate mal, wer? 😘

Doch das war noch nicht alles. Er hatte ein Foto geschickt. Ein Foto, bei dessen Anblick sich mir der Magen verknotete, noch bevor ich richtig kapiert hatte, was darauf zu sehen war. Ein weiterer Beweis dafür, dass ich mit dem Bauch denke statt mit dem Kopf.

Gab es ein Emoji für: Ich kotze gleich im Wohnwagen? Das hätte ich jetzt dringend gebraucht. Auf dem Display meines Handys war Luke zu sehen – eine Beleidigung für meine Augen, ein Anschlag auf mein Einsiedlerdasein. Er tat das, was er am besten konnte. Streckte die Daumen hoch. Zwinkerte in die Kamera. Achtete nicht auf das arme Mädchen, das er gerade küsste, denn wie immer drehte sich alles nur um ihn. *War das Lou?* Auf dem Foto war von ihr nicht viel mehr als ein violetter Hut mit breiter Krempe zu sehen, der aus mehr Stoff bestand als Lou normalerweise am ganzen Körper trug. Warum schickte er mir das? Seit unserer Trennung hatten wir nicht einmal Blickkontakt gehabt, ganz zu schweigen von Telefonkontakt. Warum also schrieb er mir aus heiterem Himmel eine Nachricht? Glaubte er etwa, ich würde mich darüber ärgern? Das tat ich natürlich – aber wie kam er dazu, mir das zu unterstellen? Es ergab keinen Sinn.

Ich rief Rachel an. Anrufbeantworter. Auf meine Textnachrichten bekam ich keine Antwort. Bei Tegan war es das Gleiche. Ich probierte es sogar bei Mikey, obwohl der keine ganzen Sätze herausbekommt, sobald er in ein elektronisches Kommunikationsgerät sprechen muss. Shitshitshit.

Eigentlich konnte es mir egal sein, was Luke machte. Es war ja nicht so, als hätte ich noch Gefühle für ihn. Also warum war dann ich so sauer? Von allen Menschen auf der Welt müsste ich mich selbst doch am besten kennen – aber irgendwo in meinem Körper gibt es einen geheimen Winkel, in dem sich Informationen verstecken, an die mein Gehirn nicht herankommt.

Ich darf unter KEINEN UMSTÄNDEN antworten. Sonst glaubte er noch, es würde mir etwas ausmachen. Ganz egal, was ich wirklich dachte, viel wichtiger war, was *er* denkt, was ich dachte. WWBT? Was würde Beyoncé tun? Ja, ich war eine starke, unabhängige Frau, die sich nicht davon beeindrucken ließ, dass ihr Ex auf ihrem Stolz herumtrampelte, während sie zu Einzelhaft im Wohnwagen verdonnert war.

Rate mal, wem das egal ist?

Ups. Kaum hatte ich auf *Senden* gedrückt, bereute ich es auch schon. Na ja, eigentlich hatte ich es schon bereut, bevor ich auf *Senden* gedrückt hatte, aber so etwas wie Logik hat mich noch nie von schlechten Entscheidungen abgehalten. Okay, ich war eine starke, unabhängige Frau mit der Willenskraft von jemandem, der einmal eine ganze Jumboschachtel Toffees gegessen und danach alles wieder herausgekotzt hatte. Dabei hasse ich Erdbeergeschmack.

Mein Handy piepste.

Hoffe, du bist okay. Keine Panik, aber Luke erzählt rum, dass er mit T geknutscht hat ☺ Info ist falsch. Ich wiederhole FALSCH. Lange Geschichte – erklärs dir, wenn du wieder da bist. KEEP CALM! Akku fast leer. Vermiss dich. R xxx

WTW?!? Als der Zweite Weltkrieg ausbrach, hat da Winston Churchill oder wer auch immer dem britischen Volk eine Textnachricht geschickt nach dem Motto »Hey, passt mal auf, eventuell könnte es sein, dass sich Ärger zusammenbraut«?

Wie konnte Rachel nur diese Textbombe auf mich abwerfen? Sie weiß doch, wie sensibel (um nicht zu sagen unausgeglichen) ich bin. Was meinte sie mit *lange Geschichte*? Und warum konnte sie nicht einfach ihren Akku aufladen?!

Ich sah mir Lukes Foto genauer an. Auf den ersten Blick hatte der Hut wie eine harmlose Kopfbedeckung ausgesehen. Leider erschwerte er die Beweisaufnahme. Wen küsste Luke da? Warum behauptete er, es wäre ausgerechnet die Person gewesen, von der wir beide wussten, dass sie ihn niemals küssen würde? Ich versuchte, meinen nagenden Zweifel an letzterer Tatsache zu ignorieren. Dann zoomte ich das Foto heran und suchte nach einer Strähne von Tegans schwarzem Haar. Außer Lukes selbstzufriedenem Grinsen war nichts zu sehen. Ich schickte das Foto an Rachel.

WTW ist das? Ich DREH DURCH. Ruf mich an! Ruf. Mich.Aan.

Ich wartete etwa fünfzehn Sekunden, dann schickte ich die gleiche Nachricht an Tegan. Nichts passierte.

Habt ihr meine Nachrichten bekommen? Ruft an! Dringlichkeitsstufe 1000000000.

Kapierten sie denn nicht, wie ernst die Lage war?

SOFORT.

War das zu viel verlangt? Ich schickte ein extra »Bitte« hinterher. Aber egal wie sehr ich mit meinem Handy herumfuchtelte, es kamen keine Empfangsbestätigungen durch. Waren die Nachrichten überhaupt rausgegangen?

Frustriert knallte ich das Erstbeste, was ich in die Hand bekam, auf den Tisch. Unglücklicherweise war es eine offene *Cheerio*-Box. Das Zeug flog wie Frühstückskonfetti durch die Luft.

Ich fing an, wie wild die kleinen Fieslinge wegzuschnippen.

Da ahnte ich noch nicht, dass ich meinen Dreamboy kennenlernen würde, noch bevor ich die letzten Cheerios aus meiner Unterhose geangelt hatte.

Kapitel 3

»Ähm, bitte sag mir, dass das nicht der ekligste Hautausschlag aller Zeiten ist?«

Jo hat ein Talent dafür, in den unpassendsten Momenten aufzutauchen. Beim Anblick des klebrigen Cheerios in meiner Achsenhöhle wurden ihre grauen Augen ganz groß.

»Und warum stehst du auf einem Stuhl und streckst die Arme in die Luft?« Sie beäugte mich misstrauisch. Mit einem Fingerschnippen entfernte ich das Cheerio.

»Ich schicke eine Nachricht.« Ich wedelte mit meinem Handy über dem Kopf und versuchte, das verstörende Wasserfarbengemälde eines nackten Mannes zu ignorieren, das meine Schwester achtlos aufs Sofa geworfen hatte. Sie hatte kein Detail ausgelassen. Wirklich gar keines.

»Okay …« Jo warf mir den halb missbilligenden, halb

herablassenden Blick zu, der achtzig Prozent ihres gesamten Mienen-Repertoires ausmacht. »Was ist denn jetzt schon wieder los?«

»Es geht um die Party … alles sehr kompliziert.« Immer noch kein Signal.

»Was heißt *kompliziert*? Ich habe in meinen Uniprüfungen eine glatte Eins geschafft, also kapiere ich möglicherweise ja, worum es geht.« Dann dämmerte es ihr. »Ohhhh. Meinst du etwa *Jungs-kompliziert*?«

»Vielleicht.«

»Vielleicht ja oder vielleicht nein?«

»Vielleicht ja, okay?! Ich habe gerade eine total merkwürdige Nachricht von Luke bekommen und bin kurz vorm Durchdrehen.«

Sie musterte mich von Kopf bis Fuß, was nicht sehr schwer war, da ich ja auf einem Stuhl stand. »Was heißt hier durchdrehen? Du siehst aus, als wärst du komplett überschnappt. Ist dir eigentlich klar, dass du eine Kombi aus Pappkarton, Clown-Unterhosen und meinem Tanktop trägst? Ich kann mich übrigens nicht daran erinnern, dass du mich um Erlaubnis gefragt hättest.«

»Das ist meine Mopsunterhose.«

»Und mein Tanktop.«

»Es gehört zu meinem Kostüm, das ich gerade bastle.«

»Es ist mein Tanktop.«

Sie konnte so nervig sein.

»Blöde Kuh.«

»Diebin.«

»Schhhhh. Merkst du nicht, dass ich gerade einen Nervenzusammenbruch habe? Hör auf, an mir herumzunörgeln, und sag mir, dass alles wieder gut wird.«

»Alles wird gut.«

»Nein! Mit Überzeugung bitte!«

»Ich werde nicht lügen. Bei dir ist *nie* alles gut ... außerdem ist es mein Tanktop.«

Ich zog einen Stuhl hervor und setzte mich im Schneidersitz darauf, damit Jo nicht meine babyzarten Beine sah und dahinterkam, dass ich ihren versteckten Rasierer gefunden hatte. Das Ablenkungsmanöver war erfolgreich. Sie setzte sich neben mich und ich holte tief Luft.

»Luke behauptet, er habe mit Tegan rumgeknutscht.«

»Niemals!« Ihr ehrliches Entsetzen war eine Honigpackung auf meiner Seele.

»Doch.«

Also war da was faul an Lukes Behauptung. Jo wusste genauso gut wie ich, dass Tegan zu den Guten gehört. Tegan ist eine von denen, die warme Augen haben und im Netzball Außenverteidigerin spielen. Bei ihr kann man sich darauf verlassen, dass sie bei Partydramen die Wogen glättet statt sie zu verursachen.

»Jetzt wird mir langsam klar, wieso du ausflippst.«

»ICH FLIPPE NICHT AUS!«

Jo zog ihre Augenbrauen hoch und blickte vielsagend auf mein Handy, mit dem ich immer noch wild herumwedelte.

»Natürlich nicht. Sieh mal, es gibt bestimmt eine logische Erklärung dafür. Du weißt doch, wie es ist, wenn Partys aus dem Ruder laufen.«

»Nein, weiß ich nicht …«

Es sei denn, sie spielte auf Mums Pilates-Übernachtungspartys an, aber da gab es nur einen Overkill an Fußgeruch und grünem Tee.

»Auf Partys passiert doch ständig irgendein Quatsch. Dafür sind Partys da – für blödes Zeug, das normalerweise nicht passieren würde.«

Ich durchquerte unseren Wohnwagen auf der ganzen Länge von einem Meter, legte mich auf die Couch und schloss die Augen, als wäre ich gerade mitten in einer Therapiesitzung bei meinem Psychiater.

»Bitteeee, sag mir, dass ich das Opfer von »Die versteckte Kamera« bin, nur dass hier nirgendwo Kameras sind und es kein bisschen lustig ist.«

»Ich … das kann ich nicht. Hast du versucht, sie anzurufen?«

»Klar. Keine Antwort.«

»Ahh, und jetzt willst du noch eine Nachricht schicken.«

»Langsam verstehe ich, warum du bei deinen Prüfungen immer so gut abschneidest, du Genie.«

»Hey, ich wollte nur helfen. Zeig mal her.«

Ich zeigte ihr die wichtigsten Nachrichten und versuchte gleichzeitig, meine eigenen, etwas irren Antworten vor ihr zu verbergen.

»Hör mal, womöglich ist alles nur halb so wild. Ich war mal in einer ganz ähnlichen Situation.«

»Wirklich?«

»Na ja, nicht ganz, ich war immer nur mit Jungs zusammen, die mehr auf mich standen als ich auf sie.«

DANKE FÜR DEN HINWEIS! Genau das habe ich gebraucht. Und das von jemandem, der sogar noch gut aussieht, wenn er nachts AUFS KISSEN SABBERT. Jo registrierte meinen gedanklichen Würg-Anfall gar nicht, sondern sprach einfach weiter.

»Also, einer der Jungs, mit denen ich etwas hatte – Owen, der Schauspieler, weißt du noch? –, hat nach ein paar Dates Rosanna angebaggert.«

Rosanna war Jos beste Freundin und die eine Hälfte von RoJo, dem preisgekrönten Crosscountry Lauf-Duo. Anscheinend hatte Jo zur Abwechslung mal etwas Hilfreiches beizusteuern.

»Wir haben uns ausgesprochen und konnten schließlich die lustige Seite daran sehen – dass wir nämlich beide auf einen Typen reingefallen sind, der sein Geld damit verdient, sich als Hamburger zu verkleiden.« Sie lachte, als wäre das Ganze ein guter Witz. »Also merk dir: *BFs* sind wichtiger als *BoyFs*.«

Warum musste ich ausgerechnet ein wandelndes Lexikon als Schwester haben, mit einem unerschöpflichen Vorrat an inspirierenden Instagram-Zitaten, die jeder liked, ohne sie je zu befolgen? Ich verdrehte die Augen unter meinen geschlossenen Lidern.

»Nimm's mir nicht übel, Jo, aber ihr zwei seid auch nicht ganz normal. Nur dass du es weißt: Tegan hat Luke nicht abgeknutscht, kapiert?«

»Egal, du kannst sowieso nichts dagegen tun, solange du hier bist. Also reg dich einfach nicht auf.«

»Ich reg mich nicht auf. Ich denke nur nach. Sehr ausführlich. Und sehr lange.«

»Warum denkst du dann nicht über etwas nach, das du ändern kannst? Wie zum Beispiel, mein Top auszuziehen oder den Rest von deinem Kostüm anzuziehen, um mir den freien Blick auf deinen Hintern zu ersparen. Du kannst natürlich auch allein hierbleiben und die nächsten drei Stunden damit verbringen, dein Handy anzustarren. Ich bezweifle allerdings, dass du genug Kraft in den Oberarmen hast.«

Was für Alternativen! Eine so bescheuert wie die andere. Also gut, wenn Jo mich nicht in Ruhe leiden ließ, würde ich es eben in aller Öffentlichkeit tun. Ich blickte auf meine Pappkarton-Kreation, die fast den ganzen Platz auf dem Boden einnahm: ein riesiger Pfeil, größer als ich, gebastelt aus roten Cornflakes-Schachteln, die ich aus unserem Müll gefischt hatte (und vermutlich dem der Nachbarn). Ich hatte sogar ein Loch reingeschnitten für mein Gesicht. Trotz aller Anstrengungen sah es leider nicht nur aus wie Müll, es roch auch so. Tja.

Morgens hatte ich schon mal probehalber den Prototyp anprobiert. Mum hatte nicht kapiert, dass mein Kostüm eine Hommage in dankbarer Erinnerung an

One Direction sein sollte. Allerdings erkannte sie eine Popkultur-Anspielung selbst dann nicht, wenn man heftig mit dem Zaunpfahl, ähm Pfeil winkte, und ihr dabei unbeabsichtigt eins auf die Nase gab.

Das Handy ständig im Blick, riss ich eine Packung mit drei Rollen Tesafilm auf und fing an, die Kreation an meinem Körper zu befestigen.

Hundertvierundzwanzig Blicke aufs Display, fünf Beyoncé-Powersongs, vier an den seltsamsten Stellen klebende Cornflakes, drei emotionale Zusammenbrüche und eine lebensgefährliche Puder-und-Toupier-Aktion später war ich startklar.

Wenn meine Nachricht an Luke der erste große Fehler dieses Abends gewesen war, dann war mein Kostüm der zweite. Ich zupfte an meinem Outfit und fühlte mich wie eine Kreuzung aus Laternenpfahl und rotem Monopoly-Häuschen. Um alles zusammenzuhalten, hatte ich Jos Gürtel ganz eng schnallen müssen; es war nur eine Frage der Zeit, bis ich wegen Sauerstoffmangels umkippen würde.

»Jo. Mal ehrlich, glaubst du, die Leute kapieren, was ich darstellen will?«

Jo musterte mich und schien zu dem Schluss zu kommen, dass Ehrlichkeit nicht die beste Strategie war.

»Na ja, schlimmstenfalls zeigen alle auf dich. Da du ja selbst so etwas wie ein Zeiger bist, kannst du kaum etwas dagegen haben.«

Ich nickte betont zuversichtlich und fegte mit meinem Pfeilspitzenkopf beinahe die Deckenlampe herunter. So müssen sich Aliens fühlen.

»Wenigstens zeige ich nach oben, es kann also nur aufwärts gehen. Willst du dich nicht auch umziehen?«

»Ich? Du hast das rote Top geklaut, das ich tragen wollte. Ich gehe einfach als eine der ausgeschiedenen Kandidatinnen der letztjährigen *X-Factor*-Staffel.«

»Aber hier wird sich keiner mehr an sie erinnern.«

»Genau.« Ihre Argumentationsstrategien hatte sie eindeutig von Mum gelernt. Erst verwirren, dann zuschlagen. »Glaub mir, wenn wir erst mal dort sind, geht es dir gleich viel besser. Alle sind kostümiert. Und diese schräge Familie – du weißt schon, wo alle immer die gleichen Hosen anhaben – schießt garantiert noch weiter übers Ziel hinaus als du.«

Ich kam mir zwar total dumm vor, aber gleichzeitig war ich für jede Ablenkung dankbar, daher machten wir uns auf den Weg. Sowohl Jo als auch ich trugen Jo-Schuhe, was für sie leicht, aber für mich mit meinen um zwei Schuhgrößen kleineren Füßen echt schwierig war. Wir gingen bzw. stolperten (Jo bzw. ich) zur Gemeinschaftshalle, ohne zu ahnen, dass halbtaube Rentner, die zu Brieanna die Hüften schwangen, bald das geringste unserer Probleme sein würden.

Worte können nicht ausdrücken, wie peinlich es war, durch die großen Flügeltüren in den viel zu grell beleuchteten Partysaal zu treten. Wenn es eine olympische Medaille für Simultan-alle-Gespräche-zum-Verstummen-Bringen gäbe, stünde ich ganz oben auf dem Siegertreppchen. Die Holztür quietschte extra laut, damit auch ja alle Augen auf uns gerichtet waren. Nicht, dass man es als menschlicher Riesenpfeil nötig hätte, zusätzliche Aufmerksamkeit auf sich zu lenken.

Von den etwa hundert Leuten, die sich versammelt hatten, war kein einziger kostümiert.

Eine Frau in Personalkleidung kam herbeigeeilt. Ihr enthusiastisches Dauerlächeln war das genaue Gegenteil meines entsetzten Gesichtsausdrucks.

»Oh, ihr zwei Hübschen. Was für ein Anblick!« Sie sagte »ihr«, aber eigentlich meinte sie nur mich, das Pappkarton-Monster. »Dein Kostüm ist ja wirklich … interessant. Wie süß von dir! Du hast dir so viel Mühe gemacht, obwohl wir ja in der aktualisierten Einladung geschrieben hatten, dass nur die Mitarbeiter im Kostüm kommen sollen.«

Inmitten einer Ansammlung von ältlichen Pärchen, die sich weder als Riesenpfeil noch als sonst was verkleidet hatten, war das Timing für diese Nachricht nicht gerade optimal. WELCHE VERDAMMTE EINLADUNG?! Die Frau redete ungerührt weiter.

»Wir haben uns entschieden, die eigentliche Kostümparty abzusagen, weil eine besonders begeisterte Familie vorzeitig abreisen musste. Eines der Kinder hat sich eine Gehirnerschütterung zugezogen, nachdem es wiederholt mit dem Kopf gegen eine Steinmauer gerannt ist.«

OMG. Der Familylook-Junge hatte es geschafft, sich ins Krankenhaus einliefern zu lassen. Was für ein genialer Fluchtplan! Warum war *ich* nicht auf die Idee gekommen?

Die überfreundliche Organisationstante drehte sich langsam um die eigene Achse. »Ich bin Mariah Carey, seht ihr?«

Ich sah es *nicht*, es sei denn Mariah hatte einen Nebenjob als Sprechstundenhilfe. Als ich Jo anblickte, schossen kleine Dolche aus meinen Augen. Wieso hatte sie davon nichts mitgekriegt? »Volle Punktzahl für dein fantastisches Pfeilkostüm. Bist du eine von den *Pointer Sisters*?«

Zorn und Scham ließen mich am ganzen Körper zittern, ich sah aus wie eine bebende Kompassnadel.

»DAS. IST. EINE. HOMMAGE. AN. ONE DIRECTION. WAS SONST?«

Na toll. Mein Lautstärkeregler hatte sich zusammen mit meiner Würde verabschiedet.

Jo formte mit den Lippen ein lautloses »Sorry«, aber wenn sie nicht wie durch ein Wunder plötzlich die Fähigkeiten von Doctor Who besaß, dann würde ein kleines Sorry nicht die Erinnerungen all dieser Menschen hier auslöschen können. Sogar die Miniwürstchen im Blätterteig schienen sich vor Lachen zu krümmen.

Meine Augen fingen an zu brennen, wie immer, wenn ich kurz vorm Losheulen war.

Ich hatte genau zwei Möglichkeiten: hierbleiben und in Tränen ausbrechen oder abhauen.

Ich entschied mich für die klassische Variante und tat beides. Mit meiner übelsten Stakkato-Schluckauf-Tränenstimme sammelte ich weitere Extrapunkte auf dem Loser-Konto, als ich Jo anbrüllte, wie zum Teufel sie die aktualisierte Einladung hatte übersehen können.

Zuhause war mein Ex gerade dabei, mein Dasein zu ruinieren, und jetzt war auch mein Campingplatzleben ein einziger Scherbenhaufen. Von allen Seiten erntete ich mitleidige Blicke, als ich mich seitlich durch die Tür zwängte (und dabei eine Girlande mit Partywimpeln abräumte), um zurück zum Wohnwagen zu fliehen. Ich wollte nur noch in mein Tischbett kriechen und mich vor der Welt verstecken.

Keine Ahnung, wie ich dabei vergessen konnte, dass ich keinen Schlüssel hatte, aber ich tat es. Vielleicht lag es daran, dass ich den schlimmsten Abend meines Lebens durchlitt. Also musste ich einen Riesenumweg zu dem Restaurant machen, wo Mum an einem Speeddating für Veganer teilnahm (ein jährlich stattfindendes weiteres Highlight der Campingplatz-Community). Es ist ziemlich anstrengend, über eine längere Strecke hinweg wutentbrannt davonzustürmen. Aber ich behielt mein

Tempo bei. Wenn Jo mich ganz normal gehen sah, würde sie denken, ich sei bereits darüber hinweg.

Aber ich würde NIE darüber hinwegkommen.

Zum Glück war kaum jemand im Restaurantbereich. Leider auch Mum nicht, die nirgendwo zu sehen war. Stattdessen traf ich auf einen desinteressierten Kellner, der den Boden wischte. Er sah betont über mein Kostüm hinweg und auch darüber, dass ich mehr Mascara im Gesicht hatte als auf den Wimpern. Gelangweilt leierte er eine Nachricht meiner Mutter herunter. Anscheinend war sie den ganzen Abend weg und hatte ihr Handy ausgeschaltet, um bei einer Veranstaltung namens »Mit Yoga durch die Menopause« ihren inneren Frieden zu finden. Außerdem ließ sie ausrichten, dass noch Thunfisch im Kühlschrank sei, falls ich Hunger hätte. Warum nur hatte ich neben allem anderen auch noch eine vollkommen irre Um-die-Fünfzig-Hippie-Mum statt einer total normalen Wir-fahren-in-den-Sommerferien-nach-Spanien-Mum?

Aufgebracht stapfte ich in die kalte Nacht hinaus. Was jetzt? Was war schlimmer – in die Wärme der Pop-Swop-Party zurückzukehren oder einen langsamen Kältetod zu erleiden? Ich wankte zurück zur Halle, um meine Möglichkeiten auszuloten. Auf der Bühne kündigte ein Mann gerade die Höhepunkte des Abends an: *Pearls Allowed* (eine Girl-Band aus rüstigen Rentnerinnen), *Oldplay* (der Name sagte alles) und *BigMacFly* (eine Coverband der Weight Watchers). Ich entschied mich für den Kältetod. Resigniert trottete ich zum Wohnwagen zurück, um dort zu warten, bis Mum mit ihren postmenstruellen Panda-Posen fertig war.

Der Campingplatz war ungewöhnlich nebelverhangen. Oder lag es am Haarspray, das aus meinen toupierten Haaren staubte? Außerdem roch es nach in Essig eingelegten Birnen. Detektivisch schnüffelnd stellte ich fest, dass der Geruch von mir ausging. Wow, der Panikschweiß hatte mein Loser-Dasein auf ein ganz neues Level gehoben. Trotzdem musste ich mich irgendwie warmhalten, denn wenn ich jetzt starb, würde meine lächerliche Lebensgeschichte durch die Medien gehen und mein letztes schreckliches Schulfoto würde auf allen Kanälen zu sehen sein.

Vielleicht würden ein paar gymnastische Übungen aus dem Sportunterricht helfen? Einen Versuch war es wert. Ich schlenkerte mit den Armen und Beinen und versuchte, mich daran zu erinnern, was Mrs Nyatanga uns beigebracht hatte. Wie ging diese Schrittfolge noch gleich … *seit-kreuz-rück-seit*. Und jetzt ein bisschen herumhüpfen und mit den Armen wedeln. Ja, das klappte doch ganz gut. Mein Kostüm wackelte wie wild, aber das war eigentlich ganz lustig. Hocksprung. Hampelmann. Mir war schon ein kleines bisschen wärmer.

Einen Kick später erstarrte ich zu Eis.

Einen Kick später stand ich mit einem Fuß im Gefängnis.

Sport ist Mord. So viel steht fest.

Kapitel 4

»Dein Ellbogen ist in meiner Leiste.« Eine männliche Stimme meldete sich aus meinem Brustkorb. Was war das denn? Selbst ein Magen, der auf Weltklasseniveau knurren kann, bringt keine ganzen Sätze hervor.

»Sorry, könntest du vielleicht von mir runtergehen? Dein Ellbogen ist wirklich in meiner Leiste.«

Shit, es war nicht nur eine männliche Stimme, es war tatsächlich ein Kerl. Und er hatte allen Ernstes »Leiste« gesagt. Zu mir. Als wäre es das Normalste auf der Welt, mit einer Fremden über Leisten zu sprechen.

Sorry, Bella. Denk nach. Was genau war gerade passiert? Ich ließ die vergangenen fünfzehn Sekunden an mir vorbeiziehen. Enthusiastischer Hampelmann – jep. Mit dem Absatz im Schlamm stecken bleiben – check. Das Gleichgewicht verlieren wie eine Trickfilmfigur – erledigt. Mit gespreizten Beinen durch die Luft segeln –

geschafft. Einen Schuh von sich schleudern wie ein Glitzergeschoss – bingo. Und das Sahnehäubchen auf der Fettnäpfchen-Torte? Mit Karacho auf einem großen knochigen Kissen landen – einem Kerl. Wow, volle Punktzahl.

Ich lief rum wie eine Wahnsinnige, und noch dazu wie eine, die es völlig normal findet, mit Fremden spontan horizontales Versteinern zu spielen. Aber wer – oder *was* – war da unter mir?

Ich blickte nach unten – aber vor meinen Augen war alles schwarz. Hatte ich bei dem Sturz mein Sehvermögen eingebüßt? Als ich im Dunklen herumtastete, stellte ich erleichtert fest, dass die Spitze des Riesenpfeils umgeknickt und über das ausgeschnittene Loch für mein Gesicht gerutscht war. *Puh.* Ich riss das Pappdreieck ab und beäugte neugierig meine menschliche Unterlage. Sie hatte Haare. Zerzauste braune Haare. Ein Gesicht. Ein zerknautschtes, schmerzverzerrtes Gesicht. Ein zerknautschtes, schmerzverzerrtes und umwerfend gutaussehendes Gesicht. *WTF? OMG!*

War meine männliche Matratze etwa Louis Tomlinson? Hatte ich Tommo womöglich zu Tode gequetscht? Harry würde mich umbringen. Wer hätte gedacht, dass er seinen Urlaub in Wales verbrachte? Ganz klar: Mein Schulfoto würde über sämtliche Bildschirme flimmern.

»Ähm, langsam fängt es echt an wehzutun.«

Ich hob den Kopf von dem Landekissen/der Brust/

was auch immer und verschaffte mir einen Eindruck vom Tatort. Mein Ellbogen bohrte sich in etwas Warmes, Weiches und ... in seine Jeans. An der Stelle, die nicht genannt werden darf! Wie PEINLICH! So hatte ich mir meinen ersten Kontakt mit diesem Jungs-Körperteil nicht vorgestellt. Ich entfernte meinen Ellbogen aus der Gefahrenzone und rappelte mich auf, bis ich wieder auf meinem Fuß stand. Auf einem, nicht auf zweien, denn der schuhlose Fuß schwebte eine Handbreit über dem Boden.

»Ughghgorrry.«

Statt mich zu entschuldigen, gab ich einen Laut von mir, als würde mich jemand beim Gurgeln kitzeln. Als mein Opfer aufstand, hatte ich volle Sicht auf den heißen Typen. Es war ein schlanker, süßer Superhottie mit Wuschelhaaren – und ich hatte womöglich sein bestes Organ verletzt. Nicht gerade ideal. Also versuchte ich es erneut.

»Ughghgorry. Soggy. Sorgy. Ich meine, sorry, tut mir echt leid.«

Zum Glück war mein Opfer damit beschäftigt, seine Jeans abzuklopfen, und sah daher nicht, wie meine Augen meine Lippen böse anschielten, weil sie totalen Blödsinn von sich gaben. Kommt schon, ihr beiden, arbeitet zusammen, ihr seid doch ein Team!

»Mach dir keine Gedanken, so was passiert.«

Ach ja? Schuhprojektile und spontane Besteigungen mochten für ihn vielleicht ganz normal sein, für mich waren sie es garantiert nicht. Aber wenn er den Coolen geben wollte, da konnte ich locker mithalten.

»Ich war gerade dabei, Hampelmänner zu machen. Um mich warmzuhalten. Ich habe mich ausgesperrt. Und ich trage praktisch nur Pappe am Körper. Das klingt zwar fast wie Jacke, ist aber nicht annähernd so warm. Eine sehr schlechte Kleiderwahl. Es sei denn, man ist ein Cornflake. Was ich aber nicht bin.«

Er sagte kein Wort.

Cool-Sein konnte ich also schon mal von der Liste meiner potenziellen Talente streichen. Ich blickte auf. *Wow*, er war richtig groß. Etwa 15 Zentimeter größer als ich – selbst mit Absätzen, besser gesagt einem Absatz (ich, nicht er).

»Ich habe mich nicht an dich rangeworfen. Äh, auf dich draufgeworfen. Ich bin nur gestolpert. Ehrenwort. Ich bin nicht … völlig gaga oder so.«

Mein Opfer sah mich belustigt an. *Argh.* Hatte ich Pausen zwischen den Worten gemacht oder war gerade das längste Mono-Wort der Welt aus mir herausgesprudelt? Würde er jetzt die 112 wählen?

Mein Schicksal hing in der Schwebe, während er gelassen den Kragen seiner Jeansjacke zurechtrückte und den grauen Pullover glattstrich, den er darunter trug.

»Gut zu wissen. Jetzt wird mir einiges klar.« Er lachte laut – aber auf eine sexy Art. Mein Magen machte einen Satz, wie er es sonst nur tat, wenn ich mit Mum im Auto saß und sie mit 40 km/h über die kleine Brücke vor unserem Haus bretterte. Hatte ich gerade ein lebendes Exemplar der seltenen Spezies *Boyband-Cutie* entdeckt?

Ich versuchte, ihn nicht anzustarren, während er Grashalme aus seinen zerzausten Haaren zupfte. Black Bay war doch sonst ein zuverlässiger Hort für Witzfiguren, warum musste ich für meine Riesenblamage ausgerechnet diesen Traumtypen aufstöbern?

»Es tut mir so leid. Ich wollte das nicht. Sieh nur, du hast deine Hose vollgemacht!« Seine Augenbrauen schossen in die Höhe. »NEIN, nicht vollgemacht! Du bist dreckig, wollte ich sagen. Also schmutzig. Voller …« Kann bitte jemand einen Plapperfilter für mich erfinden?

»SCHLAMM!«, kreischte ich. »Ja, genau. Du bist voller Schlamm, wollte ich sagen.« Wir zuckten beide zusammen – er, weil ich in sein Ohr gebrüllt hatte, und ich, weil mir – *Heureka!* – der Begriff für feuchte Erde eingefallen war. Könnte ich vielleicht so tun, als wäre Englisch nicht meine Muttersprache? Klar, dazu müsste mir aber erst mal ein etwas entlegeneres Land als Frankreich einfallen lassen. Aber der Gedankenblitz blieb aus.

»Bist du okay? Du wirkst noch verstörter als ich – und ich habe gerade einen Schuh ins Gesicht bekommen …«

Großartig. Der fliegende Schuh hatte ihn also getroffen. Viel peinlicher konnte es kaum noch werden.

Er musterte mich von Kopf bis Fuß. »Bist du ein riesengroßes … Cheerio?«

In meinem Entsetzen über die Horrorvorstellung, als notorisch triebgesteuerte Schuhterroristin in die Geschichte von Black Bay einzugehen, hatte ich ganz vergessen, was für einen bescheuerten Anblick ich bot. Ohne die Pfeilspitze war ich mehr oder weniger nur ein einsam herumstehendes, als Cornflakes-Schachtel verkleidetes und nach Mülltonne riechendes Mädchen.

»Es tut mir SOO leid. Ich bin echt nicht verrückt, Ehrenwort. Das ist mein Partyoutfit, ein echtes Knüller-Kostüm.« Killer-Kostüm träfe es wohl besser. »Normalerweise trage ich keine Lebensmittelverpackungen.« Das konnte er sich eigentlich selbst denken – jedenfalls hoffte ich das. »Das war ein Pfeil. Ohne die Spitze ist das Ganze natürlich sinnlos.« Genauso wie meine wirren Erklärungsversuche. »Ich wollte *One Direction* darstellen. Also natürlich nicht die *Jungs*. Das würde schon am mangelnden Bartwuchs scheitern. Außerdem kann ich nicht tanzen. Oder singen. Ich stelle nur ihren Namen dar. Jedenfalls habe ich das, bis mir die Spitze abgebrochen ist. Was ich eigentlich fragen wollte: Geht es dir gut? Bitte zeig mich nicht an.«

Mein Opfer deutete auf die große Schwellung über seinem linken Auge. Auf dem sich lila färbenden Bluterguss schimmerte Glitzer von meinem Schuh. Waren die Glitzerpartikel unter die Haut gedrungen? Na toll, jetzt hatte ich ihn nicht nur verletzt, sondern ihm auch noch ein dauerhaftes Augentattoo verpasst.

»Wo sollte ich dich anzeigen? Ich bezweifle, dass die Polizei ein Sonderkommando für kriminelle Umschubser hat.« Der Typ lächelte. Er war ziemlich gechillt, so locker wie er die ganze Sache nahm. »Obwohl ich schon sagen muss, dass du wie eine Cerealien-Killerin aussiehst ...« *Ha, ha und nochmal ha.* »... und wenn die Überwachungskamera dich gefilmt hat, dann wird das ein YouTube-Hit.«

Ich hatte Glück. Mein Opfer würde keine Anzeige erstatten und sah sich genauso gerne schreckliche Videos an wie ich. Ich kicherte. Leider hörte ich mich dabei wie ein dreijähriges Mädchen an. Ich senkte die Stimme, um raffinierter und verführerischer zu klingen. Jetzt hörte ich mich wie der Weihnachtsmann an. Mein Opfer wählte eine traditionellere Methode, um die peinliche Stille zu füllen. Er entschied sich für Konversation.

»Also ... bist du neu hier? Ich habe dich noch nie gesehen.« *Aaaa-ha!* Ich registrierte sofort seinen leichten Liverpooler Dialekt. Wenn ich Leute aus dem Norden reden höre, schmelze ich dahin wie ein menschlicher Käsetoast.

»Nein, ich bin erst seit ein paar Tagen hier, und ich habe dich auch noch nicht gesehen.« Logisch, denn ein Blick auf ihn hätte genügt und ich wäre mit meinem Bettzeug unter seinen Wohnwagen gezogen. »Wir reisen morgen ab, DEM HIMMEL SEI DANK.«

Er sah mich mit gespielter Bestürzung an.

»Ich bin Black Bays größter Fan, okay? Diesen Sommer bin ich zum fünften Mal hier.«

Verdammt. Warum waren meine Beleidigungen immer so … beleidigend?

»Bisher hatte ich hier noch nie eine Nahtoderfahrung, ein absoluter Pluspunkt. Allerdings bin ich unlängst im Dunkeln von einer Fremden mit Schuhwerk attackiert worden. Also muss ich meine Bewertung vielleicht noch mal revidieren.« Wenn er sich über mich lustig machte, sah er noch süßer aus.

Ich zuckte mit den Schultern, was er nicht erkennen konnte. Für ihn sah es so aus, als würde der Pfeil auf und ab wackeln.

»Nope, nicht dass ich wüsste. Klingt ja übel. Du solltest das melden, solche Leute können gefährlich sein.« Ich lächelte. Vielleicht war ich zu voreilig gewesen. Wenn Black Bay gut genug für McSweetie war, dann war es das auch für mich. »Bei näherer Betrachtung finde ich es hier vielleicht doch nicht so schrecklich.«

»Meine Oma kommt seit ihrer Kindheit jedes Jahr hierher. An ihrem Geburtstag sind wir immer in Black Bay. Mal von deiner nicht existenten Begeisterung abgesehen, wäre es echt ganz nett gewesen, mit jemandem abhängen zu können, der im selben Jahrzehnt geboren ist wie ich. Um nicht zu sagen im selben Jahrhundert.«

Meinte er etwa *mich*? Sagte dieser gutaussehende Typ gerade, dass er gerne Zeit mit *mir* verbracht hätte?

Ob ich ihn wohl dazu bringen könnte, den Satz vor laufender Kamera zu wiederholen?

»Sorry, meinst du mich?«, platzte ich heraus.

»Ähm, ja?« Spätestens jetzt musste ihm klargeworden sein, dass ich nicht ganz dicht war.

»Cool.«

Cool war die Untertreibung des Jahrhunderts. Vor zehn Minuten hatte ich noch die Sekunden bis zur Abreise gezählt. Jetzt konnte ich mir vorstellen, auf Dauer an einem Ort zu leben, wo mein Bett tagsüber Verstecken spielte. Außerdem dachte er, ich wäre in seinem Alter – was auch immer dieses Alter war.

»Alsooo, lass uns nochmal von vorn anfangen. Wie heißt du? Oder darfst du das nicht verraten, weil du eine als Müslischachtel getarnte Undercoveragentin mit Spezialausbildung bist?«

»Ha. Ha. Ich heiße Bella und habe null Spezialausbildung. Aber ich kann fünf Zehen auf einmal in den Mund stecken.« Too much information. Außerdem hatte ich das nicht mehr gemacht, seit ich sieben war. »Alle nennen mich Bells.« Luke nannte mich auch *Blobfisch* oder *Fischbällchen*, aber ich musste ja nicht mit allen Details rausrücken.

»Hallo, Bella Schrägstrich Bells Schrägstrich Zehenknabber-Mädchen…« Er streckte mir die Hand hin. Ein tiefer Blick in seine braunen Augen, und schon fühlte ich mich innen so labberig wie ein Schulkantinen-Baguette. »Ich bin Zac.«

Die Liebe meines Lebens hieß also Zac. Gut zu wissen, wen ich für den Rest der Ewigkeit anhimmeln würde. Ich lächelte zu ihm hoch.

»Schöhöhön, dich kennenzulernen«, sagte ich schlotternd wie eine miese Gespenster-Karikatur. Ich war ein wandelndes Erdbeben.

Ohne zu zögern, zog Zac seine Jacke aus.

»Hier, bitte.« Er legte sie über meine Schulter, als wäre es keine große Sache, für ein unbekanntes Mädchen Erfrierungen zu riskieren. »Wie hat jemand so klug gesagt? Die Kälte, sie ist nun ein Teil von mir.«

Ich geriet so in Verzückung, dass ich das Kribbeln bis in meine Leber spürte.

»Wenn du dich ausgesperrt hast, warum gehen wir dann nicht irgendwohin, wo es ein bisschen geschützter ist? Ich könnte dir einen Ort zeigen, wohin sich garantiert kein Oldie verirrt. Mein persönliches Geheimversteck.«

Ich nickte zögernd und versuchte, eine normale Reaktion zu zeigen. Aber ich war so überwältigt von der Genialität seiner Idee, dass ich mich anhörte wie Siri.

»Ja … Black Bay … von einer ganz anderen Seite … klingt … gut.« Mit *gut* meinte ich weltbeste Idee, einschließlich der Erfindung des Daim-Schokoriegels.

Und so humpelten wir los – er, weil er bei unserem Zusammenstoß eine Verletzung davongetragen hatte, und ich, weil ich nur noch einen Schuh besaß. Als wir im Zickzack Richtung Wald tapsten, versuchte ich mir einzureden, dass es nach einem so katastrophalen Start nur noch besser werden konnte. Doch ohne es zu wissen, steuerte ich direkt auf Kreisch-City zu, Hauptstadt im Land der Peinlichkeiten. Bewohner: ich.

Kapitel 5

Hier war ich also. Stapfte mit dem heißesten Typen der Welt im Dunkeln einen Waldweg entlang. Was man halt so tut, Bella, was man halt so tut.

»Was, ähm, machst du so, wenn du nicht gerade von einer Fremden über den Haufen gerannt wirst?« Daumendrücken, hoffentlich sagt er nicht »Leute im Wald entführen«. Oder *Line Dance*.

»Na ja, eigentlich ist das eine Vollzeitbeschäftigung.« Auch das noch. Süß UND witzig. »Wenn ich mal 'ne Pause mache, bin ich am College zu finden.« Ahhh, er ging aufs College. Dabei sah er deutlich älter aus. »Oder ich stelle Drucke her. Die Hälfte meiner Zeit bin ich mit Farbe bekleckert.«

Er war also der Typ süßer Künstler. Ich spürte ein Bauchkribbeln, kurz Bribbeln, wie ich es noch nie zuvor gespürt hatte. Wahrscheinlich war es das typische Bribbeln, das einen eben beim Anblick der raren Spezies *Künstler-Cutie* befiel. In Appleton waren sie eine echte Seltenheit, dort hielten die meisten Jungs es schon für den Gipfel an Kreativität, ein Muster in den Schnee zu pinkeln.

»Cool«, sagte ich und duckte mich unter einem Ast hinweg, den er für mich hochhielt. »Was für, ähm, Drucke druckst du denn?« Ich stand total auf der Leitung, aber wie lautet die goldene Regel? Zeige an allem Interesse.

»Kommt drauf an. Abstrakte Sachen, expressionistisch und so. Du weißt schon.«

»Ja, klar.« Ich hatte nicht die leiseste Ahnung. Ich konnte nur hoffen, dass mein Gesicht in diesem Moment einen expressionistischen Ausdruck hatte, wenn möglich auch noch einen Hauch intelligent. Wenn doch nur Rachel hier wäre, sie hatte ein ganzes Zimmer voller Bücher über Kunst (die ich bislang keines Blickes gewürdigt hatte).

»Genug von mir. Was machst du so?«

Schluck. Was machte ich so? Ich konnte ja wohl schlecht sagen, dass ich meine Zeit damit verbrachte, mir Gifs von niesenden Tieren auszudenken.

»Ach, du weißt schon. Zeug. Was man halt so macht.« Ich nickte, als hätte ich etwas wahnsinnig Tiefschürfendes gesagt. »Und, ähm, Musikhören.« Wie klischeemäßig war das denn?

»Ah, ich auch. Leidenschaftlich sogar.« Seine Augen

funkelten, und als er lächelte, hatte er doch tatsächlich *Grübchen* auf den Wangen. Klar, dass er Musik liebte – das ist ein Prüfstein dafür, ob jemand toll ist oder nicht. Obwohl – diese Grübchen könnten im Zweifel vieles wettmachen. »Was war der letzte Gig, bei dem du warst?«

Oh nein, schon wieder vermintes Terrain. Zählt es als Gig, wenn man von seiner Mutter zu einem *ABBA-Revival* zwangsverpflichtet wird?

»Wow, der letzte Gig?« Ich tat so, als müsste ich scharf nachdenken, bei all den wahnsinnig tollen Gigs, die ich erlebt hatte, während ich gleichzeitig die Erinnerung an *Pearls Allowed* beim Twerken energisch zurückdrängte. Er hielt mich definitiv für älter als ich war. »Ich denke, das war *All Time Low.*« Mit *ich denke* meinte ich: Natürlich war ich nicht dort, aber ich habe genug YouTube-Clips gesehen, um damit durchzukommen. Das Gleiche galt auch für *1D*, aber Zac schien mir nicht der Typ dafür zu sein.

»Klasse. Für ihre letzte Tour habe ich leider keine Karten gekriegt. Du hast wohl prominente Freunde, was?«

»Ja, es war fantastisch.«

»Und was machst du am College?«

Oh-oh. Die College-Falle. Dass ich noch zur Schule ging, durfte er nicht erfahren. Ich wollte nicht, dass er *jünger als ich* als einen weiteren Punkt auf seine *Was-spricht-dagegen*-Liste setzte und ihm endgültig klarwurde, dass er in einer anderen Liga spielte als ich und sich daher besser gar nicht erst mit mir abgeben sollte.

»Ich, ähm, mache alles Mögliche. Die Frage ist eher, was mach ich *nicht.*« Würde ich mich mit diesem Rhetorik-Trick rausreden können? Mum und Jo waren definitiv gute Lehrmeisterinnen gewesen.

»Ich weiß, was du meinst. Total verrückt, wie es auf dem College läuft, findest du nicht? Viel zu viel harte Arbeit für meinen Geschmack.« Er blieb stehen und zupfte Moos aus seinen Haaren. »Also, was machst du *nicht?*«

»Französisch zum Beispiel.« Das stimmte sogar, ich hatte kein Französisch auf dem College. Und auch sonst nichts, weil ich schlicht und einfach nicht auf dem College war.

»Kluge Entscheidung. Ich habe Französisch geschmissen, als ich begriff, dass französische Kühe *meuh* sagen und nicht *muh.*« *Was?* Darüber hatte ich noch nie nachgedacht. Sprechen Tiere Fremdsprachen? Warum hatte ich mir darüber noch nie Gedanken gemacht?

Oh-oh. Panik. Bella, zerbrich dir jetzt nicht den Kopf, wie Hunde auf Deutsch bellen. Du darfst auf keinen Fall ein Fach nennen, in dem er sich auskennt, sonst löchert er dich mit Fragen.

»Mein Fach ist, ähm -«

PENG! Autsch.

»OOOHHHHH.«

Die Rettung ereilte mich in Gestalt eines dicken Asts. Mitten ins Gesicht. Glückwunsch! Panisch vor Angst, dass ich seine Jacke vollschwitze, hatte ich meine Arme eng an den Körper gepresst und dabei einen Ast von der Größe eines horizontalen Baums auf Augenhöhe übersehen. Danke, Wald, für deinen Wink mit dem Holzpfahl.

»Alles okay?« Zac kam zu mir geeilt und strich mir die Haare aus der Stirn, um einen möglichen Schaden zu begutachten. Zac der Besorgte war fast noch süßer als Zac der Fröhliche und Zac der Scherzkeks zusammen. Memo an mich: Ich muss mir öfter wehtun.

»Es geht mir gut. Ehrlich. Es hat sich schlimmer angehört als es ist.« Ich rieb meine Stirn, obwohl sie schon gar nicht mehr wehtat. »Ich hatte nur ein Brett vor dem Kopf.«

Er lachte. ICH HATTE IHN ZUM LACHEN GEBRACHT.

»Können wir weiter?«

Ich nickte und ließ ihn vorangehen. Er sorgte dafür, dass mir kein potenziell gefährliches Hindernis in die Quere kam – abgesehen von einem sexy Superhelden. Wir quatschten über alles und nichts, aber ich war heilfroh, dass er das Thema College fallengelassen hatte. Ich erfuhr, dass er tatsächlich siebzehn war (seufz), in Wolverhampton lebte (meine neue Lieblingsstadt) und eine Gitarre namens Keith besaß (wie kam er nur darauf?). Sein Hund hieß ebenfalls Keith (eigentlich eine Hündin), und er konnte nicht sagen, welche von beiden Keiths er lieber mochte. Er wiederum erfuhr, dass ich fast siebzehn war (auf genauere Einzelheiten verzichtete ich), in Worcestershire lebte, leidenschaftlich gerne fotografierte (ich steh auch voll auf Kunst, also verlieb dich in mich!) und eine merkwürdige Schwäche für Aslan aus den Chroniken von Narnia hatte (ein ungeplanter Ausrutscher, den ich zu gern wieder zurücknehmen würde).

Zehn Minuten später, nachdem wir uns durch einen baufälligen Zaun gequetscht hatten, blieben wir stehen. Wir befanden uns auf einer wunderschönen Lichtung mit Blick auf einen kleinen See. Wer hätte gedacht, dass Black Bay so bezaubernd sein konnte?

»Na, zu viel versprochen? Das ist der perfekte Ort, um sich vor dem organisierten Vergnügen zu verstecken.« Er setzte sich auf eine wacklige Bank in Ufernähe und streckte die Beine aus. Ob ihm bewusst war, dass er glatt als lebendiges Albumcover durchgehen könnte?

Okay, nur damit das klar ist: Am Dienstag, als ich mich mit meiner Mum beim Zumba-im-Dunkeln-Kurs abgequält hatte (und dabei vielleicht oder vielleicht auch nicht Jos Zeh gebrochen hatte), war dieser Sweetie nur Minuten entfernt gewesen, grüblerisch und vom Mondlicht umspielt. Das Leben ist grausam.

Ich setzte mich in wie ich hoffte angemessener Entfernung neben ihn. Während er sprach, beschien der Mond sein Gesicht, und ich nahm jedes Detail wahr. Er hatte eine hinreißende Unterlippe, die etwas vorstand, wenn er lächelte. Direkt über dem linken Grübchen entdeckte ich eine kleine Narbe, die aussah, als hätte er sie sich absichtlich dorthin machen lassen, damit sein Gesicht nicht ganz so symmetrisch war. Sein braunes Haar war so hübsch, dass ich mich zurückhalten musste, um nicht daran zu schnüffeln. Ehrlich, ich plädiere immer für Charakter statt Aussehen, aber OMG! Er war einfach süß. So süß, dass einem nur vom Hinschauen flau wurde. Ich konnte nicht glauben, dass er jemals eine alltägliche Unterhaltung mit einem Mädchen geführt hatte. Ein harmloses Gespräch mit einem Jungen, der so superheiß ist, gehört rein wissenschaftlich betrachtet zur Kategorie *undenkbar*. Mir jedenfalls erzählte er, wie er einmal seiner Mum nach einem Spieleabend eine Nachricht geschrieben hatte und die Autokorrektur aus »Ich liebe deine Fritten« »Ich liebe deine Titten« gemacht hatte. Und dass der erste Song, den seine Band *Velvet Badger* (er war in einer Band – eine Million Mal seufz) aufgenommen hatte, »V is for Viennetta« hieß, eine E-Gitarren-Ode über die Leidenschaft für Eiscreme. Ich musste immer wieder lachen und genoss jede einzelne Sekunde mit ihm. Trotz meines jämmerlichen Konversationstalents schaffte er es, dass ich mich beim Reden bzw. Zuhören wohlfühlte. Selbst wenn ich gelegentlich das Gespräch mit Perlen torpedierte wie etwa: »Was ist braun, klebrig und rennt durch die Wüste? Ein Karamel.«

Ich kannte ihn noch nicht einmal eine Erdenstunde lang und konnte bereits über *alles* mit ihm reden. Das war wohl auch der Grund, warum mein Mund – trotz heftigen Protests meines Gehirns, das laut »Tu's nicht!« rief – alles über Tegans Nachricht heraussprudelte. Ich hatte allerdings noch genug Grips, so zu tun, als gehe es dabei nicht um mich, sondern um Jo. Ich musste ihm ja nicht auch noch den Beweis liefern, dass ich ein Jungsschreck war. Seine männliche Sicht der Dinge war aufschlussreich. Im Grunde sagte er das Gleiche wie Jo – dass ich aus einer Mücke einen Elefanten machte. Aber bei *ihm* klang das so, als würde er es ehrlich meinen und es nicht nur sagen, damit ich endlich die Klappe hielt.

Zac rutschte ein Stück näher und ich bekam die volle Dosis Männerduft ab. Sein Duft war so umwerfend wie der Anblick eines Unterwäsche-Models mit einem kleinen Hündchen auf dem Arm. Bestimmt überlegte er gerade, warum ich zitterte wie ein menschliches Handy mit Vibrationsalarm.

Ich rieb mit beiden Händen über meine Arme, um mich zu wärmen, und mein Blick fiel zufällig auf meine Uhr. Panik flutete meinen Magen. Es war fast Mitternacht und Mum hatte vermutlich längst einen gar nicht zen-haften After-Yoga-Zusammenbruch. Aber das konnte ich Zac nicht sagen, denn dann hätte ich zugeben müssen, dass ich erst fünfzehn war – oder eine Siebzehnjährige mit Helikopter-Mum. War Ehrlichkeit wirklich immer die beste Strategie?

»Zac, sorry, wenn sich das total lahm anhört, aber ich denke, ich sollte jetzt zurückgehen.« Okay, die halbe Wahrheit. »Ich muss früh raus für mein Morgenyoga mit Mum.« Eine Viertel-Wahrheit. Seine Augenbrauen schossen in die Höhe.

»Wow, du bist ja voll bei der Sache. Wenn das so ist, musst du ziemlich gut sein.«

»Na ja, manche Leute behaupten das.« Ich wusste selbst nicht, welche Leute das sein sollten, ich war ja nicht einmal gelenkig genug, um meine Schuhe zuzubinden, ohne mich dabei auf den Fußboden zu setzen. »Du weißt schon, nach unten schauender Hund oder Königstaube und so.«

Zac nickte wie jemand, dessen Mutter ihn nie dazu gezwungen hat, sich so zu verrenken. Mein Mund plapperte weiter, ohne dass mein Hirn den Ausschaltknopf fand.

»Jede Sitzung endet im Streit, weil Mum sich weigert, Deo zu benutzen. Sie ist Anhängerin von Verschwörungstheorien und glaubt, dass hinter allem die Regierung steckt. Es ist furchtbar. Jedes Mal, wenn wir die Arme über den Kopf strecken, sterbe ich fast. Also so gut wie immer.«

Zac lachte. »Was verrückte Familien angeht, hat wohl jeder so seine Erfahrungen. Besonders ich.«

»Tut mir leid, wenn ich dir widersprechen muss, aber ich bezweifle, dass deine Leute so durchgeknallt sind wie meine.«

»Du hast ja *keine* Ahnung. An meine Familie kommt deine garantiert nicht ran. Im Ernst.« Er griff in seine Tasche. »Ich opfere die letzten zwei Prozent meines Akkus, um es dir zu beweisen!«

Er zog sein Handy hervor und scrollte über den Bildschirm.

»Hier bitte.«

WENN DEINE MUM ZU DEINER ERSTEN
KUNSTAUSSTELLUNG KOMMT UND
LAUT SAGT, DIE BEEINDRUCKENDE
SKULPTUR »HÄTTE SOGAR EIN SIEBEN-
JÄHRIGER HINBEKOMMEN« – UND DEIN
LEHRER DIE SKULPTUR GEMACHT HAT.

Was? Ich kapierte es nicht. Hatte *er* das geschrieben?

»Moment mal, ist das *deine* Mum?«

Er nickte. »Hm-hm. Noch mehr gefällig?«

Er wischte über das Display.

THROWBACK THURSDAY:
WENN WIR ZU SPÄT INS KINO KOMMEN,
MUM SICH AUF EINEN FREIEN PLATZ
SETZT – UND DORT SCHON EIN KIND SITZT.
DER KLEINE HAT SO LAUT GESCHRIEN,
DASS SIE DEN FILM NOCH MAL VON VORNE
ANFANGEN LASSEN MUSSTEN.

Ich schnaubte.

»Ist das wirklich passiert?«

»Jep, ist es. Das ist mein Leben.«

SCHON MAL DEINE MUM IN
DIE NOTFALLAUFNAHME GEBRACHT,
NUR UM FESTZUSTELLEN, DASS SIE BLOSS
DESHALB IN OHNMACHT GEFALLEN IST,
WEIL IHRE SHAPEWEAR-UNTERWÄSCHE
ZU ENG IST?

Wie hat er es nur geschafft, so normal zu bleiben?

»Es reicht, es reicht! Ich fasse es nicht, dass du das ins Internet gestellt hast!«

Zac grinste. »Ach was, das ist doch nur eine alberne App. Alles total anonym. Meine Mum ist viel zu lustig, um die Welt nicht daran teilhaben zu lassen. Seit Dad weg ist, hat sie sich zum Möchtegern-Vamp entwickelt.« Ich blickte wieder aufs Display der App: *PSSST*. Davon hatte ich noch nie gehört.

»Ich verbringe total viel Zeit damit, es ist zum Totlachen.« Ich wollte gerade seinen Usernamen lesen, da wurde das Display dunkel. Ruhe in Frieden, Batterie.

»Aber du hast recht. Wir sollten zurückgehen, bevor auch dein Handy seinen Geist aufgibt und ich allein im Wald bin, wo mich niemand vor deiner nächsten Schuhattacke schützen kann.«

Er konnte meine Gedanken nicht lesen, sonst hätte

er genau gewusst, dass allein mit ihm im Wald zu sein, so ungefähr das Beste war, was ich mir vorstellen konnte.

Ich stemmte mich in einer merkwürdigen Seitwärtsverrenkung von der Bank hoch, damit er meinen Hintern nicht sah, weil meine Hose zwischen den Pobacken klemmte. Diese Hosenzwicker passierten mir so oft, dass Jo mir den Spitznamen »Hungry Bum« oder kurz »Bumgry« gegeben hatte.

»Danke für die Jacke. Jetzt kommt es mir vor, als hätten wir kuschelige minus dreißig und nicht minus vierzig Grad.«

»Gern geschehen. Es war das Mindeste, was ich für dich tun konnte … als Dank für das fette Veilchen.«

Ich lachte. Es schien mir besser als zu sagen: »Ja, es ist wirklich gigantisch.« Er hatte nicht die leiseste Ahnung. Zum Glück gab es im Wald keine Spiegel.

»Mal angenommen, da wäre ein winziger, mit bloßem Auge kaum sichtbarer Bluterguss, *rein theoretisch* versteht sich – wäre das nicht die perfekte Gelegenheit für eine neue Story? Du musst nur ein bisschen dran rummachen und an den Details feilen, dann wird es eine tolle Heldengeschichte.« Verdammt, hatte ich gerade was von *rummachen* gesagt? Hatte er es bemerkt? Themawechsel. »Ruf laut, wenn irgendwelche Gefahren drohen. Ich selbst hab nur panische Angst davor, barfuß auf eine Schnecke zu treten.«

»Keine Sorge, ich beschütze dich … oder lasse dich

mit Schneckenschleim zwischen den Zehen allein im Wald zurück. Eines von beidem.«

»Dann kannst du mal erleben, wie ich total ausflippe.«

Er zog herausfordernd die Augenbrauen hoch. »Klingt interessant.«

Ich versuchte, sein Lächeln zu erwidern, aber wenn er mich direkt ansah, so wie jetzt, dann waren meine Augenmuskeln wie gelähmt.

Er senkte die Stimme und sagte: »Ehrlich gesagt würde ich dich wahnsinnig gern ausflippen sehen …«

Er legte seine Hände um meine Arme. Das kannte ich von *90210*. Wenn ich mich nicht irrte, war er entweder gerade dabei, einen Judogriff an mir auszuprobieren, oder – es war schwer für mich, diese Möglichkeit überhaupt in Betracht zu ziehen – er war kurz davor … mich zu … küssen. Mich. Ja, wir hatten hier eine waschechte Kuss-Situation. Er. Und. Ich. Ein Junge, dem ich zufällig begegnet war. Ein heißer Junge. Ein älterer Junge, ein extrem cooler Junge, ein Junge mit einer Gitarre bzw. einer Hündin namens Keith, ein Junge, der aussah, als wäre er extra für einen *Idealer-Boyfriend*-Hashtag erfunden worden. Ein Junge, der definitiv wusste, wie man küsste. Und ich. Die das definitiv nicht wusste. War Weglaufen eine Option? Wenn doch nur Rachel und Tegan als moralische Unterstützung bei mir wären. Obwohl … jetzt hier zu viert zu sein, wäre auch ziemlich schräg. Seine Hände blieben, wo sie waren. Seine Augen ließen meinen Blick nicht los.

Mein Herz hämmerte so wild, dass er es vermutlich hören konnte. Jungsküssen war unbekanntes Terrain für mich. Wenn ich ein Kusstagebuch schreiben würde, wäre es höchstens eine Seite lang. Und das auch nur mit einer großen, breiten Schrift. Und sehr kleinen Seiten. Zac DARF NICHT herausfinden, wie tragisch unerfahren und kussungeübt und noch-nicht-siebzehn ich bin.

Die Autopilotfunktion *Bella in Panik* sprang an: Blödsinn reden, mit doppelter Geschwindigkeit. Wenn ich wie entfesselt vor mich hinplapperte, fanden seine Lippen das bewegliche Ziel nicht so leicht.

»Hastdunichtgehörtwasichüber Schneckengesagthabe? NichtsistschlimmeralsaufeineSchneckezutreten.« Tief Luft holen. »Esistschwerzuerkennenobsieleben, erstrechtwennsieandenSchuhenkleben.« Tief Luft holen. »WozusindSchneckenüberhauptgut?«

Zum Glück sind Jungs nicht wie Tiere, die Angst riechen können. Und sie haben auch kein Fell und sechs Nippel (nehme ich an). *NICHT* über Zacs Nippel nachdenken!! Das ist *nicht* hilfreich.

Er kam näher. Was war nur los mit dem Typen? Fand er Schneckengespräche sexy? Hatte er noch alle Tassen im Schrank? Er war eindeutig nicht normal.

Er kam noch etwas näher. Seine Gürtelschnalle drückte sich in eine der vielen Cornflakes-Schachteln, die noch immer hartnäckig an mir klebten. Ein weiteres

Stück Tesafilm löste sich. Sollte ich meinen Tod vortäuschen? Oder wirklich sterben? Alles wäre besser, als von ihm geküsst zu werden und es zu vermasseln, weil er mich dann peinlich fände und ich mich noch viel peinlicher und wir nie wieder ein Wort miteinander wechseln würden.

Seine Hand wanderte in meinen Nacken.

Ich hätte Tage gebraucht, ja Wochen, um mich auf so etwas vorzubereiten. Das war NICHT FAIR. Wann hatte ich das letzte Mal meine Zähne geputzt? War es eine halbe Ewigkeit her, seit ich meinen Erdbeerlippenbalsam aufgetragen hatte, oder hatte ich das vor kurzem gemacht und roch jetzt wie Erdbeerpudding? Ich hatte seit dreißig Sekunden nicht mehr geatmet; warum war ich nicht schon längst in Ohnmacht gefallen? Und warum hatte meine Spucke die Konsistenz von eingetrocknetem Nagellack?

Er drückte seine Lippen auf meine.

KUSS-ALARM. KUSS-ALARM. Wir hatten Lippenkontakt. Ich, Bella Fisher, wurde offiziell vom Grand High Lord aller heißen Jungs geküsst, mit seiner sexy Unterlippe und seiner ebenso sexy Oberlippe. Der Preis für den glücklichsten Moment meines Lebens geht an … JETZT (ebenso wie der Preis für den schrecklichsten, wir haben einen zweifachen Gewinner!).

Der Kuss fühlte sich weich und warm und einfach unglaublich an und viel besser als sich die simple Berührung zweier Sprechorgane eigentlich anfühlen sollte. Mein Kopf schwirrte von all den Tipps, die ich in diversen Zeitschriften gelesen hatte. »Was musst du tun, damit dein erster Kuss nicht zugleich dein letzter ist? – Sei ganz natürlich.«

BELLA.BELLA.BELLA.

»Nicht zu viel Zunge. – Nicht zu wenig Zunge. – Schmieg dich an ihn. – Schließ die Augen. – Stoßt nicht mit den Zähnen zusammen. – Keine Sorge, die seltsamen Sauggeräusche, die jemand von sich gibt, sind ganz normal. (Der Jemand war eindeutig ich.) – Lass ihn die Initiative ergreifen. – Ergreife selbst die Initiative. – Denk an alles. – Denk an nichts.«

BELLA.BELLA.BELLS.

Jo?

BELLA.BELLA.BELLERINA.

Langsam öffnete ich ein Auge, um herauszufinden, was los war. Ich sah Zacs stoppeliges Gesicht (igitt, Stoppeln!) als großen verschwommenen Fleck vor mir. Aber am Rand der Lichtung blitzte etwas auf. Etwas bahnte sich einen Weg durchs Unterholz. Oh nein! *Heilige Makkaroni*, ich wusste genau, was es war.

»WOW, tut mir leid. Ich konnte ja nicht ahnen, dass ich störe.«

Zac wich verwirrt einen Schritt zurück. Das war garantiert eine Premiere für ihn. Sein erster Unter-drei-Sekunden-Kuss.

Jo stand vor uns, mit verschränkten Armen und ziemlich angepisst.

Ich wollte nur noch eines: mich in Luft auflösen.

Von all den Dingen, die man besser nicht tut, wenn man mit einem süßen Typen knutscht, steht *ihm die Zunge abbeißen* ganz oben auf der Liste. Gleich darunter steht, dass man sich auf keinen Fall von einer wutentbrannten älteren Schwester erwischen lassen sollte.

»Bella, ich hab nach dir gesucht. STUNDENLANG. Ich war schon ganz krank vor Sorge.«

Jep, Zac, ich bin das heiße, unabhängige Mädchen, das eine große Schwester als Babysitterin hat. Ich brachte es nicht über mich, in seine Richtung zu schauen. Ich glühte vor Scham, sodass ich schon Angst hatte, die letzten Pappkartonreste, die noch an mir klebten, könnten in Flammen aufgehen.

»Geh. Weg.« Ich spuckte die Worte aus.

Zac trat verlegen von einem Fuß auf den anderen und hüstelte.

»Ähm, sorry, wenn ich auf der Leitung stehe, aber was geht hier eigentlich ab?«

»Gut, du kannst also sprechen, wenn du nicht gerade deine Zunge in den Hals meiner kleinen Schwester steckst.«

HATTE SIE DAS WIRKLICH GESAGT? Wie mies war das denn? War mit meinen Ohren alles in Ordnung oder hatte ich mich verhört?

»Sei keine blöde Kuh. Geh schon vor, ich komme gleich nach.« Meine Schwester rührte sich nicht vom Fleck. »… okay???«

Obwohl Jo sich wie die letzte Idiotin aufführte, versuchte Zac die Spannung zu durchbrechen.

»Schon gut, wir wollten sowieso zurückgehen.«

»Das ist mir egal. Ich nehme Bella jetzt mit. SOFORT.«

Jo packte meinen Arm und versuchte, mich wegzuzerren. Ich befreite mich aus ihrem Griff, aber es war längst zu spät. Ich war eine absolute Loserin, und es hatte nur fünfundneunzig Minuten gedauert, bis auch Zac es gemerkt hatte.

Jo zischte: »Komm jetzt«, und duckte sich unter einem Ast hindurch.

Ich warf Zac noch einen letzten Blick zu. Alles war schiefgelaufen, im Sturzflug Richtung Katastrophe. Aus dem tollsten Moment meines Lebens war der schlimmste geworden. Zum ersten Mal, seit wir uns kennengelernt hatten, herrschte Schweigen zwischen uns.

Zac legte seinen Finger an die Lippen und flüsterte: »Schlechter Zeitpunkt. Aber was hältst du von Mittagessen? Morgen?«

Superlautes SCHLUCK. Wie bitte? Das hatte ich nicht erwartet. Hatte Mister Dreamy McDreamington, den ich über den Haufen gerannt und mit Schneckenquatsch vollgelabert hatte, den ich nur halb geküsst und vor dem ich von meiner Schwester bis auf die Knochen blamiert worden war – hatte dieser Junge MICH gerade gefragt, ob wir uns wiedersehen wollten? Uns ein zweites Mal treffen? Ich kniff in meine Wange, um herauszufinden, ob ich träumte. Autsch! Das tat richtig weh. Ich blickte zu Zac. Er hatte es gesehen und war taktvoll genug, so zu tun, als hätte er es nicht mitgekriegt.

»Es liegt ganz bei dir. Deine Entscheidung, kein Stress.«

Kann sein, dass es für *ihn* kein Stress war, für mich war es Megastress, denn mein Ich aus der Zukunft machte mir gerade die Hölle heiß, nur ja nicht die falsche Entscheidung zu treffen. Ich antwortete erst, als ich sicher sein konnte, dass Jo außer Hörweite war.

»Klar, gerne.« Wenn ich tatsächlich entscheiden könnte, wie ich wollte, hätte ich mich auf der Stelle an seinen Fußknöchel gekettet.

»Eingang von Block A. Mittag.« Perfekt. Mum wollte erst am Nachmittag abreisen, wir würden nicht vor fünf Uhr aufbrechen. Er winkte mir kurz zu. Wie schaffte er es nur, sogar als dunkle Silhouette heiß auszusehen?

Ich winkte wie ein Roboter zurück, während ich mir das Gehirn zermarterte, was ich zum Abschied sagen sollte. Mein erster Eindruck war grauenvoll gewesen, also musste ihn wenigstens der letzte von den Socken hauen. Doch da tauchte plötzlich Jo wieder auf. Sie packte mich am Handgelenk und zerrte so fest, dass ich fast der Länge nach über einen bescheuerten Baumstumpf gefallen wäre.

»Supi«, konnte ich ihm nur noch rasch zurufen.

Nein, Bella. Nein. Sag nicht, dass du zum Abschied allen Ernstes »supi« gesagt hast.

Auf dem Weg zum Caravan warfen Jo und ich uns gegenseitig Beleidigungen an den Kopf. Sie konnte es nicht fassen, wie *egoistisch* ich war, und ich warf ihr vor, dass sie alle meine Chancen bei Zac ruiniert hatte.

Als wir ankamen, war Mum noch immer beim Mondschein-Meditieren, was Jo sofort nutzte, um mich über Zac auszuquetschen. Ich sagte ihr, dass ich nicht darüber reden wolle, woraufhin sie mich anfunkelte und nur noch wissen wollte, wo ihr zweiter Schuh abgeblieben war. Ich erklärte ihr, dass ich eine überzeugte Freiheitskämpferin für versklavtes Schuhwerk sei und ihren Schuh der Wildnis zurückgegeben hatte. Wenn Mum zurückkam, würde ich Schwierigkeiten kriegen, so viel stand fest.

Obwohl ich mich noch nie wacher gefühlt hatte, legte ich mich ins Bett, zog die Decke über den Kopf und tat so, als würde ich Jo nicht hören, die keine eineinhalb Meter von mir entfernt vor sich hin nölte. Es ist nicht leicht, in einem winzigen Raum, der drei Leuten als Schlafzimmer, Küche und Wohnzimmer dient, allein zu sein.

Aber ich hatte soeben den schönsten und schlimmsten Abend meines Lebens erlebt und wollte mich an jede Sekunde mit Zac, jede *Zacunde* erinnern. Daran, wie seine Haare sich in den Zweigen verfangen hatten. Wie seine Narbe sich bewegte, wenn er lächelte. Wie seine Jacke roch. Wie sich sein Halbkuss angefühlt hatte … Woran ich mich nicht erinnern wollte, war sein Gesicht, als Jo aufgetaucht war. Wie groß war die Wahrscheinlichkeit, dass er jemals wieder mit mir knutschen wollte? Vielleicht konnte ich den Eindruck, den er von mir hatte, beim Mittagessen wettmachen? Ich blickte auf meine Uhr. Ich hatte noch zwölf Stunden, um mir interessante Gesprächsthemen auszudenken. Ich spielte mit dem Gedanken, mich heimlich an Jos Parfüm zu bedienen, damit ich älter roch.

Ich stellte den Wecker und döste ein. Zac geisterte durch meinen Halbschlaf.

Doch als ich hochschreckte, war nicht mein Wecker schuld, sondern Mum.

Sie hatte alarmierende Neuigkeiten.

Kapitel 6

11 Uhr 30: noch genau dreißig Minuten bis zum nächsten Ich-bin-zum-Dahinschmelzen-verknallt-dass-es-mir-vor-Aufregung-fast-hochkommt-wenn-ich-nur-an-ihn-denke-Moment meines Lebens. Auch bekannt als Zac-Moment.

Eigentlich sollte ich jetzt die 1800 Sekunden bis zu meinem Wiedersehen mit Mister Superhot runterzählen.

Ich sollte Pläne schmieden, wie ich die Pleite von letzter Nacht wiedergutmachen könnte.

Ich sollte letzte Hand an meine Mascara legen und überprüfen, ob nichts verschmiert war.

Ich sollte Jo bitten, mich auf Video aufzunehmen, damit ich verschiedene Posen ausprobieren konnte, um sicherzugehen, dass meine Unterwäsche sich nicht unter meiner Hose abzeichnete.

Ich sollte letzte Vorbereitungen treffen für das Wiedersehen mit einem Jungen, der mich glatt von den Füßen gehauen hatte (na ja, eigentlich hatte ich *ihn* von den Füßen gehauen, aber wen interessieren schon Details).

Stattdessen tat ich nichts dergleichen.

Ich schob Panik.

Ich verlor den Verstand.

Ich war den Tränen nahe, sie flossen nur deshalb nicht, weil ich so sauer war, dass selbst meine Tränenkanäle verstopften.

Vor allem aber war ich TOTAL WÜTEND auf Mum.

Der Knutsch-Interruptus von gestern war nichts im Vergleich dazu. Sie war nicht nur einen Schritt zu weit gegangen, sie hatte einen goldmedaillenverdächtigen Dreisprung geschafft, der sie über jede Grenze des Mutterseins hinauskatapultiert hatte. Nun war endgültig klar, dass ihr nicht das Geringste an mir lag.

Statt all das zu tun, was ich nämlich in diesem Augenblick normalerweise tun würde, starrte ich auf Jos Hinterkopf und versuchte, gegen meine Übelkeit anzukämpfen. Dass mir schlecht war, lag einerseits an Mums Fahrkünsten und andererseits daran, dass mein Leben in Trümmern lag.

Kann ein Herz stehenbleiben, wenn es keinen Sinn mehr darin sieht, weiter zu schlagen, weil es die einzige Chance zum Glücklichsein auf einem Campingplatz in Wales zurücklassen musste?

KEINE *Ich-muss-arbeiten*-Ausrede rechtfertigte es, von der eigenen Mutter um sechs Uhr früh unbarmherzig aus dem Schlaf gerissen zu werden. KEINE Lebenskrise konnte so schlimm sein, dass sie uns fünfzehn Minuten später zu einer völligen überstürzten Abreise zwingen musste. Ich war keine Topfpflanze, ich hatte Rechte! Man konnte mich nicht einfach gegen meinen Willen abtransportieren. Ständig hatte Mum mir in den Ohren gelegen, wie schön es in Black Bay doch sei, und jetzt, wo ich es endlich auch schön fand, lagen 280 Meilen zwischen mir und meinem Sehnsuchtsort.

»Komm schon, Liebes. Sag doch was. Oder willst du für den Rest deines Lebens schweigen?« Es war Mums fünfzehnter Versuch, mich zum Reden zu bringen. Angesichts ihrer spirituellen Entwicklung im Lauf der vergangenen Woche war sie immer noch eine echte Niete im Gedankenlesen.

»Ich habe nichts zu sagen.«

»Gerade hast du etwas *gesagt*.« Augenroll. Wie kann Jo mir vorwerfen, ich würde mich wie ein kleines Kind aufführen, und dann selbst so kindisch sein? Ist sie neunzehn oder neun? Ich rammte meine Knie in ihren Sitz. Ich hasste sie alle beide.

Ich hatte ein Date. Ein richtiges Date. Na ja, mehr oder weniger. Mit dem nettesten Menschen, den ich je kennengelernt hatte. Aber sie hatten mich dazu gezwungen, ihn zu versetzen. Ich hatte meine Chance für ein Comeback bei ihm nutzen wollen. Stattdessen hatte ich nicht nur den Aufstieg in die *Freundin*-Oberliga verpasst, sondern war auch aus der *Flüchtige-Bekannte*-Kreisklasse rausgeflogen. Ich kannte ja noch nicht einmal seinen Nachnamen.

Ich zog Jos rotes Top aus meiner Reisetasche und schnüffelte daran. Ich hatte es absichtlich obenauf gelegt, damit ich unterwegs daran riechen konnte, um die letzten Zac-Duftstoffe einzusaugen. Ich kannte seinen Nachnamen nicht, und ich würde vielleicht nie wieder mit ihm sprechen, aber ich hatte ein 50%-Acryl-Top, an dem sein Duft haftete.

MMMM. Zac. Wenn ich weniger egoistisch wäre, würde ich einem Museum den Geheimtipp geben, dann könnten sie Zac einbalsamieren und ausstellen, damit auch andere etwas von ihm hatten.

Während ich noch tief inhalierte, griff Jo an der Kopflehne vorbei nach hinten und riss mir das Top aus der Hand. »Gib her.«

Sie hatte keinen Respekt vor unschätzbaren Artefakten. Genauer gesagt Schmachtefakten.

»Hey, das gehört mir … oder so.«

Aus dem Rückspiegel blickte mir ihr finsteres Gesicht entgegen.

Mum räusperte sich. Das untrügliche Zeichen für einen bevorstehenden Mum-Rüffel. Sie hatte die Nase voll von unserem Dauerstreit.

»Du musst etwas achtsamer mit den Sachen deiner

Schwester umgehen, Bella. Ich habe gehört, was gestern Abend mit ihrem Schuh passiert ist.«

Nein, MUTTER, du hast eine Zac-freie Version der Ereignisse gehört. Ich war froh, dass Jo ihr nicht die wahre Bella-trifft-einen-Jungen-den-sie-mag-und-jetzt-stellst-du-bestimmt-tausend-Fragen-Geschichte erzählt hatte. Aber sie wollte wohl nicht riskieren, dass ich Mum petzte, dass sie mich abends aus den Augen verloren hatte.

»Du wirst ihr von deinem Geld ein neues Paar kaufen müssen. Das ist dir doch klar, oder?«

Ich stöhnte. Zum Glück wussten sie nicht, dass der verlorene Schuh in Wirklichkeit mit keinem Gold der Welt aufzuwiegen war. Ein fußförmiger Amor-Pfeil, ohne den ich Zac weder kennengelernt noch verstümmelt hätte. Ich würde, ohne zu zögern, meinen linken Arm verkaufen, um jetzt bei ihm sein zu können – ich würde ihn sogar herschenken. Wobei ich mich fragte, was jemand mit einem einzelnen linken Arm anfangen wollte, vor allem, wenn der nicht weiter als dreieinhalb Meter werfen kann. Sogar für unseren Hund Mumbles ist mein Arm eine einzige Enttäuschung.

Zac wird doch hoffentlich bemerken, dass unser Wohnwagen leergeräumt ist und wir abgereist sind, oder? Ich hätte ihm eine Nachricht hinterlassen sollen. Und sei es auch nur, um mich für »supi« zu entschuldigen.

Ich glaube, ich liebe ihn.

Aber das spielt jetzt keine Rolle mehr. Denn ich werde ihn nie wiedersehen. Ich muss ihn aus meinem Gedächtnis streichen, sonst sterbe ich.

Ich versuchte es mit dem *Stell-ihn-dir-beim-Kacken-vor*-Trick. Aber bei dem Gedanken an sein morgendlich zerzaustes Haar und sein lockeres weißes T-Shirt, in dem er wahrscheinlich geschlafen hatte, geriet ich nur noch mehr in Verzückung. Zac im Pyjama, das war sogar ein Upgrade in Sachen Hotness, Kacke hin oder her.

Dann versuchte ich es mit dem Namenstest. Ich nahm mein Handy und tippte unsere Namen ein. »Bella Fisher LIEBT Zac.« Ich zählte die Buchstaben zusammen. Der Test ergab eine Übereinstimmung von sechsundvierzig Prozent. Wenn ich seinen Nachnamen wüsste, wären es bestimmt neunzig Prozent. Besonders, wenn er Voles mit Nachnamen hieß. Bella Voles – das hörte sich gut an.

Moment. Es *gab* etwas, dass ich über ihn wusste.

Über das wackelige Autobahn-Netz lud ich *PSSSST* herunter. Doch mein Herz rutschte mir in die Hose, als mir klar wurde, dass die App nur aus einem Live-Feed bestand. Es gab keine Möglichkeit, nach den Posts zu suchen, die er mir gestern gezeigt hatte. Schon wieder eine Zac-Sackgasse.

Ich wollte die App gerade wieder löschen, als mir eine Idee kam. Wenn ich jeden Tag den Feed verfolgte, hatte ich immerhin die winzige Chance, einen Post von Zac zu entdecken. Vielleicht würde ich eine seiner Mum-

Stories wiedererkennen? Dann könnte ich ihm schreiben. Puh, es war, als würde man eine supergut getarnte Nadel in einem digitalen anonymen Heuhaufen suchen. Aber einen anderen Weg gab es nicht.

Ich meldete mich an und gleich darauf erschien mein computergenierter Username: *PruneFlapper*. Pflaumenschüttlerin? Das hörte sich an wie der perfekte Job für eine Loserin wie mich. Als Nächstes wurde eine Zufallsliste von Leuten angezeigt, denen ich folgen konnte. Wenn ich doch nur Zacs Usernamen gesehen hätte! Ich klickte weiter und sofort füllten anonyme Geheimnisse mein Display. Als ich gerade anfangen wollte, sie zu lesen, ploppte eine Meldung auf: »Nicht bloß glotzen, auch selber motzen!« Oh nein, auf PSSSST durfte man anscheinend nicht einfach über die Missgeschicke anderer Leute lachen, sondern musste auch selbst seinen Teil dazu beitragen.

Mein Blick fiel auf Jo, die gut gelaunt zu Mums Panflöten-Tortur in ihrem Sitz auf- und abwippte. Klar, dass sie mal wieder einen auf Lieblingstochter machte. Vielleicht konnte sie mir damit zur Abwechslung sogar mal nützlich sein.

MEINE STREBER-SCHWESTER DACHTE,
ICH MEINE EINEN LEICHTATHLETIK-
WETTBEWERB, ALS ICH VON EINER NEUEN
SERIENSTAFFEL SPRACH.

Ich drückte auf »Posten«. Sofort kam eine Fehlermeldung, denn PSSSST wollte erst ein Profilbild von mir. Ich spielte mit dem Gedanken, ein mieses Foto von Jos nervigem Gesicht zu nehmen, aber dann erinnerte ich mich daran, was Zac gesagt hatte: das Beste an PSSSST sei, dass alles geheim blieb. Ich scrollte durch meine Galerie und wählte ein nichtssagendes Bild von meinen Füßen auf dem Wohnwagen-Fensterbrett.

UPLOAD PIC. UPLOAD PSSSST.

Ha, wenn du wüsstest, Joanna! Meine Schwester fing meinen Blick im Rückspiegel auf. Sie ahnte, dass ich etwas im Schilde führte. Ich lächelte liebenswürdig zurück, um sie zu verunsichern, bevor ich weiter aus dem Fenster starrte. Was sie nicht weiß, macht sie nicht heiß.

Da Black Bay für immer Geschichte war – und Zac vermutlich auch –, waren meine Zukunftsaussichten Fifty Shades of Düster. In Zacs Gesellschaft war mir das Chaos meines Lebens plötzlich unwichtig vorgekommen. Aber als das schwarz-weiße Ortsschild APPLETON am Fenster vorbeizog, konnte ich meine Augen nicht länger vor der Wahrheit verschließen. Mum und Jo hatten das einzig Gute an diesen Ferien ruiniert, und jetzt musste ich mich wieder der Realität stellen.

Erste Station: Rachels Haus.

Ob ich wollte oder nicht, ich würde herausfinden müssen, was tatsächlich auf der Party passiert war.

Kapitel 7

Warum macht das Handy nie, aber auch wirklich nie *Bling*, wenn man es anstarrt und auf die Nachricht einer Freundin wartet? Selbst wenn man wegschaut, um es zu überlisten, bleibt es trotzdem stumm. Man könnte meinen, es wüsste genau Bescheid.

Ich nahm es von meinem Nachttisch und rannte die Treppe hinunter.

»Bis später, Mum.« Alias *Zerstörerin meiner Träume.* »Ich bin zum Abendessen wieder da.«

Es waren die ersten Worte, die ich seit unserer Rückkehr gesprochen hatte. Ich wusste, wann ich auf dem hohen Ross reiten konnte und wann es ratsam war, aus dem Sattel zu springen. Daher stapfte ich nun zur Tür hinaus und machte mich auf den Weg zu Rachel. Sie wohnt nur zehn Minuten zu Fuß von uns entfernt, und obwohl ich jede Art von körperlicher Anstrengung hasse (mal abgesehen vom Fingerwedeln nach dem Nägellackieren), gehe ich den Weg zu ihr gerne. Normalerweise nehme ich Mumbles mit und laufe die Strecke mindestens zweimal die Woche. Ich bin keine leidenschaftliche Gassi-Geherin, aber ich bin Profi im Jungs-Ausspähen, und der Weg führt an den Sportplätzen vorbei, wo ich oft einen Blick auf meinen MDIHW erhasche – den *Mann, den ich heiraten werde.* Ich weiß nicht, wie er heißt, aber er ist ein Skatertyp, und ich schwärme für ihn, seit ich ihn vor drei Jahren zum ersten Mal gesehen habe.

Obwohl … *Krise*: jetzt, wo ich Zac kennengelernt hatte, musste ich seinen Namen vielleicht in MDIMHW abändern – *Mann, den ich möglicherweise heiraten werde.*

MDIMHW begleitet mich treu durchs Leben. Meine Verliebtheit schwankt, je nachdem, welches Jungsdrama sich sonst noch in meinem Leben abspielt. Er ist mein Jay-Z und ich bin seine Beyoncé, er weiß es nur noch nicht. Außerdem können wir wahrscheinlich beide nicht rappen.

Als ich am Sportplatz vorbeiging, versuchte ich es noch einmal bei Tegan auf der Festnetznummer. Ihre Mum hob ab. Anscheinend hielt Tegan wieder einen ihrer tagelangen Mammut-Gymnastikkurse ab. Das hieß, sie hatte null Empfang, was logischer war als meine Vermutung, dass mein Netzwerk absichtlich alle ihre Nachrichten blockierte. Ich bewundere Tegan für ihre

Begeisterungsfähigkeit. Kaum jemand an der Schule weiß, dass sie Gymnastik macht, geschweige denn, dass sie andere trainiert und an Wettbewerben teilnimmt. Aber ihr geht es nie darum, was andere von ihr denken. Wenn ich in *irgendetwas* so gut wäre wie sie, würde ich es auf ein T-Shirt drucken lassen. Und gleich auch noch auf eine Hose, damit auch niemand es übersehen kann.

Tegan war also den ganzen Tag abgetaucht, und als wäre das nicht schon schlimm genug, war auch noch weit und breit kein MDIHW bzw. MDIMHW zu sehen. Er war wahrscheinlich damit beschäftigt, kleine Hundewelpen zu retten oder bei einem Profi-Footballteam ein Auswahlspiel zu machen.

Ich klingelte an Rachels Tür und wartete darauf, dass jemand den langen beschwerlichen Weg zum Eingang auf sich nahm. Ihr Haus ist giga-gigantisch. Vielleicht ist das der Grund, warum reiche Leute immer so dünn sind – einmal in die Küche, um Tee zu machen und zack, schon haben sie ihre tägliche Sporteinheit absolviert. Mrs Waters machte mir auf.

»Ohhh, Bella, du, ähm … was für eine Überraschung!«

Notiz an mich: Muss an meiner überschwänglichen Eltern-Begrüßungs-Miene arbeiten. Ich knipste mein leicht irres Lächeln aus.

»Bist du nicht gerade erst aus dem Urlaub zurückgekommen?« Sie musterte mich von Kopf bis Fuß auf der Suche nach einem Hauch von Sonnenbräune.

»Ich war nur eine Woche mit meiner Mum und meiner Schwester weg.«

»Oh, ein netter Strandurlaub?« Sie nickte, wie um ein »Ja« als Antwort heraufzubeschwören.

»So ähnlich. Wir waren in Wales.«

Sie hörte auf zu nicken. Ich erlöste sie von ihrem Elend.

»Auf einem Campingplatz.«

Ihr Lächeln war inzwischen erfroren, aber ihre Augen schrien: *Und das verstehen die Leute heutzutage unter Urlaub?*

»Bellllllaaaaa!« Rachels lange rote Haare flatterten um die Ecke. »Da bist du ja! MUM, warum hast mich nicht gleich gerufen?« Sie drängte sich an ihrer Mum vorbei und riss die Tür weit genug auf, damit man hindurchgehen konnte. »Es gibt SO viel zu erzählen.«

Rachels perfekt manikürte Hände packten meinen Arm und zogen mich ins Haus. Mit untrüglichem Blick erkannte ich, dass ihre Finger genau 1,2 Zentimeter von der exakten Stelle entfernt waren, wo Zac mich vor fünfzehn Stunden berührt hatte. Es war meine neue Lieblings-Körperstelle, sie verdrängte die merkwürdig weiche Haut neben meiner Achselhöhle von Platz eins.

Während ich aus den Schuhen schlüpfte, hielt ich nach Party-Spuren Ausschau. Fehlanzeige, das Haus war makellos wie aus einem Werbeprospekt. Ich könnte hier einen Mord begehen und am nächsten Tag wäre alles so blitzblank sauber, dass die Spurensicherung kein einziges Beweisstück finden würde. Gut zu wissen, falls Jo mir wieder einmal beim Knutschen in die Quere kommt. Oder falls sie je wieder die Geschichte erzählt, wie ich einmal bei Madame Tussauds ein Selfie mit einer Wachs-Nonne gemacht habe, um erst danach festzustellen, dass es sich um eine echte – und ziemlich entrüstete – alte Dame handelte.

»Tut mir leid wegen Mum. Du weißt ja, wie sie ist. Die Peinlichkeit in Person.«

»Von wegen! Hast du vergessen, wer *meine* Mum ist? Du hast keinen Grund, dich zu entschuldigen. Deine Mum ist jedenfalls nicht auf die Idee gekommen, dir ein Käsesandwich aus Muttermilch für die Schulpause mitzugeben.«

Ihre ohnehin schon riesigen blauen Augen wurden noch größer.

»Ach ja, stimmt! Ich kann immer noch nicht glauben, dass Mikey es gegessen hat!«

Ich lachte. Das hatte ich fast schon vergessen. Er würde so gut wie alles machen, um Tegan zu beeindrucken.

»Jemand sollte ihm sagen, dass der Weg zu Tegans Herz nicht über Muttermilch-Käse führt.«

Rachel tat so, als müsste sie würgen, und sah dabei für einen Moment ganz anders aus als auf den professionellen Familienfotos, an denen wir gerade vorbeigingen.

»Total abartig! Genauso schlimm wie meine Mum,

die Mr Lutas erklärt hat, das zu ihrer Zeit alle Mädchen hinter ihm her gewesen seien. Ich wollte nur noch im Boden versenken.«

Bei jedem anderen außer Rachel hätte ich darauf hingewiesen, dass es »versinken« heißen muss, aber ich wollte es ihr nicht noch schwerer machen, denn es war schlimm genug, sich fragen zu müssen, warum die eigene Mutter sich an einen Kunstlehrer ranmachte, der verdächtige Kreidespuren da im Schritt hatte, wo er seine Hose »zurechtrückte«.

Wir gingen in Rachs Zimmer, in dem echte moderne Kunst hängt, mit Rahmen und allem, und ließen uns auf ihr Bett fallen. Es war so groß, dass man quer darin liegen konnte. Ich starrte auf ihr hohes Regal, das eine ganze Wand einnahm und in dem sich vom Boden bis zur Decke Bücher reihten. Ich war jedes Mal aufs Neue fasziniert. Ganz oben standen die Bücher, die sie geerbt hatte (die meisten davon waren langweilig, aber es gab auch ziemlich witzige mit nackten Leuten in großen Champagnergläsern, die wir ab und zu durchblätterten). In der Mitte reihten sich die Kunstbände, die ihre Mutter ihr gekauft hatte, und unten stapelten sich die Bücher mit abgegriffenen Seiten, ohne die man Rachel kaum je sah.

Rachel stupste mich mit ihrem Glitzernagel an.

»Also, wie war dein Camping-Abenteuer?«

Erstmal tief Luft holen. Cool bleiben. Vielleicht sollte ich Zac vorerst gar nicht erwähnen? Ich könnte zur

Abwechslung mal total souverän wirken und so tun, als wäre das größte Ereignis aller Zeiten eigentlich gar nichts Besonderes für mich. Ja. Guter Plan.

»OMG! Es war WAHNSINN! Ich habe GEKNUTSCHT, na ja halb geknutscht, und zwar mit dem HEISSESTEN TYPEN der Welt, und es war der wahrscheinlich TOLLSTE Moment, den JEMALS irgendjemand erlebt hat, fliegender Schuh hin oder her, aber das ist NICHT WICHTIG, viel WICHTIGER ist, dass er einfach UNGLAUBLICH ist und schöne Zähne hat und seine Oma liebt und sein Lachen sich irre sexy anhört.« Die Worte sprudelten nur so aus mir heraus. Rachels Kinnlade klappte herunter – und blieb offen, während alle Details wie ein Wasserfall aus mir herausströmten. Weil mir nicht mal Zeit zum Luftholen blieb, musste ich mich am Ende flach aufs Bett legen, um nicht ohnmächtig zu werden. Normalerweise waren es immer die anderen, die solche Geschichten zu erzählen hatten. Es fühlte sich so gut an. Rachel reagierte genau so, wie ich gehofft hatte – sie machte an den entscheidenden Stellen sogar kleine Hüpfer, die Schockwellen durch die Matratze sandten.

»Also, nur damit das klar ist: ER hat sich bei DIR entschuldigt, weil ER DICH küssen wollte?«

»Hm-hm.«

»Und jetzt in dieser Sekunde glaubt er, dass du ihn versetzt hast, weil du dich nicht für ihn interessierst, während du ebenfalls jetzt in dieser Sekunde ernsthaft mit dem Gedanken spielst, unser Haus zu verlassen und 397 Meilen Fußmarsch auf dich zu nehmen, um dich bei ihm für dein »Supi« zu entschuldigen.«

»Genauso ist es.«

Sie strampelte mit ihren langen Armen und Beinen wie ein auf dem Rücken liegender Marienkäfer.

»Und seine letzten Worte, bevor er dich halb geküsst hat, drehten sich um … Schnecken?«

»Hm-hm. Das gibt der Bezeichnung *Dirty-Talk* eine ganz neue Bedeutung.«

»Bells, das ist total verrückt. Und ich liebe es!«

Wir kricherten – eine Mischung aus kreischen und kichern – über meine Meisterleistung. Vielleicht hatte sich die Welt ja tatsächlich verändert. Vielleicht gehörte ich, Bella Fisher, ab sofort zu den Mädchen, die Geschichten davon erzählen konnten, wie sie Jungs geküsst hatten, statt nur vor ihnen über die eigenen Füße zu stolpern.

Im Hochgefühl dieser Offenbarung hielt ich es für einen guten Zeitpunkt, um auf die letzte Nacht zu sprechen zu kommen.

»Also, ähm, jetzt, wo du alles über meinen wahrgewordenen Hottie-Traum weißt, musst du mir auch alles über die Party erzählen.«

Sie fing an zu strahlen. Offenbar war die Party ein voller Erfolg gewesen.

»Ich wünschte, du hättest hier sein können. Es ist *SOOOO* viel passiert.«

Genau das wollte ich *nicht* hören. Die Antwort »Es ist absolut nichts passiert, und es war so langweilig, dass wir uns alle geschworen haben, niemals wieder eine Party ohne dich zu feiern« wäre mir lieber gewesen.

»Also raus mit der Sprache.« *Bittebittebittelasses-OKsein.*

»Okay, erst die Schlagzeilen.« Sie hielt inne und kramte in ihren von spektakulären Geschichten überquellenden Erinnerungen. »Also ... unser Toaster ist jetzt kaputt, weil Lou ein Polster ihres Push-up-BHs in den Schlitz geworfen hat. Wir haben es erst heute Morgen beim Frühstück gemerkt, als der Schaumstoff auf Mums Bagel geschmolzen ist ... Was noch ... Ich habe einen total schnuckeligen Typen kennengelernt, PJ, aber ich habe es wahrscheinlich vermasselt, indem ich ihn überall als BJ vorgestellt habe, und niemand hat es mir gesagt. Oh, und Mikey hat eine *Shake it off*-Performance mit krassen Moves hingelegt, für die er einen BRITS-AWARD verdient hätte.«

Rachel plapperte glücklich vor sich hin, froh, eine Zuhörerin zu haben, mit der sie alles noch einmal durchleben konnte. Normalerweise wäre ich am Boden zerstört gewesen, weil ich all das verpasst hatte, aber es war weniger schlimm als erwartet. Wenn ich hier gewesen wäre, hätte ich niemals Zac kennengelernt. Getoastete Fake-Boobs vs. ein Abend mit Zac – ich wusste, wofür ich mich entscheiden würde. Aber auch wenn mich diesmal kein FOMO-Syndrom quälte, nagte jetzt etwas ganz anderes an mir. Rachel hatte mit keinem Wort den Luke-und-Tegan-förmigen Elefanten im Zimmer erwähnt. Das reichte, um Panik in mir aufsteigen zu lassen. Sie wusste genau, wie sehr ich ausgeflippt war – sie hatte meine hysterischen Nachrichten gelesen. Vermied sie das Thema absichtlich?

Während sie mir davon erzählte, wie Mikey sich beim Headbanging fast selbst am Pianoflügel k. o. geschlagen hatte, wartete ich den richtigen Moment ab.

Es war an der Zeit, mit dem Finger auf den Elefanten zu zeigen.

Zeit, die Wahrheit zu erfahren.

Kapitel 8

»Raaaaaachel.« Schluck. Es ist so weit. Mach dich locker. Bleib ganz ruhig, nicht so wie beim letzten Mal.

»Was Luke gestern Abend geschrieben hat, war leicht seltsam, findest du nicht? Genauer gesagt, total seltsam.«

Sie streckte ihre langen Arme über ihre noch längeren Beine, zupfte an ihren regenbogenfarbigen Flauschhausschuhen und vermied es, mir in die Augen zu sehen. Auf eine gespielt »Ach, da fällt mir gerade ein«-Art unternahm ich einen neuen Vorstoß.

»Und dann … dann habe ich die Nachricht von dir bekommen. Die ebenfalls seltsam war. Du und Tegan seid den ganzen Abend unerreichbar gewesen.« Sie machte keinerlei Anstalten, meine unausgesprochene Frage zu beantworten. »Irgendwie seltsam, oder?«

Sie wurde rot. Mein Herz plumpste nach unten.

Ich musste mir dringend ein anderes Wort für seltsam einfallen lassen.

»Ach so, ja … das.« Sie blickte mich belämmert an. Ich war also nicht paranoid – sie hatte das Thema tatsächlich vermieden.

»Ja, das.«

Rachel stellte sich vor ihren Ganzkörperspiegel und drapierte ihre Haare zu einem zauseligen Hochdutt. Ihr Pech, dass Spiegel die Angewohnheit haben, alles zu reflektieren. So konnte ich genau sehen, wie gestresst sie war. In ihrer perfekten Welt war es schwer, mit nichtperfekten Dingen umzugehen. Ich kam mir vor, als würde ich auf meine Examensergebnisse warten.

»Okay, aber wenn ich es dir sage, darfst du nicht durchdrehen. Versprochen?« Sie wartete meine Antwort gar nicht erst ab. »Ich meine, ich war von vorneherein dagegen, Luke einzuladen, aber du meintest, wir müssten es tun, weil es sonst so aussehen würde, als wärst du noch nicht über ihn hinweg. Am Schluss waren wir alle einverstanden.«

Sie hatte mir noch nichts gesagt, was ich nicht bereits wusste.

»Uuuund?«

Sie spielte mit einem Body Spray, klimperte rhythmisch mit ihren Wimpern und versuchte eindeutig, Zeit zu schinden.

»Und. Na ja. Okay. Also gut. Wir, ähm, wir saßen alle da und so weiter, und Luke unterhielt sich mit den

Joggies. Du weißt, wen ich meine.« Und ob. Die JOGS oder auch die *James Owen Girl's School* ist eine piekfeine Mädchenschule nicht weit von unserer eigenen entfernt, deren Schülerinnen alle aussehen, als kämen sie gerade von einem fantastischen Skiurlaub zurück. Selbst im Sommer.

»Jedenfalls hat eine von ihnen sich an ihn rangeworfen. Stell dir vor, sie sitzen also auf dem Sofa – das Mumbles bepinkelt hat!«

Das Sofa hat ein Blättermuster! Mumbles dachte, er sei im Freien!

»Dann legt er den Arm um sie, und jedem ist klar, dass sie knutschen wollen. Sie waren schon beim *Oh, bist du etwa kitzlig*? angelangt.«

Ich wusste genau, was sie meinte. Ich hatte es ja selbst erlebt. Ein echter Grapsch-Klassiker mit Hintergedanken. Typisch Luke. So vorhersehbar.

Rachel legte sich neben mich aufs Bett. Ich musste das Gespräch unbedingt am Laufen halten.

»Also war auf dem Foto dieses Mädchen zu sehen? Ich meine, das Foto, das Luke mir geschickt hat. War sie das Mädchen mit dem lila Hut?«

Rachel zögerte, bevor sie antwortete. Als müsste sie sich das Ja erst zurechtlegen.

»Ja … genau.«

Wenn an der Decke ein Spiegel gewesen wäre, hätte ich überprüfen können, ob sie heimlich die Finger kreuzte. Andererseits, ein Spiegel an der Decke? Wahrscheinlich hätte ich mich gar nicht erst aufs Bett gelegt.

Ich ärgerte mich über mich selbst, aber die Vorstellung, wie Luke sich vor den Augen meiner Freunde an das Lilahut-Mädchen ranschmeißt, versetzte mir einen Stich. Kann es einem jemals egal sein, wenn der Exfreund eine neue Freundin hat? Hoffentlich war den beiden beim Knutschen ein Duftschwall Mumbles-Pisse in die Nase gestiegen und sie hatten es für den Geruch des anderen gehalten.

»Und wie ging's weiter?«

»Ach, da war nicht viel. Ich habe die beiden sich selbst überlassen. Genau das wolltest du doch, oder?«

Puh. Das war's. Kein Drama.

»... bis ich deine Nachricht mit Lukes Foto bekam.«

Oh-oh. Das hörte sich plötzlich doch nach Drama an.

»Das hat mich gewurmt. Sehr sogar.«

Der Drama-Zeiger schoss nach oben.

»... da habe ich es Dan gezeigt.«

Definitiv und zu hundert Prozent Drama. Dan ist Rachels Jura studierender, zum Heulen gutaussehender, Rugby spielender Bruder, dessen Oberarm den Durchmesser von Rachs Kopf hat. Wir haben nachgemessen.

»Rachel, mach's nicht so spannend.«

»Dan hat Luke rausgeschmissen.«

Tröt, tröt! schrillte der Drama-Alarm.

Das war genau das, was ich auf keinen Fall wollte.

Ein Luke-Drama, und zwar meinetwegen. *Argh!* Mund, Hirn, jetzt nicht ausflippen! Noch nicht. Vielleicht hatte es ja keiner mitgekriegt? Rachel erzählte weiter.

»Luke hat einen Riesenaufstand gemacht. Ich wusste bis gestern nicht, wie rot ein Gesicht werden kann. Er sah aus wie der Rothko an meiner Wand.« Rachel deutete auf das Bild eines roten Vierecks, ein Druck, den sie zu ihrem neunten Geburtstag geschenkt bekommen hatte. Im selben Jahr hatte ich einen Secondhand-Pyjamabeutel in Gestalt eines Pferdchens bekommen, das wieherte, wenn man am Schwanz zog. »Ehrlich, es war wie im Film.«

Was für ein Spitzendrama. Der Schuss war komplett nach hinten losgegangen. Meine *Lade-Luke-ein-damit-alle-sehen-wie-egal-er-mir-ist*-Strategie hatte dazu geführt, dass ich hysterische Nachrichten geschrieben hatte und er vor die Tür gesetzt worden war. Das genaue Gegenteil von *Ist mir doch egal. Argh!* Und jetzt hatte ich auch noch Rachel und Tegan mit reingezogen.

»Er ist ein Vollidiot. Warum kann er sich nicht um seinen eigenen Kram kümmern, statt sich in das Leben anderer einzumischen? Und was hat er eigentlich gegen Tegan? Ich meine, wenn er schon so tut, als würde er mit einer anderen rummachen, warum sucht er sich dann ausgerechnet Tegan aus – die nie mit irgendjemandem rummacht, ja nicht einmal so tut, als würde sie es tun?« Das alles ergab keinen Sinn. Irgendein Puzzleteilchen fehlte. »Weißt du, was das sollte?«

Rachel zuckte vage mit den Schultern. Ich überlegte laut weiter.

»Glaubt er, es interessiert mich, welches bedauernswerte Mädchen das Pech hat, mit ihm knutschen zu müssen? Die Arme tut mir höchstens leid.« Eine kleine Notlüge für Rachel und mich selbst.

GRRR. Mein müdes Hirn kriegte das alles nicht mehr auf die Reihe. Ich ließ mich aufs Bett platschen, streckte die Arme wie ein Seestern aus und angelte nach meinem Handy, um noch einmal seine Nachrichten durchzugehen. Blöder Luke. Blödes Lilahut-Mädchen. Rachel drehte das Handy so, dass sie mitlesen konnte.

»Okay, Bells. Wir wissen, dass Lukes Verstand nicht normal funktioniert.« Ein bemerkenswerter Satz von jemandem, der sich die Schulter ausgerenkt hatte, um zu beweisen, dass man sich am Ellbogen lecken kann. »Daher kann man nur schwer nachvollziehen, wie er tickt und was er tut. Weißt du noch, wie er sich Wäscheklammern ins Gesicht geklemmt hat und mitten in der Mathestunde aus dem Schrank hervorgesprungen kam? So verhält sich kein normaler Mensch. Wir müssen also anormal denken, um ihn auch nur annähernd zu verstehen … Ich vermute, er wollte dafür sorgen, dass du an ihn denkst, während du weg bist.«

»Aber zu dem Zeitpunkt dachte ich noch, es wäre der schlimmste Urlaub meines Lebens.«

»Ja, du Dummerchen, aber deine Freundinnen haben deinem Exfreund das Gegenteil weisgemacht. Wir haben behauptet, du wärst in der Partyhauptstadt von Wales, wo das Verhältnis der Anzahl heißer Typen zu Bella ungefähr 100:1 ist.«

Ich lächelte – gute Freundinnen waren auch die besten Lügnerinnen.

»Bella, mein Schatz …«

Ich erstarrte. Wieso hörte ich plötzlich Mums Stimme?

War sie etwa hier? Hatte sie sich unter dem Bett meiner Freundin versteckt? War das wieder eine ihrer Mutter-Tochter-Aktionen, um die gegenseitige Bindung zu stärken? Ich spähte über den Rand der Matratze.

»Hallo? Hall-o-ooo? Tochter? Bist du das?«

Rachel deutete auf meine Jeans. Ich hatte nicht nur aus Versehen mit meinem Hintern eine Nachricht geschickt, ich hatte auch auf *laut* gestellt. Glückwunsch, Hintern, du schaffst es nicht einmal, dass ich ohne zu wackeln in die Hocke gehen kann, aber mit Alltagstechnologie kennst du dich aus.

»Bin bei Rachel«, sagte ich mit meiner *Ich-bin-immer-noch-sauer-auf-dich*-Stimme.

»Hi, Ms Fisher«, schrie Rachel meinen Hintern an.

»Hi, Mädels«, zirpte Mum bzw. mein Hintern zurück. Ich machte mir nicht die Mühe, mein Handy aus der Hosentasche zu ziehen. Von mir aus konnte Rachel alles mithören (wenn auch leicht gedämpft durch die Jeans).

»Was willst du?«

»Wie schön, dass du so gut gelaunt bist, Sonnenschein.« Ich sah Rachel an und verdrehte die Augen. »Ich weiß, du bist mit Freunden unterwegs und hast sicher jede Menge Spaß, aber kannst du bitte in der nächsten halben Stunde nach Hause kommen? Ich muss gleich weg zum *Pilates mit Welpen*, und mir ist aufgefallen, dass du deine Schlüssel zu Hause liegen gelassen hast. Du musst zurückkommen, bevor ich gehe, okay?«

»Aber ich bin gerade erst …«

Ich kam nicht dazu, meinen Satz zu beenden. Sie unterbrach mich mit dieser unfairen Mum-Taktik – den Einwand überhören und einfach weiterreden, nach dem Motto: Das ist keine Frage, sondern eine Tatsache.

»Priiima. Ich wusste, es würde dir nichts ausmachen. Okay, ich bin in Eile, ich muss noch den Kohlrabi aus dem Ofen holen. Bis in fünfzehn Minuten, Liebes. Tschüs, Tochter, tschüs, Rachel. YOLI!«

Mum beendete ein Telefonat gerne mit einem motivierenden Gedanken. Mich motivierte sie am ehesten, wenn sie auflegte.

Eine offensichtlich leicht verwirrte Rachel winkte meinem Hintern zum Abschied. Mein Hintern winkte nicht zurück.

»Ähm, *YOLI?*«

Ich hatte gehofft, sie hätte es nicht bemerkt.

»Frag nicht. Mum durchlebt gerade eine Reinkarnationsphase. YOLI, you only live infinitely.«

Rachel lachte, aber ich war nicht in der Stimmung,

irgendetwas lustig zu finden. Außer vielleicht niesende Panda-Babys.

Das war's dann wohl. Ein falscher Po-Wackler und mein letzter Sommerferienabend hatte sich erledigt. Ich zog meine Jacke an und rief Rachs Familie in der Küche einen Gruß zu, wobei ich mich von Dan aus Versehen mit »Bye, HOB!« verabschiedete. Die Macht der Gewohnheit, ich nannte ihn meist Hot Older Brother. Er sah mich an, als hätte ich mich gerade tränenreich von meiner liebsten Tolkien-Figur verabschiedet. Während ich weiter zur Haustür eilte, versprach Rachel mir, die Sache in Ordnung zu bringen. Sie würde ihrem Bruder erklären, dass ich keine Gefühle für Fantasy-Zwerge hegte, und ihn bei der Gelegenheit auch gleich nach Auswanderungsbestimmungen für Jugendliche fragen, falls ich demnächst das Land verlassen müsste.

Ich trottete nach Hause und dachte an Luke, lila Hüte, Zwerge, und an einen heißen Typen namens Zac. Mir schwirrte der Kopf.

Als ich endlich meine Zimmertür hinter mir schloss, hätte ich mich an meine Hausaufgaben setzen müssen, die ich schon die ganze Woche vor mir hergeschoben hatte. Stattdessen nutzte ich klugerweise die letzten Augenblicke in Freiheit, um meine Bücher zu alphabetikalisieren (ein neues Wort, schlags im alphabetikalisierten Wörterbuch nach), meine Zehennägel regenbogenfarben zu lackieren – den Teppich aus Versehen mit dazu – und alte Zeitschriften zu lesen. Die Zeit verfliegt nur so, wenn man prokrastiniert.

Wäre der Tag anders verlaufen, könnte ich jetzt mein zweites Date mit Zac noch einmal in Gedanken durchleben, statt mich zu fragen, wie um alles in der Welt ich den peinlichen Auftritt meiner Schwester und meinen überstürzten Aufbruch je wiedergutmachen könnte.

Aber etwas war mir von Zac geblieben. Ich öffnete *PSSST*. Wow, mein Post über Jo hatte bereits fünfzehn Likes. Das waren mehr als meine Fotos von Mumbles auf Instagram. Was, wenn einer der Likes von Zac war? Vielleicht sollte ich weiterposten. Mal überlegen. Ich verspürte einen Anflug von Selbstmitleid, als mir klar wurde, was für eine Riesenauswahl ich zur Verfügung hatte.

MEINE MUM WOLLTE, DASS ICH IHR EIN PAAR FOTOS VON EINEM STUDENTEN ZEIGE, DEN MEINE SCHWESTER ANSCHMACHTET. ICH HABE EINEN ACCOUNT FÜR SIE ERÖFFNET, NACH DEM TYPEN GESUCHT UND SIE DANN ALLEIN DIE PICS ANSCHAUEN LASSEN. WIE HÄTTE ICH AHNEN KÖNNEN, DASS SIE IMMER WIEDER AUFS DISPLAY TIPPT, UM SEIN GESICHT RANZUZOOMEN. SIE HATTE ÜBER FÜNFZIG SEINER FOTOS GELIKED. FOTOS VON VOR DREI JAHREN. UNTER IHREM ECHTEN NAMEN. MEINE SCHWESTER WEISS ES NOCH NICHT.

Jo würde mich umbringen, weil ich das zugelassen hatte. Aber ist es meine Schuld, dass Mum nicht weiß, wie man ein Handy benutzt und zu Liken *Herzchen schenken* sagt?

Ich scrollte durch die neuesten Posts und hoffte inständig, dass irgendetwas in meiner Timeline sich zu Zac zurückverfolgen ließe. Vielleicht hatte er einen Kommentar zu Jos gestrigem Auftritt gepostet? Aber da war nichts.

Enttäuscht steckte ich mein Handy zum Aufladen ein und verzog mich mit einer Taschenlampe unter meine Decke. Das Unausweichliche war da. Mir stand eine lange Nacht bevor, in der ich angeblich schlief, während ich in Wirklichkeit meinen Ferienaufsatz schrieb.

Aber angesichts dessen, was mich morgen in der Schule erwartete, würde fehlender Schönheitsschlaf meine geringste Sorge sein.

Kapitel 9

Ist es nicht seltsam, dass in der Sekunde, in der am ersten Tag nach den Ferien der Wecker schrillt, man das Gefühl hat, nie von der Schule weggewesen zu sein?

Eltern stöhnen, wenn sie wieder zur Arbeit gehen müssen, und vergessen dabei, wie schlimm Unterrichtsstunden sind. Und wir kriegen nicht mal Geld dafür. Wenn ich für jeden Tag, den ich mich ins St. Mary's geschleppt habe, zweihundertfünfzig Toffee Crisps kaufen könnte, hätte die Tortur sich wenigstens rentiert.

Ich brauchte viel zu lange, um mich fertigzumachen, weil ich allein fünfzehn Minuten damit vertrödelte, meinen Kleiderschrank auszuräumen und nach meinem Pullover zu suchen, nur um am Ende festzustellen, dass er ganz unten in meinem Schulrucksack lag, zusammen mit zwei Briefen ohne Unterschrift und einem schon etwas gammligen Apfel. Es hatte aber auch ein

Gutes. Anscheinend sah ich in meiner nach verfaultem Obst riechenden, zerknitterten Uniform so jämmerlich aus, dass Mum Mitleid bekam und mich zur Schule fuhr.

»Und jetzt raus mit dir, meine Süße, heute hat dein Fahrdienst dich mal direkt bis vor die Tür gebracht.«

Ich versuchte, so leise wie möglich die Beifahrertür zu öffnen, um unauffällig davonzuschleichen, ohne dass jemand es merkte. Was nicht so einfach war, wenn man aus einem Auto stieg, das einen Sticker hatte, auf dem *Hippies tun es ohne BH!* stand.

Mum beugte sich zu mir. »Denk dran, was Jo immer sagt: Glaube fest an deine Ziele, dann erreichst du sie auch!«

Ich stöhnte.

»Ich glaube, der Tag heute wird schrecklich, und dieses Ziel wird definitiv erreicht.« Ich schlug die Tür zu. »Bye.«

Mum fuhr laut hupend davon. Wenigstens hatte sie nicht mehr ihre muhende Kuh-Hupe. Man ist ja schon für Kleinigkeiten dankbar.

Ich schulterte meinen Rucksack und steuerte das große Eingangstor an. Zeit für ein paar aufmunternde Gedanken. Ich musste einfach nur die nächsten acht Stunden überstehen. Dazu gehörten die Unterrichtsstunden, Rachel und Tegan, die Mittagspause und sonst niemand – ganz besonders nicht Luke. Eine einfache Aufgabe, die zu schaffen war. Maske auf, Bella, das Spiel beginnt. Vielleicht ist die Party schon längst vergessen und niemand verliert mehr ein Wort darüber?

»Bellllaaaaaaaa.« Ich zuckte zusammen, als sich wie aus dem Nichts zwei Arme von hinten um mich schlangen. Ich musste nicht erst das Gesicht sehen, um zu wissen, wer es war, das verriet mir die sanfte Stimme. Meine lange verschollene Freundin war soeben wieder-aufgetaucht. Und sie schien erfreut zu sein, mich zu sehen.

»Du lebst also noch?« Ich drehte mich zu Tegan um, die offensichtlich entschlossen war, die fünf Prozent Verärgerung in meiner Frage zu überhören. Sie hatte ihre Haare geflochten und zu einem Dutt hochgesteckt. Die neue Frisur sah in echt noch besser aus als auf dem Foto, dass Tegan mir letzte Woche geschickt hatte. Ich war ein wandelnder Flohmarktständer, während sie bei ihrem Outfit nichts dem Zufall überließ. Wobei ich mich allerdings fragte, woher ihre Haut auch ohne Make-up diesen phantastischen Glow hatte. Das wäre doch mal ein gutes Examensthema.

»Ja, ich lebe noch. Sorry. Allerdings hätte mich gestern fast der Schlag getroffen, als ein neunjähriger Junge beim Turnen mit Tönungsbräune und gezupften Augenbrauen aufgekreuzt ist.« Sie legte den Arm um mich (2,2 Zentimeter von Zacs Stelle entfernt) und drückte mich. »Wir haben dich vermisst. Du darfst nie wieder ohne uns auf Familienurlaub gehen.«

Tegan ist so ziemlich die unkomplizierteste Person,

die ich kenne, und das auf eine umwerfende Art. Ich weiß immer genau, woran ich bei ihr bin. Jetzt in diesem Moment bin ich beispielsweise Arm in Arm mit ihr. Einige finden, sie sei zu ernst, ja sogar einschüchternd, aber wenn man mit ihr befreundet ist, lernt man sie von einer ganz anderen Seite kennen. Während wir eingehakt zu unseren Spinden gingen, genoss ich es wieder, Teil eines Teams zu sein.

»Beim nächsten Mal nehm ich dich in meinen Koffer mit nach Black Bay, Tegan, okay? Du bist gelenkig, du passt da rein.«

»Ähm, beim letzten Mal war Black Bay angeblich ein Höllenloch, können wir uns also auf ein anderes Urlaubsziel einigen, bevor du mich zum menschlichen Handgepäck machst?«

Das war der Moment, auf den ich gewartet hatte. Die Gelegenheit, ihr von Zac zu erzählen und alles noch einmal zu durchleben. Ich hielt sie fest und blieb stehen.

»Halt. Keinen. Schritt. Weiter. Ich habe tolle Neuigkeiten. Black Bay ist echt irre!« Eine letzte Spitze konnte ich mir dann doch nicht verkneifen. »Wenn du dir die Mühe gemacht hättest, auf meine letzten Nachrichten zu antworten, dann wüsstest du das längst.« Ich bedachte sie mit einem strengen Blick.

Sie rümpfte die Nase.

»Tut mir leid, tut mir leid, ich kann es erklären!«

»Und die Party?«

»Die auch. Das war wirklich keine große Sache.«

Ihre Zerknirschtheit war wie eine Kuscheldecke für mein sorgengeplagtes Hirn. Ja, Rachel hatte mir bereits erklärt, was passiert war, aber die gleiche Version auch von Tegan zu hören, beruhigte mich wirklich.

Tegan und ich hatten uns auf dem Spielplatz kennengelernt, ein paar Wochen nachdem ihre Familie von Zimbabwe hierhergezogen war. Unsere Mütter streiten sich heute noch über den Hergang der Ereignisse, aber offenbar haben wir unsere ganze Klasse dazu überredet, die Pausenmilch in die Aktentasche der Lehrerin zu kippen, als Geschenk für sie. Das ist wahrscheinlich das erste und letzte Mal gewesen, dass Tegan etwas angestellt hat. Ich kenne sonst niemanden, der sein Leben so gut auf die Reihe kriegt wie sie. Deshalb fragte ich sie bei allem um Rat, und deshalb würde sie auch jetzt dafür sorgen, dass es mir wieder besserging.

Rachs Kopf tauchte über Tegans Spindtür auf. So perfekt gelockte Haare sah man sonst nur auf den Titelblättern von Modezeitschriften. Woher wussten die beiden nur, wie man so was hinbekam? Mein Frisiertalent ging gegen null, daher hatte ich Jo heute Morgen dazu überredet, meine kurzen Haare aufzuhübschen, damit ich reifer und furchteinflößender wirkte, für den Fall, dass ich Luke über den Weg lief – mit dem Resultat, dass ich jetzt wie eine Schweizer Ziegenhirtin aussah. Aber für Ziegen sind Ziegenhirtinnen ja auch einschüchternd.

Ich strahlte Rachel an.

»Hey, Hübsche. Was machst du denn hier?«

Sie kam hinter der Tür hervor und umarmte uns. Tegan war etwas größer als ich, aber Rachel hatte sogar Model-Größe. Augen auf bei der Wahl der Freundinnen, kann man da nur sagen. »Tegan wollte mir gerade erklären, warum sie mich wegdrückt, kaum dass ich eine Woche fort bin …«

»Ähm, nein. Ich wollte dir erklären, was passiert, wenn dein Akku leer ist und das Handy dann auch noch durch eine winzige Öffnung in die Sporttasche rutscht und du denkst, du hättest es verloren, bis du die Tasche am Montagmorgen notgedrungen ausräumst und das Handy findest und der Speicher mit merkwürdigen Nachrichten überquillt.« Sie zog die Augenbrauen hoch. »Woraufhin du deinen Freundinnen textest und vorschlägst, gemeinsam zur Schule zu gehen, aber keine Antwort erhältst.«

Rachel und ich blickten gleichzeitig auf unsere Handys – und lasen eine Gruppennachricht von Tegan, die wissen wollte, ob wir gemeinsam zur Schule gehen. Ups.

»Tja, dafür hast du ein Sorry-Emoji verdient. Jetzt sind wir quitt.« Tegan schüttelte nur den Kopf. Wir sind so verschieden wie Tag und Nacht. Vorausgesetzt der Tag sitzt am liebsten faul auf dem Sofa und die Nacht lässt keine Minute verstreichen, ohne etwas Sinnvolles zu tun. »Okay, jetzt möchte ich nur noch wissen, was das zu bedeuten hat.«

Ich zeigte ihr das Pic, das Luke mir geschickt hatte. Ihre braunen Augen wurden hart.

»Kannst du mir sagen, wieso er behauptet, du wärst dieses Mädchen? Ich steh total auf der Leitung …«

Tegan nahm mein Handy und zoomte das Foto heran. Täuschte ich mich oder warf sie Rachel einen Blick zu? Nein, sie starrte auf das Display. Luke, der verdammte Loser, schaffte es noch, dass ich gegenüber den beiden Menschen, denen ich am meisten vertraute, misstrauisch wurde.

»Das ist echt merkwürdig. Ehrlich gesagt erinnere ich mich nur noch verschwommen an den Abend. Sowas passt gar nicht zu mir.« Das stimmte. Sie war sonst immer die Vernünftige. Aber ich kannte sie gut genug, um zu merken, dass da noch etwas war. Ich musste es nur aus ihr herauskitzeln.

»Du hast also nicht die geringste Ahnung?«

Sie seufzte unentschlossen. »Ich kann mir nur einen Grund vorstellen.«

Ich wusste es. Tegan senkte die Stimme zu einem Flüstern.

»Seit Rachel mir die Nachricht an dich auf der Party gezeigt hat, habe ich überlegt, was das soll. Ich hatte die ganze Zeit das Gefühl, irgendetwas zu übersehen.«

Tegan würde der Sache auf den Grund gehen, wie immer. Sie war wie ein Fernsehdetektiv, nur ohne Morde.

»Das Einzige, was mir dazu einfällt, ist Black Bay. Als die Party losging, haben wir aus deinen Ferien einen

Hammerurlaub gemacht und dabei etwas übertrieben.« Rachel nickte. Das hatte sie mir gestern schon gesagt. Tegan überlegte weiter.

»Luke saß hinter dem Sessel auf dem Boden. Wir wussten, dass er alles mithören konnte, und haben wild drauflos geflunkert. Dass du Wand an Wand mit den heißesten Jungs wohnen würdest. Dass sie dich anbaggern. Dass du dich einmal sogar nur mit einem Stock erwehren konntest. Und dass dir erst jetzt klar geworden ist, mit welchen Losern du dich früher abgegeben hast.« Sie schauderte. »Dass es miese Küsser waren ... mit Mundgeruch ... und blöden Sprüchen auf ihren hässlichen T-Shirts.« Sie schüttelte sich noch mehr. »Und dass du nicht verstehst, wie du mit jemandem zusammen sein wolltest, der eine Single von Il Divo hat.« Sie biss sich auf die Lippe und zuckte zusammen. »Ich schwör dir, wir wollten dir nur einen Gefallen tun. Aber im Nachhinein muss ich zugeben, dass wir ein bisschen übers Ziel hinausgeschossen sind.«

Ja, das waren sie. Aber es gefiel mir. Das, was sie über Luke gesagt hatte, war richtig. Ich hatte ihm das nur nie ins Gesicht sagen können – während er sofort in alle Welt hinausposaunt hatte, dass ich ein Loserin sei und es ihm von Anfang an nicht ernst gewesen sei. Wichtig war ihm nur sein Ruf (und das Sticker-Album der Weltmeisterschaft von 2014).

Ich setzte meine beste Sherlock-Miene auf und zupfte einen imaginären Kragen hoch.

»Also … nach allem, was ich heute gehört habe, ist davon auszugehen, dass Luke dachte, wir hätten ihn zur Party eingeladen, um uns über ihn lustig zu machen. Das Foto war der lächerliche Versuch, sich zu rächen.«

Tegan spielte sofort mit und stellte ihren imaginären Kragen ebenfalls hoch.

»Exacto. Aber ein Pic von ihm, wie er irgendeine Tussi abknutscht, reichte nicht. Es musste eine von uns sein, um dich so richtig auf die Palme zu bringen.«

Das war genau die Art von Überlegung, die Lukes wirrer Kopf zustande bringen würde. Ich war froh, dass wir das fehlende Puzzleteilchen gefunden hatten. Jetzt konnte ich endlich aufhören, über Lukes Andeutungen nachzudenken, und mich auf Wichtigeres konzentrieren. Zum Beispiel von Zac zu träumen und die neuesten Posts auf *PSSST* zu lesen.

Nachdem nun endlich Klarheit herrschte, was Lukes durchgeknallte Aktion anging, konnten wir uns anderem Party-Gossip zuwenden und dabei die Bücher für die erste Stunde hervorholen. (Es ist mir schleierhaft, warum wir in Geografie Bücher brauchen, eine Landkarte tut's doch auch.) Gerade als ich das Schulbuch aus der hintersten Ecke meines Spinds hervorkramte, kam eine Schülerin aus der Oberstufe und schob einen Papierstapel in mein Fach.

»Die hätten schon längst verteilt werden müssen. Hab's vergessen. Machst du das?«

Ohne auf eine Antwort zu warten, ging sie weiter. Ich

zog den Stapel wieder heraus, es waren Flyer für den Schulball. Einen Vorteil hatte es, in der Zehnten zu sein, ab jetzt durften wir unsere eigene Party feiern. Der Ball war das größte Event des ganzen Jahres und diesmal würden wir dabei sein. Seit unserem ersten Tag in St. Mary's fieberten wir diesem Ereignis entgegen.

»Gib mal her.« Eine besonders verhasste Hand schnappte sich einen Flyer. Wenn man vom Teufel spricht. Und seinen Händen. »Wenn ihr Glück habt, lade ich eine von euch ein. Vielleicht Rachel. Sie ist die Hübscheste.«

Seine Vollpfostenkumpel prusteten los. Mein Tagesziel hatte ich jetzt schon verfehlt: Luke unter keinen Umständen über den Weg zu laufen. Dabei war es noch nicht einmal neun, so viel Pech auf einmal war nicht fair. Leute mit gesundem Menschenverstand waren um diese Zeit noch gar nicht wach.

Tegan riss ihm den Flyer aus der Hand.

»Hast du nicht das Kleingedruckte gelesen?«, fauchte sie ihn an. »Haustiere, Eltern und totale Loser sind nicht zugelassen. Also ändere schon mal deine Pläne für diesen Abend. Wie wär's mit Sticker sammeln?«

Er warf mir einen bösen Blick zu. Ich blickte genauso böse zurück. Ja, ich hatte meinen Freundinnen davon erzählt, und nein, es kümmerte mich nicht im Geringsten, wenn er mich dafür hasste.

»Mädels, bitte. Das wird langsam peinlich. Zuerst Samstag, jetzt das. Habt ihr niemand anderen, über den ihr reden könnt?« Er legte seine Hand auf Tegans Arm. Sie wich zurück. »Ach, und Tegan … hat dir schon mal jemand gesagt, dass eine scharfe Zunge nicht zu dir passt? Am Samstag war sie viel sanfter – als du sie in meinen Mund gesteckt hast.«

Mir wurde ganz heiß vor Wut, ich kam mir vor wie ein menschlicher Heizkörper, der auf *brühendheiß* gestellt ist oder wie auch immer die höchste Stufe heißt. Dieser Typ hatte vielleicht Nerven. Lügen zu texten war das eine, aber zu lügen und uns dabei ungeniert in die Augen zu schauen, war etwas anderes. Für wen hielt er sich eigentlich?

Tegan kam mir mit der Antwort zuvor.

»Das Einzige, was dein Mund kann, sind Lügen erzählen. Und jetzt zieh Leine und lass uns in Ruhe.« Sie schlug ihre Spindtür zu und stieß Luke grob zur Seite. Ich zerplatzte fast vor lauter Freundinnenglück. Ich war so stolz auf sie, auf ihren Mut, für das, was richtig war, einzustehen, sogar vor den Augen seiner fiesen Kumpel. Alles, was ich zustande brachte, waren finstere Blicke, und selbst die sahen ein bisschen so aus, als hätte ich Blähungen.

Leider verstand Luke ihren Wink nicht (ist es noch ein Wink, wenn man jemandem eine deutliche Ansage ins Gesicht schreit). Er versperrte mir den Weg und sah mich direkt an.

»Hör mal, Bella, ich meine es nur gut, wenn ich dich vor Freundinnen warne, denen man nicht trauen kann.

Stimmt's, Tegan? Hab ich recht, hübsche Rachel? Eines Tages, wirst du mir dankbar sein, Bella.« Mit einem Augenzwinkern stibitzte er mir einen Flyer aus der Hand. »Auch wenn ich bis zum Ball warten muss, irgendwann werde ich es aus deinem Mund hören. Wenn du mich brauchst, du weißt, wo du mich findest.«

Angesichts dieser Mega-Frechheit blieb mir der Mund offenstehen. Wie konnte er es wagen, mich zu bevormunden? Er war weder meine Mutter noch mein Lehrer. Und auch nicht meine Schwester, wenn sie mal wieder schlechte Laune hatte. Ich kam mir vor wie der unglaubliche Hulk, nicht ganz so grün, aber sehr viel wütender.

»Dann hör mir mal genau zu, denn auch ich meine es nur gut mit dir. Es stimmt nämlich. Du küsst so mies, dass einem diejenige, die auf dem Foto ist, nur leidtun kann.« Schluck. Hatte ich das etwa laut ausgesprochen? Ich hätte nicht sagen können, wer von uns beiden entsetzter war, Luke oder ich. Alle starrten mich an. Aber mein Mund befand sich auf seinem eigenen Kreuzzug.

»Selbst in einer Million Jahre würde Tegan nicht mit dir knutschen.« Hallo? Erlebte ich gerade eine außerkörperliche Erfahrung? Ich hörte die Worte wie alle anderen auch, und doch war es *mein* Gehirn, das sie formulierte. Der Mund auf Autopilot redete weiter.

»Ihr Spitzname für dich ist *Kotzbrocken.*«

Luke knisterte förmlich vor Wut. Einer seiner Freunde fing an zu kichern, verstummte aber, als er einen Ellbogen in die Seite bekam. Diesmal war es mir egal. Mich dumm von der Seite anzuquatschen, war das eine, aber auf meinen Freundinnen herumzuhacken, war etwas anderes. »Wenn du denkst, ich glaube eher dir als ihr, dann bist du ein noch größerer Idiot als ich dachte.«

War ich fertig? Mund, sag mir, dass wir fertig sind! Aber nein. Mund hatte noch einiges auf Lager.

»Und, und … und was den Ball angeht, will ich dir nur das Eine sagen: Kennst du den heißesten Typen, den die Welt je gesehen hat? Nein? Aber ich. Und er geht mit mir auf den Ball, nicht du. Aber das war ja ohnehin klar.«

Luke war wie zu Eis erstarrt. Diese Seite von mir kannte er noch nicht.

Ich auch nicht.

Hinter mir hustete jemand. Ich drehte mich um. Mir war gar nicht aufgefallen, dass sich um uns eine Traube gebildet hatte. Auch Luke schien es erst jetzt zu bemerken, denn er schaltete sofort auf Kotzbrocken-Modus. Sich von mir anschreien zu lassen, machte bei den anderen sicher keinen guten Eindruck. Nicht einmal Mumbles ließ sich das gefallen.

»Als ob ausgerechnet du jemals so ein Date hättest. Hast du dich in letzter Zeit mal im Spiegel angesehen? Aber vielleicht hat er ja eine Schwäche für …« – er ließ den Blick über meinen Kopf schweifen – »Ziegenhirtinnen.«

Wenigstens hatte ich schon im Vorhinein geahnt, zu welchen Gemeinheiten meine Frisur Anlass geben würde. Immer einen Schritt voraus.

»Ja, hab ich. Und übrigens, er heißt Zac.« Ich wandte mich den anderen zu wie eine Museumsführerin. Thema der Ausstellung: *Bellas berückendes Liebesleben.* Genauer gesagt, mein hypothetisches Liebesleben, aber jetzt war nicht der Zeitpunkt für Haarspaltereien. »Ich habe ihn im Urlaub kennengelernt. Er ist einsneunzig groß und spielt in einer Band und wir sehen uns regelmäßig und vielleicht mag er Ziegenhirtinnen, was weiß ich. Fest steht nur, dass er mich zum Ball begleiten wird. Er ist der heißeste Typ der Welt. Und er riecht gut.«

Nicht gerade das erhoffte große Finale, aber was soll's. Bevor jemand reagieren konnte, dröhnte plötzlich eine laute Stimme durch die Gänge, dass es von den Wänden widerhallte.

»WAS UM ALLES IN DER WELT GEHT HIER VOR?«

Wenn es einen Lehrer gab, der ganz bestimmt nicht mitkriegen sollte, wie ich lauthals irgendwas über heiße Jungs sagte, dann war das unser Kunstlehrer Mr Lutas. Er war das genaue Gegenteil von heiß. Da half auch seine viel zu eng sitzende Hose nicht. Eben dieser Mr Lutas hatte sich vor Luke und mir aufgebaut und schäumte vor Wut.

»Grrratulation, ihr habt soeben bewiesen, dass ihr nicht einmal in der Lage seid, euch am errrsten Tag zwanzig Minuten wie Errrwachsene zu benehmen.«

Ich warf Luke meinen gehässigsten Blick zu. Das war alles seine Schuld. Typisch.

»Ihr habt es geschafft, meine niedrigsten Errrwartungen noch zu unterrrbieten.« Mr Lutas schnippte mit dem Fingern. »Jetzt ab in die Klassenzimmer. UND ZWAR ALLE.«

Ich murmelte eine Entschuldigung und schloss meine Spindtür, während unsere Zuschauer ebenso schnell wieder verschwanden, wie sie aufgetaucht waren. So kurz vor der Ziellinie des Schulballs waren Schwierigkeiten wirklich das Letzte, was ich brauchen konnte. Man musste genug Prom-Punkte haben, sonst durfte man nicht zum Ball, und ich wollte nicht, dass Mr Lutas mir meine Bewertung versaute. Andererseits müsste ich mir dann keine Gedanken machen, wie ich das bewerkstelligen sollte, was meine große Klappe da angekündigt hatte: Luke beweisen, dass es jemanden gab, der – obwohl er bereits wieder aus meinem Leben verschwunden war – mich auf den Ball begleiten würde.

Als mein Date.

Kapitel 10

Die Sachen mit Luke und Mr Lutas (fängt alles Fiese eigentlich mit L an? Nein, Lemuren …) führten dazu, dass wir viel zu spät in den Unterricht kamen und in der Pause in der Klasse bleiben mussten. Deshalb konnte ich mich auch erst in der Mittagspause so richtig mit Tegan austauschen.

Die Mittagspause lief ab wie immer: Rachel einsammeln, Tegan einsammeln, Brotdosen holen, anständigen Platz zum Essen suchen, reinhauen. Ich klappte meine Brotdose auf und stellte erleichtert fest, dass mein Schatzkästchen heute Brote mit Cheddar statt Muttermilchkäse barg. Wir waren gerade in einer Phase, in der wir als Gag Kinder-Brotdosen mitbrachten. Auf meiner war Peppa Wutz, deshalb kriegte ich regelmäßig Mega-Schuldgefühle, wenn ich Mortadella auf dem Brot hatte.

Tegan war tief in Gedanken versunken und knabberte an irgendwas Gesundem und Komischem wie Stangensellerie. »Ich überleg gerade … sollten wir drei noch mal nach Black Bay fahren? Meinst du, unsere Mütter lassen uns?«

Offensichtlich hatte ich die Sache besser verkauft als nötig.

»Öhhhrmmm …« Das war das beste *Ja-nein-weiß-nicht*-Geräusch, das ich beim Schulbrotmampfen vorbringen konnte.

»Vielleicht finden wir dort mehr über Zac raus und kommen einen Schritt weiter damit, ihn zum Schulball zu kriegen.«

Mir gefiel es, dass Zac zum Schulball zu kriegen plötzlich ein Gemeinschaftsprojekt geworden war. Aber ich hielt es nicht für sinnvoll, noch mal nach Black Bay zu fahren, wenn er nicht da war. Er hatte ja gesagt, er sei nur zum Geburtstag seiner Oma hingefahren.

»Äh … tja … (kau) … vielleicht … (schluck) … Sorry, großes Stück Käse.« Ich schluckte noch mal. »Ich glaube, wir könnten mal gucken. An irgendeinem Wochenende vielleicht? Nächstes Jahr? Wir könnten sagen, dass es um meinen künftigen Ehemann geht …?«

»Ehe und Liebe sind zwei Paar Schuh, Bells. Wie oft muss ich dir das noch sagen? Hier geht es um eure Seelen, nicht um den Nachnamen.« Tegan hatte recht, aber mit ihrem Nachnamen fing sie auch nicht ständig frische Sprüche über Makrelen oder anderes Fischgetier ein.

»Tja, sorry, und ich glaube, in unserer Beziehung sind wir auch noch nicht weiter als bis zu einem Halbknutschen gekommen.« Ich schlürfte meinen Johannisbeersaft und fragte mich, ob und wann wir wohl je eine extensivere Beziehung haben würden, eine mit Vollknutschen oder mehr.

»Mit Jay & Bey war das auch mal so, und guck dir an, wo die heute sind.« Die gute, alte, optimistische Rachel. »Wir müssen ja alle mal irgendwo anfangen.« Sie starrte in die Ferne. »Obwohl es wahrscheinlich hilft, wenn man an diesem Anfang nicht allein als Cornflakesschachtel verkleidet rumhampelt.«

Ich schüttelte verzweifelt den Kopf, lebte aber sofort auf, als ich ein freundliches Gesicht am Eingang zur Cafeteria sah.

»Oi, Mikey!« Ich wedelte mit den Armen, als ob ich ein Flugzeug bei der Landung einweisen müsste. Er grinste und kam rüber.

»Lange nichts von dir gehört.«

»Muss mich rar machen wegen der Nachfrage.« Seine Haare waren gewachsen, seit ich ihn das letzte Mal gesehen hatte, hauptsächlich in die Breite. Ich musterte ihn neugierig.

»Die Gerüchte sind also wahr – du versuchst wirklich, den ersten menschlichen Haarhelm zu züchten?«

Manchmal frag ich mich, ob er seinem Frisör ein Emoji zur Inspiration vorlegt.

»Na, stehen die Mädchen heute nicht total auf so was? Selbstsicherheit und Stil?«

Wie in einer Shampoowerbung fuhr er sich mit den Fingern durch die dicken schwarzen Haare, ließ es aber gleich wieder bleiben, als er merkte, dass er sich nur die Chipsrückstände von seinen Fingern in die Haare rieb und Paprikakartoffelschüppchen produzierte.

Tegan tat ganz höflich so, als würde sie die rieselnden Partikel nicht bemerken.

»Wenn wir es irgendwie schaffen, an uns zu halten, würdest du dich dann zum Mittagessen zu uns setzen?« Sie zog einen Hocker unter dem Tisch heraus.

»Geht nicht, fürchte ich. Ich hab noch einen Aufsatz zu schreiben und mir bleiben exakt siebenunddreißig Minuten dafür.«

Und trotzdem ging das Mittagessen bei ihm vor. Ich liebte diesen Typen. Allerdings war es atypisch für ihn, auf Zeit mit Tegan zu verzichten.

»Oh, na gut, wie wäre es dann morgen? Dieselbe Zeit, derselbe Ort?«

»Klar, nicht schlecht für mich, wenn ich mich mit den schlimmsten Mädels von St. Mary's sehen lasse. Übrigens ...« Er drehte sich um volle 360 Grad. »Meint ihr, die sehen mich jetzt gerade mit euch?«

Wow. *Schlimm* hat mich noch keiner genannt. Lachend zog ich an seinem Pullover.

»Setz dich her. Und erzähl uns ganz genau, was du gehört hast ...«

»Nur, dass ihr drei Luke vor all seinen Kumpels total vernichtet habt. Alle reden darüber.«

Mein Magen verknotete sich. So froh ich auch war, dass wir es getan hatten, die Vorstellung, allgemeines Gesprächsthema zu sein, gefiel mir gar nicht.

Tegan guckte missbilligend.

»Na, dann müssen alle aufhören, drüber zu reden, und sehen, dass sie mit ihrem eigenen Leben vorankommen.«

Aber dieser Wink ging über Rachels Kopf hinweg – komisch eigentlich, bei ihrer Größe.

»Es war total irre. Ich wünschte, du wärest dabei gewesen, Mikey! Echt. Tegan und Bells haben Feuer gespuckt!«

Ich mischte mich ein.

»Nicht buchstäblich. Dann hättest du den Alarm gehört. Und unsere Pullover wären geschmolzen.«

»Danke, dass du das geklärt hast, Bells.« Mikey lachte. »Aber geschmolzene Pullover hin oder her, ich wünschte, ich hätte es miterlebt. Wurde auch Zeit, dass jemand es diesem Arsch mal heimzahlt.«

Diesen Ausdruck habe ich eigentlich nie verstanden. Aber egal, Mikey stand wieder auf.

»Morgen könnt ihr mir alles darüber erzählen. Aber nicht so laut, dass Tegan mithören kann, denn wir wollen Miss Powerfrau schließlich nicht verärgern!« Er zwinkerte ihr zu. »Ich werde euch in liebevoller Erinnerung behalten, aber nun muss ich reinhauen mit meinem Aufsatz.«

Mikey war nicht wie die meisten anderen Jungs, die ich kannte. Er war irgendwie so, na ja, nett. Ich hatte keinen Bruder, aber wenn ich einen hätte – und wenn es okay wäre, dass ich mal einen halben Tag auf ihn stand –, dann stelle ich mir vor, er wäre so wie er. In unserer Gruppe ist Mikey männliches Ehrenmitglied, seit er vor vier Jahren Tegan gefragt hat, ob sie auf dem Sportplatz in unserem Dorf mitkicken will. Was damit angefangen hatte, dass ihnen noch ein Spieler fehlte, führte dazu, dass Mikey sich hoffnungslos bis über beide Ohren in sie verliebt hatte. Nicht, dass Tegan das aufgefallen wäre oder sie es geglaubt hätte, wenn es ihr aufgefallen wäre.

Sobald er außer Hörweite war, sah Rachel mich mit kess hochgezogener Augenbraue an und ich wusste, dass wir jetzt einen unser Klassiker zur Aufführung bringen würden. Wir hatten nämlich einen geheimen Pakt geschlossen und uns geschworen, Mikey solange zu hypen, bis Tegan mitkriegte, dass er ein Junge war und kein Einrichtungsgegenstand.

»Fällt mir das nur auf oder sieht Mikey in letzter Zeit echt irgendwie hammersüß aus?«

Mal abgesehen von der Helmfrisur, er sah wirklich gut aus. Aber Tegan reagierte überhaupt nicht, und deshalb redeten wir bald schon wieder über diesen Morgen und wie wir es schaffen könnten, nicht weiter aufzufallen, damit uns keine Schulballpunkte abgezogen wurden. Jeder fing das Jahr mit zwanzig Punkten an und man brauchte zehn, wenn man zum Ball wollte. Normalerweise geraten nur die absoluten Knalltüten und Spackos in echte Gefahr, nicht hingehen zu dürfen. Aber es sich mit Mr Lutas zu verscherzen, war ziemlich gefährlich. Sein einziges Vergnügen bestand darin, anderen ihres zu verderben. Das und Obstschalen malen. Warum konnte er nicht einfach ein Foto machen, ging doch viel schneller?

Mr Lutas hatte mir dieses Jahr schon sechs Punkte abgezogen, weil ich mich zu sehr in einen Artikel über *Die wahre Bedeutung der Textnachrichten deines Angebeteten* vertieft und aus Versehen eine Gefriertruhe statt ein Kameraladegerät abgeschaltet hatte. Das Pilotprojekt *Eisskulptur* aller 7. Klassen war von mir geschmolzen worden. Positiv zu verbuchen war dabei, ich wusste jetzt, dass *Wir sehen uns später* in neunzig Prozent aller Fälle bedeutete, man würde sich später sehen.

Es klingelte, das machte unsere Schulballplanung vorerst zunichte. Tegan und ich hatschten widerwillig zu einer Doppelstunde Physik. Dass sowas an einem Montag erlaubt war! Wegen unserer Nachnamen hatten wir beide sämtliche Unterrichtstunden zusammen (alles A-Kurse, aber darauf braucht man sich nicht viel einzubilden, denn der Durchschnitt unserer Jahrgangsstufe hält Macbeth für eine Art Burger). Das einzig

Gute an Physik war, dass ich jede Menge Zeit hatte, an nützlichere Dinge zu denken, weil es so langweilig war. Während Mrs Scuse vor sich her schwafelte, fragte ich mich, ob sie, die ja so gut in Physik war, mir wohl erklären konnte, warum in ihrem Physikraum sechzig Sekunden ungefähr sechshundert dauerten. Oder wie mein Leben innerhalb von 48 Stunden derart durcheinander geraten konnte. In nur zwei Tagen hatte ich mir Mega-Probleme an den Hals geschafft und musste mir einfallen lassen, wie ich sowohl Luke als auch Mr Lutas ein ganzes Halbjahr aus dem Weg gehen konnte und wie ich einen Jungen, der wahrscheinlich nicht mal mehr mit mir redete, weil er ins College ging und absolut ahnungslos in Wolverhampton herumlief, dazu bringen sollte, mit mir zum Schulball zu gehen.

Mrs Scuse sah mich an und ich lächelte Interesse heuchelnd. Mal ganz im Ernst, Frau, hab ich Zeit, mir Gedanken darüber zu machen, wieviel Hitze entsteht, wenn man eine Erdnuss verbrennt? Wo gerade so viel anderes läuft? Das Einzige, was ich über Brennwerte wissen muss, steht auf der Seite der Chipstüte, auf die ich nicht gucke.

Sobald es wieder klingelte, flitzten Tegan und ich auf die Tür zu, unsere Taschen waren schon seit zirka fünf Minuten fertig gepackt. Rachel erwartete uns an dem üblichen Platz – der Baum mit dem enormen Knubbelauswuchs, alias Arschbaum, damit wir uns zusammen auf den Heimweg machen konnten. Aber jemand, den ich nicht so recht identifizieren konnte, steuerte auf uns zu … sah aus wie ein Mädchen von der JOGS.

»Hey, Teeg!«, brüllte sie in unsere Richtung.

Tegan winkte ansatzweise, aber ihr sonst so freundliches Gesicht blieb ohne das übliche Lächeln. Bei Rachel war's genauso. Das Mädchen merkte nichts davon, sie kam angestiefelt.

»Hi, Rachel, tolle Party, danke noch mal. Bella, schade, dass du nicht dabei sein konntest.«

War die Atmosphäre irgendwie komisch oder was schwang hier in der Luft? Ich lächelte so halb, wollte ja nicht unhöflich sein. Aber jetzt war sie näher gekommen und vielleicht kannte ich sie ja doch. Und sie kannte mich. War das nicht eine von Tegans Gymnastikfreundinnen? Sie wühlte in ihrer Tasche. Ja. War sie. Eindeutig.

Die komische Spannung erklärte sich, als die Sportsfreundin was aus der Tasche zog. Einen breitkrempigen lila Hut. Es war DER breitkrempige lila Hut. Sie zog ihn über ihre braunen Haare, ganz so, als wäre er nicht das heißeste Indiz im geheimnisvollsten Knutschfall der jüngeren Kriminalgeschichte. Dieser Hut gehörte in ein Museum, nicht auf einen Kopf! Nun drückte die Last des Hutes auf ihre Schultern und von meinen fiel sie ab. Hurra! Hut-ra! SIE hatte also mit Luke geknutscht! Der Fall war gelöst!

Ich piekte die anderen beiden an, aber sie hatten es nicht so schnell kapiert wie ich. Vielleicht könnte ich ein Selfie kriegen von uns und *Dem Hut* – und es dem kleinen Lügner Luke schicken, um ihm zu zeigen, dass er kalt erwischt worden war.

Hutmädchen registrierte, dass was seltsam war. Wir benahmen uns alle drei seltsam, aber auf sehr verschiedene Weise.

»Sorry, hab ich euch bei irgendwas gestört?«

Nur dabei, dieses Rätsel zu lösen. Ich war nicht sauer auf sie. Ich war hocherfreut! Und ich antwortete ein bisschen zu begeistert für jemanden, der ihr nur ein einziges Mal begegnet war.

»Du störst überhaupt nicht, es ist TOLL dich zu sehen. Ehrlich. Mega, Hut ab, sorry, ehrlich.«

Sah sie erleichtert aus oder verstört? Mein irres Lächeln hatte mal wieder sein Werk getan.

»Na, ist ja nur ein Quickie. Wegen Tegan, eigentlich.« Tegan schüttelte langsam den Kopf. Das Mädchen guckte verwirrt.

Hutmädchen guckte mich an. Ich nickte ermunternd, sollte sie doch weiterreden. Sie musste nichts erklären. Schließlich war Luke der Grund für alle Probleme.

»Ich wollte nur Danke sagen. Weil du mir meinen Hut wieder in den Spind gelegt hast. Ernsthaft, Tegan, ich wusste, du würdest auf ihn achtgeben. Und du hast hammer damit ausgesehen. Kannst ihn dir jederzeit wieder ausleihen.«

Sonst hörte ich kein Wort mehr.

Der Hut war doch kein Hut. Er war eine Bombe. Die Tegan und Rachel offenbar glaubten, entschärft zu haben.

Aber das hatten sie nicht.

Und gerade eben war meine ganze Welt explodiert.

Kapitel 11

Das Gute war: Im Alter von fünfzehn Jahren und einhundertsiebenundzwanzig Tagen hatte ich den schlimmsten Tag meines Lebens schon hinter mir. Das nicht so Gute war: Mein Leben war ruiniert und ich konnte nie wieder zurück in die Schule. Und letztes Jahr, als ich mit Mum über Hausunterricht gesprochen hatte, war ihr Vorschlag gewesen, das Kamasutra zu lernen statt Biologie. Diese Option fiel also auch flach.

Ich wusste wirklich nicht, was schlimmer war:

Zwei ehemalige beste Freundinnen zu haben.

Von der ganzen Schule gesehen zu werden, wie ich meinen Ex zusammenbrüllte und ihn beschuldigte, zu lügen.

Wobei die ganze Schule von vornherein wusste, dass er die Wahrheit sagte.

Dass jemand, den ich eigentlich nicht so richtig

kannte, von mir dachte, ich wäre »das Mädchen, das am krassesten auf ihren Hut reagiert hatte«.

Eine Ziegenhirtin genannt zu werden.

Im Moment sollte ich mich also total in Grund und Boden schämen, aber glücklicherweise hatte ich das Pech, dass mein Schämmechanismus schon zu hundert Prozent überlastet war. Ich war nämlich völlig fertig.

Wie konnten Tegan und Rachel mir das antun? WIE? Und warum?

Warum hätten sie es mir nicht einfach sagen können? Es war viel mehr das Lügen als das Küssen, das meine Eingeweide in Stücke riss.

Ich war ziellos vor mich hingestiefelt, seit es passiert war, weil ich hoffte, allein zu sein, könnte mir vielleicht helfen, Klarheit zu gewinnen. Aber mir war nur klar geworden, wie man richtig wunde Füße kriegte, und dass ich meine Schultasche wirklich öfter mal ausmisten sollte. (Memo an mich: Kein Mensch muss sieben halb verbrauchte Labellos mit sich rumschleppen. Es sei denn, er hat mehrere Münder. Und wer hat die schon?) Meine Augen brannten, weil die Tränen raus wollten. Wisst ihr was, Wassermassen, ihr könnt bleiben, wo ihr seid. Ihr verlasst mich nicht auch noch, so wie alle anderen.

Ich schaukelte immer höher, der Luftzug half, das Wasser einzudämmen. Wenn es einen Weg gibt, sich nach dem demütigendsten Tag seines Lebens wieder ein bisschen Würde zurück zu krallen, dann ist es der, den Abend damit zu verbringen, mutterseelenallein auf einem Kinderspielplatz zu schaukeln. Wenigstens war mein MDIHW nicht Zeuge der Tragödie meines Lebens gewesen. Obwohl er wahrscheinlich gehört hatte, was vorgefallen war, und jetzt zusammen mit dem Rest der Welt über mich lachte. Die Geschichte über eine Demütigung wie diese verbreitet sich in allen Klassenstufen, in der ganzen Schule. Wahrscheinlich in allen Ländern. In Papua-Neuguinea lachten vermutlich gerade alle über mich. *Würg*. Ich war eine Fleisch gewordene Peinlichkeitsepidemie.

Mir war schlecht. So wie damals, als ich zwei Tage in der Schule fehlen musste, weil ich aus Versehen ein Potpourri gegessen hatte, das ich für Studentenfutter gehalten hatte. Jetzt war mir alles klar. SO klar. Wie blöd konnte man denn sein? Ich war so bekloppt gewesen zu glauben, Freundinnensein bedeute, jederzeit Klamotten, Nagellack und Deo (sogar Roll-on) bereitwillig zu teilen und abgesehen davon als Mensch ganz okay zu sein – und kein verlogenes, tricksendes, Ex-Freunde knutschendes, heuchlerisches Lügenmonster. Mich machte das alles so rasend, dass ich tatsächlich laute Kotzgeräusche von mir gab und eine Taube aufscheuchte. So was, nach allem, was ich in den letzten fünfzehn Jahren für sie getan hatte!

Die Liste war endlos:

- Ich hab nie einer Menschenseele erzählt, dass es Rachel war, die letztes Jahr den Feueralarm in der Schule ausgelöst hat, als sie ihre Mathehausaufgaben mit dem Glätteisen bügeln wollte.
- Ich hab täglich, manchmal sogar stündlich so getan, als wäre Tegans fieser Kater Mr Nibbles süß. Ich hasse Katzenviecher. Und Mr Nibbles ganz besonders. Ehrlich gesagt würde ich so weit gehen zu behaupten, dass er meine Nemesis ist und mir böse Blicke zuwirft, wenn keiner guckt.
- Ich muss mir mit den beiden wohl hundert Mal *Die Tribute von Panem* angesehen haben – was umso grauenhafter war, weil Mr Nibbels mich ständig giftig hinter der Gardine hervor angestarrt hat –, obwohl ich SCHOCK-HORROR die Bücher viel lieber mag.
- Acht Jahre lang hab ich das Versprechen gehalten, das ich Tegan gegeben habe, und nichts über ihr Versteckspiel-»Problem« gesagt.

Meine Schaukel ruckelte, beinahe hätte sie mich abgeworfen. In meiner Wut hatte ich mich fast in die Vertikale geschaukelt. Ein zermatschtes Gesicht wollte ich nicht auch noch auf die Liste meiner Kümmernisse setzen. Warum war alles so scheiße?! Wie konnte jemand, dessen Initialen BF waren, so Boyfriend-los sein?

Wenn ich doch nur mit den Fingern schnippen und von Zauberhand unter meine Bettdecke transportiert werden könnte, dann müsste das Bettgestell nur noch in einen riesigen Kühlschrank verwandelt werden und ich könnte da glücklich und für alle Zeiten bleiben. Aber da ich weder teleportieren, noch mit den Fingern schnippen kann, sitze ich hier wohl fest.

»Bella, Gott sei Dank, ich hab dich gefunden. Es tut mir ja SO SO SO SO leid.«

Tegan hatte sich also denken können, wo ich war. Und das Mädchen, bei dem man noch nie den kleinsten Kratzer auf dem Lack gesehen hatte, weinte so sehr, dass sie kaum sprechen konnte. Ich schaukelte noch höher.

»Ich hab das alles nicht gewollt. ICH SCHWÖRE.«

BLEIBT, WO IHR SEID, TRÄNEN. Wagt es ja nicht, sie sehen zu lassen, was sie mit mir gemacht hat.

»Es ist passiert, als ich dieses Foto gesehen hab. Da bin ich ausgeflippt. Das war doch nur ein Spiel – du weißt schon?« Sie schluchzte unter Tränen. Ich konzentrierte mich darauf, unbeteiligt zu wirken, während ich mich an ein Kinderspielplatz-Gerät klammerte. »Keine Ahnung, WAS mir da in den Sinn gekommen ist. Sonst spiele ich doch nie mit bei irgendeiner Knutsch-Challenge mit.« Fein. »Ich schwöre, ich hab zig Mal gesagt, dass ich nicht mitmache, aber irgendwie hab ich mich breitschlagen lassen. Ich bin ja so sauer auf mich.« Sie stieß den Fuß in den Sand. »SO sauer!«

Na toll. Ein einziges Mal knickt sie unter dem Gruppendruck ein und schon gibt's ein Foto. Wie klasse ist das denn für uns beide?

Tegan redete weiter, ihre normalerweise so zarte Stimme trug über den ganzen Platz.

»Und gerade als wir angefangen hatten, tauchte Luke aus dem Nichts auf. Sekunden später wurde er geknutscht und durfte dann selbst jemanden nominieren. Er hat sich mich ausgesucht. Du hättest sein fieses Grinsen sehen sollen. Ich wusste nicht, dass er jemanden hat ein Foto machen lassen. Ich hab nicht mal gewusst, dass er auf der Party war, bis es dann zu spät war. Und ich dachte, wenn ich eine Szene mache und Nein sage, würde es so aussehen, als wäre es ein großes Ding und als ob du immer noch auf ihn stehen würdest. Ich SCHWÖRE, ich hab an dich gedacht.« Sie machte eine Pause. »Und nun sieh dir an, was passiert ist.« Sie unterdrückte ein Schluchzen. »Und das ist alles meine blöde Schuld.«

Das war also nur ein Knutschspiel gewesen? Kein Fetenknutschen? Wenn das stimmte, hätte sie es mir dann nicht schon Samstag gestehen können? Damit wäre ich schon fertiggeworden und dann hätten wir zusammen über Lukes pelzige Zunge lästern können.

Sie schluchzte laut. Echt seltsam. Das war nicht die Tegan, die ich kannte, aber vielleicht hatte ich sie ja auch nie richtig gekannt. Ich hatte immer alles für wahr gehalten, was sie gesagt hatte, und innerhalb von Stunden war nun aus mir jemand geworden, der ihr kein Wort mehr glaubte.

»Ich dachte, du würdest irre sauer auf mich sein. Als

ich das Foto gesehen habe, wusste ich ja, wie schlimm es aussah. Ich konnte das einfach nicht ertragen ... und ich hab Rachel überredet mitzumachen. Ich kann nur ...« Sie hielt inne, um sich die Nase zu putzen. Sie ist ein Mensch, der immer ein sauberes Taschentuch für Notfälle zur Hand hat. Ich bin ein Mensch, der seinen Ärmel benutzt. »Ich kann nur immer wieder sagen, dass es mir leid tut.«

Untertrieben.

Die alte Bella hätte sich mies gefühlt mitanzusehen, wie sich ihre Freundin die Augen ausheult. Die neue fand, dass die Freundin es nicht anders verdient hatte. Spiel oder kein Spiel, sie hatte die Entscheidung getroffen, mir nichts zu sagen. Die *beiden* hatten beschlossen, aus unserer Dreiergruppe eine Zweiergruppe zu machen – mit mir außen vor. Tegan entschuldigte sich noch die nächsten zehn Minuten weiter. Ich tat weiterhin so, als könnte ich die Entschuldigungen nicht hören. Und das ist nicht so leicht, wenn man auf einer total stillen Wiese ist, auf der nur laute Entschuldigungen zu hören sind.

»Bella – bitte? Hörst du überhaupt zu?« Ich war immer noch beim Extremschaukeln. »Kannst du nicht irgendwas sagen?«

»Irgendwas.«

Was sollte ich denn sagen? Oh, ist absolut cool, dass du mich anlügst und hintergehst, nachdem du mit meinem Ex geknutscht hast. Und jetzt machen wir uns

Oreo-Milkshakes! Wir hatten Luke nur eingeladen, um ihm zu zeigen, dass er mir egal war, und nun hatte sie ihm dabei geholfen, mich mega-mäßig zu demütigen.

»Wirst du mich jetzt bis in alle Ewigkeit hassen?«

Gute Frage. Meine Oma sagt immer *Lieber ein leeres Haus als einen miesen Mieter.* Ich glaube, das hat irgendwas mit Furzen zu tun, aber wahrscheinlich lässt es sich auch auf das Fallenlassen mieser Freunde übertragen. Ich fauchte ihr meine Antwort zu.

»Gut möglich.«

Ein Teil von mir fühlte sich gut, weil ich an meiner Linie festhielt. Der Rest von mir fühlte sich furchtbar. Jetzt hatte ich offiziell niemanden mehr zum Abhängen. LOL – Loser Out Loud. *Oje.* Mega-Augenbrennen. Gefahrenzone. Nichts wie weg hier. Mit diesem Gespräch konnte es nur abwärts gehen (obwohl ich physisch immer noch hoch und runter, hoch und runter unterwegs war). Ich sprang von der Schaukel. Tegan wirkte panisch.

»Geh nicht! Ich will es wieder gutmachen.«

Ich schnaubte durch die Nase. Allerdings weiß ich nicht, wie man sonst schnauben könnte.

»Ach ja? Statt mir was *vorzumachen*?«

Tegan kannte mich lange genug, um zu wissen, dass ich nur eines noch mehr hasste als Omelettes, und das waren Konflikte.

Ich drehte mich um und wollte gehen, musste aber erst mal das Schuldgefühl runterschlucken, das bei mir instinktiv hochkam, weil ich sie so völlig fertig erlebte. Aber sollte sie doch traurig sein, schließlich war das alles ihre Schuld. Ich verdiente gerade einen großen Abgang. Doch ich hatte nur drei Meter Plattenweg vor mir, um zu überlegen, worin der bestehen sollte. Ich ging auf die Pforte zu.

Lass dir was einfallen, Bella. Schnell. Lass dir was einfallen, egal was, irgendwas, damit ihr klar wird, wie sehr die beiden gegen jedes Gesetz der Freundinnenschaft verstoßen hatten. Ich holte tief Luft und benutzte meinen besten Erwachsenenton.

»Tegan. Die Zeit kann heilen, aber das hier nicht, also … also, wenn du mir begegnest … Lass es einfach.«

Mann. Traurig zu sein und Taylor Swift waren offenbar gut für meine dramatischen Abgänge. Ich knallte die Pforte hinter mir zu und stapfte über die Wiese.

Erst als ich den Haustürschlüssel aus meiner Tasche fischte, ging mir auf, dass ich doch kein kreatives Genie war, sondern jemand, der aus Versehen einen Songtext rausgebrüllt und für seine eigenen Worte gehalten hatte. Mega-peinlich.

Ich machte die Tür auf. Mum stand im Flur. Ein Blick in mein Gesicht und sie stellte ihre Tasse sockig riechenden grünen Tee ab und streckte die Arme aus. Sie war bereit, mich und alle meine Probleme aufzufangen wie ein Kissen in Menschengestalt. Obwohl ich genau genommen immer noch sauer auf sie war, ließ ich mich von ihr in die Arme schließen.

»Komm schon, erzähle es mir. Wie geht es dir? Wie sind deine Gefühle?« Sie pickte kleine Küsse auf meine Haare. Ohne auf eine Antwort zu warten, fuhr sie fort: »Willst du Schokoladeneis?«

Das war bei ihr die Lösung für alles. Weltfrieden? Zieht euch gefrorene Nachtische rein. Worte waren nicht nötig. Ich grunzte, befreite mich und hielt aufs Wohnzimmer zu, wo ich mich längelang aufs Sofa warf. Mumbles, die mir das Gesicht leckte, ignorierte ich. Ich ignorierte auch, dass meine Schwester an der Heizung hockte und ein Buch las, das dicker zu sein schien als ein Wörterbuch – und wahrscheinlich auch mehr Wörter enthielt. Es war ihr Lieblingsplatz im Haus, weswegen ich, seit Dad weg war, das ganze Sofa für mich hatte. Ein lohnender Tausch. Dad war als Kissen sowieso nicht zu gebrauchen.

Mum pflanzte sich neben mich und versuchte, ihren Po auf die verbliebene Sitzfläche zu drängeln, saß aber tatsächlich im Wesentlichen auf mir.

»Na, komm schon, meine Süße. Erzähl deiner Mum, was wirklich los ist. Vergiss nicht, ich kenne das alles, mir ist nichts fremd, ich hab es auch schon mitgemacht – und nicht nur ein Mal.«

Da hatte ich so meine Zweifel, es sei denn, sie hatte auch schon mal einen *Schüler-des-Jahres*-Pokal runtergeschmissen und den Henkel mit altem Kaugummi wieder festkleben müssen (in ständiger Panik, dass es jemand bemerkt und einen Gentest vornimmt).

»Es ist nichts. Nur so ein Freundinnending.«

Sie wirkte enorm erleichtert.

»Oh, na dann ist ja alles bestens! Ich dachte schon, du würdest sagen, dass du ein Kind erwartest.«

Jo schnaubte. Ich konnte es ihr nicht verdenken.

»Schwanger? Wie das?«

»Nun ja, Bella, wenn zwei Menschen ...«

»MUM! Mein Tag war schon schlimm genug, da musst du nicht auch noch total unappetitlich werden. Außerdem bin ich nicht mehr sieben.«

»Es ist nichts ›Unappetitliches‹«, sie rahmte das Wort mit Krallenfingern ein, als ob es eine Weltneuheit wäre, »an zwei Menschen, die sich lieben, Liebling. Oder wärst du lieber nicht geboren worden, weil Empfängnis nicht ganz deine Billigung findet?«

Sie hatte es erfasst. Jo schaute von ihrem Wörterbuchroman auf.

»Mum. Bitte. Bells ist eindeutig nicht besonders gut drauf. Vorträge über deine Schlafzimmergewohnheiten helfen da nicht, die braucht niemand.«

Wow. Jo auf meiner Seite. Musste die Schuldgefühle haben.

»Im Schlafzimmer ist das übrigens nicht passiert. Sondern genau hier, in diesem Wohnzimmer.«

Jo und ich gaben simultan Kotzgeräusche von uns und rutschten auf unseren Plätzen hin und her. Keine von uns war scharf darauf, auf einem potenziellen Paarungsplatz von Mum zu sitzen. Na, zumindest waren die Polsterbezüge waschbar, vom Teppich konnte man das nicht sagen.

Mum schüttelte den Kopf, so als sei es absolut lachhaft, dass wir nicht hören wollten, wie und wo sie mit Dad rumgevögelt hatte. Dann ging sie wieder zurück auf ihren eigenen Sessel, um genüsslich die Nachrufe in der Tageszeitung zu studieren. Jo rutschte auf dem Hintern über den Boden und lehnte sich an mein Sofa. Vielleicht hatte sie die gleichen Teppichgedanken gehabt wie ich. Sie senkte die Stimme und legte mir die Hand auf den Arm.

»Hat es was mit dem Partydrama zu tun?«

Ich nickte – das ist gar nicht so leicht, wenn das Kinn auf etwas Festem ruht.

»Willst du drüber reden?«

»Eigentlich nicht.«

»Alles klar. Aber wenn ich irgendwie helfen kann ...«

Ich sprach ganz leise.

»Kannst du mich nach Wales bzw. Wolverhampton fahren und mir helfen, diesen Jungen vom Samstag wiederzufinden, dich dafür entschuldigen, dass du dich vor ihm wie eine Irre aufgeführt hast, und ihn überreden, mit mir zum Schulball zu gehen? Und könntest du mir unterwegs ein paar neue Freundinnen verschaffen? Oh und kannst du dann noch dafür sorgen, dass meine ganze Schule einen ganzen Tag vergisst?«

Sie lächelte. Vielleicht war es ja doch nicht so übel, eine große Schwester zu haben.

»*Wow*. Du hast es wirklich verkackt, was? Das klingt echt übel, sogar für deine Begriffe!«

Nee. War immer noch total übel.

Stumm schlug ich die Fäuste aneinander und gab ihr in offizieller Zeichensprache zu verstehen, sie solle sich verpissen. Im Laufe der Jahre hatten wir Methoden perfektioniert, uns auch noch schweigend zu beleidigen.

Sie antwortete mit einer rüden Geste, rutschte zurück an ihren Platz vor der Heizung und vertiefte sich schnell wieder in ihr Buch.

Ich schaltete ab und ließ meine Gedanken von den Geräuschen aus dem Fernseher ersticken, wo ein Mann einen Truthahn füllte. Als er etwas aus dem Vieh rausholte, das aussah wie Mandeln, aber etwas anderes sein musste, es sei denn man hatte Mandeln im Hintern, kam mir eine Idee.

Helfen würde es nicht, aber ich würde mich besser fühlen. Ich holte mein Telefon raus.

HIDE AND LEAK
MEINE FREUNDIN TEGAN WAR BEIM VERSTECKSPIELEN IMMER SO AUFGEREGT, DASS SIE SICH JEDES MAL IN DIE HOSE MACHTE, WENN SIE SICH VERSTECKEN SOLLTE.
BIS HEUTE GIBT IHRE MUTTER MEINEM HUND DIE SCHULD FÜR DEN GERUCH IN IHREM KLEIDERSCHRANK.

Mein Finger schwebte über der *Upload*-Taste, während ich mit meinem Schuldgefühl kämpfte. Aber was war schon das Teilen einer albernen Geschichte mit einem Haufen Leuten, die nicht mal wussten, wer ich war, gegen das, was Tegan mir angetan hatte. Trotzdem ging ich noch mal drüber und änderte *Tegan* in *Tee*, damit ich mich besser fühlte. Dann lud ich die Sache hoch und sah sie in die Welt hinausfliegen. Ich hätte mir nicht so viele Sorgen machen müssen. Sekunden später war das schon nichts Neues mehr. Ich scrollte mich durch alles, was hochgeladen worden war, seit ich das letzte Mal auf der Seite gewesen war, konnte aber nichts entdecken, das irgendwie zac-isch wirkte, und erweiterte meine Suche. Aber als ich dann ausschalten wollte, leuchtete mein Monitor auf. Schluck.

NEUE NACHRICHT

Die Nummer kannte ich nicht. Ich hatte ein mulmiges Gefühl. Wenn das Luke und eines seiner Spiele waren, wollte ich nicht mitmachen. Vielleicht sollte ich die Nachricht sofort löschen.

Wieder leuchtete das Handy auf, sauer, weil es nicht beachtet wurde. Wo warst du denn, als ich Nachrichten haben wollte, was? Blödes Handy. Verräter.

Verärgert griff ich nach dem Ding und wollte tilgen, was immer es zu sagen hatte. Aber mein Zeigefinger ist neugieriger als mein Hirn, und ehe ich ihn davon abhalten konnte, hatte er die Nachricht schon angeklickt.

Ich setzte mich kerzengerade hin, als ich die Worte

auf dem Display sah. Ich reckte das Handy hoch, als hätte ich gerade die Weltmeisterschaftsschale gewonnen, dabei aber eine Metallallergie bekommen. Die Worte auf dem Display gaben meinem Leben eine Wende, ich musste mich im Raum umschauen, um mich zu versichern, dass diese nicht von einem leichten bis mittleren Erdbeben begleitet worden war.

Die Worte auf dem Display bedeuteten nämlich, dass mein Leben vielleicht doch noch nicht vorbei war.

Sie bedeuteten, dass es mega-toll werden könnte.

Kapitel 12

Ich hatte nicht aufgehört draufzugucken, seit ich sie gestern bekommen hatte. So muss es für diese Kunsttypen sein, die stundenlang dastehen und die Mona Lisa anschauen, weil sie hoffen, eine versteckte Bedeutung zu entdecken. Nur war ich nicht von einer grinsenden Dame besessen, bei mir waren es winzige Buchstaben. Das Alphabet war eine abgefahrene Erfindung.

Sobald wir von der Straße Richtung Sportplatz abgebogen waren, ließ ich Mumbles von der Leine und guckte noch mal.

> Hi Bella, danke für einen tollen Abend bzw. ein blaues Auge. Vermutlich musstest du abfahren. Oder du hast es dir noch mal überlegt? Wäre cool, in Verbindung zu bleiben. Z

Das sind offiziell die traumhaftesten hundertzweiundvierzig Zeichen, die je geschrieben worden sind. Und ja, ich habe nachgezählt (171 mit Leerzeichen). Wäre *cool*, in Verbindung zu bleiben? Cool? Das wäre so cool, dass Natalie Portman auf ihrem *Segway* vorbeigleiten könnte und denken würde: »Boah, wenn ich doch eines Tages mal so cool sein könnte.«

Diese neunundzwanzig Worte (und ein Buchstabe) hatten den heutigen Tag erträglich gemacht. Wer brauchte denn in der Mittagspause Freundinnen an seiner Seite oder jemanden, der einem versicherte, dass man nicht von allen mitfühlend angeguckt wurde (wurde man), oder einen mal eben darauf hinwies, dass man sich Kugelschreiber ins Gesicht geschmiert hatte, wenn man stattdessen eine Nachricht vom Mann seiner Träume hatte? Nur war er kein Traum mehr, er war lebendig und atmete Pixel auf meinem Smartphone. Wenn Pixel denn atmeten.

Gestern Abend, als die Nachricht angekommen war, hatte sie keinen Sinn ergeben. Ich erinnerte mich an jedes Wimpernzucken von Zac – wie hatte ich vergessen können, dass ich ihm meine Nummer gegeben hatte? Aber ehe ich nachhaken konnte, lieferte er die Erklärung selber.

PS: Überraschung! Hoffentlich ist das okay, aber meine Oma hat den Campingplatzverwalter überredet, deine Nummer rauszugeben.

Hammer! Er war in verdeckter Mission unterwegs gewesen, um meine Nummer zu kriegen – und hatte sich dazu einer älteren Dame bedient und wahrscheinlich irgendein Gesetz gebrochen. Das bedeutete doch ganz bestimmt, dass wir jetzt unser Leben miteinander verbringen würden, oder? Ich war ja SO happy, dass ich mich auf die blöde Mailing-Liste des Campingplatzes hatte eintragen lassen. Jetzt liebte ich die grauenhafte Rechtschreibung ihrer Mails in meinem Spam-Ordner.

Ich starrte zum einhundertzwölften Mal auf die Nachricht. Einerseits war es das Allerbeste, das mir auf der Welt widerfahren konnte, besser noch als mein voriger Traum, Tour-Masseuse von *5 Seconds of Summer* zu werden. Andererseits machte mich diese Nachricht zu einem Nervenbündel. Jetzt lief ich Gefahr, jeden Moment eine verrückte Nachricht an Zac zu schicken. Das war ein höllischer Druck, vierundzwanzig Stunden non-stop. Für den Rest meines Lebens.

Ich dachte an Mums Rat und atmete die Abendluft ein, damit mein Hirn nicht hohldrehte. Meditation hatte ich aber nicht nötig. Ich brauchte Normalisation, denn es ist NICHT normal, ständig tippen zu wollen OGOTTICHLIEBEDICHKOMMSOFORTHEIRATE-MICH. Ehrlich gesagt, ich hatte so oft darüber nachgedacht, ich befürchtete schon, mein Handy wisse Bescheid und versuchte die Autokorrektur zu einer weniger durchgeknallten Variante nicht mal. Ich wühlte in meiner Tasche und zog meine wollenen Winterhandschuhe raus. Hatte mir nie die Mühe gemacht, sie rauszuräumen. In Zeiten der Verzweiflung greift man zu verzweifelten Strickmitteln. Ich stülpte mir die Handschuhe über die Finger. Wenn ich meinem Verstand nicht trauen konnte, so musste ich doch wenigstens die Finger vor unkontrolliertem Texten schützen. Aber ich sah auch so schon schlimm genug aus in Jos Jogging-Kapuzenpullover, den ich mir in letzter Minute übergezogen hatte, als ich Panik kriegte, dass es regnen würde. Meine eigenen Klamotten wollte ich nicht matschig machen. Aber der Hoodie hatte tatsächlich so Reflektorendinger dran, ich sah aus wie ein Kinderfahrrad.

Eine halbwegs normale – Betonung auf halbwegs – Antwort hatte ich aber schreiben können. In Abwesenheit ratgebender Freundinnen hatte ich *witzige Antworten auf Nachrichten* gegoogelt. Da ich ihm aber kein Bild von einer Katze mit einem Sitzsack auf dem Kopf schicken wollte, musste ich mir selber was ausdenken. In der Schule sollten sie endlich aufhören zu unterrichten, wie Flüsse entstehen (muss man nicht wissen, letztlich entstehen sie von selbst) und stattdessen mehr Gewicht auf den Umgang mit Textnachrichten legen. Einige schlecht gewählte Worte können nämlich alles kaputt machen. Ein Schauer lief mir den Rücken runter, als ich mich daran erinnerte, wie Mum angefangen hatte, in jeder ihrer Nachrichten *WTF* zu verwenden. Sie dachte nämlich, das würde *Wie Total Fantastisch* heißen. Da könnte sonst was passieren.

Nachdem ich über eine halbe Stunde rumprobiert hatte, brachte ich das hier zustande:

> Hi Zac, ich fand's auch toll. Hoffentlich ist mit deinem Auge alles okay. PUUPS. Notfall in der Familie, wir mussten also ganz früh losfahren. Sorry. Klar bleiben wir in Verbindung. Bx

Ich hatte einen Smiley wieder gelöscht, um siebzehnjähriger zu wirken, geriet aber trotzdem in Panik, als ich senden klickte. Klang ich wie ein Loser? Klang ich zu lässig? Zu steif? Zu seltsam? War das mit dem Kuss zu viel gewesen? Würde er mich trotzdem genug mögen, um zu antworten? Würde er … Und dann: Herzstillstand. Würde er bemerken, dass ich aus Versehen PUUPS geschrieben hatte? In Großbuchstaben?

Ich schluckte die letzten Krümel meines Stolzes herunter und beschloss, gar nicht erst zu versuchen, das zu erklären, es könnte ja sein, dass ich dabei etwas noch Schlimmeres abschickte. Er hatte bisher nicht geantwortet.

Mumbles bellte und zerrte mich aus Tagträumen von Zac zurück ins wahre Leben. Sie bellt nur Menschen oder Ballons an, und da wir ja auf einem Acker standen, nicht auf einem Kindergeburtstag, musste sie Stimmen gehört haben. Ich rief nach ihr und nahm sie an die Leine.

Die Stimmen wurden lauter, als eine Gruppe Jungs zwanzig Meter vor mir durch die Lücke in der Hecke brach. Ich stand mitten auf freier Flur, von Kopf bis Fuß mit reflektierendem Material bedeckt. Verstecken war keine Option. Ich gab vor, Mumbles zu tätscheln und nutzte mein peripheres Spähvermögen, um rauszukriegen, wer sie waren. Sie trabten auf das Fußballfeld. Ich kannte keinen von ihnen – keinen, bis auf einen. MDIHW bzw. MDIHW/FIZNW – (*Falls ich Zac nicht wiedertreffe*). Toll – ausgerechnet an dem Tag, an dem ich aufhöre, an jemanden zu denken und das Haus im sportiven Vogelscheuchenlook verlasse, taucht er auf.

»Komm schon, Kleine, wird Zeit, dass wir uns vom Acker machen.« Ich zog an Mumbles Leine. Ja, Irrtum ausgeschlossen, Jungs, ich rede mit meinem Hund, als wären wir in einem Krimihörbuch. Mumbles trottete hinter mir her, mit einem Stock zwischen den Zähnen, der zehn Mal breiter war als sie selbst. Rufe von den Jungs auf dem Spielfeld, die beim Aufwärmen waren, drifteten herüber. Mumbles Kopf fuhr herum, beinahe hätte sie mich umgehauen mit ihrem Stock. Riefen die etwa in unsere Richtung? Auf gar keinen Fall würde ich mich umgucken und wie eine von den Übereifrigen rüberkommen. Was aber, wenn die nun *Achtung, Kopf!* gebrüllt hatten und ich jetzt gleich von einem tief fliegenden Fußball k.o. geschlagen wurde? Ich zerrte an Mumbles Leine und zischte: »Nun komm.« Ehe es zu einem Drama kam, wollte ich unbedingt die Straße erreichen. Aber das Gerufe wurde lauter, und in einem Akt absoluter Illoyalität beschloss Mumbles, nun zu einem Hundestandbild zu erstarren und mit dem Erdboden zu verschmelzen. VERRÄTERIN.

Sie wollte sich nicht von der Stelle rühren und boykottierte meine *Ich-tu-so-als-wären-sie-gar-nicht-da*-Strategie. Ich hatte keine Wahl. Ich drehte mich um.

Meine schlimmste Befürchtung bestätigte sich. Sie starrten tatsächlich alle mich oder meine Hundestatue an. Nur einer nicht: MDIHW. Denn er ging direkt auf uns zu. SCHOCK.

Was, wenn er sich erkundigen wollte, ob ich die Person ohne Freunde war, die im Mittelpunkt des Schulskandals stand? Oder wollte er mich anblaffen, weil Mumbles vor einiger Zeit ihr letztes Spiel der Saison gecrasht und ihren Fußball zerkaut hatte? Oder hatte er mein Stalken bemerkt und war jetzt im Begriff eine einstweilige Verfügung in Kraft setzen zu lassen? Was immer ich auch machte, ich durfte keine Dokumente von ihm entgegennehmen. Und ich musste auch den Mund wieder zuklappen, der mir aufgeklappt war infolge der ersten ungeschützten, voll frontalen MDIHW-Sichtung. Wie konnte jemand denn *noch* fitter wirken, wenn er näher rankam. Widersprach das nicht sämtlichen Gesetzen der Wahrnehmung?

Er trug ein graues Shirt mit hochgezogener Kapuze (ohne was Reflektierendes dran). Darauf steh ich ungefähr so wie Jungs auf sexy Unterwäsche bei Mädchen. Jetzt war er nur noch Sekunden von mir entfernt und strich sich die braunen Haare aus dem Gesicht. Er lächelte. Ich hatte gar nicht gewusst, dass er eine Zahnspange trug, mit der war er sogar noch süßer. Bitte, Gott bzw. gottähnliches Ding, was immer jetzt auch passiert, wenn du eines für mich tun könntest – außer dafür zu sorgen, dass Zac sich in mich verliebt und mein ganzes Leben in Ordnung bringt – dann lass bitte meinen wahnsinnigen Hund jetzt nicht plötzlich wieder zum Leben erwachen und sich mit dem Kopf zuerst auf den Schritt eines Fremden stürzen.

Nun ja, ich will ja nicht sagen, dass es ein schlüssiger Beweis dafür war, dass es keinen Gott bzw. ein gottähnliches Ding gab, aber wenn dergleichen existierte, dann hatte Er-Sie-Es offensichtlich Dringenderes zu tun, als sich um meine Sorgen hinsichtlich Intimbereichsbeschnüffelung zu kümmern. Mumbles stürzte sich auf MDIHWS Baumelregion, sie ließ sogar ihren geliebten Stock fallen und beschnüffelte seine Jeans wie ein Polizeihund, der eine Containerladung extrastarker Drogen aufgespürt hatte. MDIHW blieb wie angewurzelt stehen, seine kapuzenbewehrte gloriose Erscheinung erweckte in mir den Wunsch, die Erde möge sich gerade weit genug auftun, um genau einen Menschen zu verschlucken. Nach all den Jahren, die ich ihn aus der Ferne beobachtet hatte, war ich unmöglich in der Lage, spontan ein Gespräch mit ihm zu führen, so ganz aus der Nähe, hier und jetzt.

Seine blauen Augen sahen mich an, als wäre ich irgendwie verantwortlich dafür, dass mein Hund sexuelle

Belästigung betrieb. Ich sah ihn an und fragte mich, ob das sich auftuende Loch wohl so groß sein würde, dass es auch noch für Mumbles reichte.

»Du bist also die Besitzerin des einzigen fußballfressenden Hundes der Welt?«

OH MEIN MDIHW. Wir waren im Gespräch! Aber er war abgelenkt, weil er versuchte, den Kopf des fußballfressenden Hundes abzuwehren, der sich zwischen seine Beine geklemmt hatte. Seine Hosen mussten ziemlich intensiv riechen. Hoffentlich hatte er kein Hygieneproblem. Lässiges Wegwedeln brachte es nicht, er hockte sich hin, und Auge in Auge mit Mumbles entzog er ihr den Zugang zu seinem Leistenbereich. Er packte sie am Halsband, löste ihre Hundemarke, die sich in seiner Hose verfangen hatte und wuschelte ihr über die Ohren. Davon wurde sie gleich noch aufgeregter und versuchte sofort, ihn zu bespringen. Ehrlich. Es war, als würde sie meine innersten Gedanken ausagieren.

Ich brabbelte: »Tutmirfurchtbarleidsieisteinbisschenkomisch«, und zerrte so heftig, dass sie rückwärts rutschte, ohne ein Bein zu bewegen. Er ignorierte die Strangulationsgeräusche auf Kniehöhe und redete weiter: »Ach, ich finde sie ziemlich cool.« Schmacht! Er findet Mumbles cool! Heute Abend kriegt sie dafür eine Extraportion Marmite auf ihren Toast. »Egal, die Jungs und ich haben dich auf dem Weg zum Fußball schon ein paar Mal mit ihr gesehen …«

Er hatte mein Stalken bemerkt!

»… und uns ist aufgefallen, dass du heute Trainingsklamotten anhast und … uns fehlt ein Spieler, also dachten wir, wir fragen dich mal, ob du unserer Mannschaft ein bisschen aushelfen magst? Wir sind immer auf der Suche nach einem Torhüter.«

»Ein Torhüter? Im Sinne von: jemand, der das Tor hütet? Und Tore abwehrt?«

Ich konnte meine Überraschung nicht verbergen. Was redete er da? Ich kann nicht mal einen Schlagball fangen, wenn mir den jemand mit Absicht zuwirft und »Fang, Bella!« ruft.

»Na ja. Ich weiß, wir haben dich noch nie in Aktion gesehen, aber du hast deine Fußballsachen an …« – mit einer Kopfbewegung wies er auf meine riesigen, Zac-Nachrichten-verhindernden Wollhandschuhe – »also dachten wir, fragen lohnt sich vielleicht.«

Moment mal. Das große *L* und *R* auf meinen Handschuhen war doch ein Logo, oder? Mit Sport hatte das gewiss nichts zu tun. Ich schaute an mir runter. Jos Top glänzte schwarz. Aber er musste doch wissen, dass dieses riesige »Worcester Ladies XI« auf meinem Rücken der Name vom Leichtathletikclub meiner Schwester war. Denn seh ich etwa aus wie jemand, der was für Wettkampfsport übrig hat?! Seine ernste Miene deutete darauf hin. Peinlich, peinlich, mega-peinlich.

»Wir spielen manchmal auch mit anderen Mädchen, falls dich das interessiert.«

Bella, JETZT NICHT fies kichern, weil er gerade

gesagt hat »wir spielen manchmal auch mit anderen Mädchen«. Denk nach! Er wartet auf eine Antwort. Bis jetzt hatte ich erst wenige Worte über die Lippen gebracht, und nun würde ich ihm gestehen müssen, dass ich im Sommer Handschuhe tragen musste, damit ich coolen Typen keine Nachrichten schicken konnte. Erster Eindruck: Torwart. Zweiter: Vollpfosten.

»Öh, ja, manchmal helfe ich aus … bei meiner Mum, bei der Jugendmannschaft, *Ladies ixi*, oder äh …« Ich scrabbelte im Kopf. War *X* und *I* nicht doch eine Zahl? »… zwölf, nein, elf. JA! Aber ich bin nicht so besonders, deshalb sollte ich wahrscheinlich lieber ablehnen. Du weißt schon. Eher Torreinlasserin als Torhüterin. Das bin ich. Aber, danke fürs Angebot.«

Dass ich log, hätte nicht offensichtlicher sein können, auf meiner Stirn hätte in fetten Lettern eingebrannt sein können: ICH LÜG DIR DIE HUCKE VOLL. Sogar Mumbles sah aus, als ob es ihr peinlich wäre, und die beschnuppert fremde Hintern zum Zeitvertreib.

MDIHW brachte das nicht aus dem Konzept.

»Hört sich cool an. In welcher Liga spielen die?«

Warum konnte diese Folter kein humanes Ende nehmen? Ich musste irgendwas sagen, was er garantiert noch nie gehört hatte.

»Das ist die äh Kirchen- und … Orchesterliga von … totalen Zeitverschwendern?« Das wäre überzeugender rübergekommen, wenn es sich nicht wie eine Frage angehört hätte. »Wir nennen sie KOTZ.«

Himmel. Hatte ich MDIHW etwa gerade *kotz* ins Gesicht geschrien? Dass seine Augen beinahe aus den Höhlen sprangen, sprach dafür. Ich musste weg. Sofort.

»Na, egal, wie spät ist es eigentlich? Ich mach mich wohl besser mal auf den Weg.« Ich holte mein Handy raus, um so zu tun, als würde ich nach der Zeit sehen, aber meine dicken torwartbehandschuhten Finger ließen vor seinen Augen nur ein Bild von mir und meiner Ex-Freundin Rachel aufblitzen, das ich hatte löschen wollen. Es war das, auf dem wir unsere Gesichter mit Klebeband so umgestaltet hatten, das wir Schweinemenschen ähnlich sahen. Ich war ja so was von heiß heute.

»Komisch. Das muss mir jemand geschickt haben. Keine Ahnung, was das sein soll. Außer ein Foto eben. Von Leuten. Die ich nicht kenne. Echt nicht.« Ich packte mein Handy wieder weg. »Also geh ich jetzt mal und finde raus, wer das ist. Oder üb Torhüten und Torschießen. Und werfen. Und all die anderen Fußballsachen, die ich immer so mache. Fußball total!« MDIHW guckte verblüfft. »Das hab ich vor. Jetzt. Im Sinne von jetzt gleich. Also, tschüs. KOMM MIT, MUMBLES.«

Ich flüchtete und riskierte es nicht, auf eine Antwort zu warten oder, schlimmer, selber jemals wieder ein Wort zu sagen. Sein letzter Eindruck von mir würde das Bild sein, wie ich Mumbles mit Beinen steif wie Lollistiele und sehnsüchtigen Blicken zurück auf seinen Intimbereich die gesamte Länge des Spielfeldes hinter mir herschleifte. Ich schaffte es bis zur sicheren Straße, dann duckte ich mich hinter eine Hecke, damit die Jungs mich nicht mehr sehen konnten.

Was für ein Glück, dass mir Zac begegnet war. Denn jetzt hatte ich in unter zwei Minuten verlässlich dafür gesorgt, dass aus MDIHW ein Mann geworden war, der mich höchstwahrscheinlich nicht mal heiraten würde, wenn der Fortbestand der Menschheit davon abhinge.

Warum war ich in Sachen Leben nur so grottenschlecht? Aber als ich geduckt an der nicht enden wollenden Hecke entlangschlich, überfiel mich eine Einsicht. Das musste nicht so sein. Ich musste mein Leben in die Hand nehmen. Zac eine Nachricht zu schreiben, war nicht genug. Außer ihm hatte ich nichts, womit ich der Welt beweisen konnte, dass ich total normal war. Nur er würde Luke das Maul stopfen, und dabei Tegan und Rachel beweisen, dass mein Leben auch ohne sie einfach toll lief. Ich musste mich mehr ins Zeug legen und ihn hierherkriegen.

Und zwar noch vor dem Schulball.

Kapitel 13

Der Versuch, mich hinter der Hecke zu verstecken, wäre viel erfolgreicher verlaufen, wenn kein Auto um die Ecke gefegt wäre und mich und mein reflektierendes Oberteil im Licht der Scheinwerfer zu einer menschlichen Discokugel für den Outdoorbereich gemacht hätte. Hinter mir wurde gebremst, Jo lehnte sich aus dem Beifahrerfenster und brüllte: »Willst du mit?«

Sie hatte mehr Strecke zurückgelegt als Lewis Hamilton, seit sie die Führerscheinprüfung bestanden hatte. Beim ersten Anlauf, selbstverständlich. Garantiert nur, damit ich mich noch mieser fühlte, weil ich zu Hause festsaß und in tausend Jahren noch kein eigenes Auto haben würde.

»Nicht nötig, vielen Dank.« Total gelogen.

»Na dann, tut mir leid, dass ich deinen schönen Spaziergang gestört habe. Ist doch herrlich, hinter dem

Weißdorn durch den Dreck zu kriechen.« Sie ließ den Motor aufheulen und forderte mich dazu heraus, Faulheit über Sturheit siegen zu lassen. »Übrigens, schönes Top.«

Ich überhörte das elegant.

»Na gut. Dann nimm mich mit.«

Sie nahm den Fuß vom Gaspedal. »Wie heißt das Zauberwort?«

Jo nervte ja so. »Bitte?«

»Nein, es heißt: Der-müffelnde-Hund-kommt-hinten-rein.«

Ich verdrehte die Augen und ließ Mumbles auf den Rücksitz springen. Sie guckte beim Fahren so gern aus dem Fenster, so als wäre sie was Edles, das auf gewöhnliche Tiere herabschaute, die sich tatsächlich soweit erniedrigen mussten, ihre eigenen Beine zur Fortbewegung zu benutzen.

Ich sprang auf den Beifahrersitz und knallte die Tür so laut zu, dass die Jungs es hören konnten. Seht ihr, für Unterhaltungen mag es bei mir ja nicht reichen, aber ich kenne jemanden mit Auto. Obwohl das vermutlich alle tun. Wenn Eltern mitzählen. Oh nein, hoffentlich denken die jetzt nicht, dass meine Mum mich abholen musste. Warum hab ich bloß die Tür zugeknallt?

»Heute gar nicht auf der Pirsch nach Jungs?«

»Als ob ich das je wäre.«

»Nein, ist ja klar, deshalb gehst du ja auch immer nur mit dem Hund raus, wenn es nicht regnet, nicht zu dunkel ist und du vorher stundenlang in den Spiegel geguckt hast?«

»Was auch immer.« Ich hätte mal in den Spiegel gucken sollen, als ich dieses alberne Top übergezogen habe.

»Du hasst mich nur, weil ich total richtig liege.«

»Du liegst nur richtig damit, dass du der nervtötendste Mensch bist, der je auf Erden wandelte.«

Darauf konnte Jo nicht antworten, weil sie ganz plötzlich eine Vollbremsung machen musste. Mein Körper wurde in den Gurt katapultiert. Vor uns schoss mit quietschenden Reifen ein Auto aus einer Auffahrt, ohne auf Hindernisse wie etwa uns Rücksicht zu nehmen. Jo fluchte leise und blitzte ihn mit der Lichthupe an, ehe sie sich wieder fasste und das andere Auto unbehelligt wegfahren ließ.

»Tut mir leid. Du kannst Mum sagen, dass der nicht mal geguckt hat.«

Achtlos war meine Schwester bestimmt nicht. Ich war sowohl achtlos als auch autolos.

»Keine Sorge, ich hab's gesehen – was für ein Idiot. Warum der es wohl so eilig hatte?«

»Du hast gepeilt, wer das war, oder?«

Hatte ich nicht. Obwohl ich das Haus kannte – alle kannten es. Es gehörte meiner Schulleiterin, Mrs Hitchman.

»Das war Mr Lutas, der Kunstlehrer – na, jedenfalls war er mein Kunstlehrer.«

Bedauerlicherweise war er auch meiner. Aber aus welchem Grund sollte er bei Mrs Hitchman gewesen sein – und warum hatte er es so eilig, dort wegzukommen? War sie etwa eine kriminelle Kreideschmugglerin? Oder verfügte sie über außergewöhnliche Obstschalen, die gemalt werden mussten?

»Bist du sicher, dass er es war?«

»Diese grauen Höhlenmenschenhaare würde ich überall wiedererkennen. Und er hat immer noch dasselbe Auto wie zu meiner Zeit. Aber er hat uns nicht bemerkt.«

Puh. Ich bin auch so schon auf seiner schwarzen Liste, da muss er nicht noch wissen, dass wir ihn bei einem verdächtig späten Besuch beobachtet haben.

»Das ist so ein Irrer.«

»Musst du mir nicht erzählen. Ich war in der Klasse, mit der er diesen legendären Ausflug gemacht hat – zurrr Kunstgalerrrie. Der alte Mann, der die leitete, hat uns dann eine riesige Schublade voller Arbeiten von Mr Lutas gezeigt. Ehrlich, randvoll mit Selbstportraits von ihm. Nackt. Wie er auf einen Stuhl steigt, wie er vor einem Ofen hockt und – oh Gott, wie er Liegestütze macht. Nackt. Ich hab immer noch Albträume.«

Danke auch dafür, Schwesterlein. Jetzt stand mir ein fortan schlafloses Leben bevor, um nicht Opfer derselben nächtlichen Horrorbilder zu werden.

»Ist ja abartig. Warum macht man so was?«

»Also, gerechterweise muss ich dazusagen, er hatte nicht gewollt, dass wir die Bilder sehen, und sie waren ja schon irgendwie künstlerisch … aber, glaub mir, wenn man das mal gesehen hat, kriegt man es nicht mehr aus dem Kopf. Ich glaube, deshalb haben wir in dem Schuljahr alle gute Noten in Kunst bekommen.«

Wow – gute Noten für schmutzige Geheimnisse. Ich hätte nie gedacht, dass Jo je zugeben würde, in derartig fragwürdige Machenschaften verwickelt zu sein.

»Wie kommt es, dass du mir das nicht schon früher erzählt hast? Die anderen wären total drauf abgefahren.« Mein Herz krampfte sich zusammen, als mir einfiel, wie sehr sich die Dinge inzwischen geändert hatten. »Na ja, dann müssen sie wohl weiterleben, ohne das zu wissen. Ihr Pech.«

»Habt ihr das immer noch nicht geklärt?« Gestern Abend, als ich gerade für einen flüchtigen Augenblick vergessen hatte, wie nervig sie war, hatte ich meiner Schwester von dem Chaos in meinem Leben erzählt.

»Noch nicht? Das ist erst anderthalb Tage her! Und da gibt es nichts zu klären. Das ist unklärbar.«

Jo blinkte und bog in unsere kleine Auffahrt ein. In der Küche brannte Licht und Mum tanzte, während sie in einem Topf rührte.

»Hör mal, ich will dir ja keine blöden Ratschläge geben.« Das sagte Jo immer, wenn sie kurz davor war, genau das zu tun. »Und es war auch echt scheiße, was sie gemacht haben. Aber versuch doch mal darüber nachzudenken, ob es das wert ist. Willst du wegen *einem* Fehlers wirklich deine beiden besten Freundinnen verlieren?«

»Ich habe nachgedacht. Und das ist es wert. Denn es war nicht ein *Fehler*, sondern eine *dicke, fette Verschwörung*.«

Jo zuckte mit den Schultern und stieg aus dem Auto. Wenn meine perfekte Schwester keine Lösung parat hatte, dann war die Kacke echt am Dampfen.

Als wir schließlich in die Küche kamen, hatte Mum schon ihre Interpretation eines vegetarischen Würstchens im Schlafrock aufgetischt, die im Wesentlichen aus senkrecht in Teig versenktem Gemüse bestand. Ich kaute mich durch eine halbgare Karotte, während ich mich mütterlichen Fragen über mein erbärmliches Leben stellte. Wie schaffte sie es bloß, mich zu grillen, wenn sie es doch nicht mal hinkriegte, ein Tofuwürstchen gar zu bekommen? *Wie geht es denn Tegan und Rachel?* (Kein Kommentar.) *Hast du Lukas in diesem Halbjahr eigentlich schon gesehen?* (Viel öfter, als mir lieb ist.) *Hofft Mikey noch immer, Tegan den Hof machen zu können?* (Kein Mensch benutzt noch diesen Ausdruck.) *Würde dir nicht eine Mutter-Tochter-Meditation vor den Prüfungen guttun?* (Nein, ich hab nämlich keinen Prüfungsstress, wenn ich mir einrede, dass ich keine Prüfungen habe.)

Ich absolvierte die fürs Familienglück erforderliche Menge Smalltalk und lief hoch in mein Zimmer. Normalerweise warf ich mich aufs Sofa und las irgendein Buch, das Rachel mir gerade geliehen hatte. Oder lachte über Serieninfos in unseren Gruppenmitteilungen. Oder verbrachte den Abend damit, YouTube nach schrägen Klassikern zu durchsuchen. Dank einiger Bastelvideos von Tegan hatten wir haufenweise Sachen für unsere Zimmer gemacht und Rachel hatte mich auf einige wirklich witzige Buch-Vlogger hingewiesen. Aber das war damals, und da ich jetzt null Freunde hatte, verschaffte mir das genügend freie Zeit, um mich auf die Mission *Mein Leben* völlig neu zu konzentrieren. Ich holte meinen Glücksbleistift raus (der hatte mal meine Hand durchbohrt, als ich in meiner Tasche gewühlt hatte, und ich war vom Sportunterricht befreit worden) und stellte eine Liste auf.

1. Ich muss unbedingt zum Schulball dürfen, deshalb kann ich mir KEIN DRAMA mehr leisten. Nur in der Theater-AG, da muss ich echt gut sein.

2. Irgendwie muss ich Zac davon überzeugen, dass ich verführerisch genug für ein Wiedersehen bin. Und mindestens siebzehn.

Ich guckte auf die unter den Jeans hervorlugende Behaarung meiner Beine. Das würde nicht leicht werden.

3. (Das bis jetzt Schwerste:) Ich muss Zac als Date für einen Ball der 10. Klasse gewinnen – meiner 10. Klasse –, obwohl er denkt, dass ich auf dem College bin.

Aber selbst wenn er nur in den Saal kommt, sieht, dass es ein Schulball ist und wieder rausgeht, zählt das als »Teilnahme«, Luke müsste sich folglich entschuldigen und Rachel und Tegan wären total fertig, weil sie mich nicht mehr unterstützt hatten.

4. Absolut fantastisch werden, damit Zac auch nach potenziellem Balldesaster erkennt, dass ich der einzige Mensch bin, der ihn wahrhaft glücklich machen kann, und vorschlägt, einen Wohnwagen zu kaufen, nach Wales zu ziehen und den Rest unseres Lebens damit zu verbringen, Nutellabrote zu essen und über Kunst zu reden (extra Memo an mich selbst: unbedingt was über Kunst lernen).

Ich guckte mir die Liste an. So aufgegliedert schien es mir ein ganz klein wenig machbarer zu sein. Außerdem hatte ich jetzt seine Nummer und musste keine Zeit damit verschwenden, auf PSSSST zu posten und zu suchen. Ich klickte die App zum Löschen an. Doch was ich dann sah, brachte mich davon ab. Ich hatte 200 Likes für Tegans *Hide and Leak* bekommen. *Wow.* Während mein echtes Leben gefährlich einsam wurde, war ich im virtuellen Leben plötzlich total beliebt – bei absolut Fremden. Oder wie Mum sagen würde bei *Freunden, die du nur noch nicht kennengelernt hast.* Also das genaue Gegenteil von dem, was jede andere Mutter sagen würde. Die finden nämlich, Fremde seien grundsätzlich gefährlich, während meine Mutter sagen würde: »Hallo, Fremder, darf ich Ihnen meine Töchter vorstellen? Wie wär's mit einer Tasse Tee?« Vielleicht sollte ich diese App doch noch nicht löschen? Es ist so schön, geschätzt zu werden. Vielleicht sollte ich noch eine Sache posten und mal sehen, wie es läuft. Das musste dann aber echt der Knaller sein.

Ich zermarterte mir das Hirn. Kann nicht mal jemand ganz schnell eine Google-Suche für den Kopf erfinden? Es ist viel zu mühsam, an all den Songtexten vorbei den Weg zu echten Erinnerungen zu finden. Obwohl ... etwas tauchte doch auf. Etwas, das wahrscheinlich einige Likes kriegen würde.

Ich tippte los, hörte aber auf, als ich mich daran erinnerte, dass Tegan, Rachel und ich ja einen Pakt geschlossen hatten, niemals jemandem auch nur ein Wort darüber zu erzählen. Aber wir hatten ja auch einen Pakt geschlossen, uns niemals zu belügen. Wenn sie die Regeln brechen konnten, dann konnte ich das auch. Und wenn sie nicht damit angefangen hätten, würde ich meine Zeit jetzt nicht damit verbringen, mein Freundesloch mit Internet-Likes zu füllen. Also, selber schuld.

LÜGENTAGE
ALS SICH MEINE FREUNDIN IM SPORT-
UNTERRICHT VERLETZT HATTE, BRÜLLTE SIE:
»KANN MIR JEMAND MAL EINE BINDE
GEBEN?« ALLE FLIPPTEN AUS,
WEIL SIE DACHTEN, SIE HÄTTE ALS
ERSTE IHRE PERIODE BEKOMMEN.
STATT ZU GESTEHEN, HABEN WIR IHR
DIE NÄCHSTEN ZWEI JAHRE GEHOLFEN,
SO ZU TUN, ALS HÄTTE SIE IHRE TAGE
SCHON – INKLUSIVE VORGETÄUSCHTER
STIMMUNGSSCHWANKUNGEN

Ich lächelte, als ich mich daran erinnerte, was wir damals alles veranstaltet hatten. Wir hatten sogar mal den Kauf von Tampons so inszeniert, dass Lou uns sehen musste. Aber später mussten wir sie wieder zurückgeben, weil wir merkten, dass wir ganz dringend Geld für Kartoffelchips brauchten.

Aber das war damals gewesen.

Ich prüfte noch mal genau nach, dass ich auch ja keine verräterischen Details erwähnt hatte, und klickte auf posten. Die Posts auf PSSSST waren zwar anonym, aber ich wollte ganz sicher sein, dass sie es auch blieben.

Die nächsten zehn Minuten verschwendete ich mit einer Internet-Umfrage, in der ermittelt werden sollte, welche Kaugummi-Geschmacksrichtung meiner Persönlichkeit entspräche (Zimt, zuckerfrei). Währenddessen achtete ich darauf, nicht darauf zu achten, dass sich auf *PSSST* keiner für mich interessierte. Aber als ich anfing, fünfzig Fragen zu beantworten, die über das Schicksal meines Hundes Aufschluss geben würden, summte mein Handy. Ob das der Anfang meiner Internetberühmtheit war?

Oh nein. Oh ja! Es war viel besser. Es war eine Nachricht von Zac. Ich setzte mich auf mein Bett, ich brauchte Kissen um mich herum, falls meine Knochen beim Lesen zu Gelee wurden.

> Hey, Bella bzw. Bells. Bin Fr wegen einer Collegesache in Worcester, du wohnst doch in der Gegend? Treffen wir uns Sa. morgen? Z.

Zum Glück war ich rundum auf eine Matratze gebettet. Jeder Knochen, jeder Muskel und jeder Nerv versagte den Dienst. Wie ein Klecks lag ich auf dem Bett, nicht in der Lage, meine Körperfunktionen so weit zu kontrollieren, dass ich hätte blinzeln können. Zac, der sich rühmen konnte, mich halb geküsst zu haben, würde mich – die Freundeslose ohne Torhüterfähigkeiten – besuchen. Das war groß. Das passierte wirklich. IN VIER TAGEN.

Ich warf die Regel, die obligatorischen fünfundsiebzig Minuten oder länger mit der Antwort zu warten, über den Haufen. Jede Sekunde war eine Sekunde, in der er seine Meinung wieder ändern könnte.

Klar! Wann? Bin gespannt, was du zu erzählen hast.

Klar – bin ich nicht clever? Das klingt ja so, als würde ich damit nicht meinen: NATÜRLICH, DENN ES IST DAS BESTE, WAS MIR IN MEINEM GANZEN LEBEN PASSIEREN WIRD (UND AUCH DAS, WAS MIR AM MEISTEN ANGST MACHT, DOCH DAS BRAUCHST DU NICHT ZU WISSEN).

Ich schnappte mir meinen Laptop und startete einen Such-Marathon, denn es konnte ja sein, dass Zac mich um Vorschläge bat, was wir unternehmen wollten. Immerhin war ich diejenige, die hier wohnte. Ich gab *die romantischsten Orte in Worcester*, *Dinge, die man bei einem ersten Date unternehmen kann* und *Zac Black Bay Foto* ein, falls irgendwer sowas in den letzten 24 Stunden ins Netz gestellt haben sollte. Während ich auf eine Antwort wartete, googelte ich auch gleich *wie man morgens heiß aussieht.*

Cool, um 10 Uhr, okay? Am Helga-Denkmal?
Es soll aber echt gewitterig werden dieses Wochenende – gib mir Bescheid, wenn du Angst vor nassen Füßen hast.

Zehn Uhr? Was war der denn? Ein Elternteil? Wusste er, dass Samstag eindeutig in einen Lebensabschnitt fiel, der gemeinhin als *Wochenende* bezeichnet wurde? Während dem vor 11 Uhr unmöglich Verabredungen getroffen werden konnten.

Ich sah mir den Wetterbericht an. Als ob Regen mir was ausmachen würde! Das war ja nichts anderes als eine Dusche, nur draußen. Aber die *BBC* ließ mein Herz erblühen: Kein Gewitter in Sicht. Ich kopierte den Beweis.

Du meinst das Elgar-Denkmal, okay, bin da.
Und guck mal – das Wetter wird gut. Wenn ich nicht heiße Luft von mir gebe ...

Ich hängte das Foto von meinem Laptopbildschirm an. Er würde mir nicht mit einem Gewitter den Auftritt verhageln. Ich wühlte den Kopf ins Kissen. Bin ich jetzt heiß oder was? Bin ich, Bella Fisher, jetzt zu einer Person geworden, mit der sich tatsächlich jemand verabreden will? Nun ja, zumindest will man sich mit mir treffen, wenn man gerade in der Gegend ist und sonst keinen kennt.

Bis dann. Ich werde versuchen, echt heiß auszusehen.

Wie kam er denn darauf? Tja, Seelenverwandte teilen die gleichen Gedanken.

Dann rutschte mein Magen eine Etage tiefer. Vielleicht ja doch nicht. Vielleicht galt das ja aber nur für Seelenverwandte, denen man ein Bild vom Laptopmonitor inklusive total peinlicher Suchbegriffe über heißes Aussehen, Fotos von ihnen selber und dem Schicksal einer Bulldogge schickte. Wie konnte ich nur so eine absolute Vollidiotin sein? Ich musste mir die Torhüterhandschuhe mit Superkleber an die Finger kleistern.

Ich warf mich auf den Rücken und starrte an die Decke. Die nächsten 4,2 Tage waren jetzt dem Projekt VDWMZ geweiht. *Vorbereitung des Wiedersehens mit Zac.* Muss eine Liste all der kleinen Übertreibungen machen, die ich ihm erzählt habe, damit ich den Überblick behalte ... und eine Liste der Orte, die wir meiden müssen ... und der Leute. Und dann muss ich dafür sorgen, dass Jo nirgendwo in der Nähe ist, damit sie ihren Sabotageakt nicht wiederholen kann.

Ich setzte mich kerzengerade auf, als mir klar wurde, dass ich ihn wirklich wiedersehen würde. Was in aller Welt sollte ich anziehen? Könnten meine Haare in sechsundsechzig Stunden die zehn Zentimeter länger werden, die ich mir wünschte? Sollte ich eine Liste von Themen aufstellen, die ich ansprechen könnte, um einen interessanten und reifen Eindruck zu erwecken? Sollte ich mir Wissen aneignen? Ich klickte die Nachrichten der *BBC* an. Das macht Jo immer, sie guckt Nachrichten und Programme über Bands in Schwarzweiß auf *BBC Four*. Das machen Siebzehnjährige wohl auch. Und was machte sie sonst noch? Sie trug echtes Parfum, war in der Schule gut vorbereitet und immer pünktlich. Das schaffe ich, leicht. Von jetzt an, könnte sie meine Muse sein. Solange ich nicht so langweilig wurde, wie sie es manchmal sein kann.

Wow. Was für ein Tag. Vielleicht ruckelt sich ja alles zurecht und wird doch nicht so mega-schrecklich. Zwei Freundinnen auf der Minusseite, aber ein dickes, fettes, aufregendes echtes Date im wirklichen Leben – das brachte mich locker ins Plus.

Kapitel 14

Ich, Bella Fisher, war offiziell ein einsamer Wolf. Aber das stört mich nicht mehr so, weil ich jetzt nämlich ein Wolf mit großem, wolfsmäßigem Date am Horizont war. *Wuuuhuuu.* Zwischen zwei Bissen von meinem Gurkensandwich spähte ich zu Tegan und Rachel rüber. Ich würde jetzt gern sagen, dass sie ihre Pause dazu nutzten, sich um ein Abbild von mir zu scharen und als Zeichen ihrer Reue Siebtklässler zu opfern, aber in Wirklichkeit aßen sie nur Mini-Käse. Mann, wie ich sie hasste! (Nicht die Mini-Käse, Rachel und Tegan.) Es ist ja so ungerecht, dass ich, die Unschuldige, hier mit den Freundinnen von meiner B-Liste sitze und *die beiden* Chips essen sehen muss, als ob gar nichts passiert wäre. Na, ich hoffe, ihnen bleibt was Klebriges an den Zähnen hängen und den ganzen Nachmittag lang sagt es ihnen keiner. Aber B-Listen-Freundinnen sind immer noch besser als falsche Freundinnen. Ich lächelte Sarah an. Seit Hate-Gate hatte ich jede Mittagspause mit ihr verbracht. Trotz all der Blicke und des Gewispers um mich herum, hatte sie das Drama nicht ein einziges Mal erwähnt. Sie war nur nett zu mir gewesen. Aber ehrlich gesagt hatte ich Sarah auch noch nie gemein erlebt. Doch irgendwie im tiefsten Inneren fühlte es sich nicht richtig an, so abzuhängen. Ich nickte mit dem Kopf wie alle anderen an meinem Tisch, strengte mich an, an den richtigen Stellen ihrer Korbballgeschichte zu lächeln. Normalerweise übernahm Tegan alle Sportgespräche, die an uns herangetragen wurden – ich hatte einfach keinen Schimmer.

In meiner Tasche summte es. Wieder mal eine Nachricht von ihr.

Kommst du rüber? Wir haben einen reuigen
Babybel für dich R&T 🙏 ☺ 👀 ☽

Und ab in die Tonne. Mit großen Gesten klickte ich *Löschen*, so als hätte mein Handy extragroße Rentnertasten.

Seht ihr! Ich will nichts mit euren armen digitalen Kommunikationssversuchen zu schaffen haben und mit euch schon gar nicht.

Sollten sie sich ihren *Babybel* doch in den Hintern schieben.

Ich prustete, als ich dieses Bild vor meinem inneren

Auge aufrief, ernte aber nur komische Blicke dafür, also versuchte ich, das Lachen mit dem zu verknüpfen, was Sarah gerade erzählte. Zu spät wurde mir klar, dass sie inzwischen über den Tod ihrer Katze redete. Ich nahm meine Gesichtszüge in strenge Haft.

»Du magst doch Rätsel. Was hat fünf Buchstaben und fängt mit S an?«

Würg. Diese selbstgefällige Stimme! Am liebsten hätte ich mein Gurkensandwich von mir gegeben. Ich wirbelte herum. Warum war Luke rübergekommen, um mich anzuquatschen? Was wollte er denn jetzt schon wieder? Na ja, wegrennen konnte ich nicht (rennen ist in der Kantine verboten, außerdem seh ich dabei eh total peinlich aus). Ich knallte mein Gurkensandwich wieder zurück in meine Peppa Wutz Frühstücksdose. Aggressiv. Total einschüchternd.

»Keine Ahnung. Ist mir auch egal. Warum lässt du mich also nicht in Ruhe?« Aber Luke stopfte die Hände noch tiefer in seine Taschen. Er würde nirgendwo hingehen.

»Falsche Antwort. Es war: sorry. Aber ich werde deine Entschuldigung annehmen, egal, wie du sie auch vorbringst.«

Träum weiter.

»Hau ab. Wenn ich mit dir reden wollte, wäre ich in die Arschlochecke rüber gekommen – oder wo auch immer du dich zurzeit gerade rumdrückst.«

Er grinst wie ein Idiot. Ich schwöre, sogar seine Nase

sah dabei hochnäsig aus. Wie hatte ich ihn je für was anderes als einen Kotzbrocken halten können?

»Du kannst ja immer noch deine *beste Freundin* Tegan fragen. Wenn es um meine körperlichen Regungen geht, ist sie bestens informiert, wenn du weißt, was ich meine.«

Er wollte mich auf die Palme bringen, wusste aber nicht, dass meine Mum immer von *körperlichen Regungen* sprach, wenn jemand die Scheißerei hatte. 1:0 für Bella. Ich gönnte ihm einen Queen-würdigen, vernichtenden Blick, und hoffte, dass auch meine Nase mitspielte.

Die Leute guckten zu uns rüber und freuten sich schon auf eine weitere Anbrüllerei. Ich erwischte Tegan und Rachel beim Gucken, sie wirkten besorgt. Bitte, sagt mir, dass es nicht noch mehr Enthüllungen gibt. Ich will doch nur meine Ruhe.

»Hör mal, ich bin nicht in Stimmung für deine Hosenscheißereien. Hau doch einfach ab.« Ich drehte mich wieder zum Tisch um und nahm einen großen Gurkenbissen. Siehst du etwa nicht, wie ich hier kaue? Die ganze Situation nervte mich so, dass mir schon fast der Appetit auf mein Sandwich verging. Nicht nur wegen all dem, was in meinem Leben schon den Bach runtergegangen war. Oder weil ich im Mittelpunkt unerwünschter Aufmerksamkeit stand. Nein, es war so besonders fies, weil alle wussten, dass ich Luke tatsächlich mal gemocht hatte. Ich hätte mich selbst in den Hintern treten können, weil ich auf sein Getue reingefallen war. Ich hätte wissen müssen, dass wir keinerlei Gemeinsamkeiten hatten bzw. haben. Er mochte blonde Girlies, die schwarze BHs unter ihren weißen Schulblusen tragen, ich ging gern im Schlafsack zu Kostümfesten und tat so, als wäre ich eine Raupe. Er mag Mädchen auf Motorrädern, ich mag Jungen mit Gitarren. Er baut gern BMX-Rampen, ich male mir gern CD-Cover mit Nagellack auf die Fußnägel. Bei ihm wissen alle, wer er ist, bei mir denken viele immer noch, ich hieße Tina (keine Ahnung, warum Tina).

Ein ramponierter Rucksack wurde neben meiner Peppa-Trinkflasche auf den Tisch geknallt (Memo an mich selbst: besorg dir Tupperware, die mehr einschüchtert).

»Sie will nicht reden, kapiert? Wenn du jetzt also abzischen könntest, wäre das ganz toll.«

Mikey ließ sich auf den Schemel neben mir fallen. Ich hatte ihn seit dem Streit mit Tegan und Rachel nicht mehr gesehen – und es war gut zu wissen, dass er nicht auch zur dunklen Seite rübergewechselt hatte.

Luke knallte seine Hand auf Mikeys Schulter, während dessen Kumpel meinem Freund auf die Pelle rückten. Redeten die nie? Verbrachten sie ihre gesamte Freizeit damit, bedrohliche Macker-Choreographien einzustudieren?

»Wenn ich die Meinung von Mr Nobody hören wollte, hätte ich einen aus der 7. gefragt.«

Mikey stand wieder auf und straffte die Schultern. Er war zwanzig Zentimeter größer als sonst, echt jetzt.

»Und wenn wir die Gesellschaft des größten Arschlochs der Schule wollten, hätten wir uns an den Loser gewendet, der bei der Prüfung die falsche Antwort auf den Bogen geschrieben hat, als er seinen Namen angeben sollte. Oh. Sorry. Das warst du ja!«

Luke schubste Mikey.

»Wenn du ein Problem mit mir hast, du Arsch, dann mach den Mund auf und sag's.«

Mikey lächelte warmherzig.

»Ich sage es doch, *Arsch*. Ich hab ein giga-großes Problem mit dir.«

Wow.

Ich hatte noch nie erlebt, dass Mikey ein Problem mit irgendwem oder irgendwas hatte. War es mies, weil ich das in erster Linie ziemlich heiß fand? Aber als ich ihn dann ansah, wurde mir klar, dass es hier nicht um mich ging. Denn obwohl Luke ihm ziemlich auf die Pelle rückte, war Mikey abgelenkt. Er guckte zur anderen Seite der Kantine. Er beschützte gerade nicht nur mich, sondern die Person, die er immer im Auge behielt, weil er einfach nicht anders konnte. *Tegan.* Und sie kriegte es nicht mal mit, sie flüsterte nämlich Rachel was zu. Komisch, dass jemand mit haufenweise Einsen und Bestleistungen in allen möglichen Fächern, so ohne jede Peilung sein konnte.

Ich fühlte mit Mikey. Er hätte sonst was gegeben, um

Tegan zu küssen, und Luke hatte es nur aus Jux getan. Kein Wunder, dass er so wütend war.

»JUNGS.«

Ich schaute auf. Ein aufgebrachter Lehrer kam mit großen Schritten auf uns zu, sein Gesicht war zerknittert von der Anstrengung, seit mindestens fünfzig Jahren nicht gelacht zu haben. Ich zupfte an Mikeys Pullover.

»JUNGS, DAS REICHT!«

Warum latschte Mr Lutas immer genau im falschen Moment ins Bild? Waren seine ausgebeulten Taschen mit Miese-Momente-Magneten vollgestopft, die ihn automatisch zu den schlimmsten Augenblicken zogen?

Mikey murmelte eine Entschuldigung. Luke hielt sich für zu cool, irgendwas zu sagen und zuckte stattdessen mit den Schultern wie ein Idiot.

»Muss ich euch errrinnnerrrn, dass in dieser Schule aggrrressives Verrrhalten nicht geduldet wird? Wenn ihr also nicht noch mehr Ball-Punkte verlieren wollt, schlage ich vor, ihr legt diese kleinliche Auseinandersetzung bei und hört auf, euch wie Babys zu benehmen. Verstanden?«

Mikey nickte. Luke machte immer noch nichts. Mr Lutas klimperte mit den Schlüsseln oder Magneten in seiner Tasche. Ich hingegen lächelte Mr Lutas mit meinem besten Brave-Schülerin-Gesicht an und meine Unbeteiligtheit deutlich zu machen. Mein Blick wurde mit Eiseskälte erwidert.

»Und das gilt auch für dich, junge Dame.«

Na toll. Er hatte mich schon vor diesem Halbjahr gehasst wie die Pest.

»Noch eine falsche Bewegung von EINEM von euch – und es wirrrrd nachgesessen.«

Es war das schlimmste Timing aller Zeiten, aber mein Gesicht lief rot an und zeigte, dass ich auf die falsche Art von seinem irre rollenden R beeindruckt war. Mr Lutas entging das nicht. Ich versuchte mich zu beherrschen. »UND JETZT AB!«

Luke stürmte aus der Kantine. Mikey setzte sich wieder neben mich. Alle anderen im Raum wechselten vom Starr- in den Spachtelmodus. Meine erschrockenen Tischgenossen guckten geschockt. Das größte Drama, das sie je an ihrem Tisch erlebt hatten, war Pams Entdeckung gewesen, dass ihre Ochsenschwanzsuppe tatsächlich aus Ochsenschwanz gemacht war – und nicht aus irgendeinem angesagten Gemüse, das sich so nannte. Ich hoffte, ihnen war klar, dass diese Art mega-peinliche Aufmerksamkeit auch für mich neu war. Freundlicherweise wechselten sie fix das Thema und sorgten für bessere Stimmung, indem sie *OMG* darüber plauderten, dass sie alle dasselbe Katzenkrematorium besucht hatten. Mikey tat nicht mal so, als ob er zuhörte, und wendete sich wieder mir zu.

»Tut mir leid, das eben. Ich hatte keine Ahnung, dass Mr Lutas in der Nähe war.« Er klaute sich ein paar Chips. »Luke bringt mich total zum Ausflippen.«

»Das geht nicht nur dir so.« Ich nahm meine Chipstüte vom Tisch. »Danke, dass du mir beigestanden hast. Er und Mr Lutas scheinen mit mir neuerdings total auf Kriegsfuß zu stehen. Das nervt.«

»*Nervissimus totalus.*« Er klaute sich noch einen Chip. »Na, ich wollte nur mal Hallo sagen.«

Ich legte die Chips in die sichere Frühstücksdose.

»Hallo?«

Er winkte, ehe seine Hand in die Tüte stieß und die letzten Chips rausfischte. Ich schlug ihm den Deckel auf die Finger. Er tat so, als kenne er keinen Schmerz. »Und jetzt haben wir beide Hallo gesagt.«

»Aber so was von.«

Wir lachten, aber er wurde rot, als ich ihn dabei erwischte, wie er wieder mal zu Tegan rüberguckte. Mir fiel nichts ein, was ich sagen konnte. Außer vielleicht: *Ist das Mädchen, das du liebst, nicht echt 'ne blöde Kuh? Also, wie wär's, wenn du mal aufhören würdest, sie ständig anzuschmachten?* – und das würde unser Gespräch ganz bestimmt killen. Mikey spürte wie unangenehm mir das war (und erwies sich damit mal wieder als der unjungsigste Junge, den ich kenne).

»Okay, ja, cool. Dann will ich dich und deine Freundinnen auch nicht länger stören.« Er betonte das Wort *Freundinnen*, so als wollte er sagen: Wer sind die überhaupt? Ich hatte keine Ahnung, dass du die überhaupt kennst, aber egal, ist schon in Ordnung. »Und danke für die Chips.« Er zwinkerte, winkte zum Abschied und verließ die Kantine. Ich wollte auch los, also packte ich meinen von Mum gemachten veganen, glutenfreien, schokoladenlosen Brownie mit irgendwelchen Brocken drin wieder in die Frühstücksdose. Immer noch fünfzehn Minuten Mittagspause zum Totschlagen, also fünfzehn Minuten für die Vorarbeiten zum Zac-Date, in denen ich in der Bücherei ein Buch über moderne Kunst finden konnte.

Ärgerlich, dass ich mir nicht einfach eins von Rachel leihen konnte, aber *sie* war nun die Letzte, die ich um irgendwelche Gefallen bitten würde. Zac hatte gesagt, er stehe auf einen Mann, der Suppendosen malt. Für diese Art Kunst hatte ich bestimmt auch was übrig. Ob der wohl auch Bohnen- und Würstchendosen malte? Ich winkte Sarah und den anderen zum Abschied zu.

»Bye, Bella – sehen wir dich morgen?«

»Absolut.« Was Besseres hatte ich ja kaum in Aussicht.

»Vergiss nicht, mir zu erzählen, wie es heute beim Korbball gelaufen ist. Die Mannschaft trifft sich doch gleich, oder?« Ach ja, *das*. Sarah ist eine von den Sportfanatikern in unserer Stufe. Wir hatten uns kennen gelernt, als sie mich auf echt netteste Art fragte, warum ich plötzlich beim Sport den Hintern hochkriegte. Na ja, sonst hatte ich da immer mit Rachel gequatscht, unsere oberenthusiastische Sportlehrerin stets im Auge, um in wilde Aktivität auszubrechen, sobald sie zu uns rüberguckte. Tegans Erfolge reichten eh für uns drei.

Aber jetzt war das ein total anderes Spiel – in jeder Beziehung. Diese Woche bedeutete Mitmachen, unangenehme Begegnungen zu vermeiden und die winzigste Chance zu haben, in eine Mannschaft zu kommen. Und Mannschaften bedeuteten Punkte. Und Punkte bedeuteten Schulball. Ich hatte nur vierzehn – gerade vier mehr, als ich für den Schulball brauchte. Und da Mr Lutas so auf der Lauer lag, musste ich noch ein paar Extra-Punkte für alle Fälle beschaffen.

Ich nahm einen Umweg, mied sämtliche Orte, an denen ich auf Tegan und Rachel stoßen könnte, und schlich am Schwarzen Brett der Schulmannschaften vorbei – auf dem mein Name *nicht* stand. Darunter hing das bedrohliche Bild von Mr Lutas an der Wand. Das reichte schon, um mir einen kalten Schauer den Rücken runterrieseln zu lassen. Der Mann schien nur glücklich zu sein, wenn er andere total unglücklich machte. Aber ... vielleicht ließ sich dieses Spiel ja auch zu zweit spielen?

Ich machte einen Abstecher zu meinem Spind und holte mein Handy. Wir durften Handys nur in Notfällen benutzen, aber irgendwie war das einer. Definitiv.

NACKTER EHRGEIZ
WAS FÜR EIN MENSCH ZEICHNET
SICH SELBER GERN NACKT?
UNSERRR KUNSTLEHRRRERRR! DER STEHT
DRAUF. UND WIE ICH GEHÖRT HABE,

MUSS SEINE GROSSE PERSÖNLICHKEIT ETWAS WETTMACHEN, DAS NICHT GANZ SO GROSS GERATEN IST. IN SEINER HOSE.

Das hatte Jo zwar sooo nicht gesagt, aber ich bin mir sicher, sie hätte, wenn sie das Trauma nicht hätte verdrängen müssen.

Ich klickte auf senden. Eigentlich brauchte ich *PSSST* nicht mehr, aber irgendwie machte es Spaß. Jetzt konnte ich meine Geheimnisse loswerden – und sie waren dort aufgehoben wie in einem Schatzkästchen.

Ich ging in die Bücherei und fing an zu lernen. So ganz allein dort fühlte ich mich sofort wie so ein Superbrainy – sonst komme ich eigentlich immer nur mit den anderen zum Flüstertratschen her.

Aber als ich die Kunstbücher durchblätterte, die ich aus Rachels Zimmer kannte (merke: je wallender das Haar, desto berühmter der Künstler), und übte, über mein imaginäres College zu reden, und Playlists mit Bands zusammenstellte, die Zacs Zustimmung finden würden, vernachlässigte ich ein Thema, über das ich mich hätte informieren sollen.

Wenn ich doch nur nach dem Buch gesucht hätte: »Zehn Top-Tipps wie man sich *nicht* vor dem heißesten Typen der Welt bis auf die Knochen blamiert. Und das gleich doppelt.«

Kapitel 15

Woher weiß mein Gesicht eigentlich, wann ein lebensentscheidendes Bella-Ereignis bevorsteht, und bringt einen strategisch platzierten Pickel hervor? Vor dem Spiegel gönnte ich mir und dem Mega-Pickel zwischen meinen Augenbrauen den *Bitterbösen Blick.* Ich hoffe, mein Gesicht weiß jetzt, dass ich sauer auf es bin.

Ich guckte aus meinem Fenster. Alles sah normal aus, wenn man bedachte, dass es ein absolut anormaler Tag war. Heute war Z-Day. Und Z-Time war in nicht mal fünfunddreißig Minuten. Für *nichts* anderes wäre ich an einem Samstag vor acht Uhr aufgestanden. Wahrscheinlich nicht mal, wenn das Haus in Flammen stünde.

Heute war DER TAG, an dem ich, Zac wieder für mich gewinnen musste. Und zwar volle Kanne. Ich hatte vor, meinen Bob etwas aufzupimpen und zu verfransen, mir die Fingernägel zu lackieren (Vervollkommnung des Pünktchenlooks, an dem ich bereits gearbeitet hatte), die Beine zu rasieren, die Augenbrauen zu zupfen und etwas Dreck von meinen Chucks zu wischen. Doch obwohl meine gesamte Planung auf den heutigen Tag ausgerichtet war, lag ich total hinter meinem Zeitplan zurück und schaffte gerade mal ein Notfallzupfen der sprießenden Augenbrauen (unter Umgehung des Todespickels). Das Nägellackieren musste ich auch streichen, was hieß, dass ich auf nur zwei von fünf Fingern jeder Hand goldene Punkte trug. Ich würde also so tun müssen, als sei das gerade mega-angesagt.

Dem körperlichen Zusammenbruch war ich nur knapp entkommen – ich sage nur: über dreißig Outfit-Variationen in unter fünfzehn Minuten. Skinny Jeans-Anprobieren ist praktisch Power-Workout. Man sollte eine Fitness-DVD damit machen.

Ich rief nach unten: »Mum, können wir BITTE jetzt los? Ich will nicht zu spät kommen.« Auf gar keinen Fall sollte Zac sehen, wie ich mich von meiner Mum absetzen ließ, schon gar nicht in dem braunen Mini der Schande. Mein außergewöhnlicher Versuch, mal nicht zu spät zu kommen, löste mütterlichen Argwohnalarm aus.

»Nur noch schnell aufs Klo. Mit wem triffst du dich noch gleich, Liebling?« Ein klassisches Mum-Manöver – Folterverhör getarnt als ganz alltägliches Interesse.

»Nur mit Korbball-Freunden.« Bestimmt hatte Zac was für Korbball übrig, solange ich nichts Gegenteiliges wusste, war das also nicht gelogen.

»Ich dachte, die reden nicht mehr mit dir, seit du gestern beim Sport ihrer Mannschaftskapitänin das Handgelenk gebrochen hast?«

Genau. Im echten Leben würden sie wahrscheinlich nie wieder mit mir reden. Aber das hier war mein ideales Leben.

»Das war gestern, Mum. Und heute ist heute. Wir haben uns alle bewegt. Vorbei ist vorbei. Unfälle passieren nun mal.«

»Wenn du meinst ...«

Wir wussten beide, dass sie nicht überzeugt war, aber wir wussten auch beide, dass eine Fortsetzung der Befragung eine unerwünschte Pfütze auf dem Teppich zur Folge haben würde.

Während der Fahrt, tat ich, was ich ununterbrochen tat, seit Zac sich mit mir verabredet hatte. Ich ging durch, was um 10 Uhr 1 passieren würde. Die erste Sichtung seit Black Bay. Wie würden wir einander begrüßen? Mein übliches unbeholfenes Winken? Nein, peinlich. Ein Händedruck? Zu elternmäßig. Ein Kuss auf die Wange. Zu dreist? *Argh?!* Was gab es da für Regeln? In Zeiten wie diesen hätte ich Tegans Rat wirklich brauchen können. Obwohl sie wahrscheinlich einen schwungvollen Dolchstich in den Rücken vorgeschlagen hätte.

Mum hielt an der Bushaltestelle. Ich machte die Autotür auf.

»Danke fürs Herfahren. Bis später.«

»Wann darf ich dich zurückerwarten?«

Warum konnte sie mich das nicht fragen, bevor ich halb aus dem Auto war und riskierte, dabei erwischt zu werden, wie meine Mum mich absetzte?

»Keine Ahnung. So gegen sieben. Oder acht?«

»Na, sag Bescheid. Bis vier bin ich bei einem Seifensiede-Workshop. Mit Ziegenmilch. Aber ich kann Nachrichten empfangen.«

Na hoffentlich bringt sie nichts von dieser Seife mit nach Hause.

»Cool, viel Glück. Hoffentlich läuft es wie geschmiert.« Ich lächelte sie an. Siehst du – glückliche Bella! Eine Bella, um die man sich keine Sorgen machen musste. Eine Bella, die man jetzt in Ruhe lassen durfte.

»Oooh, sind das da drüben deine Freundinnen?« Sie zeigte auf eine Gasse neben *Sainsbury's.*

»Nein, Mum. Ich glaube, das sind Obdachlose.«

»Oh, stimmt. In letzter Zeit bin ich mir da nie sicher. Ich dachte, diese Frisuren wären jetzt wieder in Mode. So wild, finde ich toll!«

Wilde Haare hin oder her – der entscheidende Hinweis hätte sein sollen, dass emsige Korbballspielerinnen wahrscheinlich nicht vor *TK Maxx* schlafen würden – es sei denn da liefe ein Mega-Ausverkauf. Meine Mum, seufz. Ich winkte ihr nach und setzte mich auf die Bank. Zehn Minuten. Tick-tack. Bitte, lass ihn nicht zu früh kommen. Das wäre unfair.

Wirkte ich auch entspannt genug? Ich musste aufhören mit dem Fuß zu wippen. Sah ich okay aus? Hatte ich gecheckt, ob das Make-up gleichmäßig verteilt war? Waren noch irgendwo Ränder? Oder hatte ich Cheerios zwischen den Zähnen? Mein Pickel fühlte sich jetzt größer an als zu Hause. Machte der Abdeckstift ihn etwa noch dreidimensionaler? Hätte ich ihn lieber in Ruhe lassen sollen?

Ich guckte auf die Uhr. Acht Minuten. Das war Folter. Nie wieder würde ich zu irgendwas zu früh bzw. rechtzeitig kommen. War er hier? Immer noch nicht. Ich musste aufhören, alle fünf Sekunden hochzugucken. Ich wühlte in meiner Tasche und tippte auf meinem Handy herum, als würde ich eine imaginäre Nachricht lesen. Und die war vielleicht witzig, diese Nachricht! Hahaha. Imaginäres Nachdenkgesicht während ebenso witziger Antwort. Gefaktes Tippen. Gefaktes Senden. Gefakte zufriedene Miene. Handy wieder in die Tasche stecken.

Sieben Minuten.

Was werde ich zu ihm sagen, wenn er tatsächlich kommt? Wenn er überhaupt kommt. Ich guckte noch mal auf meinen Spickzettel. Irgendwas mit einem politischen Skandal wegen Hypotheken. Was sind Hypotheken eigentlich. Die Brontë-Schwestern (über die ich in meinem imaginären College einen imaginären Kurs belegt habe, zusätzlich zu meinem imaginären Kunst-Kurs und all den anderen imaginären Veranstaltungen, die mir zufällig über die Lippen perlen). Songs von Alex Turner, alte und neue (Zac erwähnte, dass er die *Arctic Monkeys nicht schlecht* fand), Andy Warhol (viel Haare, malt Suppe) und Städte in Großbritannien (in denen ich vielleicht oder vielleicht auch nicht studieren würde). Nicht vergessen: *Leeds* liegt im Norden, aber *Leeds Castle* im Süden. Warum versuchen diese Landkartenleute nur immer, einen total wirr zu machen?

Ich steckte mein Handy wieder ein. Mit ihm verschwanden sämtliche Infos.

Fünf Minuten.

Ich legte noch mal was von dem gratis Zeitschriften-Lipgloss auf, obwohl ich in den letzten zwei Minuten schon zehn Schichten aufgetragen hatte. Lass das jetzt, nicht noch mehr, Doofnuss.

Vier Minuten.

Was mach ich, wenn ich einen Totalausfall habe, mir nichts einfällt, worüber wir reden können, und wir den Rekord für das längste mega-peinliche Schweigen der Welt einfahren? Oh Mist, vielleicht endet es nie. Es könnte Nacht werden und wir würden immer noch hier auf dieser Bank sitzen, schweigend, während ich auf meine Füße gucke und sporadisch imaginäre Nachrichten beantworte.

»Bu!«

Hilfe! Ich hab mein Lipgloss fallen lassen. Zac! Der Zacmann! Er ist hier! Und ich bin total unvorbereitet!

»Zaaaaac!«, kreischte ich zurück – und das klang eher nach kleiner Fledermaus als verführerischem Vamp. Interessante Technik, peinliches Schweigen vermeiden, indem man peinlich laut schreit. Ich sprang von der Bank auf. Wow, sogar bei Tageslicht war er noch der heißeste Junge, den ich je gesehen hatte – und das Internet hat mir ermöglicht, mindestens neunzig Prozent aller Jungs weltweit zu sichten.

»Na, krieg ich eine Hallo-Umarmung?«

»Äh, klar! Hallomung, hier kommt sie!«

Oje. Das hätte ein Kopf-Gedanke bleiben – und kein Wort-Geschoss werden sollen. Er streckte seine Arme aus und ich warf meine um ihn und meine Hand streifte so was wie den Hammersixpack. Meine Knie wurden weich, weil diese Art Kontakt zum Knieweichwerden war, und das führte dazu, dass ich so tun musste, als hätte ich mir einen kleinen Stein in die Schuhsohle getreten. Es hätte nur noch besser sein können, wenn ein Sightseeingbus vor uns gehalten (gibt's aber nicht in Worcester, da ist nix zu sehen) und auf uns hingewiesen hätte, mit Megaphon und Laserpointer, damit die Touristen an Bord (zu denen Tegan, Rachel UND Luke gehören würden) auch mitkriegten, dass ich, Bella Fisher, gerade vollen Körperkontakt mit einem mega-heißen älteren Jungen genoss.

Zac trat einen Schritt zurück und lächelte. Die tiefbraunen Augen und Grinsegrübchen in seinem Gesicht ließen darauf schließen, dass er echt happy war, mich zu sehen. Dass ich mich anstrengen musste, nicht zu sabbern, war der Beweis dafür, dass es auf Gegenseitigkeit beruhte.

In Sachen Gesprächsführung war er der volle Eisbrecher.

»Sooo ... lange nicht gesehen. Was ist passiert in deiner Welt?«

»Äh, du weißt schon. Sachen.« Ich dachte an meine Notizen. »Ich arbeite gerade an ein paar Kunstprojekten und hab damit alle Hände voll zu tun. Du weißt ja, wie das ist. Und du?«

Er nickte ohne auf meinen zittrigen Vortrag einzugehen. »Das Gleiche irgendwie. Aber ist 'ne lange Geschichte, ich muss meine letzten Wochen in diesem Semester vielleicht oben in Birmingham verbringen. Deshalb bin ich hier, ich will mir Colleges ansehen, also dachte ich, spring mal in den Zug und besuche Bella, ehe ich wieder zurückfahre. Ist ja nur eine Stunde weit weg.«

War ich froh, dass jemand das Kinn erfunden hatte. Sonst wäre mein Kiefer einfach, klonk, zu Boden gefallen. Erzählte Zac, Black-Bay-Zac, mir etwa gerade, dass er in mit dem Zug erreichbare Nähe ziehen würde?! Ich legte meine Hand auf einen Mülleimer, um nicht hintenüber zu kippen. Das war ein ernsthaftes Plus für die Mission Zac-zum-Schulball-Kriegen. Und für mein Leben überhaupt. Ich konnte gar nicht erwarten, die ganze Geschichte zu hören. In allen Einzelheiten.

Wo würde er wohnen?

Warum zog er hierher?

Ob es ihm was ausmachte, wenn ich sein Gesicht ablecken würde?

Welches College hatte er sich angesehen?

Wäre er bereit, mein Lebenspartner zu werden?

Aber ich konnte nur blinzeln. Zum Glück war *er* immer noch ganz gut darin, Wörter zu Sätzen zu reihen.

»In welchem College bist du noch gleich?«

Mein Kiefer rastete ein. Realitäts-Knockout. Lange Märchen bedeuteten Details. Dass ich mit meinen Collegelügen durchkommen würde, wenn er hier in der Gegend Recherchen durchgeführt hatte, war absolut ausgeschlossen. Themawechsel – und zwar zackig! Die langen Geschichten konnten warten, bis er zweiunddreißig und ich dreißig wären, dann spielte die Sache mit dem Altersunterschied keine Rolle mehr.

»Na, da würde ich wohl zu viel verraten, oder?« Ich versuchte, mysteriös rüberzukommen, obwohl das keinerlei Sinn ergab. Schließlich stellte man ja eine Frage, damit jemand antwortete und einem was verriet. »Aber sag nur, wenn ich dir helfen kann ...« Vage, das war gut. Und was jetzt? Erinnere dich an deine Notizen! Schnell! Ich rutschte auf der mit imaginären Steinchen behafteten Sohle herum.

»Also, ziemlich irre Nachrichten diese Woche, oder? Diese Sache mit dem Hypothekenskandal und so?«

Seine Stirn legte sich in Falten.

»Tatsächlich? Geht da was ab?« Oha, er sollte doch der Mann sein, der über solche Sachen Bescheid wusste.

»Ja, das war eine ziemlich große Nachricht in den … äh … Nachrichten.« Kein guter Anfang. »Hat das nicht der Nachrichtensprecher gesagt?« Ich erinnerte mich an eine der Schulversammlungen letzte Woche. »Emmeline Pankhurst ist schließlich nicht gestorben, damit Leute wie ich sich nicht über Politik informieren und nicht wählen gehen.«

»Aber wir dürfen noch nicht wählen. Wir sind nicht alt genug.«

Muss besser aufpassen in der Schulversammlung.

»Nein, natürlich nicht direkt. Eher so metaphorisch.«

Das sagte Jo immer, wenn sie mit Leuten über intelligente Sachen redete und keiner irgendwie drauf reagierte, aber auf eine gute Art. Das brachte es. Er lächelte, aber eigentlich eher verwirrt als zustimmend. Ich brauchte sicheren Boden unter den Füßen.

»Na, egal, ich kann immer noch nicht fassen, dass ich aus Black Bay weggeschleift worden bin. Wie war es noch, nachdem wir abgefahren sind?«

Ich seufzte erleichtert, als er sich in Ferienberichte stürzte und von seinem Strandausflug mit Keith, dem Hund, berichtete, der sich über das Picknick eines

Fremden hergemacht hatte. Ich wollte lächeln, brachte aber nur ein manisches Grinsen zustande, die Lippen klebten zusammen, mir wurde erschreckend klar, dass ich nie dazu gekommen war, meine Zähne nach Frühstücksrückständen zu kontrollieren. Aber wie zuvor brachte ihn meine Abgedrehtheit nicht aus dem Takt.

Dank meiner furchtbaren Planung latschten wir irgendwie planlos durch die Gegend, wobei er so höflich war, nicht darauf hinzuweisen, dass wir bereits zwölf Mal im Kreis gelaufen waren. Als wir das zweite Mal durch die Gasse gingen, die nach Fisch roch, fragte er mich, wie es mit Jo und dem Luke-Drama weitergegangen war. Innerlich jubelte ich vor Glück, weil er sich an Details meiner Lebensgeschichte erinnerte, obwohl er genau genommen natürlich dachte, es ginge um meine rumbrüllende Schwester. Das war doch ein gutes Zeichen, oder? Aber als ich die redigierten Highlights der Geschichte abspulte, schien ihn irgendwas zu irritieren. Und anzuwidern (selbst dabei sah er spitze aus). War ich aufgeflogen? Gab es am College überhaupt Kantinen?

»Alles okay mit dir, Zac?«

Seine gerümpfte Nase glättete sich wieder.

»Oh, sorry. Ja. Das roch nur gerade so … also … irgendwie riecht es nach Fisch … so richtig fischig.«

ERLEICHTERUNG. Es war eine Makrele und nicht ich gewesen, die ihn irritiert hatte.

»Ach – das! Der Fischgestank. Vermutlich bin ich

dran gewöhnt.« Das klang komisch. »Nicht, dass ich etwa nach Fisch riechen würde, aber in diesem Teil der Stadt ist das so. Da stinkt es halt nach Fisch.« Immer noch nicht richtig.

»Die Fischhalle ist gleich nebenan, verstehst du. Ist also nichts Fischiges. Also, natürlich ist es fischig, aber nicht im Sinne von verdächtig. Ich meine, ich heiße ja tatsächlich Fisher, wenn also jemand über Fisch Bescheid weiß, dann wohl ich. Aber nicht, weil ich danach rieche.« Toll, wenn es ein Wort gibt, dass man bei einem Date ständig wiederholen sollte, dann ist das definitiv *Fisch.* Ich hielt eine Weile die Klappe.

Wir gingen nicht noch mal an der Fischhalle vorbei.

Seit Zac und ich uns das letzte und einzige Mal gesehen hatten, war er zwar nicht in irgendwelche Dramen verwickelt gewesen wie ich, aber er hatte jede Menge erlebt. Er war total hin und weg darüber, dass er seinen Kurs so gut abschließen würde, dass er auf die Shortlist für die wohl wahnsinnigste Sommertour durch Italien gesetzt worden war, wo er an den besten Kunstschulen arbeiten konnte. (Ich persönlich wäre ja mehr angetan von der Aussicht auf Ferien und der Garantie, täglich Lasagne zu kriegen, konnte seine Begeisterung aber trotzdem teilen.) Als Teil seiner Bewerbung hatte er sogar ein neues Musikvideo für *Velvet Badger* gemacht. Ich stellte so viele Fragen wie möglich, damit er ja nicht rauskriegte, dass mein bester Abend der letzten Zeit, aus dem Schauen meiner alten *Pitch Perfect* DVDs bestanden hatte, inklusive Karaoke-Mitsingen. So viele von den Sachen, die er gemacht hatte, klangen deart cool, dass mir schon bald die Bemerkungen dazu ausgingen. Ich war in einer nicht enden wollenden Schleife aus *Wow, Wahnsinn, Ist ja der Hammer, Wie toll ist das denn!* gefangen. Er war das glatte Gegenteil von mir und redete, als ob Unterhaltungen was ganz Normales wären.

Nach dem fünfzehnten Durchlauf, schlug ich vor, zum Fluss runter zu gehen. Ich hätte wirklich mehr Zeit auf die Planung dieses Tages verwenden sollen, statt zu lernen, wie man Häuser *nicht* kaufte. Wir redeten und liefen weiter ziellos herum, bis wir langsam den stillen Treidelpfad erreichten. Es war hundert Prozent traumhaft. Vielleicht hatte Jane Eyre sich genauso gefühlt? Ich weiß nicht so genau, wer sie eigentlich war, aber sie klingt ganz so wie jemand, der mit Jungs an Flüssen spazieren geht.

»Okay, da du dir die Zeit genommen hast, mir deine Stadt zu zeigen« – er war so höflich, nicht hinzuzufügen IN FÜNFZEHN UMDREHUNGEN WIE AUF EINEM TÄGLICH-GRÜSST-DAS-MURMELTIER-DATE – »dachte ich, ich kann mich vielleicht revanchieren und dich später ins Kino einladen? Mein letzter Zug zurück fährt so gegen zehn … Also, hast du andere Pläne – oder kann ich dich bis dahin haben?«

WIE WAR DAS? Er wollte auch noch den Abend mit mir verbringen? Er konnte mich klaro haben, mitnehmen, in einen Koffer packen, nach Yemen verfrachten und ich wäre trotzdem glücklich.

»Ja. Cool. Ich hab nichts vor, das ich nicht absagen könnte.« Ich hatte überhaupt nichts vor und das war ziemlich leicht abzusagen. Also setzte ich eine Nachricht an Mum ab und sagte ihr, ich würde mit meinen Korbballfreundinnen bowlen gehen. Wenn ich ihr keine Wahl ließ, konnte sie nicht so leicht Nein sagen.

»Da läuft ein Film, der ziemlich toll zu sein scheint. *Count to Trois*. Was in der Richtung: Französischer Film trifft auf Kettensägenmassaker. Kannst du dir das vorstellen?«

Konnte ich. Das nackte Grauen. Wer hätte gedacht, dass wir einen grundverschiedenen Filmgeschmack hatten? Ich bin so ein Baby, dass ich bei allem mit Freigabe ab 12 die Augen geschlossen halten muss. Untertitel lesen fiel da schon aus technischen Gründen flach. Wenn also nicht nach Baguette mit Käse, dem Weg zum Strand oder einer der anderen neun Sachen gefragt wurde, die ich für die Mittelstufenprüfung gelernt hatte, würde ich kein Wort verstehen. Und dann – schluck – kam mir ein noch schrecklicherer Gedanke. Zac würde ohne weiteres für 18 gehalten werden. Doch was, wenn ich vor ihm meinen Ausweis zücken musste?

Ziemlich schlechte Idee also, mit ihm in diesen Film zu gehen. Konnte ich einen Rückzieher machen?

»Na ja, können wir nicht einfach gucken, was sonst noch läuft?«

Sein süßes Gesicht wurde länger, als er meinen Mangel an Begeisterung registrierte.

»Aber der soll spitze sein. Ehrlich. Es ist ein Gruselthriller, der erste Teil war irre. Das wird dir Spaß machen, ich verspreche es. Und er ist echt unheimlich, also drängeln sich die Kiddies da auch nicht.«

Kiddies wie ich. Aber sein *Bitte-bitte*-Gesicht war so verdammt sexy, dass mein Verstand und mein Widerstand gemeinsam dahinschmolzen.

»Na gut, na gut. Du bist der Gast. Ablehnen wäre krass unhöflich.«

Noch krasser wäre, wenn ich schreiend aus dem Kino rennen würde – wegen der Ausweiskontrolle oder weil ich mitansehen musste, wie jemand geköpft wird –, aber um das Problem würde ich mich kümmern, wenn es direkt vor mir stand.

Er fuhr sich mit der Hand durch die Haare und schien seine sonstige 180igkeit noch zu überragen. »Merci beaucoup, du hast was gut bei mir. Und wenn der Film zu unheimlich wird, könnten wir ja immer noch was machen, das uns davon ablenkt, oder?«

Teilte er etwa meinen liebsten Kinozeitvertreib? Extrem-Popcornessen. Ich hatte schon mal während der Vorschautrailer einen ganzen Eimer geschafft – und noch vor Beginn des Hauptfilmes in besagten Eimer zurückgekotzt.

Aber in seinen Augen zeigte sich so ein freches Funkeln. Und seine Grübchen kamen wieder zum Vorschein. Und seine kleine Narbe hüpfte wieder so aufgeregt.

Ach und Oh. Hatte er etwa vor, da weiterzumachen, wo wir in Black Bay aufgehört hatten? Hatte er eben tatsächlich vorgeschlagen, einen Fulltime-Knutsch-Versuch zu starten, so ganz ohne schwesterliche Unterbrechung? Sollte ich wirklich noch nicht alles ruiniert haben?

Er lächelte immer noch.

Ich sah mich nach einem weiteren Mülleimer um, der mir Halt geben konnte, und in Ermangelung eines solchen hätte ich mich fast auf einem kleinen Kind abgestützt.

Das hier machte mir Angst. TOTAL.

Ich hatte so viel Zeit damit verbracht, mir zu überlegen, was ich tun könnte, damit Zac mich nicht hasste. Und hatte nicht einen Gedanken darauf verschwendet, was sein würde, wenn er mich tatsächlich mochte! Ich war mental, physisch und in Sachen Lipgloss nicht darauf vorbereitet dieses Wunderwesen zu knutschen.

SCHLUCK. Hilfe!

Was, wenn ich nun das Küssen verlernt hatte? Wenn ich nicht mehr als ein Halbknutschen zustande brachte, weil er so heiß war, dass ich einfach explodierte? Und was, wenn er es während einer gruseligen Szene versuchte, während der ich die Augen zugekniffen hatte, und ich ihm eine Kopfnuss verpasste und ein zweites blaues Auge?

Ich lächelte Zac an und versuchte, meine grenzenlose Panik zu verbergen.

Count to Trois konnten wir vergessen, jetzt war *Count to Kreisch* angesagt.

Kapitel 16

Es war echt schon stressig genug gewesen, den ganzen Tag so zu tun, als wäre ich älter, besser, witziger und geografiefitter, aber jetzt, da die Möglichkeit meines ersten Zac-Fulltimeknutschens wie eine Wolke über meinem Kopf hing, tickte ich völlig aus. Wie konnte etwas theoretisch so Tolles in der Praxis nur so absolut Furcht erregend sein? Wenn man so was doch üben könnte. Einfach mal so fünf Minuten mit einem Zac-Double – zum Warmlaufen.

Ich hoffte wirklich, dass Zac nicht mitkriegte, wie ich zum Stresssäckchen mutiert war, seit er die Bombe mit dem *davon ablenken* hatte platzen lassen. Wir verbrachten den Nachmittag im Park, pickten ein Picknick, doch wegen meiner Nerven (und der mich würgenden Mum-Strumpfhose unter den Jeans) hatte ich überhaupt keinen Hunger. Highlight des Nachmittags war festzustellen, dass ich mit jemandem abhing, der selbst beim Verzehr eines Eiersalat-Sandwichs sexy aussah.

Doch nach gefühlten zehn Minuten setzte bereits die Dämmerung ein. Die Zeit raste Richtung Katastrophe, shit. Wenn sie gefriergetrocknetes Speiseeis für Raumfahrer erfinden konnten, warum erfanden sie denn nicht mal einen Zeiteinfrierer für Mädchen in Not?

Ich rieb mir die Arme, damit mir ein bisschen wärmer wurde. Zac bemerkte das. »Brechen wir auf? Ich hatte vergessen, dass du die Körpertemperatur eines Cornetto hast.«

Ein Schauer überlief mich beim Gedanken an den *SDK*. Schauplatz des Knutschens. Den *MDW*. Den Moment der Wahrheit. Ich stand auf und klopfte mir das Gras von den Klamotten, während er zusah. Konnte ich auf Zeit spielen? Ich wühlte in meiner Tasche nach Inspiration und stieß auf den perfekten Verzögerer. Mein Stolz und meine Freude. Meine Kamera. War schon ziemlich peinlich, aber ein Foto von Zac *und* verschwendete Zeit, das war einfach zu gut, um es nicht wenigstens zu versuchen. So lässig und collegestudentinnenmäßig wie nur möglich, sagte ich: »Ehe wir gehen und weil du … äh …« SAG JETZT NICHT *SO HAMMERGUT AUSSIEHST* »… und das Licht gerade so gut ist, sollte ich da nicht ein Foto von uns machen?«

Ich holte die Kamera aus der Tasche, ehe er Nein sagen konnte.

»Wow, das ist ja ein Profiteil.«

Ich nickte stolz.

Das einzige Ding in meinem Besitz, das nicht kaputt oder von Jo geborgt war. Ich hatte die Kamera letztes Jahr bei einem Schulwettbewerb gewonnen und nahm sie seitdem überallhin mit. Die Fotos, die ich damit gemacht hatte – von Mumbles und Füßen im Sand und Sonnenaufgängen beim Sportplatz und einem Wahnsinnssandwich, das ich mal kreiert hatte –, hingen aufgereiht in meinem Zimmer (nun mit Lücken anstelle der Fotos von Tegan und Rachel). Doch ein Bild von uns beiden könnte diese Leerstellen besser füllen als ihre Gesichter das je getan hatten.

Zac hüstelte höflich und erinnerte mich daran, dass ich wohl gerade eine Weile ins Leere gestarrt hatte. Also, Beeilung, ehe er es sich anders überlegte. Ich fummelte an den Einstellungen herum, regulierte die Belichtung und schwenkte mit einer Bewegung, die ich bis zur Perfektion geübt hatte, die Kamera herum und streckte den Arm aus. Zac lehnte sich zu mir rüber, aber als er den Arm um mich legte, war der Schock so groß, dass mein Finger völlig unvorbereitet runter schnappte. Wir guckten uns das Bild an. Er grinste, ich blinzelte. Zum Glück sind Speicherkarten hitzebeständig, denn er sah so was von heiß aus, während wegen Leuten wie mir Photoshop erfunden wurde.

Zac schien zufrieden zu sein. Ich fühlte mich, als hätte ich eben einen Picasso geschaffen.

»Gut so?« Ich konnte nur nicken. Das Foto war so

gut, dass ich vorübergehend sprachlos war. Zac streckte die Hand nach meiner Kamera aus, um es sich genauer anzusehen. Ich wurde panisch und entwand sie ihm schnell. Er guckte ein bisschen irritiert, aber ein Klick nach links und er hätte die Selfies von meinem Hintern gesehen, die ich gemacht hatte, als ich das Outfit des Tages aus den Untiefen meines Kleiderschranks geschürft hatte.

»Hast du irgendwelche Collegearbeiten da drauf, die ich mir ansehen könnte?«

»NEIN!« Erneutes außerplanmäßiges Kreischen. Mist. Er guckte verschreckt, ich glücklich – brillante Ausrede im Anmarsch! »Also, ja, hab ich. Aber, nein, du darfst sie nicht sehen. Du weißt ja, wie das ist. Kreative Kontrolle. Kunst. Ich will sie erst bearbeiten, ehe ich sie zeige.«

In Wahrheit behielt ich nur die Kontrolle über Rachels und meinen Photoshoot vom letzten Monat, als wir uns mit nach unten hängenden Köpfen, Gesichter aufs Kinn gemalt, abgelichtet hatten. Und Kinngesichter waren wahrscheinlich nicht das neue Vorzeige-College-Kunstkonzept, das Zac vorschwebte.

»Wow, du nimmst das richtig ernst, was?« Er wirkte beeindruckt. Hatte ich endlich irgendwas auch nur entfernt Cooles von mir gegeben? Er holte sein Handy raus. »Jetzt bist du dran.« Meine Nasenflügel blähten sich, das war wie ein ins Gesicht eingebauter Panikalarm. Fotos machen, finde ich toll. Fotografiert werden, finde ich furchtbar. Ich krieg mein Gesicht nie dazu, richtig auszusehen. Deshalb hat Gott Selfies erfunden.

»Muss das sein? Auf Fotos sehe ich immer aus wie Mr Potato Head. Na ja, Mrs. So gerade eben.«

Er zeigte auf meine Kamera.

»Ist nur gerecht. Dann hab ich auch was zur Erinnerung an heute.«

Schlimmer gings nimmer. Aber er wollte ein Andenken – an mich. Meine Sinne vernebelten. Das war ein Gefühl, als würden meine lebenswichtigen Organe warm gebadet.

»Na, okay, aber wenn ich sage löschen, dann löschst du.«

»Okay, okay, Diva! Und als Nächstes willst du mir wahrscheinlich sagen, dass du eine beste Seite hast?«

Hab ich. Und zwar meine linke, aber das konnte ich ihm ja jetzt nicht mehr erzählen. Ich musste es einfach so hindrehen, dass es darauf hinauslief. Verstohlen prüfte ich mein Spiegelbild auf der Rückseite meines Handys. Toll, ich hatte Tränen gelacht und meine Mascara war total verschmiert, außerdem steckten mindestens zwölf Zweige in meinen Haaren. Wenn Zac nicht gerade auf Vogelscheuchen stand, war dieses Foto jetzt schon dem Untergang geweiht.

Er hielt sein Handy hoch. Einatmen, Bella, Schultern zurück, Haare glätten, Kinn nach unten, lächele mit deinen Augen. Er drückte auf den Knopf und … lachte.

Er bog sich buchstäblich vor Lachen.

»Zac, zeig her. Was ist so witzig?«

Ich schnappte nach seinem Telefon, aber er drückte es sich an die Brust. Hatte er gerade gesehen, wie riesenhaft meine Nasenlöcher wirklich sind?

Mit der freien Hand fächelte er sich Luft zu, offenbar bekam er vor Lachen nicht genug Sauerstoff.

»Hör mal, was immer es ist, du löschst das. Okay? Das hast du versprochen.«

»Iiiii …« Er wollte unter Lachen etwas sagen, doch das gelang ihm nicht. »Hohoho …« Keuch, wedel, luftschnapp. »Guck!«

Er hielt mir das Display hin. Da stand ich, unbeholfen wie immer, meine Augen waren lächelnde Schlitze. Klar, mein bestes Foto war das nicht, aber was sollte das Gekicher? Er tippte mit dem Finger auf eine Stelle über meinem Kopf. Da war ein komischer schwarzer Streifen. Er zoomte heran. Was zur Hölle? Über mir waren nur Zweige. Zweige mit Vögeln drauf … Oh IGITT, OMG, nein, nein, nein, oder?

Er führte meine Hand zum Hinterkopf. Ja, eindeutig. Nass und schleimig. Auf dem einzigen Foto, das Lord Schmacht von Schmachtshire von mir besaß, wurde ich gerade von einem Vogel bekackt.

Zac weinte vor Lachen. Ich weinte auch fast, aber aus ganz anderen Gründen.

»Tut mir leid, Bells. Aber das ist SO komisch. Man kann tatsächlich sehen … sehen …«, er lachte noch mehr, »… man kann die Kacke fallen sehen!«

Zum Sterben peinlich. Mich kann es schon total abtörnen, wenn ich Jungs irgendwie komisch Pommes essen sehe – wie sollte ich das hier bloß überstehen? Ignorieren? Heulender Abgang?

Ich versuchte, so elegant wie möglich das Corpus Delicti wegzutupfen, aber das war offensichtlich kein normaler, flüchtiger Vogelkacka.

»Oh mein Gott. Das muss eine Art Flugsaurier gewesen sein. Hilf mir, Zac. Hilf mir. Es läuft meinen den Nacken runter!« Ich rannte in kleinen Kreisen und flatterte dabei mit den Armen, als ob ich so weiter wegkäme von dem Zeug auf meinem Kopf.

»Beruhige dich.« Er versuchte, sich zusammenzureißen. »Ein bisschen Kacke hat noch niemanden umgebracht ... Na ja, außer ein paar Millionen vielleicht durch Übertragung von Krankheiten und Bakterien und so.«

Und mich wahrscheinlich – in diesem Fall vor Peinlichkeit. Ich schnappte mir ein Büschel Gras zum Abwischen, verschaffte mir damit aber nur eine Gras-Kack-Packung.

»Lösch das Bild. SOFORT!«

Wäre ich doch nur in Vor-Technologiezeiten geboren worden. Oder gar nicht.

Zac machte seinen Rucksack auf.

»Hier nimm mein Shirt – setz die Kapuze auf. Und keiner merkt was.«

»Aber ich will dir deine Kapuze nicht verkacken.« Als

ich mir überlegt hatte, worüber ich mit Zac reden sollte, war das nicht auf meiner Liste verführerischer Phrasen gewesen. Soviel ist mal sicher. Aber, scheiß drauf.

Ich zog seinen Pullover über und ignorierte meine Haare, die langsam starr wurden. Was für ein wunderbarer Duft (sein Pullover, nicht die erstarrende Kacke). Geduldig wartete ich weitere Minuten, bis Zac sich wieder soweit eingekriegt hatte, dass er in der Lage war, ganze Sätze zu bilden.

»Sorry. Ich glaub, jetzt geht es wieder.« Er holte tief Luft und sagte »wuuu«, so als ob er seinen letzten Lacher rausatmete. »Das Gute daran? Jetzt sind wir definitiv zu spät für *Count to Trois*, wir können uns also in einen dunklen Raum mit reduzierter Vogelschisswahrnehmbarkeit setzen und einen Film deiner Wahl gucken.«

Das war ein Hoffnungsschimmer in all dem Shit. Die Kamera steckte wieder sicher in meiner Tasche, das Foto war zudem schon auf mein Handy übertragen, falls ich überfallen wurde oder in den Fluss fiel. Wir joggten zum Kino. Als wir dort ankamen, gab es nur noch Karten für einen Film, der gerade angefangen hatte. Zac kaufte die letzten beiden, schnappte sich meine Hand und führte mich in den Saal. Es war voll. So voll, das man hätte denken können, da liefe das *X-Factor*-Finale als Kombi mit der Wiedervereinigung von *One Direction* (nackt). Ich zog die Kapuze noch höher, um mein Gesicht zu verstecken, während Zac mich zu den einzigen freien Sitzen schleifte. In der wenig knutschfreundlichen zweiten Reihe. Vielleicht blieb es mir ja erspart, herauszufinden, ob ich überhaupt noch küssen konnte? Obwohl sich mir dann vielleicht nie wieder die Gelegenheit zum Zac-Knutschen bot. *Argh!* Warum war das Leben nur so kompliziert. Warum war Küssen nur so Furcht einflößend?

Als der Film losdröhnte, versuchte ich mich zu entspannen und nicht mehr an kackverkrustete Haare, Knutschversuche oder das Ausbleiben derselben zu denken. Die Handlung war so schmerzhaft unlustig, dass das ganze Kino schwieg. Mit Ausnahme einer Person, die alle zweieinhalb Minuten explodierte und lachte wie irr. Und diese eine Person war Zac. So viel zur Liebe zum ausländischen Film.

»Ey!« Zac piekte mir ins Bein. Ich starrte geradeaus, er sollte ja nicht denken, er sei wichtiger als der Film – obwohl er das Millionen mal war.

»Bellaaa.« Er piekte noch mal.

»Oh … ja?« Hast du was gesagt? Ich war wohl so hin und weg von der wahnsinnig komischen Szene mit der Katze, die sich die Haare kräuseln lässt, dass ich es nicht gehört hatte.

»Ich wollte nur Danke sagen für den Tag heute.«

Wow. Mein erstes echtes Lächeln während des ganzen Films. Als sie anfingen dem Hamster die Haare zu glätten, spürte ich etwas auf meinem Knie. Er hatte seine rechte Hand darauf gelegt. Auf MEIN Knie – als wären wir ein Paar! Achtung, alle mal herhören: *Lebensverändernder Moment in Reihe 2 Platz F. Jetzt! Akut!* Und was nun? Meine Hand auf seine legen? Oder ihm die Hand aufs Knie legen? Mein anderes Knie auf seine Hand legen? Hilfe! Warum bringt einem niemand so was bei?

Sanft zog er mein Bein in seine Richtung. Oh je. Ging es jetzt doch los? Was konnte ich machen? Schnell guckte ich nach links und rechts. Mist. Ich konnte nicht mal schnell aufs Klo abhauen, ohne über mindestens zehn Leute zu stolpern. Nun komm schon, Bella. Bleib einfach sitzen, atme und tu so, als würden hier nicht ungefähr zweihundert Leute sitzen, die jetzt gleich sehen werden, dass du nicht klarkommst mit was auch immer gleich passieren wird. Aber ich hatte nicht viel Zeit, Fassung zu gewinnen. Langsam und ganz ruhig lehnte Zac sich zu mir rüber. Und er küsste mich. Und ich küsste ihn wieder.

Oh Junge. Oh Junge, Junge. Das fühlte sich schön an. Noch schöner als seine Hand auf dem Knie. So schön, dass ich beschloss, dass es mir egal war, was irgendwer sonst dachte oder was irgendwer sonst sah. Hier war ich mit dem faszinierendsten Jungen des Vereinigten Königreichs bzw. der Welt und wir küssten uns. Er küsste mich!

Obwohl sich meine Lippen auf seinen trocken anfühlten, drehte sich mein Kopf zu ihm, als wäre ich eine Art menschliche Eule, und ich kriegte einen Krampf in der rechten Schulter. Dies war zweifellos der heißeste Augenblick meines Lebens. Nehmt das, ihr Regeln fürs Kinoknutschen! Ihr dachtet, das wäre was für die letzte Reihe, oder? Wisst ihr was? Bella und Zac sind in der Stadt – und heute Abend geht es voll ab in Reihe 2.

Mein Bauch fühlte sich an wie mit Helium gefüllt. Hier saß ich und guckte mir eine romantische Komödie an – und mein echtes wirkliches Leben war Millionen Mal besser. Wir machten so weiter mit Küssen und Filmgucken zu gleichen Teilen, bis die überlaute Schlussmusik uns wieder in die Realität zurückbeamte.

Zac schaltete sein Handy an. Als es zum Leben erwachte, schoss er von seinem Platz hoch.

»Scheiße. Ich muss rennen. Im Sinne von ganz schnell rennen. Mein Zug fährt in zehn Minuten.«

Zum Glück hatte man mich schon in jungen Jahren mit dem Notausgang des Kinos vertraut gemacht. Wenn man diese Schwelle mal überschritten hat, findet man alle, die das Kino auf normalem Weg verlassen, ziemlich uncool. Ältere Menschen würden dagegenhalten, dass es sinnlos sei, schwach beleuchtete Treppen und dunkle Gänge entlangzurennen, aber deshalb liegen sie ja noch lange nicht richtig. Und deshalb sind sie alt.

Ich zerrte Zac in Windeseile die Reihe runter, zur Tür hinaus und über die Straße zum Bahnhof. Wir hetzten die Treppe hoch und erreichten den Bahnsteig in dem

Moment, als der Zug einfuhr. Juhu! Weil der den Zug nicht verpasst hatte. Verdammter Mist!, weil dies das Ende unseres Abends war.

Zeit für einen richtigen Abschied war nicht, Zac sprang elegant an Bord. »Tut mir ja so leid, dass ich so weglaufen muss. Es war toll …« Der Rest ging im Piep-Piep-Piep der Zugtüren unter, er winkte stattdessen und ging durch den Waggon. Dann setzte er sich nicht weit von dem Platz, an dem ich stand, neben eine alte Frau, die offenbar eine Strickanleitung für handgefertigte Möwen las. *Hände weg, das ist meiner* gab ich ihr mit einem Blick zu verstehen, aber es war auch ein gute Dosis *ich hatte ja keine Ahnung, dass man Vögel stricken kann, echt cool!* dabei.

Sekunden später fuhr der Zug an und da nichts mehr zu sagen blieb, lächelte Zac und winkte. Die alte Frau aber auch. Wahrscheinlich versuchte sie sich schon mal bei ihm einzuschleimen, bevor sie sich an ihn ranmachte. Mit beiden Händen winkte ich den beiden nach und hörte erst auf, als die Rücklichter des Zuges in der Dunkelheit verschwanden. Ich fühlte mich so leer wie der Bahnsteig.

Voll Selbstmitleid stapfte ich die Treppe wieder runter. Ohne ihn kam mir alles hier so öde vor – und er war erst siebzehn Sekunden lang weg. Ich wünschte, er wäre nicht gefahren, aber Leute kidnappen ist gegen das Gesetz. Und ich weiß nicht, wie ich ihn hätte transportieren sollen.

Mein Telefon summte – wahrscheinlich Mum, die wissen wollte, wo ich blieb. *Eine neue Nachricht.*

Da war es. Ich in voller Pracht, bevor der Vogel zukackt.

Hey, Kackköpfchen. Mein neues Lieblingsbild. Zx

Und das war jetzt meine neue Lieblingsnachricht. Während ich zur Bushaltestelle ging, überlegte ich mir, wie ich antworten sollte. Er fehlte mir zwar schon, aber trotzdem musste ich lächeln. War es mir trotz der verschwindend geringen Chancen etwa gelungen, den Schaden wieder gutzumachen, den mein Auftritt als Cornflakesschachtel und Jo angerichtet hatten? Hatte ich Zac dazu gebracht, mich zu mögen? Meine *LKZ*, Lebensknutschzeit, hatte ich derweil sogar verdreifacht. Vielleicht konnte ja noch mehr zwischen uns passieren? Vielleicht würde er mich ja wiedersehen wollen? Vielleicht war das gar keine so verrückte Idee, ihn zum Schulball zu überreden?

Scheinwerfer blendeten mich, ein Auto hielt quietschend vor mir. Mum und Jo. Gutes Timing. Ich sprang hinten rein.

»Liebling. Was machst du denn? Du weißt doch, das ich es nicht mag, wenn du spätabends an Bushaltestellen rumhängst.«

»Du könntest ja mein Taschengeld erhöhen, dann müsste ich das nicht tun.«

»Du könntest ja früher nach Hause kommen, dann wäre das kein Problem.«

Ich wechselte schnell das Thema. Auf diesen Abend wollte ich nicht genauer eingehen müssen.

»Also, äh, wie war das Seifemachen?«

»Oh, Bella – das war wunderbar. Und das war nur gut, denn der Rest des Abends war wirklich grauenhaft. Jo und ich haben gerade einen unglaublich furchtbaren Film gesehen. Der war nicht nur absolut unkomisch …«

Jo unterbrach sie.

»Unkomisch im Sinne von: kommt ein Hamster zum Frisör.«

Moment mal. Unkomisch im Sinne von: genau derselbe Film, den ich gesehen habe? Wo führte das jetzt hin?!

Mum plapperte schon weiter.

»… sondern da war auch noch dieses Paar in der zweiten Reihe, das während des ganzen Films geknutscht hat.«

WAS?! Da Zac und ich neben einer Pfadfindergruppe gesessen hatten, konnten nur wir damit gemeint sein. OMG! Waren wir tatsächlich so krass aufgefallen? Ich würgte innerlich. Echt. Und blubberte Worte hervor.

»Das ist ja grauenhaft.« Ungelogen. Es war total grauenvoll, dass meine beiden nächsten Anverwandten nur zwei Meter von der romantischsten Begegnung meines bisherigen Lebens entfernt gesessen hatten. Ein Glück, dass ich diese Kapuze aufgesetzt hatte. Sonst würde die Kackattacke im Park ein Vogeldreck sein gegenüber dem, was an Scheiße auf mein Haupt niedergehen würde.

Jo drehte sich in ihrem Sitz um und linste unter der Kopfstütze durch.

»Ernsthaft. Mum ist echt nicht spießig. Aber die haben sich durch den ganzen Film geschlabbert.« Mir wurde ganz schwindelig. Das durfte doch nicht wahr sein? Hatten wir wirklich *geschlabbert*? Hielt Zac mich etwa für einen Schlabberer?

»Jo hat recht. Das einzig Gute daran war, dass der Junge, solange sein Mund bedeckt war, nicht lachen konnte wie ein Pferd. Ehrlich, der hat gewiehert. Ich frag mich immer noch, wer findet es denn witzig, wenn eine Katze in die Mülltonne fällt?«

Ob ich mich von meinem Handy daran erinnern lassen sollte, Zac niemals meiner Familie vorzustellen bzw. vor meiner Familie lachen zu lassen? Zum Glück hatte es nichts zu lachen gegeben, als Jo ihm begegnet war, diesen einzigartigen Klang konnte sie also nicht wiedererkennen.

»Aber vorher haben wir uns eine Pizza gegönnt. Nicht zu fassen, dass die jetzt Pizza mit Hamburgern im Teig machen? Was kommt wohl als Nächstes? Fischstäbchen statt Strohhalme?«

Das ergab keinen Sinn, aber ich war erleichtert, dass sie das Thema gewechselt hatte. Ich ließ Mum vor sich hin reden, während ich mich ausklinkte, aus dem Fenster guckte und an Zac dachte. Vielleicht konnte er ja das eine sein, was in meinem Leben endlich mal gut lief. Der eine Plan, der nach Plan läuft. Ich musste nichts weiter tun, als es nicht zu vermasseln – und mich von sämtlichen Vögeln fernhalten. Und irgendwie noch eine zweite Meinung über mein Schlabbern einholen.

Aber mein Plan hatte das Eine außer Acht gelassen, das ihn am meisten entgleisen lassen konnte: Luke.

Und in nicht mal zwei Wochen sollte ich herausfinden, wie viel Schaden ein Loser-Exfreund anrichten konnte.

Kapitel 17

Es stellte sich heraus, dass ein Date wesentlich mehr Spaß macht, wenn man anderen Leuten jedes schmutzige Detail berichten kann. Und da ich keine Freundinnen hatte, erzählte ich so gut wie allen anderen von dem Tag, den ich jetzt *Love Zactually* nenne. Einschließlich einem Mädchen, dessen Bekanntschaft ich nur gemacht hatte, weil ich mit dem Pony in ihre Rucksackschnalle geraten war.

Zac hatte erwähnt, dass er *PSSST* nicht mehr nutzte, also hatte ich sogar dort Details gepostet. Sieben Posts später und die Anzahl meiner Likes stieg immer noch. WELT, MACH DICH AUF WAS GEFASST. Eines der grundlegenden Gesetze menschlichen Lebens wurde auf den Kopf gestellt. Ich, Bella Fisher, könnte unter einem neuen Label wiedererstehen: als Knutscherin-knackiger-Jungs, als Stinknormales-Mädchen-auf-dem-

Weg-zur-Internetsensation. Haltet eure Hüte fest. Als Nächstes muss die Schwerkraft dran glauben.

Ich lehnte mich an meinen Spind und spähte aus, ob Lehrergefahr drohte. Freie Bahn. Perfekt, um die morgendlichen Zac-Date-Posts zu checken – ich war dabei, meinen persönlichen Rekord von 250 Likes zu brechen.

WANN IST EIN DATE KEIN DATE?
MUSSTET IHR BEI EINEM DATE MIT EINEM MEGA-HEISSEN TYPEN SCHON MAL TOTAL DIE COOLE SPIELEN? WEIL IHR NOCH NICHT MAL WUSSTET, OB ES ÜBERHAUPT EIN RICHTIGES DATE WAR? NA, DANN STELLT EUCH DAS MAL VOR. UND DANN STELLT EUCH VOR, DASS IHR DEM MEGA-HEISSEN AUF EUREM HANDY ZEIGT, WIE SPÄT ES IST – IN DEM MOMENT, ALS FOLGENDE NACHRICHT KOMMT: WIE LÄUFT DEIN DATE MIT DEM HEISSESTEN KERL DER WELT? WILLKOMMEN IN MEINEM LEBEN.

War mir immer noch total peinlich. Ich hätte Sarah niemals meine Nummer geben sollen. Zac war aber ganz süß gewesen und tat so, als hätte er nichts mitgekriegt.

Ich scrollte runter. Das war ja noch besser, als ich erhofft hatte. 400 Likes. Und eine ganze Reihe von Kommentaren.

LILDRUMMERBOY: ICH KANN NOCH EINEN DRAUFLEGEN. STELL DIR VOR, DU BIST AUF EINEM »DAS IST EIN DATE«-DATE, UND DEINE EX KOMMT ZU EUCH BEIDEN RÜBER UND KREISCHT: »HATTEST DU NICHT GESAGT, DEIN DATE WÄRE MEGAHEISS?«

Ich prustete. Wie beruhigend, dass auch andere Leute eine Gefahr für die Gesellschaft waren. Und obendrein war das auch noch ein Junge.

»Ms Fisher. Gibt es einen Grrrund, der Sie verrranlasst zu glauben, für Sie gelte das Handyverrrrbot nicht? Oder ist das Chatten mit Online-Freunden plötzlich zum Notfall erklärrrt worrrden?«

Wow. Der Miese-Momente-Magnet hatte wieder zugeschlagen. Schlechter hätte mein Timing nicht sein können.

»Entschuldigung.« Ich stopfte das Handy in meine Tasche. »Kommt nicht wieder vor.« Also, klar würde es wieder vorkommen, aber ich würde besser aufpassen, dass er es nicht mitkriegte.

»Frrreut mich zu hören. Und als Gedächtnisstütze ziehe ich Ihnen zwei Punkte ab.«

Oh no! Dann hätte ich nur noch zwölf. Und damit war ich nur noch zwei Punkte vom Schulballausschluss entfernt.

»Aber Mr Lutas, ich schwöre, das war ein Notfall.«

Mr Lutas ließ seine von Kaffee verfärbten Zähne aufblitzen. Ich hab ihn immer nur lächeln sehen, wenn er gerade jemandem den Tag kaputtgemacht hatte. Obwohl ich vor kurzem Zeugin eines außerplanmäßigen Lächelns geworden war – als er Mrs Hitchman gesehen hatte. Was lief da zwischen den beiden? Soweit ich wusste, war sie glücklich verheiratet – und Mr Lutas glücklich solo.

»Lügen ist auch untersagt. Das wären also drei Punkte. Und nun schlage ich vor, Sie sehen zu, dass Sie weiterkommen.«

Würg. Wie konnte er es wagen! Elf Punkte waren ja so was von in der Todeszone. Ich durfte nichts mehr riskieren, also nichts wie weg. Es kam überhaupt nicht infrage, dass ich nicht zum Schulball ging, immerhin hatte ich so gute Fortschritte in meiner McTraummann-zum-Ball-schleifen-Mission gemacht. Vier Tage waren seit dem Date vergangen, 15,8 Nachrichten (bei einer hatte er zu früh auf *senden* gedrückt) und ein Foto von seinem Hund Keith – trotzdem schien ich ihn immer noch nicht vergrault zu haben. Das war besonders bemerkenswert, da eine meiner Antworten ein Foto von Mumbles hätte sein sollen, aus Versehen aber ein Selfie von der Unterseite meines Kinns geworden war. Ich hatte sogar den Mut aufgebracht, ihn zu fragen, wo er aufs College gehen würde, aber er hatte den Spieß umgedreht und gesagt, nun sei ich an der Reihe mit dem Abwarten. Und dass er es mir bei unserem DRITTEN DATE erzählen würde! Ich rollte mich vom

Bett und ließ mich in haltlosem Entzücken auf den Fußboden fallen.

Bei der Erinnerung vor mich hin lächelnd rieb ich mir den großen Bluterguss am Ellenbogen, den ich mir dabei zugezogen hatte, und steuerte meinen einzigen sicheren Zufluchtsort in der Schule an – die Bibliothek. Es hatte etwas Tröstliches, an einem Ort zu sein, an dem es Leuten direkt verboten war, mit mir zu reden. Aber als ich dort ankam, führte niemand Aufsicht, es war also keine Bibliothek, sondern nur ein ganz normaler Raum, bloß eben mit ganz vielen Regalen.

Ich suchte die Bücherreihen nach etwas über das französische Kino ab, wusste aber nicht, ob ich fündig wurde, denn die Titel waren alle französisch.

KNIRSCH

Ich war auf was getrampelt, das kein Teppichboden war. Dasselbe Geräusch hatte ich schon mal gehört, als ich im Dunkeln auf eine tote Taube getreten war. Ich guckte mir an, was ich da gerade zermatscht hatte. Ein Stapel Bücher auf einer Tasche.

»Tut mir leid ... ich hab deine Tasche überhaupt nicht gesehen da MITTEN AUF DEM FUSSBODEN.« Ich hoffte, der Besitzer würde meinen subtilen Vorwurf verstehen. Aber das war keine Schultasche wie alle sie hatten. Es war die echt teure Lederausführung, die keiner besaß. Außer Rachel. Die wie auf Stichwort um die Ecke kam.

»Nicht schlimm. Die ist sowieso nur voller Schrott.« Sie hob sie auf und hängte sie sich über die Schulter. Sie lächelte. Ich nicht. »Ich hätte sie nicht da liegen lassen sollen.«

Ich hatte mich so bemüht, mir nichts mehr aus meinen Ex-Freundinnen zu machen, dass ich überrascht war, wie weh es tat, Rachel zu sehen.

»In letzter Zeit bist du ja ziemlich gut darin geworden, schlechte Entscheidungen zu treffen, oder?«

Sie zuckte zusammen. Aber was hatte sie denn erwartet?

Ich wollte nicht mit ihr reden. Nicht jetzt. Nicht hier. Nie wieder. In den letzten Wochen hatte ich es allen bewiesen – nicht zuletzt mir –, dass ich sie selbst nach all diesen Jahren nicht brauchte. Ich musste nicht mehr Teil einer Gruppe sein. Ich kam auch ohne sie durch den Tag. Was sie getan hatten, war unverzeihlich, und es spielte keine Rolle, wie sehr sie darum bettelten, dass ich ihre Entschuldigungen annahm oder dass sie mir versprachen, alles wieder gutzumachen. Was sie eigentlich täglich getan hatten.

Dramatisch riss ich ein Buch an mich und stürmte davon zu meinem Einzeltisch, an dem ich in letzter Zeit die meisten der Pausen verbracht hatte. Ich starrte aus dem Fenster, das auf den Schulhof hinausging. Ein paar Mädchen aus der Achten schlenderten auf die Mauer zu, wo Rachel, Tegan und ich immer gesessen hatten. Das war *unser* Platz, seit wir auf die St. Mary's gingen. Hier hatten wir Rachels ersten Kuss in allen Einzelheiten erörtert, so als wäre es unser eigener gewesen, hier hatten wir zusammen geweint, als Tegans Vater krank geworden war und ein Jahr später hatten wir hier Tränen gelacht, als Mikey seine erste Taylor-Swift-Imitation vorgeführt hatte. Und als nun die Achtklässlerinnen sich genau an diese Stelle setzten, nagte etwas an mir. Etwas, das ich vorgegeben hatte, nicht zu fühlen. Aber manchmal ist es nicht leicht, mich zu ignorieren, ich verbringe nämlich viel Zeit mit mir.

Ich war so sicher gewesen, auf Rachel und Tegan unheimlich sauer zu sein, dass ich gar nicht darauf geachtete hatte, wie es mir damit ging. Ich holte tief Luft und sah der Sache ins Auge, die ich versucht hatte, unter den Teppich zu kehren. Während ich mich mit neuen Gewohnheiten vertraut gemacht hatte, mit neuen Sitzplätzen und neuen Leuten zum Reden, hatte mich ein Gedanke verunsichert. Machte es *mich* eigentlich irgendwie glücklicher, die anderen von mir wegzuschubsen?

»Ist hier noch Platz?«

Ohne den Blick vom Fenster abzuwenden, schüttelte ich den Kopf. Rachel.

Eine unabhängige Frau zu sein, ist ziemlich stressig. Das erwähnt Beyoncé in keinem ihrer Songs, oder? Na, vielleicht ist das ja genau so eine Sache wie bei *EastEnders*, wo nie jemand pinkeln geht.

Rachel ignorierte mich und hockte sich hin, Kinn und Hände legte sie auf meinem Tisch ab. Sie sah aus wie eine sehr seltsame Tischdeko.

»Können wir reden?« Sie warf einen Blick zu dem Lehrer hinüber, der gerade den Raum betreten hatte, und sprach leiser. »Na ja, flüstern. Bitte?«

»Ich hab dir nichts zu sagen bzw. zu flüstern.«

»Na ja, ich hab eine ganze Menge, das ich dir sagen bzw. zuflüstern möchte, also kannst du vielleicht stattdessen nur zuhören? Dauert nur eine Minute.«

Ich überlegte, das zu tun, was ich normalerweise tat. Weggehen. Aber irgendwas veranlasste mich zu bleiben, wo ich war. Vermutlich dieses nagende Gefühl, das ich zu ignorieren versucht hatte.

Ich blieb, weil sie mir – obwohl ich sauer auf sie war und mir neue Gewohnheiten zugelegt hatte – fehlte. Meine Freundin fehlte mir. Mir fehlte es, jemanden auf der Welt zu haben, der wusste, was in meinem Leben los war. Jemanden, der wusste, dass ich die Straßenseite wechselte, um Katzen aus dem Weg zu gehen (die sich verhaltensauffällig verhielten). Der wusste, dass ich ein extra Paar Unterhosen über der Strumpfhose trug, seit ich mal eine verloren hatte, als ich vor der Geschichtsstunde die Treppe hochgelaufen war (Strumpfhose nicht Unterhose, das wäre noch übler gewesen). Der weiß, wann ich glücklich, traurig, von einer Taube angekackt worden bin oder mir gerade das Herz in der zweiten Reihe vom Kinosaal 1 explodiert ist, und ich jemanden brauche, mit dem ich das Gefühl teilen kann. Der weiß, wie ich mich fühle, wenn Mr Lutas mir gerade drei Punkte abgezogen hat.

»Okay, los geht's …« Sie machte eine Pause, um meine volle Aufmerksamkeit zu bekommen. »Es tut uns leid. Sehr, sehr, sehr leid. Wir haben die schlimmste Entscheidung aller Zeiten getroffen. Klar, es war Tegans Idee, aber ich hab mitgespielt und das macht es auch nicht besser.«

Typisch. Rachel kann nicht mal dem Handlungsverlauf eines Disneyfilms folgen, ohne nachzufragen, was da abgeht, also hatte ich nie in Erwägung gezogen, dass sie diese Täuschung inszeniert hatte. Und deshalb war ich immer noch am allersauersten auf Tegan.

»Wir wussten, wie mies du dich wegen Luke gefühlt hast und wie dir diese Blobfisch-Geschichte wehgetan hatte.«

Oh ja. Als wir im Januar wieder zurück in die Schule kamen, hatte Luke seinen technisch begabten Freund dazu gebracht, meinen Namen im schulinternen E-Mail-System in *BlobFisch* zu ändern.

»Von daher wollten wir nicht, dass er noch mehr Munition in die Hand bekommt. Gegen dich, gehen uns. Der Plan war zu beweisen, wie wenig uns das alle juckt, und ganz bestimmt nicht, so ein übles Bild von ihm und Tegan zu produzieren. Sie haben sich wirklich nicht länger als zwei Sekunden geküsst. Und als ihr klar wurde, was sie gemacht hatte, war sie total am Boden.

Du weißt ja, wenn Tegan Angst kriegt, verliert sie die Stimme. Und das ist passiert.« Das wusste ich. Ich hatte es schon mal miterlebt, als ihre Mum ihren Dad gebeten hatte, ihr beim Stecken eines Kleides zu helfen, das sie gerade nähte, Tegan war ins Zimmer gekommen und dachte, er wäre ein heimlicher Cross-Dresser.

»Das war ein totaler Unfall, aber sie hatte das Gefühl, dich enttäuscht zu haben, beziehungsweise uns drei. Du weißt doch, dass sie in Alltagsdingen normalerweise richtig gut ist!«

Na ja, ich wusste, dass sie darin ziemlich spitzenklasse *war*.

Tegan war der Mensch, der uns half, alle *unsere* Dramen zu klären, und dabei keine eigenen produzierte. Deshalb hatte diese Sache ja so wehgetan.

»Ich weiß, das hilft nicht, aber es war nur eine enorm schlechte Entscheidung – am falschen Ort, zur falschen Zeit. Also dachte sie sich, wenn sie so tun würde, als wäre nichts gewesen – und ICH WEIß, wie verrückt das jetzt klingt – aber sie dachte wirklich, Luke würde dann noch erbärmlicher wirken … und das wäre für uns alle das Beste.

Ich schmiss die Regel, komplett den Mund zu halten, mit Karacho über den Haufen.

»Das BESTE? Auf welchem Planeten wart ihr denn da?«

»Planet Vollidiot? Ehrlich, wenn wir irgendwas tun könnten, um die Sache rückgängig zu machen oder in

Ordnung zu bringen, dann würden wir es tun. Sofort ... Du fehlst uns.«

Sie lächelte ein bisschen. Hoffnungsvoll. Als ob ihre Worte der Superkleber wären, der unsere Freundschaft wieder zusammenkleistern würde.

»Und ich will alle Details über Zac hören. Es wird wie verrückt getratscht. Irgendjemand hat gesagt, ihr würdet zusammenziehen?«

Ich musste lachen. Wenn es doch so wäre.

Aber Rachel machte ein langes Gesicht.

Was hatte sie gesehen? Ich drehte mich dahin, wohin sie mit zusammengekniffenen Augen guckte. Hinter einem Stapel Bücher über Hefe und Gärung entdeckte ich *Seine Aufgeblasenheit* – Luke. Nur schade, dass er mich auch gesehen hatte. Und keine Zeit verschwendete, sondern sofort rüberkam.

»*Wow*, Rachel. Die Technik funktioniert ja. Wenn du neben einer Potthässlichen stehst, siehst du noch rattenschärfer aus.« Er machte sich nicht mal die Mühe zu flüstern. Total der Rebell.

»Eigentlich sitzt sie.«

»Egal. Sitzendes Hottie, übles Pottie.«

Das ergab nicht mal einen Sinn.

SCHHHHHHHHHHHH!

Die erste offizielle Warnung. Aber Luke war's egal und er redete weiter so, als wären wir draußen. Vielleicht war es ja seine erste Erfahrung mit einer Bibliothek. Eine Buchjungfrau.

»Also, B. Wie ich gehört habe, geht deine Fantasie total mit dir durch, wenn du von deinem imaginären Boyfriend faselst.«

Ich hasste es, dass er immer Spitznamen benutzte, als ob er unser Freund wäre oder so.

»Also, L. Er ist nicht imaginär und mein Boyfriend ist er auch nicht.« Ich ärgerte mich, dass ich so missverständlich zurückgeschossen hatte.

»Also will nicht mal ein so ein Arschgesicht mit dir ausgehen? Ist das nicht mehr als tragisch?«

SCHHHHHHH!

Rachel stand auf, nun Auge in Auge mit Luke, und mir blieb nichts anderes übrig, als zu den beiden aufzuschauen wie ihr unartiges Kind. Sie sprach im Flüsterton, aber sie klang echt wütend.

»Du hast ja keine Ahnung, was du da redest.«

»Ach, hab ich nicht? Ist doch eine völlig klare Sache, dass Blobfisch hier die ganze Boyfriend-Geschichte nur erfunden hat, damit man sie für den Mega-Feger hält. Das ist ja soooo traurig – und das denken alle.«

Berichtigung: Inzwischen dachten alle es, weil Luke alles tat, das Gerücht zu streuen. Sarah hatte das durchblicken lassen. Mann, der Typ war echt das Letzte. Tief atmen, Bella. Er will dich nur auf die Palme bringen. Ich nahm meine Tasche und stand auf. Wenn du sie nicht schlagen kannst, hau einfach ab.

»Hör mal, Luke«, sagte ich. »Wann kapierst du es endlich? Lass – mich – in – Ruhe.«

Er nickte.

»Mach ich. Sobald du dich dafür entschuldigst, mich den Lügner genannt zu haben, als deine beste Freundin mich geknutscht hat.« Rachel schüttelte angewidert den Kopf, aber Luke war noch nicht fertig. »Und weil du ebenso verlogen bist wie deine Freundinnen. Gib gefälligst endlich zu, dass diese ganze Zac-Story voll der Fake ist.«

Wie konnte er es wagen, mir zu drohen?

»Warum geht dich das denn was an, mit wem ich mich treffe – und was ich darüber erzähle?«

Lukes Miene versteinerte. Ich hatte ihn erwischt. Gut.

»Na, du warst es doch, die mir unter die Nase gerieben hat, dass du mit diesem heißen neuen Typen zum Schulball kommen würdest. Mit diesem neuen Boyfriend – sorry Doch-nicht-Boyfriend –, den keiner je gesehen hat. Wird Zeit, erwachsen zu werden, Blob. Zeit zu akzeptieren, dass keiner absolut keiner auf dich steht – wir alle wissen das.«

»ER EXISTIERT, DU SCHWACHKOPF.«

Würg. Ich war so sauer, dass ich gegen die Nicht-Brüllen-Regel verstoßen hatte. Ich DURFTE heute NICHT noch mehr Ärger kriegen.

SCHHHHH.

Aber vielleicht war es ja möglich, Luke ein für alle Mal das Maul zu stopfen? Dann wäre Schluss mit dem Gequatsche. Das ist so mit Luke, seine Masche, mit der er mich dazu kriegt, Sachen zu machen, die normalweise ein No-Go wären. »Und ich muss gar nicht auf den Schulball warten, um es zu beweisen.«

Ich holte mein Handy raus. Nun musste ich ihm bloß das eine zeigen, was ich für mich behalten hatte. Weil es etwas Besonderes für mich war. Vakuumverpackt in glückliche Erinnerungen. Das Bild von Zac und mir. Ich schloss *PSSST* und öffnete meine Fotogalerie.

Aber als ich mich durch meine lächelnden Selfies nach dem Date scrollte, spürte ich Lukes Atem auf meinen Haaren, weil er mir über die Schulter schaute – mit fiesem Grinsen. Ich dachte daran, wie toll der Tag mit Zac gewesen war. Und das Tollste daran? Er war Wirklichkeit. Was war mir also wichtiger? Luke das Maul zu stopfen oder Zac aus diesem blöden Spiel rauszuhalten? Ich starrte auf mein Display und wünschte mir, ich wüsste, was ich machen sollte.

»HANDY WEG, MISS FISHER.«

Absolute Stille senkte sich über die Bibliothek, nachdem der Aufsicht führende Lehrer quer durch den Raum gebrüllt hatte. Er guckte voll angefressen zu mir rüber. Typisch, alle machen Scheiß und ich werd erwischt. Mit den Lippen formte ich ein stummes *Sorry* und ließ das Handy verschwinden. Das Foto konnte warten. Ich durfte nicht einen einzigen Punkt riskieren, nur um Luke das Maul zu stopfen, so gern ich ihm auch das blöde Grinsen aus dem Gesicht gewischt hätte.

Ich wartete, bis der Lehrer sich wieder über seine Korrekturen hergemacht hatte, ehe ich wieder zu flüstern wagte. Dazu stand ich auf, damit ich Luke direkt ins Ohr zischen konnte.

»Na, da wirst du wohl doch bis zum Ball warten müssen.«

Er grinste fies. »Das werde ich dann wohl. Und eins sag ich dir, ich zähle schon die Tage, bis du da völlig ohne jeden Typen auftauchst. Kann es kaum erwarten.« Er drehte sich um und wollte gehen. »Und viel Spaß mit dem Buch. Du musst noch viel lernen.«

Er tat so, als würde er sich ein Telefon ans Ohr halten und hauchte Rachel ein »Ruf mich an« zu, dann ging er endlich. Welches Buch? Ich schaute auf den Tisch und begriff, was ich da vorhin so dramatisch an mich gerissen hatte – *Von Erektionen bis Ohrläppchen: Die Wahrheit über den männlichen Körper.* Spitzenwahl, Bella.

Ich zitterte vor Wut. Es gibt nur zwei Dinge im Leben, die ich gern ungeschehen machen würde. Das eine davon war das Reißen meiner Bikiniträger letztes Jahr, als ich an einer Seilrutsche im Erlebnisbad in Stafford hing. Das andere war, je mit Luke gegangen zu sein.

Rachel legte den Arm um mich und drückte mich wieder zurück auf den Stuhl.

»Ich weiß, du hasst mich, und ich versteh das. Aber wie wäre es, wenn du es mich jetzt wieder gutmachen lassen würdest? Wir könnten später in Sozialkunde nebeneinander sitzen, so als Anfang, und uns überlegen, was wir mit Kotzbrocken machen. Vielleicht könntest du mir auch all die nicht-eingebildeten Zac-Details erzählen?«

Aber ausnahmsweise dachte ich mal nicht an Zac. Sondern an mich. Rachel hatte recht. Ich brauchte einen Plan, um mit Luke fertig zu werden. Ihm aus dem Weg zu gehen, brachte mich nämlich nicht weiter. Und seine Hasskampagne war auch nicht hilfreich, wenn ich die Gunst der Lehrer zurückgewinnen wollte. Für den Schulball brauchte ich jeden Punkt, den ich nur kriegen konnte, und im Moment war ich noch ohne Date, ohne Einladung und ohne Plan.

Es würde nicht leicht werden, alles auf die Reihe zu kriegen.

Ich könnte es allein versuchen. Oder … ich guckte Rachel an. Oder … oder ich könnte dabei jemanden an meiner Seite haben.

»Dann setzen wir uns in Sozialkunde zusammen? Wie wäre das?«

Sie lächelte. Und zum ersten Mal seit Wochen lächelte ich zurück.

Aber ich war nicht so happy, wie ich aussah. Eine weitere große Sache musste ich noch klären. Ich musste mir überlegen, wie ich mit Tegan umgehen wollte. Das machte mir Angst. Wenn Rachel und ich versuchten, wieder Freundinnen zu sein, würde es noch schwerer werden, sie zu ignorieren. Früher oder später müssen wir reden.

Aber konnte ich sie wieder in mein Leben lassen oder würde ich sie für immer von mir wegstoßen müssen?

Kapitel 18

Ich, Bella Fisher, nehme dich Zac Nach Dessen Nachnamen Ich Zu Fragen Vergessen Habe, zu meinem rechtmäßigen Ehemann.

Boah, der ausgedachte Zac sah gut aus in dem ausgedachten Anzug. Und der ausgedachte Hochzeitsschokoladenkuchen schmeckte auch gut.

Ich warf die Hülle meines Schokoriegel in den Papierkorb vor dem Kunstraum. Wenn ich die Beweise verschwinden ließ, war es, als wäre es nie geschehen. Trotzdem feierte ich. Nicht nur, dass ich Zac eben in meiner Vorstellung ewige Treue geschworen hatte oder dass ich schon fast eine Woche wieder mit Rachel befreundet war, oder Luke seit dem Vorfall in der Bibliothek nicht mehr gesehen hatte, nein, heute war auch der Tag, an dem mein Name zum ersten Mal am Schwarzen Brett der Korbballmannschaft gestanden hatte.

Wahrscheinlich nur, weil ich aus Versehen drei regulären Mannschaftsmitgliedern körperlich Schaden zugefügt hatte, und Sarah gar nichts anderes übrig geblieben war, da am selben Abend Bastelclub war. Aber davon mal abgesehen, ich, die manchmal schon aus der Puste kam, wenn ich mir die Haare hochsteckte, würde diese Woche offiziell St. Marys als Korbwächterin repräsentieren, wenn wir gegen JOGS spielten. Ein kleiner Schritt für Korbballmannschaften, ein großer Sprung für mich Richtung Extra-Schulball-Punkte. Obwohl ich nur über recht unterdurchschnittliches Sprungtalent verfüge. Jetzt musste ich nur noch diese Woche hinter mich bringen, die mit einer mega-langen Kunstsession beginnen würde.

So schwer konnte das ja nicht sein.

Oh Mann. Wie konnte ich mich nur so irren?

Kapitel 18 B

Ich schaltete mein Handy aus. Nie wieder wollte ich an das denken, was mir vorhin passiert war. Im Leben nicht. Es kann nicht legal sein, dass Montage derart dramatisch sind.

Vielleicht kann ich ja die Augen schließen und mir intensivst wünschen, ganz woanders zu sein, sobald ich sie öffne? In Australien vielleicht – nein, ist nicht weit genug. Wurden nicht Leute gesucht, die auf den Mars auswandern wollen?

Ich machte die Augen auf. Ich war immer noch in meinem Zimmer und – was noch schlimmer war – mein Spiegel bestätigte, dass mein Kopf vier Stunden nach dem Vorfall immer noch tomatenfarben war. Nach allem, was wir zusammen durchgemacht hatten, könnte er doch wohl so nett sein, mir da mal bisschen was vorzumachen.

Au. Neben meinem Kopf vibriert das Handy. Wer ist das denn jetzt?

Ich heiße nicht Bella, sondern Bell-errrr-ina?!!! Toll. Lolololol xxx

Danke, Mikey. Er hatte also auch davon gehört. Bin ich froh, dass *irgend*jemand die Sache witzig findet.

Ich drehte die Musik voll auf und versuchte zu übertönen, dass Mum und Jo Wiederholungen von *Wer wird Millionär* guckten. Ich musste mich ablenken. Gedankenverloren öffnete ich *PSSST*. Gestern um diese Zeit hatte ich etwas gepostet, als Tegan mir nicht aus dem Sinn gehen wollte und mir eines unserer ersten großen Geheimnisse wieder eingefallen war.

EINE FREUNDIN VON MIR WEISS EINFACH
ALLES, ZU JEDEM THEMA. ABER ALS
SIE KLEIN WAR, HATTE SIE NICHT SO
RICHTIG VERSTANDEN, WIE DAS MIT
DEM KÜSSEN GEHT. SIE WUSSTE NUR,
DASS MAN GUT DARIN SEIN MUSSTE.
ALS WIR EINE ÜBERNACHTUNGSPARTY
BEI IHR MACHTEN, HAT SIE SEELENRUHIG
IHRE MUTTER GEFRAGT, OB WIR AN IHR
ÜBEN KÖNNTEN. UHHH.
(IHRE MUTTER HAT NATÜRLICH NEIN
GESAGT. ABER TROTZDEM!)

Es war ja alles total geheim und anonym, da war es sicher egal, dass *ich* diejenige gewesen war, die Elternbeteiligung vorgeschlagen hatte. Es war alles voll unschuldig gewesen – und nur Rachel und Tegan wussten davon –, aber wahrscheinlich war es irgendein kriminelles Vergehen, Mütter zu fragen, ob man sie leidenschaftlich abknutschen durfte. Wow. Schon 500 Likes. Das höchste Ergebnis bisher.

An jedem anderen Tag hätte ich gestrahlt, aber momentan hatte ich das Gefühl, dass Körper und Seele im Energiesparmodus waren. Ich konnte nur blinzeln, sonst nichts. Und atmen. Und mich selbst bemitleiden. Kotz. Gestern um diese Zeit war ich nach einem großartigen Tag zurück nach Hause gekommen. Den Nachmittag hatte ich bei Rachel verbracht, wo wir ein YouTube-Tutorial zur Stärkung der Augenbrauenmuskulatur gemacht hatten. (Ich hatte darauf bestanden, dass Tegan nicht dazu eingeladen war.) Dann gab es noch eine ganz hervorragende MDIHW-Sichtung und einen weiteren Kommentar von *LilDrummerboy* auf *PSSST*, und ich stieß auf irre Bilder von Jo mit einem abartigen Haarschnitt. Außerdem erwartete mich ein Shepherd's Pie. Und jetzt? Jetzt war alles anders.

Ich warf die Decken zurück und schlüpfte in meine Pferdepuschen, um den halben Meter zu meinem Krisengebiet zurückzulegen. Dem Boden vor meiner Heizung.

Liebe Welt,

ich, Bella Fisher, habe beschlossen, das Haus nie wieder zu verlassen und von meiner Rolle als Mitglied der menschlichen Rasse zurückzutreten. Ich mach das einfach nicht gut und jeder Tag birgt neue Gelegenheiten, zum Gespött anderer Menschen zu werden. Ausschlaggebend für meine Entscheidung, für die ich um Verständnis bitte, waren die Ereignisse des heutigen Tages.

Au revoir.

Das Französische machte es noch dramatischer und deutete mehr in Richtung romantische Tragödie als zu: *Ich* bin eine riesige Tragödie. Das muss ich aufschreiben und an alle posten – wie ein Weihnachtsmann der schlechten Nachrichten. Ja. Danach ging es mir schon ein bisschen besser.

Der Schauplatz der Schreckens-Schande war der Kunstraum gewesen. Die Domäne von Mr Lutas. Die letzte Stunde des Tages. Ein absolut normales Vorkommnis, bei dem nur absolut normale Dinge vorkommen sollten.

Es war lauter im Raum als sonst, weil zum ersten Mal Absolventen zu uns stoßen würden. Eines ihrer Lernmodule war *Unterstützung im Unterricht* und ihnen war bis zum Ende des Schuljahres unsere Klasse zum

Unterstützen zugewiesen worden. Aber der Grund für das Geschnatter war, dass offenbar einer der neuen Jungs heißer war als die Sonne. Ich nahm selbstverständlich keinen Blickkontakt mit Tegan auf, aber aus dem Augenwinkel sah ich, dass sogar sie farbloses (Schulregeln) Lipgloss aufgetragen hatte und auf die Ankunft der Jungs wartete.

Ich saß an meinem üblichen Platz, alle meine Arbeiten für das Projekt dieses Monats lagen vor mir auf Tabletts. Ich war glücklich. Ich lachte. Ich Schaf. Ich war absolut ahnungslos und nicht im Geringsten auf das gefasst, was nun passieren würde.

Vor einiger Zeit hatte Mr Lutas uns das Thema *Tryptichon der Emotionen* vorgegeben und mein Projekt war erstaunlich gut gelaufen. Ich glaube, es lag daran, dass dies eine Art Kunst war, die nicht nach irgendwas aussehen musste. Wenn man Murks machte, merkte das keiner, und man konnte einfach sagen: »Tja, das ist Kunst.« Zum Thema *Hass* wollte ich eigentlich ein Fotoprojekt machen, Bilder von ach-so-originellen Toilettenschildern. Die machen mich wahnsinnig. Wie soll ich denn wissen, ob ich eine Meerjungfrau, ein Seepferdchen, ein Elefant mit oder ohne Stoßzähne, ein Kuchen oder ein Keks bin? Wenn ich doch nur mal pinkeln muss. Egal, ich dachte, die lochen mich vielleicht ein, wenn ich vor Klotüren Fotos schieße, deshalb hatte ich eine Tonskulptur von einem Stück Stilton gemacht, mit einer ganzen Ananas oben drauf. Käse + Obst =

Kapitalverbrechen gegen Lebensmittel. Einen Käse zu formen war auch mega-leicht gewesen. Ich musste nur einen großen Fladen machen. Käseleicht.

Mein zweites fertiges Thema war *Angst*. Ich hatte mit Mr Lutas ausgehandelt, ein Objekt anzufertigen, das *Zum Erfolg geboren?* darstellen sollte. (Das Fragezeichen war extrem wichtig, deshalb hatte ich das mit Tippex hervorgehoben.) Ich hatte ein Mobile mit Bildern von Menschen angefertigt, die auf einschüchternde Weise erfolgreich sind. Das war ganz gut gelaufen, Mr Lutas hatte anerkennend genickt, als Emma Watsons, Beyoncés, Anna Kendricks, Steve Jobs' und Michelle Obamas Gesichter herumschwebten.

Aber dann hatte Mr Lutas meine Käse-Kreation gesehen und mir geraten, mich darauf zu konzentrieren, eine starke kreative Vision umzusetzen. Ich glaube, er meinte: *Zeig mir nie wieder so was Grässliches*. Von daher wusste ich, dass von meiner Abschlussarbeit *Liebe* alles abhing.

Meine Arbeit nahm schon den ganzen Platz auf meinem Tisch ein. Ich hatte vor ein paar Wochen angefangen und ein völlig klares Bild vor Augen gehabt. Es gab nur eine Liebe in meinem Leben – abgesehen von meiner Musiksammlung, Lemuren, alles mit Marshmallows drin, meiner Kamera, *Bifis*, Schlafen, Beluga Wale und alle anderen Wale, Mumbles, MDIHW und Lasagne –, und das war Zac.

Mr Lutas wollte Einsatz und den hatte ich gezeigt.

Ich hatte behauptet, die Inspiration sei nicht eine echte Person gewesen, aber meine Arbeit zeige, wie ein Mensch alle mit Liebe in Zusammenhang stehenden Gefühle verkörpern könne.

Es wäre eine schwere Untertreibung, das Kunst zu nennen, was ich erschaffen hatte. Es war eine mehrschichtige, schizophrene 3-D-Huldigung von Zack und meiner Obsession. Bilder von Wohnwagen, einem Puppenschuh, einer Locke vom Haar meiner Schwester (na ja, eher ein Büschel, ich hatte es aus ihrer Bürste geklaut), ein als Pfeil verkleideter Dachs. Vor Kurzem hatte ich sogar eine zweite Schicht aus lackiertem Popcorn und dem Fußabdruck einer Taube hinzugefügt. Mit jeder weiteren Ergänzung wurde die Arbeit monströser – und Mr Lutas konnte sich immer weniger entscheiden, ob das Ganze nun Wahnsinn oder genial war. Ich nannte es *Ruhe und – Zaction!*. In der letzten Stunde hatte Mr Lutas es *eine zutiefst verstörte kreative Vision* genannt.

Wie dem auch sei, preisverdächtig oder beunruhigend, heute war der Tag, an dem ich mein Werk endlich vollenden, ja, zu seinem krönenden Abschluss bringen würde – und dann wäre ich bei Mr Lutas wieder gut angeschrieben. Sobald er uns also zugenickt hatte, legte ich los. Innerhalb der ersten zehn Minuten, war ich schon da, wo ich hinwollte – ich befestigte die riesigen Buchstaben *Z*, *A* und *C* – alle aus Nachrichten gemacht, die wir beide uns geschickt hatten. Mr Lutas gratulierte mir zu meiner Verwendung der Découpage-Technik und sagte, das könne mir vielleicht zur vollen Punktzahl verhelfen. Ich nickte nachdenklich, sagte: »Danke.«, und beschloss, nicht zuzugeben, dass ich keine Ahnung hatte, was Découpage war.

Ich versuchte, nicht zum anderen Ende meines Tisches zu gucken und mein Projekt mit Rachels zu vergleichen, das wahrscheinlich in der *Tate Gallery* ausgestellt werden würde. Vielleicht brachte es Millionen ein, wenn man Dreiecke malte.

Gerade als ich das Z aufgeklebt hatte, verkündete Mr Lutas, er müsse uns fünf Minuten allein lassen, und stiefelte aus dem Raum. Eine Lärmexplosion folgte, so als hätte man sich aus Versehen auf die Fernbedienung vom Fernseher gesetzt und die Fenster mit der Titelmelodie von *Coronation Street* beinahe zum Bersten gebracht. Aber als er wieder reingestiefelt kam, verstummte das Krakeelen schneller, als es angefangen hatte.

»Berrruhigt euch mal. Ich möchte euch gerrrn unseren Unterrichtsassistenten vorstellen.«

Die Mädchen wechselten Blicke untereinander. Ihre Zeit zu glänzen war gekommen. Ich machte weiter und pappte den Buchstaben C fest.

»Wie ihr wissen solltet, werden unsere speziell für diese Aufgabe ausgewählte Absolventen von heute bis zum Ende des Schuljahrrres im Unterrricht assistieren. Das ist ein Teil ihres Kurses, in dem sie die Welt des

Unterrichtens erkunden, also bitte betrachtet sie als Lehrer und behandelt sie dementsprechend.« Er wendete sich zur Tür um. »Treten Sie ein, meine Damen und Herren.«

Ich fand seine Ankündigung ekelerregend. Die anderen waren ganz aufgeregt. Was Frisches, Älteres fürs Auge. Und da kamen sie auch schon.

Schon mal gesehen, wie im Comic jemandem der Unterkiefer nach unten kracht? Also, mein Unterkiefer krachte mit so einer Wucht, dass sogar mein soeben aufgeklebtes Popcorn geplättet wurde. Da waren tatsächlich ein paar Hotties dabei – und ein paar gelangweilt guckende coole Mädchen. Und einer der Jungs war tatsächlich die heißeste Person, die ich je gesehen hatte. Kein Wunder, dass alle so aufgeregt waren. Groß, dunkel, tolle, aber ein wenig zerzauste Haare, Augen zum Dahinschmelzen.

Aber, Hand aufs Herz, er war nicht heißer als Zac. Oh nein, viel schlimmer.

Er *war* Zac.

HALLO, SCHLIMMSTER AUGENBLICK MEINES LEBENS.

Zum Glück entdeckte Zac mich nicht in dem Meer sabbernder Gesichter.

Wenn er jetzt auf meine Arbeit kotzen würde, bekäme ich dann von Mr Lutas eine bessere Benotung für das kreative Gesamtkonzept?

Ich rieb meine Fußknöchel so schnell ich konnte

aneinander, vielleicht konnte ich ja meine Socken zur Explosion bringen oder wenigstens Feueralarm auslösen. Aber keine Flammen in Sicht. Mr Lutas fing an die Absolventen vorzustellen. Doch ich hörte nur den Schrei in meinem Kopf: »HILFE! WAS JETZT?«

»Äh, hallo, zusammen. Ich bin neu hier, also habt Nachsicht.« Zac hustete, um in dem unterdrückten Gekicher einen Weg für seine Worte zu bahnen. »Wenn ihr also irgendwelche Fragen habt, dann fragt bitte, und ich werde mein Bestes tun, um eine Antwort zu finden.«

Ich hatte eine Frage. Was zum Teufel machte Zac in meinem Klassenraum?! Er hatte gesagt, er würde nach BIRMINGHAM gehen? Das sauste mir alles durch den Kopf, die Ferien, das Date, die Lüge über mein Alter, dass ich durch arglistige Täuschung mit einem Absolventen rumgeknutscht hatte. War das überhaupt legal? Er durfte mich auf keinen Fall sehen. Oder meine Arbeit. MIT SEINEM NAMEN DRAUF.

In einem Anflug von Irrsinn tauchte ich unter den Tisch ab, perfekt getimt, denn in den vorderen Reihen sorgte Lou für Ablenkung, indem sie die Hand hob. Ihr sind Zensuren egal, solange sie nur im Mittelpunkt der Aufmerksamkeit steht. War mir recht, ich schmiegte mich an den Boden.

»Hallo, Sir, schön, Sie kennenzulernen«, sagte sie in ihrem allerschleimigsten Einschleimton. »Ich frage mich gerade, ob sie mir nicht helfen könnten *Liebe* auf meiner Leinwand zu machen.«

Mr Lutas röchelte, die Klasse brüllte los. Ich überlegte, unter den Tischen entlangzurobben und die Flucht zu wagen.

»Ey, Rachel. Ey!« Ich zupfte an ihrem Rock. Sie wartete, bis keine Gefahr drohte und zischte nach unten: »Was in aller Welt machst du da?«

»Ichmusshierraus. SOFORT.«

Aber es war zu spät. Vier Füße mit zwei Leuten daran kamen auf uns zu.

»Bella, was machst du da unten?« Mr Lutas schien es als persönliche Beleidigung aufzufassen, dass ich unter dem Tisch hockte.

»BELLA!« Kreidestaub von seiner Hose rieselte an meinem Kopf vorbei, als er mit dem Fuß aufstampfte.

Fluchtgedanken jagten durch meinen Kopf wie bei einer DVD im Schnellvorlauf.

»BELLA, komm hoch. JETZT! Es sei denn, du willst alle deine Schulballpunkte in den Wind schreiben.«

Aber ich war außer Stande, auch nur einen Muskel zu bewegen.

Mr Lutas räusperte sich. »Sei dir im Klaren darüber, dass dies die letzte Warnung ist.«

Ich hatte nur eine Option. Und sogar ich schämte mich dafür, es damit zu versuchen.

»Ich heiße nicht Bella …« Ja, ich wollte es mit Verschleierung versuchen. »sondern, äh, Bell-äh…rrr…« Denk nach! »…ina?«

Ich schluckte.

»BELLERRRINA?« Mr Lutas blaffte so, dass ein Spucketropfen meinen linken Fuß traf.

»Äh, ja?«

Peinlichpeinlichpeinlich.

»Wie auch immer du heißen magst.« Wenn jemand gerade kurz vorm Schlaganfall stand, war das wahrscheinlich nicht der geeignete Zeitpunkt zu sagen, dass man eigentlich auf Belinda ausgewesen war. »Ich weiß nicht, was du damit beabsichtigst, aber steh jetzt auf. SOFORRRT.«

Ich, Bellerina, hatte Mr Lutas vor seinen heißen Absolventen blamiert – und dafür würde ich zahlen müssen. Man konnte zurecht behaupten, dass die Dinge nicht nach Plan liefen.

Ich barg den Kopf zwischen den Händen und versuchte, sowohl mein Gesicht als auch meine unglaubliche Scham dahinter zu verstecken. Doch die waren zu klein, deshalb zog ich mir den Pullover über den Kopf und hüllte mich in einen beigen Kokon. Ganz toll. Aber dass Zac mich nicht erkannte, war mir wichtiger als das, was Mr Lutas oder die anderen dreißig Leute, die mich sonst noch anstarrten, von mir denken mochten.

Unter dem Tisch streckte sich mir eine Hand entgegen.

»Äh, hallo, Bella. Schön, dich kennenzulernen. Ich hoffe wirklich, ich habe dich nicht dazu getrieben, dich unter den Tisch zu setzen, mit einem Pullover über dem Kopf.«

Zac hielt mich offenbar für die Klassenirre und redete in einem superverständnisvollen Ich-bin-auf-deiner-Seite-Ton mit mir. Er hatte mir zwar erzählt, dass er was für unberechenbare Mädchen übrig hatte, aber hiermit war ich jetzt bestimmt zu weit gegangen. Einmal um den Globus und dann noch ein paar Schritte über die Grenze des Erträglichen.

»Nein, nein, alles gut. Ich … hab nur gerade eine allergische Reaktion auf irgendwelche Farbe.«

Aber ließ er es etwa gut sein? Tja, doch nicht mein Zac. Der war mitfühlend. Beharrlich. Ruhig. Bis zum Erbrechen.

Er tat genau das, was ich nicht gewollt hatte. Er beugte sich zu mir runter. Wir waren nun Nase an Nase. Das wusste er nur nicht, weil sich ja eine Lage Wolle zwischen uns befand.

»Kann ich dir irgendwie helfen?«

Mr Lutas' Rasierwasser wehte mich an, denn er hatte sich auch gebückt.

»Ich sagte: Steh jetzt sofort auf und nimm diesen Pullover vom Kopf.«

Es gab keinen Ausweg.

Langsam zog ich den Pullover runter, gab Millimeter um Millimeter von meinem entsetzten Gesicht preis. Zac zuckte zurück wie noch keiner vor ihm weltweit.

»Was zum Teufel?« Er war so weit zurückgeschreckt, dass er seinen Kopf mit Schmackes gegen den Tisch knallte. Ohne ein weiteres Wort – abgesehen von *au* –

richtete er sich wieder auf und tat so, als wäre es ein Versehen.

In dieser einen Sekunde, unter diesem einen Tisch, hatte ich, Bella Fisher, offiziell mein Leben ruiniert. Wie sollte ich Zac das alles nur je erklären? Ich kroch wieder nach oben, ließ mich auf meinen Stuhl fallen und tat so, als würde ich das Gewisper nicht hören.

Rachel guckte besorgt.

»Alles okay?«, hauchte sie. Aber das Schlimmste sollte noch kommen. Mr Lutas wollte den Praktikanten versichern, dass ich keine Gefahr für den Lehrkörper darstellte, und normalerweise als normale Schülerin funktionierte.

»Wenn diese junge Dame sich nicht gerade aus unerfindlichen Gründen unter Tischen versteckt, arbeitet sie an einer ziemlich interessanten Interpretation ihres Projekts *Liebe*. Das trifft doch zu?« Er schnappte sich meine Arbeit und hielt sie stolz hoch. »Sehen Sie sich nur diese Découpage an!«

Wenn ich jetzt so richtig viel Glück hätte, wäre Zac zwar in jeder Weise perfekt, könnte aber nur nicht seinen eigenen Namen lesen.

Aber ich hatte kein Glück. Null. Schwarzes Loch, tu dich endlich auf.

Mr Lutas zeigte auf die Nachrichten, die ich gerade aufgeklebt hatte.

»Sehen Sie, wie Bella sich Nachrichten ausgedacht hat, die nur jemand mitten in den Wirren einer Teenagerschwärmerei verschicken würde? Das zeugt von großer Kreativität. Sehen Sie?« Er zeigte auf genau die Nachrichten, die ich Rachel an diesem Morgen geschickt hatte. »Wenn Z ein Land wäre, dann Fitalien – Nationalgericht Spaghottie.« Er zeigte auf eine andere. »Er ist so heiß. Wenn wir ihm Brot auf den Kopf legen, wird es Toast.« Und dann noch: »Sogar auf seine Handgelenke fahre ich ab.« Mr Lutas kicherte tatsächlich. »Ich meine, sie hat wirklich die Verfassung einer Person eingefangen, die in ihrem jugendlichen Liebeswahn völlig außer Rand und Band geraten ist – und an den Rand des Wahnsinns.«

Wenn Zac nicht jetzt schon sprachlos war, dann aber ganz bestimmt, als er neben einem 3-D (4-D, wenn der Geruch von Popcorn mitzählt) -Schrein für ihn selbst stand. Ich konnte ihm nicht ins Gesicht schauen. Oder auf seine Handgelenke. Ich war ganz taub vor Scham. Die Klasse muss gedacht haben, Zac sei völlig geplättet von meiner Kreativität. Wahrscheinlich überlegte er aber, ob er nicht die Polizei rufen sollte.

Ich richtete den Blick auf meine Füße, so als hätte ich gerade winzigkleine Borger entdeckt, die auf meiner Fußspitze die La-Ola-Welle machten.

»Und was für ein Zufall, dass sie *Ihren* Namen ausgewählt hat. Vielleicht können Sie ihr ja etwas zusätzliche Unterstützung gewähren?«

Rachel bekam ganz große Augen. Der Groschen fiel. *Klonk!* Zusammen mit dem Boden aus meiner Welt.

Zum Glück trieb Mr Lutas Zac wieder zurück zu den anderen Absolventen, um weitaus eindrucksvollere und sich nicht unterm Tisch versteckende Schüler vorzuführen.

Ich war so wütend auf mich, dass ich mein ganzes Kunstprojekt schrotten und in die Tonne schmeißen wollte – und dann draufrumhopsen, aber in Gegenwart von Mr Lutas konnte ich kein Drama mehr riskieren. Und wahrscheinlich würde ich ohnehin in der Tonne stecken bleiben.

Nachdem sich die Hysterie darüber gelegt hatte, echte, lebendige, fitte Typen im Raum zu haben, machten sich alle wieder an ihre Arbeit. Mein Vorankommen war ernsthaft eingeschränkt, weil ich solche Angst vor Blickkontakt mit Zac hatte. Ich konnte nicht einfach losgehen und mir die Sachen holen, die ich brauchte, deshalb musste ich fünfundvierzig Minuten mit einem Bleistift in der Hand so tun, als würde ich malen. Gelegentlich machte ich mal einen Schritt zurück und sah mir das Ganze mit Kennerblick an. Als ich Rachel schließlich bestätigt hatte, das Zac der ZAC war, und ja, er sah live besser aus als auf den Fotos, die ich ihr beinahe stündlich gezeigt hatte, musste sie sich erst mal hinsetzen und sich Luft zufächeln. Als sie sich erholt hatte, meinte sie, dass ich nicht so zerknirscht sein sollte, schließlich könnte ich jetzt den lebenden Beweis dafür liefern, den besten Fang der Welt gelandet zu haben.

Ich hatte Zac jeden Tag sehen wollen, jetzt war das möglich – und ich wünschte nichts mehr, als er wäre sonstwo. In *einer* Unterrichtsstunde hatte sich *mein ganzes Leben* radikal geändert. WARUM hatte ich nur nicht die Wahrheit über mein Alter gesagt? Warum, oh warum hatte ich gesagt, ich sei im College? Ach ja, um ihn küssen zu können. Aber war es das wert gewesen? Äh, ja, aber darum ging es nicht. Ich hatte alles kaputt gemacht. Jetzt würde er nie wieder mit mir reden, und Date Nr. 3 würde nie stattfinden. Und wenn er nicht mit mir redete, wäre es schwer für mich, mit ihm zu reden und alles zu erklären. Oder ein glückliches Leben zu zweit vorzuschlagen.

Keine Ahnung, wie ich den Rest der Stunde überstand. Oder den Rest des Tages. Den Heimweg. Dass Jo mich in den Arm genommen hatte, als ich im Bett gelegen und die ganze Zac-Geschichte vor ihr ausgekotzt hatte – von der missglückten Verabredung bis zu seinem Besuch in Worcester (minus Kino) und der ungewollten Enthüllung seines Kunstschreins. Ich hätte nie gedacht, dass ich mal dankbar dafür sein würde, wenn sie zu Prüfungsvorbereitungen nach Hause kam.

Während ich im Bett lag und mir zu überlegen versuchte, was ich nun machen sollte, leuchtete mein Handy auf. Neue Nachricht. Wahrscheinlich üble Beschimpfungen.

Na, das war seltsam.

Würg! Als ob Zac mich daran erinnern müsste. Ich starrte auf den Punkt. Sonst hatte er nie einen Punkt ans Ende der Nachricht gesetzt, wenn er mir geschrieben hatte. Aber bis heute hatte er ja auch nicht gewusst, dass ich eine kunststudiumfakende Schülerin namens Bellerina war.

In Panik antwortete ich, ehe ich nachdenken konnte.

> Tut mir SO leid. Das sollte nicht passieren. Ist hoffentlich klar.

Und dann setzte ich noch eine der vielen Sachen darunter, die mich seit dem Vorfall beschäftigten.

> Warum hast du mir denn nicht erzählt, dass du schon umgezogen bist?

Eigentlich hatte ich nicht mürrisch klingen wollen, aber ich kam einfach nicht dahinter, wie es angehen konnte, dass er hier war. In meiner Stadt, in meiner Schule – und ich wusste nichts davon. Keine Warnung. Keine Zeit dafür zu sorgen, dass ich nicht den Schulpullover mit dem Soßenfleck trug.

> Ich wollte eine Woche verstreichen lassen, um mich einzugewöhnen und dich dann überraschen. Hatte deinen Namen nicht auf der Collegeliste gesehen und nicht damit gerechnet, dass wir uns da begegnen. Vermutlich bist du diejenige, die voller Überraschungen steckt. ☹

Ichwillim Bodenversinken. Er hatte besonders nett sein wollen und ich hatte mich als besonders abgrundtiefe Enttäuschung erwiesen. Wenn es doch nur ein *Bitte-verzeih-mir-ich-bin-ja-so-ein-Vollidiot-und-treffe-schlechte-Entscheidungen-in-Gegenwart-irre-perfekter-Menschen*-Emoji gäbe.

Ob ich noch irgendwas machen konnte, damit er mir eine zweite Chance gab? Sollte ich ihn daran erinnern, wie viel Spaß wir vor all dem gehabt hatten? Ich musste alles geben. Ich *musste* ihn dazu bringen, mich anzuhören.

Bin ich nicht. Ich schwöre. Tausend Mal: Es tut mir leid. Können wir reden? Morgen in der ersten Pause?

Mein Leben hing von seiner Antwort ab. »Schreibt.« SCHREIB SCHNELLER!

Weißt du … meine Italienreise? Also, wenn ich die volle Punktzahl für dieses Praktikum kriege, bin ich dabei. Ich kann mir also kein Drama leisten – oder dass irgendjemand rauskriegt, dass wir da so eine Geschichte haben. Ich wollte mich melden und sagen, dass wir einander vielleicht etwas Raum lassen sollten … Hoffe, du verstehst das.

Wie betäubt starrte ich auf das Display. Die 286 Zeichen, die einfach nur Nein hießen. Er war so begeistert von dieser Italien- oder Fitalien-Reise gewesen – und ich hatte seine Begeisterung geteilt. Niemals wäre ich darauf gekommen, dass ich selbst diese Reise in Gefahr bringen konnte.

Noch eine Nachricht tauchte auf.

Also, bis zu diese Party am Ende des Schuljahres weiß ich Bescheid wegen der Reise. Wie wäre es, wenn wir dann reden? Ich hab Aufsicht.

Würg. Er meinte den Schulball und der war in knapp zwei Wochen. Das war's denn wohl mit meinem Date für den Ball – jetzt, wo er mich dort *beaufsichtigen* würde.

Ich nahm eine Nadel vom Schreibtisch und piekte sie mir ins Bein. *Au.* Das war nicht bloß ein besonders detailreicher Albtraum. Zac war das Einzige gewesen, was mein Leben wunderbar gemacht hatte. Aber jetzt hing die Reise seines Lebens nur davon ab, dass wir uns gegenseitig vorspielten, wir würden nicht existieren.

Kann man eigentlich emigrieren, wenn man fünfzehn ist? Oder Einsiedler werden? Oder beides? Es war alles so trostlos. Ich starrte auf mein blödes Handy und wünschte, es würde sich in was Trostspendendes verwandeln. Ich wünschte, alles würde sich verwandeln.

Ich schickte noch ein letztes *klar, sorry* und knipste die Nachttischlampe aus. Heute war eine Ohne-Zähneputzen-im-BH-schlafen-Nacht.

Meine Gedanken rasten und spielten jedes Szenario durch auf der Suche nach einer Nadel der Zuversicht in meinem Heuhaufen der Hoffnungslosigkeit. Und da war etwas – etwas, das Jo gesagt hatte. Zac war wahrscheinlich genauso geschockt wie ich. Vielleicht sogar noch mehr. Also vielleicht, aber nur vielleicht, wenn ich tat, was er gesagt hatte, ihm die Zeit gab, die er haben wollte und ihm bis zum Schulball aus dem Weg ging, dann konnte ich ihn vielleicht noch umstimmen.

JA. Das würde klappen!

Vielleicht war noch nicht alles verloren. Aber wenn ich mir irgendwelche Hoffnungen auf eine zweite Chance machen wollte, musste Zac auf seine Kunstreise gehen, und ich zum Schulball, damit er mich anhören konnte. Also: Was sollte ganz oben auf meiner Liste stehen, wenn ich mein Leben aus dem Chaos zerren und fest in den Griff kriegen, von Problemen zu Punkten gelangen wollte?

Eines war sicher – Luke musste unbedingt weiterhin glauben, Zac existiere nicht. Auf keinen Fall durfte er Schlüsse ziehen aus meinen Date-Prahlereien und dem Versteckspiel in Kunst. Luke würde nämlich die ganze Schule davon in Kenntnis setzten, dass ich für den neuen Absolventen schwärmte – und das könnte sowohl mir als auch Zac einen ganzen Haufen unerwünschte Aufmerksamkeit einbringen. Und Ärger.

Außerdem würde es meiner Zweite-Chance-Kampagne nicht gerade helfen, wenn Zac wüsste, dass ich schon der ganzen Schule (und sogar der Ersatzspielerin eines gegen uns antretenden Korbballteams) bis ins kleinste Detail von unseren Halb- und Vollknutschaktivitäten erzählt hatte.

Puh. Wie schafft Luke es bloß, auch noch die Teile meines Lebens zu versauen, von denen er nicht mal was wusste? Aber manchmal war sogar er zu gebrauchen. Ich öffnete die *PSSST*-App. Noch immer bekam ich jeden Tag neue Follower. Jetzt waren es 323 und für meine Posts hatte ich 900 Likes gekriegt. Ich winkte meinen unsichtbaren Fans huldvoll zu. Bella, du hast es einfach.

EINER, DEN ICH KENNE (ABER LIEBER NICHT KENNEN WÜRDE), HAT SEINE GROSSEN SCHWESTERN IMMER TOTAL BEWUNDERT. SO SEHR, DASS ER IHRE WORTE BENUTZTE, WENN ER SEINEN DAD ANBETTELTE, IHM CHIPS ZU KAUFEN. SCHADE NUR, DASS ER NIE GEFRAGT HATTE, WAS SIE EIGENTLICH BEDEUTETEN. IM GANZEN SUPERMARKT BREITETE SICH SCHWEIGEN AUS, ALS EIN ZEHNJÄHRIGER JUNGE BRÜLLTE: »ABER DAD, ICH HAB DOCH MEINE TAGE!«

Ich musste lächeln – zum ersten Mal seit dem Kunstunterricht. Ich erinnerte mich daran, dass seine Mutter fast vor Lachen geweint hatte, als sie mir diese Geschichte erzählt hatte. Luke war vermutlich noch röter geworden als damals im Supermarkt. Und deshalb darf man Eltern nie in die Nähe von Leuten kommen lassen, auf die man steht. Es sei denn, die Elternteile schlafen.

Nun ja, wenn ich auf *PSSST* Leute dazu bringen konnte, mich zu mögen, dann schaffte ich dasselbe vielleicht ja auch mit Zac im wirklichen Leben.

Ich schloss die App mit neuem Optimismus und stellte den Wecker für den nächsten Morgen.

Es wurde Zeit, die Kontrolle zu übernehmen und die triumphale Rückkehr von Bella und Zac in die Wege zu leiten.

Kapitel 19

6 Uhr 7. Ich schlug meinen Wecker, als ob er mir etwas angetan hätte. Arme Wecker, musste blöd sein zu wissen, dass der ganze Sinn ihres Daseins darin bestand, Menschen das Leben zu vermiesen. Aber egal, warum hatte ich beschlossen, mich um diese Zeit wecken zu lassen? Ach ja, ich wollte mich auf den *Traumatischen Dienstag* vorbereiten. Mit dem Ziel, alles im Griff zu behalten, vom Punktegewinn bis hin zu der hinter jeder Ecke drohenden Zacsichtung. Dazu brauchte ich mehr als die üblichen sechzehn Minuten fürs Duschen, getönte Feuchtigkeitscreme auftragen und mit nassen Haaren aus der Tür rennen.

Nun ja, das war der Plan, aber eine Stunde später musste ich der Tatsache ins Auge sehen, dass ich die extra Zeit am Morgen dazu benutzt hatte, auf *Pet Rescue Saga* vier Level weiter zu kommen und ein Tortendiagramm zu erstellen, demzufolge Luke in allen meinen größten Erfolgen auf *PSSST* vorzukommen schien.

Ich hatte es aber geschafft, ein Problem zu lösen. Schritt 2 meines listigen Planes war, in der Mittagspause den Kunstraum zu kapern und meine Arbeit zu entzacifizieren. Was die anderen gesehen hatten, war eindeutig ein Work-in-Progress gewesen, das Endprodukt würde eine kaum bekannte chinesische Weltanschauung namens *Zao* aufgreifen. So unbekannt, dass sie nur einen Anhänger hatte. Mich. Ob ich Jo wohl dazu bringen konnte, einen Wikipedia-Eintrag darüber zu verfassen?

Mein Gedankengang schien sie heraufbeschworen zu haben, sie steckte den Kopf zur Tür herein und erwischte mich ärgerlicherweise beim Klauen ihres *Fresh Glow*-Rouge. Ich persönlich bin der Meinung, das Zeug sollte unter dem Namen *Speckschwartenglanz* vertrieben werden, aber nun war es zu spät.

»Ey, Süße, willst du mitkommen? Ich hab einen Wettkampf, also fahr ich in deine Richtung.«

Jo hatte oft Wettkämpfe – Sportveranstaltungen, die den ganzen Tag dauerten und daraus zu bestehen schienen, in knappen Shorts durch die Stadt zu rennen, während einen Leute anbrüllten. Ich kann noch immer nicht glauben, dass irgendjemand so was freiwillig tut. In letzter Zeit hatte sie ständig so was vorgehabt, da ihr Leichtathletikclub immer wieder auf Tour ging.

Jo guckte auf die Uhr, die so Sachen aufzeichnete wie verschwendete Zeit.

»Du hast drei Minuten. Also mach zu. Ich darf nicht zu spät kommen, sonst verpasse ich den Bus.«

Ehe ich antworten konnte, joggte sie schon wieder die Treppe runter. Wahrscheinlich brach sie ihren persönlichen Rekord.

Ich versuchte, mein Gesicht zu entglänzen, verschmierte aber eigentlich nur das Rouge. Geschminkt in der Schule zu erscheinen, war gar nicht so leicht, vor den Lehrern musste man nämlich aussehen, als wäre man's nicht, während man vorm Rest der Welt trotzdem makellos zu sein hatte.

Ich hörte den Motor starten, also schnappte ich mir meine Sachen, rannte nach unten und sprang in Jos Auto. Aber ich hatte nicht an den großen Nachteil des Mitgenommenwerdens gedacht. Auf engem Raum mit meiner Schwester eingesperrt zu sein. Zu Hause konnte das nicht passieren, denn sogar Schlösser an der Badezimmertür verstießen gegen Mums Freiheitsgrundsätze. Aber in einem Auto konnte ich nicht weglaufen und mich nirgends verstecken. Jo fiel sofort über mich her.

»Und gehst du die große Sache heute an?«

»Du hattest doch gesagt, dass ich noch nicht alt genug bin, um mich von der Schule abzumelden.«

»Nein, Doofi. Ist das heute der Tag, an dem du mit Tegan reden wirst?«

Würg. Bei ihr klang das so einfach. Aber das Zac-Drama reichte mir schon, ich hatte weder Zeit noch Kraft, mich mit noch mehr Problemen zu befassen. Vielleicht war ich ja ohne sie besser dran? Rachel wäre dann einfach so was wie ein Scheidungskind, das wir uns teilten.

»Bella, nach unserer Unterhaltung gestern Abend habe ich nachgedacht … Willst du nun meinen Rat?«

»Nein.« Ärgerlicherweise wollte ich ihn doch, aber das sollte sie nicht wissen. Zum Glück ignorierte sie mich. Darin hatte sie 15,5 Jahre Übung.

»Nun ja, du sitzt in meinem Auto, also bleibt dir nichts anderes übrig, als ihn dir anzuhören. Außerdem ist es das Privileg der älteren Schwester.« Sie lächelte selbstgefällig. »Also, ich dachte, nach dieser Begegnung gestern … was sollte Zac da deiner Meinung nach machen?«

Weglaufen und mit mir in Wales ein neues Leben anfangen. Oder in Kalifornien.

»Hmm, mittlerweile ist mir alles recht … alles, was besser ist, als mich nicht zu hassen.«

»Okay, und was dann? Wenn alles so läuft, wie du das willst?«

Gute Frage.

»Ich glaube, dann würde er sich auf dem Schulball anhören, was ich zu sagen habe, er würde kapieren, dass ich es nur getan habe, damit er mir überhaupt eine Chance gibt, mir verzeiht … und dann mit mir in Wales ein neues Leben anfängt, in dem wir Faschingskostüme für Welpen kreieren.«

»Verstehe …« Sie klang nicht überzeugt. »Also, Hundekostüme mal beiseite, wenn du unbedingt willst, dass er dir eine zweite Chance gibt …«, sie machte eine Pause, in der ich im Kopf die Antwort einfügen sollte, ehe sie sie laut aussprach – »dann solltest du vielleicht darüber nachdenken, Tegan auch eine zu geben? Ich hab den Eindruck, dass du gerade gut noch eine Freundin mehr gebrauchen könntest.«

Mannomann. Warum war sie immer so weise? Wie eine Eule, nur mit weniger Kopfbewegungen. Und Federn (hoffte ich jedenfalls). Wie kann es angehen, dass es sich längst nicht so vernünftig anfühlt zu vergeben und zu vergessen, als um Vergeben und Vergessen zu bitten? *Puh.*

Den Rest des Morgens schlich ich herum, mein Hirn führte nur zwei Funktionen aus (also eigentlich drei, wenn man die Steuerung lebenswichtiger Organe dazu zählt, aber das stand ganz weit unten auf meiner Liste) – Jos Worte im Kopf drehen und wenden und Zac, Mr Lutas, Luke und Tegan aus dem Weg zu gehen. Ich sammelte echt Leute, vor denen ich mich verstecken musste.

Als ich endlich meinen Mut zusammenraffte und durch die Flure des Verhängnisses zur Kantine lief, saßen Rachel und Mikey schon an einem Tisch. Sie hatten mir einen Platz reserviert. Rachel steckte die Nase in ein Buch, Mikey starrte zu dem Tisch rüber, an dem Tegan saß. Sie redete mit den Mädchen von *Tailor Swiftly*, dem Nähclub, in den sie nach der Schule ging. Am Anfang des Schuljahres hatte sie den Mädchen geholfen, den Club umzubenennen, der früher *Mend It Like Beckham* hieß. Seitdem waren sie ziemlich dicke. Sie schienen total ins Gespräch vertieft zu sein, wahrscheinlich diskutierten sie über neue Schnittmuster. Gut. Das schien ja recht undramatisch zu sein.

Ich klappte Peppa auf – welche Köstlichkeiten hielt sie heute für mich bereit? Die fleischlosen Fleischklöße von gestern Abend und Blumenkohlreis (in den Mum Schinken geschnitten hatte). Aber als ich mich drüber hermachte, kam es mir so vor, als würde ich beobachtet.

Wurde ich. Von Luke. Aber sobald ich mich zu ihm umdrehte, ging sein Blick wieder zu seinen Jungs. Egal, er war sichere drei Tische entfernt, da würde ich wohl keine Punkte verlieren. Hinter mir kam Mrs Hitchman reinstolziert, total professionell im Lehrerinnenmodus.

»Und für diejenigen, die es nicht wissen, hier essen die jüngeren Jahrgänge zu Mittag. Das ist ein Mehrzweckraum für Aktivitäten unter Aufsicht – wie Kuchenbasare und andere unternehmerische Projekte, die sich die Schüler ausdenken.«

Ich verschluckte mich an meinem Schinken. Als ob hier je jemand was aus eigener Initiative gemacht hätte.

(Außer damals, als Lou versucht hatte, Fünf-Minuten-Massagen zu verkaufen, aber aufgeflogen war, weil sie Knutschdienste gegen zusätzliche Bezahlung angeboten hatte.)

Rachel trat mich unter dem Tisch und hauchte. »Sie hat 'nen Sack.«

»Was?«, hauchte ich zurück.

Mit der Gabel zeigte sie hinter mich, dort rückte Mrs Hitchman immer näher. Dieses Mal hauchte Rachel deutlicher.

»Sie kommt mit Zac.«

Wieder verschluckte ich mich. Hier sollte ich doch im sicheren Hafen sein! Ich ließ die Gabel fallen, damit ich meinen Kopf zwischen den Händen verbergen und die Haare wie eine Gardine übers Gesicht fallen lassen konnte. Vielleicht hatte das mit Cousin It bei der Addams Family auch so angefangen. Bittebitte, mach, dass sie mich nicht bemerken. Bittebitte, mach, dass Luke entweder sie oder mich nicht bemerkt. Bitte geht einfach weiter.

Aber Mrs Hitchmans Pumps klackerten nicht weiter, sie blieben stehen. Mit den Absolventen, denen sie in ihre Pflichten als Assistenzlehrer erklärte.

»Und keine Panik, Aufsicht führen ist keine große Aufgabe. Besonders in der Mittagszeit – wenn sie Essen vor sich haben, scheinen sich alle Schüler gut zu benehmen! Stimmt doch ... Bella? Ich weiß, dass du gutes Essen liebst.«

Mann! Warum hatte ich mir gerade einen zweiten fleischlosen Fleischkloß in den Mund gestopft, sodass ich aussah wie ein Hamster in Menschengestalt? Obwohl ich alles andere auf der Welt lieber gemacht hätte – inklusive dabei fotografiert zu werden, wie ich in einem beigen Ganzkörpertrikot ein Eier-Sandwich esse –, schaute ich auf. Zac reagierte nicht. Alles an ihm war eiskalt. Sogar seine Hände wirkten weniger freundlich. Er hätte mich nicht deutlicher ausblenden können, wenn ich einen magischen Tarnumhang getragen hätte. Ich schluckte so heftig, dass die beiden fleischlosen Fleischklopse verschwanden. Bitte, mach, dass sie in den Magen gerutscht sind und nicht in die Lunge. Mrs Hitchman ignorierte, dass ich sie ignorierte.

»Sehr gut ... Noch Fragen, bevor wir weiter gehen?« Keiner sagte ein Wort. »Ausgezeichnet, nun, dann unterhalten wir uns mal kurz mit der heutigen Mittagsaufsicht.«

Mrs Hitchman führte die Gruppe im Marschschritt, bis sie die Ecke des Raumes, wo sie mit der Schulsprecherin plauderte, erreicht hatte. Die Absolventen standen wartend neben ihr und taten cool, und als würden sie überhaupt nicht registrieren, dass alle sie anstarrten. Aber irgendwas verdrehte mir die Eingeweide so, als würde Mum meinen Badeanzug auswringen. Warum schlich Lou denn so rüber zu Zac? Warum war sie neben ihm stehen geblieben – viel zu nah für meinen Geschmack??? Warum dieser Augenaufschlag und das

Gefummel am ausgefransten Pulloverbündchen. Vor meinem Traummann? Warum durfte *ich* nicht mit ihm sprechen, sie aber ihre ganze Tussigkeit über ihn verströmen? Ich packte Rachels Bein, als ob ich damit quer durch den Raum ein »Stupor!« befehlen konnte. Oder wenigsten ein »Flirtstopp«.

Ich konnte nicht hinsehen.

»Alles klar mit dir, B?« Mikey guckte aufrichtig besorgt.

»Muss ich den Heimlich-Griff anwenden? Hab ich mal bei *Emergency Room* gesehen.« Er schob seinen Schemel zurück, um aufzustehen.

Aber wie ein Engel im Tweedkostüm rettete Mrs. Hitchman mich, indem sie ihr Gespräch unterbrach und die Gruppe nach draußen beorderte. Lou warf die Haare über die Schulter und schlingerte zurück zu ihren Freunden, offensichtlich total zufrieden mit sich selbst. Ich räusperte mich. Mikey guckte enttäuscht, weil er seine zweifelhaften medizinischen Kenntnisse nicht erproben konnte. Rachel rieb meine Hand und schenkte mir ein hilfreiches Lächeln.

»ATME, Bells. Nur weil das mit dir und Zac gerade nicht so läuft …«

Ich hustete ihr Blumenkohlreis ins Gesicht.

»Nicht so läuft? Im Sinne von: Er redet nicht mit mir, hält mich für einen Vollpfosten und merkt gerade, dass alle anderen in der Schule – alle, die keine Vollpfosten sind – mit ihm knutschen wollen, bis er blau wird?«

»Nun, ja, das, – aber das heißt doch nicht, dass er eine Hirntransplantation hatte und plötzlich auf Mädchen wie Lou-ser abfährt. Die weiß sogar noch weniger als du über den französischen Film und Kunst und solche Sachen.« Sollte mich das beruhigen? »Wahrscheinlich weiß sie nicht mal, wer Munch war?« Ich machte sie nicht darauf aufmerksam, dass ich ihn oder sie oder es auch für so was wie Chips hielt. Rachel packte meine Schultern und schüttelte mich energisch. »Sei stark, B. Er mochte dich vorher. Und außer mir und Tegan weiß keiner, was wirklich abgegangen ist, also lass uns dafür sorgen, dass es so bleibt – und dann verzauberst du ihn einfach auf dem Ball. Simsalabim.«

Leichter gesagt als getan. Zumal wenn die einzige Zauberkraft, die ich bei einem Ball aus dem Ärmel schütteln könnte, darin bestand, den ganzen Text von *Drunk in Love* runterrappen zu können. Obwohl ich dank Tegans geduldigen Tutorials auch einen ziemlich guten *Stanky Leg* hinlegen konnte.

Ich stach auf ein Stück Schinken ein, als wäre das schuld daran. Eigentlich sollte das Schwein mehr Probleme mit mir haben als ich mit ihm.

»Lange nicht gesehen.«

Schluck. Was machte Luke hier? Und warum hatte er Lou mitgebracht?

»Haben die Damen was dagegen, dass wir uns zu ihnen setzen?« Luke guckte Mikey an. »Dich zähle ich dazu.«

Mike sprach für uns drei.

»Eigentlich schon.«

Aber Luke rutschte auf den Hocker neben mir. Lou wickelte sich über seine Schulter, sie wusste ganz genau, dass Mikey ihr ganz tief in die Bluse gucken konnte. Ja nicht vergessen: Hör auf, dich an Tische zu setzen, an denen noch Plätze frei sind. Besser noch, hör auf zu sitzen – bewegliche Ziele sind schwerer in Gespräche zu verwickeln.

»Dauert nur eine Sekunde. Ich bin nur gerade etwas verwirrt. Nun ja, das sind wir beide. Denn gestern hat Lou ein bisschen mit mir gequatscht. Stimmt doch, nicht?«

Wahrscheinlich hatten sie sich darüber gestritten, wer die besten Duckface-Selfies macht.

»Aber klar.« Lou lächelte süß. Das hier war ganz offensichtlich etwas, das sie einstudiert hatten. »Ich hab Luke von unserer Kunststunde erzählt und wie das war, als dieser neue Absolvent aufgetaucht ist.« Ich hörte auf zu kauen, als hätte ich auf Beton gebissen. Was sollte das denn jetzt? »Der Oberfitte? Der, mit dem ich gerade geredet habe?«

Oh Mist. Ich musste dafür sorgen, dass sie zwischen Zac und mir keine Zusammenhänge herstellten. Ich zwang mich zum Kauen und versuchte, Nonchalance zu verströmen.

»Ich hab nichts gesehen, sorry – hast du mit jemandem geredet?«

Mikey war total verblüfft. Gerade eben war beinahe ein medizinischer Eingriff erforderlich gewesen, um mir über genau den Vorfall hinweg zu helfen, den ich jetzt vorgab, nicht bemerkt zu haben.

Lou stützte sich auf die Ellenbogen.

»Stell dich nicht blöd. Ich weiß, dass du geguckt hast.«

Ich tat so, als würde ich angestrengt nachdenken, und muss ausgesehen haben, als würde ich versuchen, mich an ein Ereignis zu erinnern, das Jahrhunderte zurücklag, nicht erst zehn Sekunden.

»Hmm. Wahrscheinlich hab ich nur so vor mich hin gestarrt und nachgedacht.« Das funktionierte nicht. »Oder auch nicht. Weißt du, so wie wenn man einen Lehrer anstarrt, aber eigentlich darüber nachdenkt, mit wem von *90210* man am liebsten ausgehen würde.«

»Nein. So was mache ich nicht.«

Natürlich nicht. Wahrscheinlich ging sie mit denen einfach aus – im wirklichen Leben.

Rachel klappte ihre Essensdose laut zu und räusperte sich.

»Hör mal, hat das hier einen Sinn? Sonst lasst uns doch einfach zufrieden.«

Luke grinste. »Rachel, kann ich dir einfach mal sagen, wie besonders toll du heute aussiehst.«

Rachel strich sich die Haare hinter die Ohren und tat ihr Bestes, nicht ganz so hinreißend auszusehen. »Nee, kannst du nicht.«

»Nun ja, hab ich gerade gemacht. Aber deshalb bin ich nicht rübergekommen. Lou hat mir erzählt, was du für eine Riesenszene gemacht hast …« Luke sah mich direkt an. »… als dieser Typ reinkam.«

Lou nickte.

»Ja, das war ganz schön peinlich – selbst für deine Begriffe. Und als du vom Fußboden aufgestanden bist, hab ich genau gehört, wie du Rachel erzählt hast, dass er derjenige ist, mit dem du geknutscht hast. Der, von dem du überall in der Schule rumerzählt hast. Ich stand genau hinter dir.«

ApplausApplaus. Warum hatte ich mich nur so angestrengt, nicht zu Zac zu gucken – und dabei total vergessen, mich umzugucken, ob sonst noch wer in der Nähe war? Jemand, der seine ganze Zeit damit verbrachte, Luke anzuschleimen. Ich schaute Rachel an. Würde sie mich unterstützen? Aber sie hauchte nur »schluck«, was nicht so besonders beruhigend war.

Luke rückte seinen Hocker näher heran.

»Verstehst du, Blobfisch, das machte mich nachdenklich. Warum erzählst du deiner besten Freundin, dass dieser Typ dein eingebildeter Freund ist? Dass sich ausgerechnet Fishy Balls den Typen geschnappt hat, hinter dem alle in der Schule her sind?« Er lachte, als könne man sich nichts Witzigeres vorstellen. »Du bist einfach ZU WITZIG.«

Aber Puke und Lou waren die einzigen, die lachten.

Lou wickelte sich die Haare um den Finger. »Also bin

ich zu ihm gegangen und hab mich ein bisschen mit ihm unterhalten. Du weißt schon, um ihn besser kennenzulernen.« Sie zwinkerte. Ich wollte ihr meine Gabel ins Auge rammen. Aber dann hätte ich ein Auge auf der Gabel und das würde mir vermutlich den Appetit verderben. »Und ich hab ihn gefragt, ob er mit jemandem zusammen ist …«

Meine Reaktion darauf kam zu schnell. Und war ein bisschen zu unbeteiligt.

»Was hat er gesagt?«

»Er hat gesagt, dass er total single ist. Neu in der Gegend und kennt hier keinen. Und dass er offen für Angebote ist.« Aua. Das tat weh. Sie zwinkerte wieder. Ich musste die Gabel auf den Tisch legen, denn ich konnte mir selbst nicht trauen.

Im tiefsten Inneren wusste ich, dass sie wie üblich übertrieb – Zac würde Lou auf gar keinen Fall erzählen, er sei auf der Suche, wenn die Sache mit seiner Kunstreise klar gehen sollte – aber es war trotzdem nicht der Hit, dass er so tat, als würde es mich gar nicht geben.

Luke lehnte sich vor.

»Oh je, oh je. Ist es endlich soweit? Musst du etwa zugeben, dass deine Lügen ein bisschen außer Kontrolle geraten sind? So wie damals, als du allen vorgemacht hast, du wärst nicht massiv von mir abserviert worden?«

Würg! Wie konnte ein Mensch allein so fies sein? Lernte er das in Wochenendkursen?

Mum sagt immer, ignorieren ist das Beste, wenn jemand dich auf die Palme bringen will. Aber Mum war nicht hier. Und ich konnte nicht länger ruhig bleiben.

»Wann hältst du endlich mal die KLAPPE?! Ich hab niemandem was vorgespielt! Wir haben Schluss gemacht. Wen interessiert's? Ganz im Ernst, wenn ich jede einzige Sekunde löschen könnte, die ich mit dir verbracht habe, dann würde ich es tun.«

»Oh, Schatzi, du bist immer noch nicht über mich hinweg, oder?«

Es war mehr Zurückhaltung nötig, als ich aufbringen konnte, um nicht mit den Armen fuchtelnd durch die Kantine zu rennen und zu kreischen: »Wer ertränkt denn nun endlich diesen Jungen im Topf mit der Bolognese!« Aber das war nicht der Style, den ich brauchte. Ich durfte mich nicht von diesem blöden Loser provozieren lassen und eine Szene machen.

»Träum weiter. Ich hab den ganzen Riesenfehler von meiner Festplatte gelöscht. Und dann noch mal aus ›Gelöschte Objekte‹ in meinem Hirn, für alle Fälle. Also, haut doch endlich ab. Alle beide.« Ich machte den Mund zu, frustriert darüber, dass ich Luke gezeigt hatte, wie sehr er mir auf die Nerven ging.

Luke rührte sich nicht von der Stelle.

»Erst wenn du zugibst, dass du gelogen hast.«

Mikey stand auf. Ich versuchte, ihn mit einem Kopfschütteln zurückzuhalten, er sollte nichts sagen. Ich wollte Luke nicht noch wütender machen und mehr

Aufmerksamkeit auf uns ziehen. Aber Mikey bekam das nicht mit, ging auf meine Seite vom Tisch und blieb genau hinter mir stehen.

»Mann, ich hab keinen Schimmer, was hier abgeht.« Luke murmelte »wie immer«. Aber Mikey war besser als Lukes Tiefschläge. »Aber eines weiß ich – nichts von Bellas Kram geht dich irgendwas an. Also, lass sie in Ruhe. Es sei denn, *du* bist noch nicht über Bella hinweg? Denn das hier sieht doch schwer danach aus …«

Schluck. So machte man Luke bestimmt nicht weniger wütend. Luke sah aus, als ob nur noch ein Wort fehlte, damit er Mikey die Nase platt machte. Er hatte die Kiefer so fest zusammengepresst, dass sein ganzes Gesicht eckig wirkte.

Schnell schaute ich mich um, ob irgendwelche Lehrer in unsere Richtung guckten, aber noch war alles in Ordnung. Ich musste dafür sorgen, dass es so blieb.

Aber Luke hatte andere Vorstellungen. Er brüllte fast.

»Über sie hinweg? Was? Ich hab mir nie was aus ihr gemacht, Mann.« Diese Worte spuckte er aus, mit kleinen Teilen seines Mittagessens. »Sie war nur was, über das ich lachen konnte. Und jetzt sollen alle sehen, wie bedauernswert sie ist.«

Luke kam mit seinem Gesicht ganz nah an meines heran, er wollte mich nachäffen, erinnerte mich aber bloß daran, dass er sich das Rasierwasser von seinem Vater borgte.

»Und wenn sie mir das nicht leicht macht, werde ich es auf andere Art beweisen müssen. Was dieser arme Neue wohl sagen wird, wenn er herausfindet, dass eine Loserin aus der Zehnten von Dates mit ihm fantasiert? Die arme kleine Blob kriegt wahrscheinlich ziemlich großen Ärger.«

Luke legte den Arm um mich und drückte mich mitfühlend – so, dass es auch alle sehen konnten. Empört wand ich mich aus seinem Griff. Fass mich nicht an!

Aber als ich den Mund aufmachte, zuckte er zurück und griff sich in die Haare wie ein Höhlenmensch, der einen Stromschlag kriegt.

»Wer hat das geworfen?« Er stand auf. Seine Stimme wurde noch lauter: »Wer. War. Das?«

Kartoffelflocken rieselten ihm vom Kopf wie kohlenhydrathaltige Schuppen. Mikey und Rachel schauten wie entsetzte Emojis (die das Lachen unterdrückten). Die ganze Kantine war verstummt, so, als hätte jemand einen Knopf gedrückt. Die Leute lieben Dramen, besonders wenn sie nicht selbst beteiligt sind.

»Ich hab gesagt: Wer. War. Das?« Er brüllte so richtig. Zum Glück war die Aufsicht immer noch mit Mrs Hitchman draußen.

Ein kleines Stück Kartoffel klebte oben auf seinen Stachelhaaren wie die Fahne auf dem Gipfel vom Mount Everest. Ich hätte gelacht, hätte ich nicht so gebannt auf das Gewackel starren müssen.

Auf der Suche nach dem Werfer guckte ich mich um.

Wer war so mutig gewesen, sich gegen den einen Menschen aufzulehnen, der von nun an alles daran setzen würde, demjenigen das Leben zur Hölle zu machen?

Ein Blick – und ich wusste Bescheid. Es wäre nicht jedem aufgefallen, aber hinter diesem ruhigen Gesicht, dieser neutralen Miene, blitzte etwas hervor. Da war jemand, dem es reichte.

Batsch.

Eine einsame weiße Bohne in Tomatensoße schloss sich ihrem Kumpel Kartoffel in Lukes Haaren an.

Er wirbelte herum und stand vor Matt, einem der Aufsichtsschüler unserer Stufe, der immer rosa Wangen hat, so als wäre er aus Versehen in den Umkleideraum der Mädchen geraten.

»Warst du das, du … rotgesichtiger … Pavian?«

Matt schüttelte den Kopf, sah aber nicht verschreckt aus, sondern eher wie jemand, der darauf aufmerksam machen wollte, dass Paviane keine roten Gesichter haben. Respekt.

»War ich nicht. Ich bin allergisch gegen Bohnen.«

Luke spuckte Gift und Galle, während ihm Bohnensoße auf die Nase tropfte.

Der Werfer stand auf.

OMG. Das würde nicht gut ausgehen.

Luke versenkte seine Hand in meinen fleischlosen Fleischbällchen. Und dann flogen sie durch die Luft. Warum konnte all das nicht an einem Tag passieren, an dem ich ein mieses Sandwich dabei hatte? Der ursprüngliche Werfer – schon immer die gelenkigste Person unseres Jahrgangs – wich aus.

Luke griff sich noch eine Handvoll, aber gerade als er werfen wollte, klatschte es laut, so als ob er matschigen Brie ins Ohr gekriegt hatte. Volltreffer. Käsestückchen spritzten Lou ins Gesicht. Es gab nur eine Person, die Edelkäse zum Mittagessen mitbrachte. Mikey zwinkerte mir zu und gab Rachel ihre Proviantdose zurück.

Eine halbe Sekunde später regnete es Blumenkohlreis in der Kantine. Lukes Freunde machten jetzt nämlich mit und Chips und kleine Tomaten schossen im hohen Bogen auf unseren Tisch zu. Lou duckte sich und flüchtete aus der Gefahrenzone, als Erbsen zu den Tomaten kamen und nicht identifizierbare braune Krümel und Buchstabennudeln (in der Billigmischung unserer Kantine gibt es nur Os, Hs und Ns, es sah also aus als würde ein OOOOOH NOOOO durch die Luft fliegen). Ich ging in Deckung, damit ich nicht von dem fliegenden Festmahl getroffen wurde, schnappte mir aber noch die Ketchup- und Senfflaschen von unserem Tisch und bespritzte Luke damit. Ich war ein Fan von Lebensmitteln und es verstieß gegen meine Prinzipien damit zu werfen, aber Würzmittel waren praktisch ungenießbar, deshalb konnten sie ruhig zum Einsatz kommen.

Plötzlich brüllte jemand hinten im Raum:

»Mrs Hitchman kommt!«

Plötzlich brach die punktekostende Realität über die gesamte Kantine herein. Und meine Bloß-kein-Drama-

Mission trat wieder in Kraft. Wir schoben unser Essen weg, versuchten, uns zu entchipsifizieren beziehungsweise von Käse und Bohnen frei zu machen und hatten es sehr eilig, so normal wie möglich zu wirken. Gar nicht so leicht, wenn ein Teppich aus Erbsen zwischen drei Tischen liegt und einer der Anwesenden aussieht wie ein Jackson Pollock (ein Künstler, über den ich bei den Zac-Vorbereitungen was gelernt hatte, der im Wesentlichen alles mit Farbe beschmiss und dann die Leute dazu brachte, ihn aufgrund dessen für ein Genie zu halten, was tatsächlich ziemlich genial von ihm war), nur in Senf und Ketchup.

Mrs Hitchman sah aus, als würde sie vor Wut platzen. Stumm herrschte ich mein Gesicht an, doch nicht so schuldig zu gucken. Und erbsenfrei zu sein. Zac und die anderen Absolventen, die sie mit reingeschleppt hatte, guckten betreten, weil sie bald Leute zu beaufsichtigen haben würden, die den Unterschied zwischen einem Basketball und einer gebackenen Bohne nicht kannten. Ich konnte nicht mal in Zacs Richtung gucken, falls Lou oder Luke mich beobachteten.

Da ein Schuldiger nicht klar auszumachen war (zum Glück war Luke so vernünftig gewesen, seinen bekleckerten Blazer auszuziehen), konnte niemand direkt zur Rechenschaft gezogen werden, also machte man einfach allen Anwesenden die Hölle heiß.

Als Mrs Hitchman endlich mit dem Schreien fertig war und den Raum verließ, kehrte in der Kantine wieder

Normalität ein. Luke zischte uns Beleidigungen zu (Kartoffel und Bohne klebten immer noch an seinem Kopf wie siegreiche Rodeoreiter) und ging schließlich zurück an seinen Tisch.

Aber trotz seiner Drohungen war ich ein kleines bisschen glücklich.

Ich winkte den Werfer zu uns rüber.

»Was hat dich dazu gebracht?«

»Na ja, allem Anschein nach sind Worte nicht zu ihm durchgedrungen. Und als er den Arm um dich gelegt hat, bin ich ausgerastet. Also, du weißt schon ... wenn sonst nichts wirkt, schmeiß mit Kartoffeln.«

Ich lachte. Rachel und Mikey auch.

»Volltreffer«, sagte ich, dann schwieg ich, weil ich mir überlegen musste, was ich jetzt sagen sollte.

Davon hing viel ab.

»Also eigentlich wollte ich meine fleischlosen Fleischbällchen ja lieber essen und sie nicht als Geschosse verwenden ...« Welche Entscheidung würde ich treffen? »... Danke.«

Der Werfer lächelte. Wenn man so angelächelt wurde, war es okay, Omelette am Schuh zu haben.

Wir würden noch viel reden müssen, aber erst einmal war es gut, Tegan wiederzuhaben.

Kapitel 20

Nur noch dreizehn Tage bis zum Ende des Schuljahres, aber zum ersten Mal in diesem Jahr – oder vielleicht überhaupt – freute ich mich darauf, zur Schule zu gehen. Alles fühlte sich besser an, jetzt, da ich meine Freunde wiederhatte. Mit ihrer Hilfe konnte ich mich auf das Wichtigste überhaupt in diesen zwei Prüfungswochen konzentrieren: Luke von Zac fernzuhalten. Und mich an jeden einzelnen Ball-Punkt zu krallen wie an mein Leben.

Tegan, Rachel und ich hatten uns vor der Schule an unserem üblichen Treffpunkt vor dem Postamt verabredet – da bekam man auch morgendliche Notfallschokolade oder Chips, je nachdem, wie schlimm der Morgen oder wie furchtbar Mums Abendessen gewesen war. Gestern hatte es *Joghurt-Thunfisch-Surprise* gegeben – und die wenig überraschende Überraschung bestand darin, dass es nicht runterzukriegen war. Ich kaufte also beides.

Ich wartete draußen, kaute mein Schokoladenfrühstück und checkte PSSSST. Was zu Anfang nur einsame Momente ohne Freundinnen gefüllt hatte, gab mir mittlerweile das Gefühl, beliebter zu sein als je zuvor. Im echten Leben hatte ich meine echten Freundinnen wieder, denen ich meine echten Dramen erzählen konnte, auf PSSSST konnte ich Sachen mitteilen, die mich zum Lachen brachten. Die Geschichte mit dem Käse im Ohr war gut angekommen. Der böse Ex der einen ist das Sechs-Sekunden-Internet-LOL der anderen. Ich hatte mehr Follower und mehr Kommentare gesammelt. Über *LilDrummerboy*, der erzählte, wie er am Nagellack seiner Schwester geschnuppert, zu nah an die Flasche gekommen und zwei Tage lange mit Glitter auf der Nase rumlaufen musste, brachte mich so zum Lachen, dass ich immer noch kicherte, als Tegan angehopst kam. Sie lächelte von einem Ohr zum anderen. Den größten Teil des gestrigen Abends hatten wir telefoniert, sie hatte geredet, ich zugehört, sie sich entschuldigt und mir war langsam klar geworden, dass es kein Verrat an mir war, wenn ich ihr verzieh. Im Gegenteil, es machte mich irgendwie glücklicher – abgesehen davon, dass es nervig war zuzugeben, dass Jo recht gehabt hatte. Ich musste immer wieder gucken, dass sie nicht an der Tür lauschte, um hinterher sagen zu können *hab ich dir doch gleich gesagt*.

Tegan hatte nichts Neues gesagt, der Unterschied war, dass ich endlich bereit war, es zu hören. Außerdem ist es immer schön, mit jemandem zu reden, der Luke genauso hasst wie ich. Am Ende hatten wir dann alles besprochen – von Zac (ich hatte Tegan Bilder von ihm geschickt, während wir telefonierten, die ihr aufgrund seiner Schönheit unwillkürlich ein Keuchen und ein Oh entlockt hatten, ganz so, als wäre sie Darstellerin in einem alten Film), über Luke, der mich als Lügnerin hinstellen wollte, bis zum meinem Problem mit den Ball-Punkten. Wir hatten sogar über einen neuen Gymnastik-Schüler von Tegan geredet, der erst fünf ist, aber Tegan ständig erzählt, wie genial sie ist. Nur sagt er immer *genital*. Trotz zwei Drohungen von Mum redeten wir weiter bis zur Bettzeit. Spielstand: Freundschaft 1, Deutsch Hausaufgaben 0. Aber beim Aufwachen hatte ich mit verschwollenen Augen ein paar Bild-Nachrichten von Tegan bekommen. Es ist eine Tatsache, dass nichts eine Freundschaft besser wieder kittet als ein Überraschungsgeschenk aus konjugierten deutschen Verben. Ich weiß noch nicht mal, was *konjugieren* eigentlich heißt. Klingt irgendwie schmutzig.

Als Rachel endlich auftauchte, machten wir uns auf den Weg zur Schule. Wir hakten uns alle drei unter und legten die Strecke als sechsbeiniges Wesen zurück. Ich verdarb den Moment nicht und behielt für mich, dass sich an der Stelle, an der sich Rachels Mathebuch zwischen meine Rippen bohrte, ein riesiger Bluterguss bildete. Rachel drückte unsere Arme, sie war so glücklich, wieder in unserer Mitte sein zu können. Viel besser als mitten in der Schusslinie.

»Auch wenn sich das kitschig anhört, es ist so schön, wieder zusammen zu sein. Wir dachten schon, wir hätten dich ans Korbballteam verloren.«

Ich musste lachen.

»Pah. Als ob. Habt ihr nicht gehört, dass ich uns bei meinem ersten Spiel vierzehn Punkte eingefangen habe?«

Tegan versuchte, die Geschockte zu spielen, das eindeutig hieß, sie wusste es bereits.

Rachel lächelte ermutigend. »Ach. Wem nützt das denn, wenn man Bälle daran hindert, in den Korb zu gehen? Muss man ja nicht können, wenn man Internetmilliardär werden will oder Musikfotoreporter.« Sie sah Tegan an. »Oder Human Writing-Anwalt.«

Zum millionsten Mal korrigierte Tegan sie mit Engelsgeduld. »Das heißt Human Rights. Aber du hast doch trotzdem Ball-Punkte gekriegt, weil du mitgespielt hast, oder?«

Ich nickte. »Jep, Punkte gekriegt, Ansehen verloren bei neun Mädchen, zwei Lehrern und um die zehn Eltern. Nichts Neues also.«

Rachel lachte, aber Tegan lächelte nicht mal.

»Im Ernst, ihr beiden. Wir müssen uns konzentrieren. Rachel … du hast in diesem Halbjahr keine Punkte verloren, oder?«

Sie nickte. »Stimmt, ich hab noch alle zwanzig.«

»Gut. Ich hab achtzehn, zwei hab ich verloren, weil ich vergessen hatte, Schuhe in meine Sporttasche zu packen und meine Straßenturnschuhe tragen musste. Bella – hast du Rachel erzählt, wo du stehst?«

Ich verdrehte die Augen.

»Ist nicht gut.« Es war mir peinlich, wie sehr ich mein Leben hatte schleifen lassen. »Elf. Drei hab ich verloren, als Mr Lutas mich wieder mit dem Handy erwischt hat, aber einen hab ich fürs Korbballspielen wiedergekriegt. Den hab ich dann am nächsten Tag verloren, als Mr Lutas mitangehört hat, wie ich Zac als *sexlolly* beschrieben hab. Er sagte, das sei abwertend, weil er nicht kapiert, dass Sexiness am Stiel was Gutes ist.«

Rachel schnaubte verächtlich.

»Aber das ist ungerecht, denn das ist ja tatsächlich die korrekte Beschreibung für Zac. Und das ist nicht Bellas Schuld. Hab ich recht, Tegan?«

Tegan nickte.

»Ja, völlig. Er ist ein echter Hottie.« Diese Bestätigung machte mich seltsam stolz, so als hätte ich ihn zur Welt gebracht. »Aber wir müssen jetzt jeden einzelnen Punkt festhalten. Es ist ausgeschlossen, dass wir drei *nicht* zusammen zu unserem ersten Ball gehen. Schon gar nicht, wenn das Bellas Chance ist, Zac zurück zu kriegen.«

Sie hatte recht. Der Ball war genau das, was wir drei brauchten, um einen Strich unter dieses miese Halbjahr zu ziehen.

»Finde ich auch.« Ich nickte energisch. »Und wie. Deshalb schlage ich vor, dass wir damit anfangen, Mr Lutas total aus dem Weg zu gehen. Er ist der Todesser von Punkten.«

Tegan hatte etwas Eisern-Entschlossenes im Blick. Wenn sie sich etwas in den Kopf gesetzt hatte, dann setzte sie das auch in die Tat um.

»Absolut. Was meinst du, können wir dir irgendwelche Bonuspunkte verschaffen, damit wir auf der sicheren Seite sind? Wir haben …«, sie schloss die Augen und konzentrierte sich, »… vierundfünfzig Schulstunden, um die zu kriegen.«

Ich warf ein: »Und vierundfünfzig Schulstunden fühlen sich an wie Millionen Stunden im normalen Leben.«

Sie lächelte.

»Genau. Jede Menge Zeit.«

Wir gingen weiter, dabei zermarterten wir uns das Hirn. Ich würde ganz vorsichtig auftreten müssen. Und zwar buchstäblich, denn ich hätte mal fast einen Punkt verloren, weil ich aus Versehen auf eine *Malteser-Meile* getreten wäre, die von der achten Klasse für ein Wohltätigkeitsprojekt in den Fluren aufgereiht worden war. Ist echt erstaunlich, wie weit Hunderte von Schokokugeln rollen können, wenn man einen unbedachten Schritt macht.

Tegan drückte meine Hand.

»Weißt du, B, wir kriegen das hin. Wir müssen Luke

nur noch ein paar Tage von Zac fernhalten und dramafrei bleiben, dann haben wir es geschafft. Dann gehen wir entweder alle drei zum Ball oder gar nicht, okay?«

Das hatte sie gestern Abend am Telefon gesagt, und darauf bestand sie, ein *vielleicht … mal sehen, wie's läuft* war nicht drin. Aber ehe ich antworten konnte, hatte Rachel mir den Ellenbogen in die Seite gebohrt.

»Guck!«, zischte sie und zeigte wiederholt mit einem einzelnen Finger zur anderen Straßenseite, als würde sie Handaerobic machen.

Da stand – ganz so als wäre nichts dabei – MDIHW an der Bushaltestelle. Ein Gruß aus der Vergangenheit. Und zwar ein ganz süßer. Ich hatte ihn eine ganze Weile nicht auf dem Schirm gehabt, da Zac aber wollte, dass ich so tat, als würde er nicht existieren, war es vermutlich nicht mehr moralisch verwerflich, angemessen zu würdigen, wie heiß MDIHW aussah. Und Rachels Gesichtsausdruck ließ darauf schließen, dass auch sie keine Probleme damit hatte, den Anblick zu genießen.

MDIHW lachte mit seinen Freunden, während er an der Bushaltestelle lehnte – mit einem Fußball zwischen den Füßen. Warum nehmen Jungs die immer mit zur Schule, als ob sie da nicht bereitgestellt würden? Ich leg mir ja auch keinen Korbball auf den Tisch, damit ich ja nicht ohne dastehe.

Der Sinn von Schuluniformen ist, uns alle total unansprechend und das Leben der Lehrer einfach zu machen. Aber ich versichere, dass das auf MDIHW nicht zutraf. (Bei mir schon, konnte ich nach einem Blick in den Spiegel heute Morgen ebenfalls versichern.) Und er ist auch so witzig. Also, ich kann ja nie hören, was er sagt, aber ich weiß einfach, dass es zum Totlachen ist. Als seine Freunde über seinen (wahrscheinlich) bisher witzigsten Witz lachten, schwanden mir vernehmlich die Sinne, so als ob mir die Luft rausgelassen werden würde.

»Ey! Das haben wir gehört.« Tegan zerrte an meinem Arm und verhinderte gerade noch einen Zusammenstoß mit einem hüfthohen Mülleimer – wieder mal ein Beweis dafür, dass ich Freunde brauche in meinem Leben. »Hast du noch nicht genug Jungsprobleme?«

»Aber Gucken kann doch nicht schaden?«

»Doch, wenn du kopfüber in der Tonne landest schon, Goldstück.«

Ich lachte – und stellte das Glotzen ein. Und funkelte den Mülleimer giftig an, weil er sich auf mich gestürzt hatte.

Den Rest des Weges redeten wir darüber, dass wir ganz bestimmt nicht weiter über Jungs reden mussten. Aber als wir vor der Schule ankamen, wartete einer auf uns. Und der sah unglücklich aus.

»Bin ich froh, dass ihr hier seid. *Wow*, ihr seid alle drei da.«

Mikey brauchte einen Moment, bis er schnallte, dass wir wirklich in voller Dreieinigkeit dastanden. »Ich wollte euch vorwarnen.«

Schluck. Das klang nicht gut.

»Mr Lutas ist auf dem Kriegspfad. Offenbar – zieht euch das mal rein – hat Luke gepetzt, wir hätten mit der Schlacht in der Kantine angefangen.«

Shit. Wie konnte Luke mir das antun? Wir konnte er uns das antun? Mikey musste meine Gedanken gelesen haben. Vielleicht hatte er aber auch nur mein Gesicht gesehen.

»Er dachte wohl, er kommt davon, wenn er uns verpetzt, doch er hat auch Ärger gekriegt. Man erzählt sich, wir müssten vermutlich alle nachsitzen.

Na toll. Ich finde es herrlich, wenn aus was Schlimmem was Schlimmeres wird. Wenn mir nicht so viel dran liegen würde, meine verbliebenen Punkte zu behalten, würde ich Luke jetzt gleich umbringen. Obwohl die Bezeichnung *psychopathische Mörderin* mir vermutlich keine Eintrittskarte zum Ball garantierte.

Wie konnte Luke es wagen, die anderen mit mir in den Dreck zu ziehen? Tegan hatte noch nie im Leben nachsitzen müssen und Rachel schaffte es normalerweise, sich aus allem rauszureden.

Aber Tegan sah aus, als würde sie mehr als nur eine schlechte Beurteilung bedrücken.

»Hört mal, es kommt überhaupt nicht in Frage, dass ihr die Schuld für diese Sache auf euch nehmt. Ich hab angefangen – und genau das werde ich Mr Lutas sagen.«

Von wegen. Wenn jemand Schuld hatte, dann wohl ich, weil ich mich überhaupt mit Luke eingelassen hatte. Sie hatte mir doch nur zur Seit gestanden. Ich korrigierte sie.

»Und wir haben dich unterstützt, erinnerst du dich? Du hast diese Würzsoßen nicht verspritzt, also schlag dir das aus dem Kopf. Wir halten zusammen, das haben wir doch gerade beschlossen, stimmt's, Rachel?«

Rachel nickte.

»Ms Fischer. Ms Allen. Ms Waters. Mr Jackson.«

MIST. Ansprache mit Nachnamen konnte nur eine von zwei Bedeutungen haben. Entweder waren wir ins viktorianische England zeitgereist oder Mr Lutas stand auf der Eingangstreppe und rief uns vor allen Leuten auf.

Bedauerlicherweise (so bedauerlich nun auch wieder nicht) hatte sich meine Uniform nicht in einen Reifrock verwandelt, also musste ich annehmen, dass Letzteres der Fall war. Mikey verschaffte sich schnell einen Überblick, wer mitgehört hatte. Zum Glück waren das nur ein paar Zuspätkommer. Er hasste es, wenn Leute daran erinnert wurden, dass er Michael Jackson hieß.

Wir gingen zu Mr Lutas.

»Möglicherweise wisst ihr bereits, dass ich Neuigkeiten für euch habe. Aufgrrrund derrr Nummerrr, die ihr gesterrrrn in der Kantine abgezogen habt, hat Mrs Hitchman entschieden, dass ihr an drrrei der verbleibenden vierrr Abende in diesem Halbjahr zum Nachsitzen errrscheinen werrrdet. Eurrre Eltern werden ein entsprrrechendes Schrrreiben errrhalten.«

Nur gut, dass Mikey uns gewarnt hatte, sonst hätte ich Mr Lutas womöglich ein ARRRAGH, WAHNSINNIGER PAVIAN ins Gesicht geschleudert und den Rest meines Lebens nachgesessen. Stattdessen warf ich Tegan einen Blick zu, der ihr zu verstehen geben sollte, ja kein Wort zu sagen und mit einer Reihe komplizierter Nick- und Blinzelmanöver unser Abkommen zu bestätigen.

»Verrrstanden?«, knurrte Mr Lutas.

Erleichtert, dass Tegan den Mund hielt, nickten wir alle wenig begeistert und ignorierten die neugierigen Blicke der Vorübergehenden. Mum würde ausrasten (Zen-ausrasten ist auch nicht besser als ausrasten), wenn sie die Nachricht kriegte.

»Doch nach einer langen Diskussion mit der Schulleiterrrin habe ich euch einen Vorrrschlag zu machen.«

Mein Gehirn produzierte aus Versehen Bilder von Mr Lutas und Mrs Hitchman bei einer langen … *whua* … Ich musste mich schütteln.

»Der Schulball rückt schnell näher. Noch eine Woche und zwei Tage bis dahin, nicht wahr?«

Danke, Mr Lutas. Als ob wir nicht seit Schuljahresbeginn die Tage zählen würden.«

»Oui, c'est vrai.«

Als mir klar wurde, was ich gesagt hatte, schnappte mein Mund zu wie eine Mausefalle. Mir war wirklich nicht zu trauen. So was passiert, wenn man seine Französischhausaufgaben nicht macht. Die kleinen Wissenspartikel kommen zum völlig falschen Zeitpunkt zum Vorschein. Es war fatal.

»Parrrdon?«

»Sorry, ja. Ich meinte, das stimmt.« Regel Nummer eins bei Mr Lutas: niemals von der simpelsten Standardantwort abweichen.

Er funkelte mich an.

»Wie ich schon sagte, ich brauche Hilfe. Offenbar geht jeder nur allzu gern zum Vergnügen zu den Festen am Schuljahresende, doch keiner ist bereit, etwas zum Gelingen beizutragen. Und euer Ball ist in ganz besonderer Gefahr.«

Ich hatte keinen Schimmer, worauf das hinauslaufen sollte. Obwohl ich voller Hoffnung war, da er kein Wort davon gesagt hatte, Punkte einzubehalten.

»Also habe ich gefragt, ob ihr mir nicht bei den Vorrrberrrreitungen dafürrrr helfen könntet.« Das R-Rollen war übertrieben lang. »Euch mag das nicht klarrr sein, aber das macht mein Fachberrreich jedes Jahrrr. Und keiner oder kaum jemand dankt es uns.«

Was? Farbe auf Spruchbänder klatschen statt Reue-Aufsätze schreiben? Hallo, geschenkter Gaul. Ich schau dir bestimmt nicht ins Maul.

»Das hört sich toll an, Mr Lutas, danke. Aber …«, ich fand, ich sollte seine Erwartungen etwas dämpfen, »Sie wissen ja, dass wir – na ja, ich – nicht gerade zu den Weltklassekünstlern gehöre.«

»Das ist mir bewusst.«

Schnell, nun nominiere ihn doch mal jemand zum Lehrer des Jahres.

Ganz die zuverlässige Freundin, die sie nun mal war – außer wenn sie es nicht war –, eilte Tegan zu meiner Rettung herbei und fragte: »Was sollen wir machen?«

»Nun, es gibt drei Treffen. Zwei diese Woche und eins in der nächsten. Morgen fangen wir an. Ihr kommt in meinen Kunstraum und ferrrtigt und bemalt Kulissen. Miss Fisher, wir brauchen die Kamera, die Sie gewonnen haben, um Fotos vom Fortschritt der Arbeiten zu machen.« Ich nickte. Welche Einwände hätte ich auch erheben können? »Sie werden alle gute Ideen mitbringen müssen, jedoch nichts von dem Verhalten, das Sie gestern gezeigt haben. Ist das klar?«

Wir nickten wesentlich begeisterter als beim letzten Mal und guckten uns an. Wir dachten alle dasselbe. Vielleicht, aber nur vielleicht würde das ja ganz gut werden.

»Ausgezeichnet.« Er drehte sich um und wollte gehen. »Oh, noch eine letzte Sache. Selbstverständlich, das muss nicht extra erwähnt werden, hat Mrs Hitchman alle eure Ball-Punkte eingezogen, mehr als die Dekoration für den Ball herzustellen, habt ihr also nicht zu erwarten. Also, macht das Beste daraus. Sonst habt ihr die anderen Schüler auch noch am Hals.«

HALLO? Ich schaute auf. Raste da ein Asteroidenschauer auf uns zu? Das war doch wohl das Ende der Welt? Aber ich konnte nur eine Taube entdecken und die sah nicht so aus, als würde sie den Zorn Gottes über die Menschheit ausschütten.

Mr Lutas stolzierte davon. Wir standen schweigend da und ließen die Worte einsinken. Unser Traum vom Ball war ausgeträumt. Jemand sollte der Queen (oder wer solche Sachen entscheidet) mailen, dass hier an Ort und Stelle eine Gedenkplakette angebracht werden musste. *Ort, an dem die schlechteste Nachricht übermittelt wurde, die je in St. Mary's eines Menschen Ohr erreichte.*

Während die anderen anfingen zu überlegen, ob wir uns wohl irgendwie rehabilitieren könnten und meinten, dass keiner Schuld hätte (obwohl es sich so anfühlte, als ob ich allein die Schuldige wäre), konnte ich mir nur eines vorstellen: Lukes selbstzufriedene Visage. Und es war keine Hilfe, dass gerade, als ich mein Gehirn angebrüllt hatte, dieses Bild zu löschen, die leibhaftige selbstzufriedene Visage von Luke um die Ecke lugte und mitleidige Grimassen schnitt. Er drängelte sich an Mikey vorbei und baute sich direkt vor mir auf.

»Sorry, Mädels. Mir ist da vielleicht vor Mr Lutas was rausgerutscht. Vermutlich habt ihr schon davon gehört, oder?«

Ich knirschte mit den Zähnen. Eine Wiederholung gestriger Vorfälle konnte ich mir nicht leisten.

»Kann sein.«

»Muss schon zugeben, dass ich mich aufs Nachsitzen freue. Da kann ich Rachel ein bisschen besser unter die

Lupe nehmen.« Luke und die Idioten (toller Name für eine Band, wenn er mich nicht zum Kotzen bringen würde) brachen in aufgesetztes Gelächter aus und wuselten ab in die Schule. Dieses Nachsitzen war der Beweis dafür, dass er vor nichts zurückschrecken würde, um mein Leben zu zerstören.

Wir stöhnten alle darüber, welche Luftverunreinigung Luke doch war, und schlurften in unseren Unterricht, wo wir angestrengt darüber nachdachten, wie wir wieder aus dem Schlamassel und doch noch zum Ball kommen konnten. Wir lauerten zwar die gesamte Mittagspause hinter einem Ständer mit Broschüren darauf, von Weitem einen Blick auf Zac zu erhaschen, doch sonst fiel uns absolut nichts ein.

Als ich an diesem Abend nach Hause kam, verlor ich vor Mum kein Wort über die Sache. Das konnte warten, bis sie den Brief bekam. Ich lief gleich in mein Zimmer und packte meine Fotoausrüstung ein. Sogar mein Objektiv, das ich zu Weihnachten bekommen hatte, nahm ich mit. Sehen Sie nur, Mr Lutas, wie ich mich anstrenge! Aber außer Stolz und Freude rief meine Kamera auch noch ein anderes Gefühl in mir wach. Eines, das ich zu ignorieren versuchte. Schuld. Vielleicht war das der Grund dafür, dass ich *PSSST* öffnete und beschloss, ein echtes Geheimnis zu teilen. Nämlich, wie ich wirklich an die Kamera gekommen war, hinter der die ganze Schule her gewesen war. Niemand wusste davon. Nun ja, niemand außer Luke, der bei mir gewesen war, als ich meinen Beitrag eingereicht hatte. Das war der Abend gewesen, an dem er meine Mum kennengelernt und sie ihm erzählt hatte, dass es nie zu früh sei, sich auf Prostataerkrankungen untersuchen zu lassen. Da hatte ich ihn zum ersten Mal sprachlos erlebt.

Ich holte tief Luft und legte ein Geständnis ab.

Als ich *posten* anklickte, spürte ich ein ganz klein wenig Erleichterung. War es komisch, dass ich mich besser fühlte, nachdem ich es jemandem erzählt hatte? Obwohl es Fremde waren und keiner die Sache zu mir zurückverfolgen konnte?

Das Abendessen ließ ich ausfallen – meine Familie war sofort alarmiert – und schlief ein, während ich den anderen alberne Vorschläge schickte, wie wir Punkte zurückgewinnen könnten. Tag eins der Mission, Zac zurückzugewinnen und den Ballbesuch zu sichern, war nicht so ganz nach Plan gelaufen. Aber ich hatte noch immer sieben Schultage vor mir und zwei gute Freundinnen neben mir, um alles zum Guten zu wenden. Und wie schlimm konnte es denn werden, solange ich die beiden hatte?

Die Antwort lautete: sehr.

Denn ich war im Begriff, ein Geheimnis zu entdecken, das meinen Kopf zur Explosion bringen würde.

Kapitel 21

WOLLT IHR AUCH GERN WISSEN, WARUM EINERRR MEINERRR LEHRERRR MIT SEINEN SCHÜLERN AUF REISEN GEHEN DARF? KÖNNTE DAS DAMIT ZUSAMMENHÄNGEN, DASS ER AUSSERLEHRPLANMÄSSIGE HAUSBESUCHE BEI JEMANDEM MIT EINFLUSS MACHT? ICH GLAUB, DA LÄUFT WAS. 😘

Ein Blick auf mein Handy. 15 Uhr 34. Mist. Das Nachsitzen hatte vor vier Minuten angefangen. Wie konnte ich nur zu allem zu spät kommen? Ach so, ich hatte mich auf dem Klo versteckt und den Skandal gepostet, von dem die Welt erfahren musste. Den letzten Post über Mr Lutas hatten meine *PSSST*-Follower geliebt. *LilDrummerboy* hatte gesagt, er hätte sich genauso geschüttelt, als er sein nasses Handtuch zehn Tage zu spät in seiner Sporttasche fand. Vielleicht lag das daran, dass alle Kunstlehrer seltsam waren. Sonst bekamen sie den Job nicht.

Können Sie einen Igel zeichnen? Abgehakt.
Können Sie stundenlang auf ein Bild mit Punkten starren und interessiert wirken? Abgehakt.
Können Sie es lassen, über Statuen mit kleinem Manngebimsel dran zu lachen? Abgehakt.
Sind Sie echt seltsam? ABGEHAKT ABGEHAKT ABGEHAKT

Ich stieß die Tür zum Kunstraum auf. Hinten im Materiallager waren Stimmen zu hören – die anderen waren wohl schon da. Mir fiel ein, dass Luke auch zu den anderen zählte und mir blieb kurz die Luft weg. Na ja, das kann auch am Geruch nach Sprühkleber gelegen haben.

»Tut mir leid, dass ich zu spät komme, Mr Lutas – da war eine Schlange vor dem Klo.« Stimmte irgendwie, denn als ich endlich ein Netz hatte, auf *PSSST* gepostet und das Deo aufgefrischt hatte, musste ich mich auch noch um einen Pickel unten am Hals kümmern, der mich schon den ganzen Tag gestört hatte.

Mr Lutas war nicht beeindruckt.

»Ich errrwarrte, dass du zu den weiteren Trrreffen pünktlich erscheinst …«

Es schien ihn zu ärgern, dass er sonst nichts hatte, womit er mir drohen konnte. Aber das Einzige, das jetzt noch blieb, war ein Schulverweis – und das war doch ideal, um einem Zac-Luke-Gate und sämtlichem Unterricht zu entgehen. Außerdem würde ich bergeweise Kekse vorm Fernseher futtern können.

Ich packte meine Kamera vor Mr Lutas auf den Tisch, um ihn daran zu erinnern, dass ich nicht *nur* schlecht war. Er guckte, nickte anerkennend und räusperte sich, ehe er die ganze Gruppe ansprach.

»Das Schicksal des Balls liegt dieses Jahr in eurer Hand – in der Hand dieses traurigen Haufens.« Er zeigte auf uns, damit auch ja ganz klar wurde, welchen traurigen Haufen er meinte. Fairerweise muss gesagt werden, dass wir so unbegeistert aussahen wie eben eine Handvoll Leute, die ihre Abende dafür hergeben mussten, den Saalschmuck für einen Ball vorzubereiten, auf den sie nicht gehen durften. »Also werden wir jede Hand an Deck brauchen.«

Tegan sprang voll in die Bresche.

»Selbstverständlich, Mr Lutas – wir sind alle so ein richtig gutes Team, oder, Leute?« Sie brachte es fertig, Mr Lutas anzulächeln und uns dabei anzufunkeln – gleichzeitig. Ich hatte vergessen, dass wir uns gestern Abend darauf geeinigt hatten, die total Enthusiastischen zu spielen und uns ins Zeug zu legen, damit wir ihn auf unsere Seite kriegten. Deshalb war sie wahrscheinlich nicht entzückt von meinem Zuspätkommen. *Ups.* Rachel und Mikey ging ungefähr zur gleichen Zeit auf, wie der Plan war, und mit etwas Verzögerung warfen wir »klar« und »auf jeden Fall« und so weiter ein, während Luke nur eine Flappe zog. Man muss wohl damit rechnen, einsam und allein dazustehen, wenn der eigene fiese Plan nach hinten losgeht und man den Abend in einem Raum voller Leute zubringen muss, die einen mit Pinseln pfählen möchten.

»Ausgezeichnet. Vielen Dank, Ms Allen. So, erst einmal müssen Sie das Motto erfahren.« Mr Lutas räusperte sich wie vor einer großen Enthüllung. »Das Motto ist in diesem Jahr – JAHRBUCH.« Er drehte eine große Papptafel um, auf der jede Menge Papierfetzen, schlechte Schulfotos und Bilder aus den 90-ern klebten. Wow. Das war offiziell das mieseste Moodboard der Welt. Eher so was wie ein Gähn-Board. Echt erstaunlich, was Lehrer so für cool halten. »Wie ihr seht, habe ich schon mal einen tollen Anfang gemacht. Aber mir fehlt noch die große Idee, die alles zusammenführt. Ein echter Aufhänger in der Pausenhalle. Sobald wir den haben, könnt ihr euch draufstürzen.«

Das Einzige, worauf ich mich stürzen wollte, war Lukes nervige Visage. Mit einer Staffelei.

Wir kauerten uns um den großen Gemeinschaftstisch hinten im Raum. Tegan übernahm das Reden. Der Geruch eingeschworener Feindschaft hing genauso erstickend im Raum wie die Farbdünste. Mikey sagte gelegentlich auch was zu ihrer Unterstützung, aber seine Körpersprache schrie geradezu: *Luke, mit dir wollen wir nicht zusammenarbeiten – und wenn ich einen hätte, würde ich dir jetzt einen ganzen Brie an den Kopf klatschen.*

Mr Lutas war schnell frustriert wegen des mangelnden kreativen Outputs.

»Nun kommt schon, ihr seid doch intelligente Menschen.« Mit falschem Lächeln schaute er in die Runde. »So gerade eben.«

Hoffentlich war damit Luke gemeint. Ich lächelte Lutas jedenfalls an, um zu zeigen, dass ich mich dafür hielt.

»Wir brauchen bessere Ideen. Bella, Luke, ihr seid auch angesprochen.«

Mist. Normalerweise kann man sich total darauf verlassen, dass ich rede. Auch wenn meine Ideen nichts taugen. Aber Luke kam mir zuvor.

»Könnten wir das Motto nicht in Richtung Sport-Jahrbuch abwandeln. So als Alternative. Und im Raum Geräte und Spiele und so aufbauen?«

»Was denn? Darts und Curling?«, erwiderte Mikey trocken. Offensichtlich war ihm egal, ob er noch mehr Ärger kriegte oder nicht.

»Mr Jackson, lassen Sie ihn ausreden …«

Luke lächelte Mr Lutas an, es war ein Fest für ihn, wenn Mikey zurechtgewiesen wurde.

»Wie ich schon sagte, zurzeit baue ich neue Rampen für die BMX-Trails, und Tegan steht auf Gymnastik oder so was. Und Michael Jackson hat es wahrscheinlich mit … Stricken oder so. Keine Ahnung.« Mikey gab ein tonloses *Haha* von sich. Mr Lutas ignorierte das und bedeutete Luke fortzufahren.

»Wir könnten also eine Menge verschiedene Bereiche vorstellen, für die sich die Leute so interessieren. Und da die Highlights von diesem Jahr rausfiltern.«

Mr Lutas schien davon nur so mittel angetan zu sein. »Na ja, das ist sicherlich der bisher beste Vorschlag.«

Korrektur. Es war der einzige Vorschlag. Ein Abend in einem Raum, der so aussah wie unser Sportplatz, auf dem wir das ganze Jahr rumhängen mussten ... nicht mit mir! Alle würden uns hassen. Und die Korbballmannschaft hasste mich ohnehin schon. Ich musste mir unbedingt was einfallen lassen.

»Ähm, Mr Lutas. Ich hab da eine Idee.« Mach schon, Bella, jetzt könntest du glänzen. »Sie wissen doch, dass wir erst in der 11. Klasse ein Jahrbuch kriegen, oder?«

Er nickte.

»Also, ich hab mir gedacht ... vielleicht könnten wir ja irgendwie ein ... virtuelles machen?« So richtig durchdacht hatte ich das nicht.

»Ich glaube, ich verstehe das nicht.«

Ich auch nicht, Mr Lutas. Ich bin gerade höllisch am Improvisieren, also nur die Ruhe. Und die anderen schnallen auch nichts, so verwirrt wie die gucken.

»Äh, ja. So was in der Art eben. Mit Fotos und Wörtern und so Sachen.«

Gut gemacht, das grenzte die Sache ein – auf so gut wie alles.

Die enthusiastische Tegan nickte enthusiastisch mit Enthusiasmus.

»Nein – ich hab's kapiert! Das finde ich genial!«

Mikey schob ein Blatt über den Tisch und fing an zu zeichnen.

»Was in der Richtung?« Er zeigte auf das Bild von einem Strichmännchen mit einem Schild. »So was wie eine Fotokabine, in der wir alle was auf Schilder schreiben können, die wir auf den Fotos hochhalten?«

»Äh, ja.« Vermutlich würde das funktionieren. In so einer Fotokabine waren wir alle gewesen, ehe wir an Mikeys Geburtstag Pizzaessen gegangen waren. Und dann hatten wir den Wettbewerb *Der beste Pizzabelag* veranstaltet.

»Oder …«, nun mischte Rachel mit, »vielleicht könnte das auch so wie diese Sache werden, die wir letztes Jahr gemacht haben, als wir den Film mit dem Killer-Tierarzt gesehen haben?«

Ich nickte mit so viel Enthusiasmus, dass auch Tegan anerkennend nickte. Allerdings glaubte ich nicht, dass Mr Lutas einen Film gesehen hatte, in dem jemand mit einem ausgestopften Chinchilla erstickt wurde.

»Das läuft dann so, dass man sich mit einer teuren Kamera aufnehmen lässt – wir können doch deine nehmen, Bella?« Ich zuckte mit den Schultern und achtete darauf, Luke nicht anzusehen, damit er sich ja nicht an die Sache erinnerte, von der nur er wusste.

»Und wie Mikey gesagt hat, halten wir alle Slogans

und Schilder hoch. Dann geht das Bild gleich auf einen Projektor und wird an die Wand gebeamt, damit alle es sehen können – so echt in groß.«

Ja, das war's! Vielleicht war meine Idee ja doch genial.

Ich stieg wieder in die Planung ein.

»Die große Wand über dem Klavier wäre perfekt! Wir könnten es so machen, dass alles wie eine echte Jahrbuchseite aussieht. Das Jahrbuch von einer Nacht! Ein Nachtbuch?«

Mr Lutas ließ sich die Sache durch den Kopf gehen.

»Klingt ganz interrressant. Aber glaubt ihr, ihr habt die Zeit … und die Fähigkeiten, dergleichen so umzusetzen, dass es funktioniert?«

Der inspirierende Pädagoge hatte mal wieder seinen funkensprühenden Stab geschwungen.

»Absolut!« Tegan verfolgte ein Ziel. Ich wusste, wie sie tickte – wenn sie unsere Idee besser machen konnte, als Mr Lutas sich erhofft hatte, dann würde er uns vielleicht, aber nur vielleicht doch zum Ball gehen lassen. Sie fuhr fort.

»Das ist PERFEKT. Luke – du weißt, wie man Rampen und so Sachen baut, also könntest du doch vielleicht all deine Tischlerfähigkeiten einsetzen und einen riesigen echten Bilderrahmen bauen? Einen, in den die Leute zum Posen reinsteigen könnten?«

Wow. Sie redete mit Luke – jetzt gab es wohl echt kein Halten mehr. Sogar er war überrascht.

»K-k-könnte ich wohl.« Er zögerte, wollte aber nicht

Nein sagen – vor einem Lehrer. Schade eigentlich. Das Letzte, was ich wollte, war nämlich, dass er bei Mr Lutas punktete. Wenn es irgendwelche Punkte gab, dann waren die für uns.

Tegan war noch nicht fertig. »Cool – vielleicht könntest du auch die Schilder zum Hochhalten machen? Wir brauchen nur große Holzplatten, mit Whiteboard-Anstrich, auf die Leute was draufschreiben können. Das muss so groß sein, dass man es lesen kann und es muss abwaschbar sein, damit man die Schilder im Laufe des Abends immer wieder verwenden kann. Sie könnten irgendwelche coolen Griffe haben oder Stiele … oder die Form von Sprechblasen oder rundherum irgendwie verziert sein, damit sie ein bisschen schöner aussehen.« Sie machte eine Pause zum Luftholen. »Ist das machbar?«

Luke wirkte etwas überfahren, zuckte aber mit den Schultern, als wollte er sagen: warum nicht? Aber Tegans Elan reichte für uns alle.

»Bella, du bist ja fit beim Fotografieren, du müsstest dir dann überlegen, was wir noch an Requisiten brauchen, damit die Fotos gut aussehen – vielleicht jede Menge witziges Zubehör, mit dem man sich kostümieren kann?« Ich nickte. Sie guckte mich giftig an. Ich nickte enthusiastischer.

»Klaroklingtirregut. So was wie … äh … große Pappschnurrbärte und kleine Hütchen und Büschel Nasenhaare …«

Sie lächelte und hörte gar nicht richtig hin.

»Toll. Alles aus Stoff kann ich machen, Banner und solche Sachen. Wahrscheinlich kann ich mir dies und das bei *Taylor Swiftly* ausleihen, die haben bestimmt nichts dagegen, eine Maschine zur Verfügung zu stellen – und Rachel kann beim Zeichnen und Malen helfen … und Mikey macht dann, was immer sonst noch gemacht werden muss?« Sie war obenauf. »Guter Plan?«

Mikey hielt beide Daumen hoch.

»Ich bin dabei. Ich bin geschickt mit der Schere und … äh … Nadelmaschinen.« Dass er nicht wusste, dass man so was Nähmaschine nannte, war nicht so super vertrauenerweckend. Aber er würde echt alles tun, um in Tegans Nähe sein zu können. Wenn er doch nur wüsste, dass ich ihm mit dem Post von gestern Abend eine ganze Armee von Fans verschafft hatte.

ALS MEIN FREUND MJ HILFE BEIM EINLOGGEN IN SEINEN SCHULACCOUNT BRAUCHTE, HAT ER SICH ZIEMLICH GEWUNDEN, BIS ER SEIN PASSWORT NENNEN WOLLTE. VIELLEICHT WEIL ES »DUMBLEDOREISMYKING« LAUTETE. DIE HARRY-POTTER-BÜCHER HABEN IHN SO ZUM HEULEN GEBRACHT, DASS SEIN DAD SIE AUS DEM HAUS VERBANNT HAT. **SCHADE, DASS ES KEINEN LIEBESTRANK FÜR DIE HERMINE IN SEINEM ECHTEN LEBEN GIBT – TEE**

Das war der bisher am meisten kommentierte Post – wenn herzäugige Emojis als Kommentar zählten. Aber er wollte doch nur, dass Tegan ihn mochte. Und sie schmiedete noch immer Pläne für den Ball.

»Also, wenn das so ist und wir uns alle einig sind …«, Mr Lutas schaute in die Runde – wir murmelten mehr oder weniger enthusiastisches Zeug, »… dann wollen wir den Rest dieses Treffens damit verbringen, uns anzusehen, was wir haben – und ein paar Entwürfe machen. UND VERGESST NICHT!«, er schlug auf den Tisch, sodass wir alle zusammenzuckten. »Alles, was wir machen, müsst ihr vor euren Klassenkameraden geheim halten. Wir wollen sie doch nicht enttäuschen und ihnen die Überraschung verderben.«

Rachel warf die Haare mit Schwung über die Schulter. Diese Geste kannte ich von ihrer Mutter – sie bedeutete, dass sie ein Anliegen vorzubringen hatte.

»Sie können sich auf uns verlassen, Mr Lutas. Wir werden alle richtig hart arbeiten, Sie haben nämlich völlig recht, der Ball ist etwas, auf das sich alle freuen.«

Mr Lutas mochte ja nervig sein, blöd war er nicht. »Ich möchte Sie jetzt gleich unterbrechen, Ms Waters. Vergessen Sie bitte nicht, dass es nicht meine Schuld ist, dass Sie dieses Ereignis verpassen werden.«

Spiel und Satz, Mr Lutas.

Aber so schnell gab Rachel nicht auf. Sie verfügte über jahrelange Übung als Durchsetzerin persönlicher

Wünsche. Sie konnte mutig Terrain betreten, auf das sich normale Menschen nicht wagten.

»Ich weiß. Das waren wir. Und es tut uns wirklich leid. Aber wenn wir uns so richtig anstrengen und vielleicht noch Überstunden machen, besteht da unter Umständen die Aussicht, dass wir vielleicht noch Punkte machen und doch zum Ball gehen dürfen?«

Wir hielten alle die Luft an.

»Nun, Ms Waters, das werden wir dann sehen. Wenn Sie alle sehrrrr angestrengt mitarbeiten, wie sie es so beredt formulieren, steht das vielleicht nicht außer Frage, aber das wird sich zeigen.«

Wow. Rachel hatte das Undenkbare vollbracht. Im Geiste klatschte ich sie ab.

»Danke, Mr Lutas. Ich bin sicher, dass wir uns alle Mühe geben werden, oder?«

Wir nickten, alle, sogar Luke. Zum ersten Mal in diesem Schuljahr hatten wir etwas gefunden, worüber wir uns einig werden konnten, und wir machten uns an die Arbeit.

Obwohl es natürlich total tragisch war, Dekorationen für einen Ball anzufertigen, auf den ich – so wie es gerade aussah – nicht gehen würde, fing die Sache an, mir Spaß zu machen. Ehe ich mich versah, war die Session um. Zeit vergeht ja wie im Fluge, wenn man falsche Bärte aus Pinselborsten kreiert.

Unsere Fortschritte und die hoffnungsvollen Nachrichten hatten die Stimmung verbessert, wir packten schnell zusammen. Mr Lutas begutachtete, was wir geschafft hatten. Sogar er wirkte ein bisschen zufriedener.

»Ich muss sagen, ihr habt das heute gut gemacht. Das ist ein ansprrrruchsvolles Projekt, aber viele Hände machen der Arbeit bald ein Ende und beim Freitagstreffen bekommen wir noch Hilfe von einem der Absolventen.«

WAS! Am Ende noch so eine Bombe platzen zu lassen! Bitte, mach, dass er nicht von Zac spricht? Zac, Luke und ich zusammen, das war die Formel für eine Katastrophe – schlimmer noch als Mums *Pastinaken Surprise*. Ich warf Tegan und Rachel einen beunruhigten Blick zu. »Keine Sorge«, hauchte Tegan.

Ich holte tief Luft und versuchte, ein innerliches Ausflippen zu unterbinden. Mr Lutas würde sicher nicht einen Praktikanten aussuchen, den er gerade erst kennengelernt hatte. Es gab keinen Grund dafür. Ich durfte nichts Unvernünftiges tun. Besonders, weil es ausgeschlossen war, dass wir vor Luke versuchten, weitere Details in Erfahrung zu bringen.

Aber ich konnte nichts von meiner Panik bei den anderen abladen, weil Tegan sofort in die Turnhalle rennen musste und Rachels Mutter schon draußen wartete, um sie zu einem Selbstporträtkurs zu karren, den die beiden gebucht hatten. Ich winkte ihnen vom Kunstraum aus zu und machte einen Abstecher zu meinem Spind, um meine Sportsachen zu holen.

Die Schule kriegt so was Unheimliches, wenn das Licht nicht an ist. So, als sollte es sie nicht wirklich geben, wenn keine Leute dort sein müssen. Mein Handy leuchtete den Flur aus, als eine Nachricht eintrudelte.

Hallo Schwesterchen. Alles klar? Mum ist heute nicht da, ich mach was zu essen. Kommst du spät? X

Da hatten wir's. Der Brief von der Schule war noch nicht angekommen, sonst hätte Jo nach Details gebohrt. Puh.

Danke der Nachforschung. Ich mach Freiwilligenzeugs für den Ball. Bin in 30 Min da X

Ob andere Leute sich auch mit anderthalb Müttern rumschlagen mussten? Das war nicht fair. Ich holte meine Sachen aus dem Spind und stopfte sie in meine Schultasche. Aber als ich mich vorbeugte, schlug die Tür mit einem Riesenknall zu, der von den Wänden widerhallte.

»Dachte ich mir doch, dass ich dich hier sehe.«

Es war Luke.

»Hast du nichts Besseres zu tun als hinter mir her zu laufen? Mach was aus deinem Leben oder so!« Sofort bereute ich, dass ich so bissig war.

»Ich hab jede Menge zu tun, aber nachzusehen, was du so machst, steht immer an erster Stelle.«

Ich traute Luke so weit, wie ich ihn werfen konnte (22 cm, wir hatten es mal ausprobiert). Also, Tasche nehmen und weg. Aber er packte den Riemen und zog mich zurück.

»Schade, dass dein Freund heute nicht da war. Ich hatte mich schon so darauf gefreut, mich ein bisschen mit ihm auszutauschen.«

Am liebsten wäre ich in meinen Spind geklettert und hätte ihm die Tür vor der Nase zugeschlagen. Aber Luke hielt mich fest und ich konnte nicht weg. Ich musste antworten. Jetzt oder nie.

Also raffte ich all meinen Mut zusammen und sah ihm direkt in die Augen. So unheimlich das auch war, ich wusste, was ich zu tun hatte. Wenn Luke tatsächlich Zac konfrontierte, konnte ich mich von der Hoffnung verabschieden, mit ihm alles zu klären. Und Zac konnte seiner Italienreise auch nur noch leise Ciao sagen.

Ich musste mich daran erinnern, dass Zillionen Mal mehr zählte, was Zac von mir dachte, als was Luke sich so zusammenspann. Trotzdem war es kein Spaß, Luke die Munition zu liefern, hinter der er so verzweifelt her war.

»Erstens, Luke, lass meine Tasche los.« Er rührte sich nicht. »Lass – sie – los. Jetzt.«

Er ließ die Hand fallen, mein Ton hatte ihn erschreckt.

»Gut, die Sache ist so.« Ich schluckte, denn ich konnte selbst nicht glauben, was ich da machte. »Du hattest recht. Ich hab mir alles ausgedacht. Die Ferienromanze. Die Verabredung zum Ball. Das Knutschen. Na ja, Halb-Knutschen. Ich hab versucht, allen vorzumachen, dass es um diesen Absolventen ging … Sogar Rachel.« Lukes Augen waren so groß geworden, dass er aussah, als hätte man ihn in die Länge gezogen. Ich ignorierte das Grinsen, das sich darunter ausbreitete.

Tief atmen, Bella. Weg mit dem Knoten in deinem Bauch. Konzentriere dich auf das, was du tun musst.

»Ich hab nie ein Foto gehabt – aber das wusstest du ja. Der arme Neue muss ziemlich verwirrt gewesen sein. Pech für ihn, dass er den gleichen Namen hat, oder?«

Luke rieb sich die Hände.

»Hab ich's doch gewusst! Ich hab es gewusst. Das hab ich doch von Anfang an gesagt. Blobfisch und ihre Traumwelt! Das muss ich gleich den anderen erzählen.«

Mein Herz schlug schneller als in dem einen Korbballmatch, das ich gespielt hatte. Die Gewissheit, dass ich morgen Hauptquelle des Schultratschs sein würde, brach über mich herein wie ein eisiger Schauer. Aber mich selbst zu versenken, war immer noch besser, als auch noch Zac mit reinzuziehen. Luke war so aufgeregt, triumphierend ballte er die Faust. Yes!

»Ich hab gleich gesagt, Fishy Balls könnte niemals einen Typen wie den kriegen. Oder überhaupt irgendeinen Typen!«

»Dich hab ich gekriegt, oder?«

Lukes Lächeln verschwand. Das war der Voldemort unserer Unterhaltung gewesen. Das Thema, das nicht erwähnt werden durfte.

»Du warst nur was, das meine Kumpels zum Lachen gebracht hat. Vergiss das nicht.«

Aber keiner von uns beiden lachte. Und der Grund dafür war etwas, das ich nie so richtig verstanden hatte. Wenn ich für ihn nie mehr als ein Witz gewesen war, warum hatte ich – als sonst keiner dabei war – seine Mum kennengelernt – und warum hatte er einen ganzen Abend mit meiner durchgestanden?

Aber die Gelegenheit, ihn darauf hinzuweisen, bot sich nicht. Wir erstarrten beide, als wir hinter uns ein seltsames Klimpern hörten. Uah. Zweifellos Mr Lutas, der mit den Schlüsseln in seiner Tasche rumklimperte. Ohne ein weiteres Wort ging Luke in Deckung. Mr Lutas kam aus dem Erdkunderaum. Was mochte er da gemacht haben? Wahrscheinlich war er auf der Suche nach Mrs Hitchman gewesen. Ich versuchte, mich zu beruhigen, obwohl mein Herz so laut dröhnte, als wäre es mir bis in die Ohren gewandert.

»Gute Arbeit heute, Ms Fisherrr.«

Wow. Ein Kompliment von Mr Lutas. Hatte er an seinen Sprühdosen geschnüffelt? Zum Glück waren die Spinde gleich neben mir, zum Festhalten, falls ich in Ohnmacht fiel.

»Ich bin froh, dass ich Sie noch erwische, ehe sie sich auf den Heimweg machen.«

Mein Herz rutschte ein Stück weiter nach unten. Was hatte ich denn jetzt wieder verbrochen?

»Vorhin war mir das entfallen, aber nach dieser Episode in meinem Kunstrrrraum wollte ich mich noch mal mit Ihnen unterhalten.«

Ich zuckte zusammen, weil er sich offenbar furchtbar für mich zu schämen schien. Es gibt nichts Schlimmeres als einen Lehrer, der einen peinlich findet.

»Ich wollte Sie wissen lassen, dass dieses Unterrichtspraktikum für die Absolventen sehr wichtig ist, können Sie sich bitte …« Er überlegte eine Weile. Wahrscheinlich wollte er es möglichst intellektuell und pädagogisch wertvoll formulieren. »… normal benehmen? Vor allem, weil Zac bei den nächsten Nachsitz-Treffen aushelfen wird.«

WIE STEHEN DIE CHANCEN FÜR SO WAS? Wenn es eine Lotterie fürs Geldverlieren gäbe, wäre mir der Jackpot sicher. Jetzt würde Zac erfahren, dass ich zu allem anderen auch noch ein besonders trauriger Fall einer Würzsoßen verspritzenden Delinquentin war. Und wir würden vor allen anderen peinlich-höfliche Lehrer-Schüler-Gespräche führen müssen. Kotz. So ein Mist, dass ich Lukes Plan, ein offenes Wort mit Zac zu reden, vereitelt hatte. Machte ich überhaupt mal irgendwas richtig?

Aber warum half ausgerechnet Zac aus? Da standen schließlich noch genug andere zur Verfügung. Ehe ich es verhindern konnte, war genau diese Frage auch schon raus. Mr Lutas und ich waren gleichermaßen überrascht von meiner Direktheit.

»Nun ja, wir können jede Hilfe gebrauchen, die wir nur kriegen können. Und wer muss als Erster herhalten, wenn nicht mein S…« Mr Lutas stolperte über sein letztes Wort. Er guckte betreten, weil ihm was rausgerutscht war.

Hatte ich richtig gehört?

OMANNOMANN. Wenn ich das doch nur ungehört machen könnte.

Ich war so sprachlos, dass ich nicht damit rechnete, vor meinem zweiunddreißigsten Geburtstag auch nur noch ein Wort zu sagen.

Hatte Mr Lutas eben wirklich *Sohn* sagen wollen?

Kapitel 22

Tegan glaubt, wenn man eine Sache überschläft, ist sie am nächsten Morgen immer besser (es sei denn, es ist ein Kartoffelchip, der macht nur Krümel im Bett). Aber auch als ich zwei Mal drüber geschlafen hatte, wollte mir immer noch nicht in den Kopf gehen, dass Zac der Abkömmling des schlimmsten Lehrers der Welt war. Oder dass Mr Lutas es geschafft hatte, jemanden dazu zu überreden, sich mit ihm fortzupflanzen. Das war absolut gänsehautmäßig. Letzte Nacht hatte ich drei Stunden Schlaf verloren, weil ich mir Sorgen machte, dass ich, indem ich Zac geküsst hatte, auf genetischen Umwegen irgendwie mit meinem Lehrer Spucke ausgetauscht haben könnte. Das war zu viel. Wenn ich Zac heute beim Nachsitzen sah, würde ich mich vergewissern müssen, ob er womöglich das Nasenhaar-Überproduktion-Gen abbekommen hatte. Na ja, wahrscheinlich würde er auch mit Nasenhecke immer noch hammermäßig aussehen.

Trotz der Sorge über das bevorstehende Zusammentreffen mit Zac verlief der Vormittag besser als erwartet. Zuerst kam es zur zweiten MDIHW-Sichtung der Woche, dann verbesserten sich die Aussichten, doch zum Ball gehen zu können, da Rachel bei Lutas punktete, weil sie in seinem Mittagspausen-Kunstclub aushalf, und Tegan die volle Punktzahl im Deutschtest erreichte. Und ich vollbrachte die größte Heldentat überhaupt. Ich tat nichts Katastrophales. Obwohl ich Rachel, die leise »hallo, Schwiegerpapa« murmelte, als Mr Lutas in der Aula an uns vorbeiging, so heftig kickte, dass sie gegen einen Siebtklässler taumelte. Tegan sagte, eines Tages würde ich darüber lachen. Aber das könnte nur wahr werden, wenn das der Tag wäre, an dem ich herausfand, das Zac durch eine Samenspende zur Welt gekommen war.

Obwohl meinetwegen viel geflüstert und gekichert wurde, nachdem Luke es sich zur Lebensaufgabe gemacht hatte, allen von meinem Geständnis zu erzählen, fühlte ich mich besser, weil ich die Sorge los war, dass er Zac in die Mangel nehmen würde. Nachdem ich so viel Drama gemacht hatte, war es mir tatsächlich gelungen, endlich mal eines abzuwenden, und das war wie ein Superhelden-Cape aus guten Vibrationen, an dem alle fiesen Kommentare von Lou und Lukes Freunden abperlten, die mich unbedingt daran erinnern wollten, was ich doch für ein tragischer Fall war.

Und es gab noch mehr Gutes. Weil ich mir keine Sorgen darüber machen musste, was Luke zu Zac sagen würde, hatte ich genügend Hirnkapazitäten frei, um mir zu überlegen, was *ich* zu ihm sagen wollte. Ich hatte sogar meine Schuluniform gebügelt, sodass ich ein bisschen besser aussah (na ja, ich hatte Jo das machen lassen, denn das einzige Mal, als ich es versucht hatte, war mir das heiße Bügeleisen runtergefallen und hatte Mums Puschen untrennbar mit der Auslegeware verschmolzen).

Aber obwohl ich mich bemüht hatte, Tegans Stärke und Rachels Optimismus zu verinnerlichen, war ich ein wackelpuddingartiges Nervenbündel, als es Zeit zum Nachsitzen war. Rachel musste mich tatsächlich durch die Tür vom Kunstraum schubsen. Aber die Kombination aus über die eigenen Füße stolpern und bei Zacs Anblick ins Wanken geraten, brachte mich dazu, ein merkwürdiges Jaulen von mir zu geben, das klang wie ein kleiner Hund, der auf eine Distel getreten war. Alle, Zac eingeschlossen, drehten sich um. Panisch zeigte ich auf meinen Schuh, ganz so, als hätte der so gequietscht. Mr Lutas schenkte mir ein völlig unüberzeugtes und beunruhigend mitfühlendes Lächeln. Es war höchst verstörend. Besonders, weil über dem beunruhigenden Lächeln eine noch beunruhigendere Nase saß – eine genaue Kopie der Nase, die ich an Zac mal so süß gefunden hatte. Und sie hatte mir buchstäblich die ganze Zeit aus Mr Lutas Gesicht entgegengestarrt. Wie hatte mir das entgehen können?

Tegan steuerte sofort den hinteren Teil des Raumes an, wo Zac ihr half, schweres Nähgerät von den Regalen zu hieven. Es war nicht leicht, meine Augen dazu zu kriegen, etwas anderes zu machen, als ihn einfach nur anzustarren – obwohl nur sein Rücken zu sehen war. Ich konnte nicht fassen, dass Tegan neben was derartig Heißem so kühl bleiben konnte. Aber wie gewöhnlich war sie voll auf die Arbeit konzentriert. Kunst gehört zu den wenigen Dingen, in denen sie nicht total fantastisch ist, deshalb konzentrierte sie sich auf ihre Stärken und schnitt und nähte zwei riesige Stoffbanner zurecht, eines für den Haupteingang und eines für die Aula. Auf jedem stand die Jahreszahl und *Ball der 10. Klassen*. Sie war gestern länger geblieben und heute Morgen früher gekommen, um mit der geliehenen Nähmaschine daran zu arbeiten. Mit Zacs Hilfe wickelte sie ein Banner auf und zeigte es uns. Die beiden verschwanden ganz hinter ihrer Riesenkreation. Die Hälfte der Buchstaben war schon an ihrem Platz und es sah so toll aus, dass es spontanen Jubel auslöste. Ich drückte die Daumen, dass Zac ihr auch den Rest der Stunde helfen würde.

Aber meine Daumen brauchten eindeutig Nachhilfe, denn kurz darauf wies Mr Lutas Zac an, mir bei meinen Requisiten zu helfen. Zac zeigte keinerlei Gefühl, als er zu mir rüberkam. Innerlich blaffte ich jeden Gesichtsmuskel an, den ich hatte, sich zu benehmen und ja nicht zu verziehen. Es stellte sich heraus, dass es alles andere als lustig war, enorme, falsche Augenbrauen herzustellen, wenn das in peinlichem Schweigen geschah.

Das riesige Liebesherz war sogar noch heikler.

Mr Lutas schlenderte vorbei und schenkte unserer Arbeit ein anerkennendes Lächeln. Aber ich hatte das Gefühl, dass ihn noch etwas anderes in diese abnorm gute Stimmung versetzt hatte. Und ich hatte recht. Er klatschte in die Hände und bat uns, aufzuhören mit dem, was wir gerade taten, und in den Materialraum zu kommen.

»Ich wollte euch etwas zeigen, auf das wirrr meiner Meinung nach alle stolz sein können. Ja, es ist eine Gruppenarbeit, aber hier hat jemand alles gegeben.«

Tegan zog die Augenbrauen hoch. War Mr Lutas etwa so beeindruckt von ihrem frühmorgendlichen Einsatz?

Mr Lutas machte die Tür vom Materialraum auf. Und ich musste nach Luft schnappen. Denn was ich da sah, war ein total wahnsinniger mannshoher Fotorahmen aus Holz, mit eingeschnitztem Schulwappen und dem Datum vom Ball. Daneben lag ein riesiger Haufen Schilder, die Kanten waren noch rau, aber das Ganze hatte schon Form angenommen. OH MANN! Luke musste eine Nachtschicht eingelegt haben, sonst hätte er das nie geschafft! Er hatte nicht alles versaut – im Gegenteil. Wie konnte er es wagen!

Luke wirkte total zufrieden mit sich selbst – und

ich hätte nicht unzufriedener sein können. Mr Lutas strahlte regelrecht. Er tätschelte Luke den Rücken.

»Ziemlich eindrrrucksvoll, findet ihr nicht auch?«

Zac nickte. Aber mir machte es schon Schwierigkeiten, Begeisterung für Luke zu heucheln. *Wir* sollten den Ruhm ernten, nicht der Goldrahmen-Goldjunge, dieser Arsch.

Mr Lutas räusperte sich vorsätzlich dramatisch.

»Also ... ich glaube, da kann ich wohl sagen, dass Luke sich die Eintrrrittskarte zum Ball zurrrückverdient hat.«

Na echt, echt toll. So was von toll. Hoch drei. Egal.

Danke, Mr Lutas, den Ball haben Sie ihm ja spitzenmäßig zugespielt. Wenn ich gewusst hätte, dass ein bisschen Tischlern nach der Schule reicht, um Sie umzustimmen, hätte ich dieses Käsebrett mitgebracht, das ich gemacht habe (na ja, Jo hat es gemacht, aber ich hab zugeguckt).

Würg.

Selbstgefälliger als Luke konnte man gar nicht grinsen.

Ich drehte mich um, damit ich nicht hinsehen musste, und versuchte, mich auf das Positive zu konzentrieren. Wir hatten den Beweis, dass es möglich war. Und ich konnte Rachel und Tegan ansehen, dass sie das Gleiche dachten. Mikey sah bloß so aus, als müsse er mal daran arbeiten, Tegan nicht liebevoll anzuhimmeln, wann immer sie anwesend war. Alle waren ganz wild drauf loszulegen und verließen den Raum. Ich wollte das auch tun, aber die Tür schloss sich.

Luke stellte sich mir in den Weg.

»Da ich ja nun zum Ball gehe, halte ich es für das Beste, reinen Tisch zu machen.«

Ich seufzte. Nicht das schon wieder.

»Komm, du musst damit aufhören, mir die Türen vor der Nase zuzuschlagen. Das geht so nicht.«

Doch da meldete sich eine dritte Stimme.

»Leute, können wir jetzt einfach an die Arbeit gehen?«

Ich wirbelte herum. Zac war auch hier drinnen? Ich war so damit beschäftigt gewesen, ihn nicht anzugucken, dass ich vergessen hatte, ihn zu bemerken! Toller Job, Augen.

Luke grinste fies.

»Keine Sorge, dauert nur eine Sekunde. Eigentlich war ich hinter dir her, Zac.«

Luke war hinter Zac her. Das war ungefähr so beruhigend wie die Nachricht, dass ein riesiger Komet die Erde vielleicht nicht treffen würde. Verzweifelt sah ich mich um. Ob ich Zac zwei Pinsel in die Ohren stecken konnte, damit er nicht hörte, was Luke jetzt sagen wollte?! Hatte ich ihm denn nicht schon gegeben, was er hatte haben wollen?

Luke streckte die Faust vor, so als wolle er mit Zac einen Faustcheck machen. Zac machte keinen Faustcheck. Er guckte nur genervt.

»Worum geht es denn?«

Luke verzerrte das Gesicht, als würde es ihm schwerfallen, das auszusprechen, obwohl er offensichtlich jede Sekunde genoss.

»Ich dachte nur, du solltest wissen, dass Bella – das hier ist Bella«, er zeigte auf mich, »ich glaube, du bist ihr unter dem Tisch begegnet – schon das ganze Halbjahr von einem imaginären Freund rumfaselt, mit dem sie angeblich so toll wie noch nie im Leben rumgeknutscht hat. Und – das musst du dir mal reinziehen – sie hat versucht, allen vorzumachen, Du wärest derjenige. Sie hat sogar jedem erzählt, dass du mit ihr zum Ball gehen würdest.« Luke lachte vor sich hin. »Erbärmlich, oder? Sie kann nicht mal selbst zum Ball – und erst recht kein Date für so was kriegen.«

Ich hätte mich gern selbst püriert und durch den Abfluss gespült. Warum musste Luke mich unbedingt so demütigen?

Was würde Zac jetzt von mir denken?

In dem Spiegel, der an der Wand lehnte, konnte ich sehen, dass ich röter geworden war als die Flasche mit roter Farbe, neben der ich stand – und auf der klebte das Etikett *100 % Maximum Rot*.

Zac guckte angewidert. Das war's dann wohl mit ihm als Date für den Ball und überhaupt.

»War's das, Luke?« Zac klang total genervt. Luke antwortete mit einem fröhlichen »Ja«. Er konnte nicht verbergen, wie glücklich er war, dass ich mich so winden musste. Eine Eintrittskarte für den Ball UND meine totale Demütigung. Für ihn war das ein Spitzentag.

»Bella kann dir das ja in allen Einzelheiten erzählen. Viel Spaß dabei!«

Luke zwinkerte mir noch ein letztes Mal zu und schloss die Tür.

Mein Herz raste so, dass der Uhu-Tropfen auf meinem Pullover, der blöderweise Ähnlichkeit mit einer Brustwarze hatte, in erschreckendem Tempo auf und ab wogte. Tief atmen, Bella. Konzentrier dich auf deine Klarstellung.

Aber mein Mund wollte keine Worte bilden. Und ich konnte auch kein anderes Geräusch als leises Wimmern von mir geben. Das würde nicht viel zur Klärung beitragen.

Zac setzte sich auf den Tresen. Ich guckte verlegen auf meine Fingernägel, doch bedauerlicherweise stand auf denen nicht, wie dieses Gespräch anzufangen war.

Schließlich brach Zac das Schweigen.

»Also ... ich weiß nicht, ob du es schon gehört hast, aber ich hab in diesem neuen College angefangen?«

WAS?

Ich legte die Hände aufs Gesicht und brachte ein »Ja, ist mir bewusst« hervor, das hinter der vorgehaltenen Hand ein bisschen so klang, als wäre ich ein Bär mit Zahnschmerzen.

Kein so guter Anfang. Tief atmen. Nimm dir die Zeit, die du brauchst.

»Um das klarzustellen, ich bin kein Bär. Aber mir tut das leid. Ich kann gar nicht fassen, was für ein Idiot ich gewesen bin.« Ich war so in Panik, dass alles nur so rausspritzte wie bei einem Joghurt, wenn man den Deckel ungeschickt abriss. »Und bei diesem Kunstprojekt ging es auch nicht um dich. Sondern um Zac. Efron. Und normalerweise werfe ich nicht mit Lebensmitteln. Ich sag immer, warum damit werfen, wenn man es auch essen kann? Und Bellerina ist auch nicht mein richtiger Name. Obwohl ich finde, dass es ein sehr schöner Zwergenname ist! Und ich hab nicht allen erzählt, dass ich mit dir rumgemacht habe. Oder geknutscht. Na, hab ich ja schon irgendwie, aber das war, bevor du hier warst. Ich schwöre, ich hab kein Wort mehr zu irgendwem gesagt, seit du mich darum gebeten hast. Also, ich hab natürlich schon Worte gesagt, aber keine über dich. Ehrlich! Wie geht es Keith dem Hund? Und bitte sag mir, dass du Lou nicht leiden kannst.«

Zac sagte nichts.

Ich sagte nichts.

Wir sagten nichts.

Nichts wurde gesagt.

Es herrschte Stille.

Was dachte er jetzt?

Aber dann passierte etwas Undenkbares.

Zac lächelte. Und er legte mir die Hand auf den Arm. Und in mir kribbelte es genau wie in alten Zeiten.

Er bemerkte mein Lächeln und zog die Hand schnell

zurück, weil ihm wieder einfiel, dass Klassenbetreuer so was nicht machten.

»Mal ganz im Ernst, Bella, hast du den Gesprächsstoff der ganzen Woche gehortet, oder was?«

»Oh, das war nur der von einem Tag. Echt.« Normalerweise gerade mal der von einer Stunde. Der Brustwarzenuhutropfen wogte ein bisschen langsamer. Aber warum war Zac so nett, nach allem, was Luke ihm gerade erzählt hatte? Müsste er nicht stinkwütend auf mich sein, weil ich seine Italienreise in Gefahr brachte?

Zac fuhr ungerührt fort: »Aha, verstehe. Also, wo soll ich anfangen. Keith geht's gut. Er vermisst mich – hoffentlich. Aber ihm geht's gut. Und den Namen Bellerina mag ich auch. Aber Lou mag ich nicht. Nicht auf die Art. Sie macht mir Angst.«

Er lächelte, sein tolles, unpassend anziehendes Lächeln. Das ihn nur noch toller machte. Wow. Das hier lief ja so viel besser, als ich gedacht hatte. Aber warum? Das galt es herauszufinden.

»Aber … was ist mit Luke?«

»Mit Luke? Unter uns gesagt … ich halte ihn für einen ausgemachten Spitzen-Idioten. Also, schon als du mir in Black Bay von ihm erzählt hast, hatte ich diesen Eindruck.«

Oh Mann. Warum hatte ich nicht vorausgesehen, dass Zac in meiner Schule auftauchen würde, und die Namen der Leute in meinen Geschichten geändert, obwohl ich ihn gerade erst kennengelernt hatte?

»Aber was ist mit dem, was er gerade gesagt hat?«

»Also, es gibt eigentlich nur eins, was ich sagen kann …«

Ich hielt krampfhaft meine Pausentaste gedrückt, um herauszufinden, was.

»… und das ist danke. Weil du mir den Arsch gerettet und so getan hast, als wäre es nicht wahr.« Was war das jetzt? »Guck nicht so geschockt! Lou hat den ganzen Morgen lang jedem in Hörweite was über Lukes Gespräch mit dir entgegengebrüllt. Ist nicht besonders erstaunlich, dass ich es mitgekriegt habe.«

Ihr könnt mich mal, Luke und Lou, mit euren lahmen Versuchen, Ärger zu machen. Wie sich herausstellt, habt ihr mir damit einen Gefallen getan.

Wäre ich nicht mit Zac in einem geschlossenen Raum gewesen, hätte ich jetzt einen Siegestanz aufgeführt. Und dann wäre ich erleichtert zusammengebrochen, weil er nicht sauer war.

»Aber egal, ich weiß, ich hab gesagt, wir sollten bis zum Ball warten und dann reden, aber da wir nun mal gerade im selben Wandschrank sitzen, ist das jetzt wohl kein schlechter Zeitpunkt für meine Erklärungen.«

Verwirrt schüttelte ich den Kopf. Als ob er was zu erklären hätte.

»Also, meine Mutter ist vorübergehend nach Schweden versetzt worden. Hatte ich erwähnt, dass sie Schwedin ist?«

Hatte er nicht, aber vielleicht war das die Erklärung

dafür, dass er so heiß war. Also, Schwede zu sein klang doch echt heiß und er war der einzige Schwede, den ich kannte, und er war heiß, und deshalb mussten die alle echt heiß sein.

»Erde an Bella?« Ich wurde aus meinen Schwedenfantasien gerissen, hielt aber mental fest, eines Tages mal eine Reise dorthin zu machen. Zac redete weiter.

»Ich musste also meinen Abschluss irgendwo anders machen und hatte vereinbart, bei einem Freund in Birmingham zu bleiben. Aber dann hat Dad – entschuldige, Mr Lutas – sich eingemischt und mir stattdessen in letzter Minute hier einen Platz verschafft, damit ich bei ihm wohnen konnte.« Zac guckte ein bisschen verlegen. »Das Komische ist, ich hatte mir die Namen der Leute aus den Abschlussklassen angesehen – und gehofft, du wärst dabei.«

Er brauchte nicht auszusprechen was er dachte. ABER DANN HAT SICH HERAUSGESTELLT, DASS DU NOCH IN DER MITTELSTUFE BIST, ALSO WAR DAS REINE ZEITVERSCHWENDUNG.

Ich konnte ein gequältes Wimmern nicht unterdrücken. Zac merkte das und rutschte näher an mich ran. Da lehnten wir nun Seite an Seite. Er stupste mich an.

»Ey, nun mach doch nicht so ein Gesicht. Das ist doch alles Schnee von gestern. Und ich muss auch etwas gestehen. Du erinnerst dich doch an meine Italienreise?«

Oh, jetzt macht er mich fertig.

»Wie könnte ich die wohl vergessen. Weil ich dir helfen wollte, deine Chancen darauf nicht zu versauen, hab ich Luke erzählt, dass ich eine zwanghafte Lügnerin bin. Sonst hätte ich das im Leben nicht gemacht.«

»Ah, jaaa …« Zac guckte belämmerter als ein Schaf. »Also … eigentlich hatte ich den Platz schon sicher. Ich hab das an dem Morgen erfahren, an dem ich hier angefangen habe.«

Meine Nüstern blähten sich.

WAS? Mir hatte er das glatte Gegenteil erzählt, als er mir geschrieben hatte.

»Ich wusste es erst ein paar Stunden, als ich dich im Kunstraum gesehen habe. Und Dad hatte mir gerade eine Riesenansprache gehalten und gesagt, ich dürfe nur mitfahren, wenn ich ihm beweisen würde, dass ich rrreif genug für so eine enorrrme Aufwendung sei.« Diese Info ließ ich ein bisschen auf mich wirken.

»Und deshalb war es so wichtig für mich, bei diesem Praktikum eine gute Figur zu machen. Deshalb musste ich die volle Punktzahl erreichen. Die Uni war nicht das Problem – sondern Dad. Aber ich konnte irgendwie nicht ehrlich sein, als ich dir geschrieben hab, und alles rauslassen … dass Mr Lutas mein Vater ist und jede meiner Bewegungen beobachtet –, also musste ich mir schnell was ausdenken. Ich brauchte einen anderen Grund dafür, dass ich nicht auffallen durfte.« Zac lachte leise. »Irgendwie witzig, dass gerade er die Dad-Katze aus dem Sack gelassen hat.«

Es wäre witzig, wenn es nicht die dramatischste Familienenthüllung seit allen möglichen Episoden von *EastEnders* gewesen wäre.

Mir fehlten die Worte.

Aber ich musste schnell welche finden.

So mies es war, zu erfahren, dass ich belogen worden war, verstand ich seine Gründe doch total. Und wie kam ich dazu, ihn zu verurteilen – nach allem, was ich selbst getan hatte? Es war an der Zeit, dass auch ich mich entschuldigte.

»Also, danke, dass du mir das erzählst. Herzlichen Glückwunsch und gute Kunstreise.« Zac grinste, er war sein Geheimnis los und offensichtlich erleichtert darüber. Aber ich war noch nicht fertig. »Aber ich möchte mich auch entschuldigen. Ich hätte von Anfang an ehrlich sein sollen. Ich glaube ... ich glaube, ich wollte nur, dass du denkst, ich wäre etwas, das ich nicht bin.«

»Du warst als Pfeil verkleidet, du hättest mich meine eigenen Schlüsse ziehen lassen sollen.« Er zog mich auf, aber er hatte recht. »Leute, die sich wie Pappverkehrsschilder kleiden, sind genau die Freunde, die ich mag. Genau mein Ding.«

Freunde. Das Wort traf mich mitten in den Magen.

Es war die Bestätigung, dass Zac daran gearbeitet hatte weiterzugehen, während ich daran gearbeitet hatte, ihn zurückzugewinnen. Ich war froh, dass er nicht merkte, wie fertig mich das machte. Er plapperte fröhlich weiter, während jede Zelle in meinem Körper leise weinte.

»Das Beste hab ich dir noch gar nicht erzählt.« Nun ja, das Schlimmste aber schon. »Aber du darfst Dad nicht wissen lassen, dass ich es dir verraten habe …«

»Sag schon …«

»Also, gestern Abend beim Essen hat er gesagt, man wird euch, wenn ihr all eure Requisiten bis zum Ende des letzten Nachsitzens fertig habt, doch zum Ball gehen lassen.«

Zac hielt die Hand hoch, damit ich ihn abklatschte, und obwohl ich nur eine Freundin war, klatschte ich heftig. Das waren allerbeste Neuigkeiten! Wer hätte geahnt, dass Mr Lutas doch eine nette Seite hatte? Ich konnte es kaum erwarten, den anderen davon zu erzählen. Allerdings hatte ich keine Eile ihnen zu verraten, dass es Zac und Bella – Zella – nicht mehr gab.

Ich stand so schnell auf, dass ich eine Schneiderpuppe umrannte und auf ihr liegen blieb. Zac lachte. Sein irre lautes Lachen. Und zum ersten Mal fand ich das gar nicht mehr so süß. Und das ging bei mir mit ziemlich komischen Gefühlen einher. Hatten sich meine Gefühle für Zac etwa auch im Laufe der Woche verändert? War ich vielleicht zu sehr damit beschäftigt gewesen, ihn zurückzugewinnen, um das zu bemerken? War es vielleicht eine Erleichterung, dass er so klar gesagt hatte, dass wir nur Freunde waren? Wenigstens würde ich jetzt damit aufhören können, so zu tun, als sei ich nicht komplett uncool. Ich musste mir kein falsches Geburtsdatum einprägen und mir merken, wo Orte wie Singapur lagen.

Zac streckte die Hand aus und half mir, meine Gliedmaßen zu entwirren.

»So, wir sollten jetzt lieber mal in Gang kommen. Die fragen sich bestimmt schon, was wir hier machen. Obwohl wir Lukes Spiel mitspielen könnten, also versuch mal, nicht zu glücklich zu gucken.«

»Abgemacht.« Ich schüttelte mein Gesicht zurecht und konzentrierte mich darauf, so auszusehen, als hätte ein heißer Typ mir gerade oberpeinlichst die Hölle heiß gemacht. Ich war besorgniserregend gut.

Dann stieß ich die Tür auf. Tegan und Rachel rissen die Augen auf, als ob sie sagen wollten *OMG, du hattest gerade eine Wandschrankbegegnung mit so einem heißen Typen! Alles in Ordnung mit dir? Du musst uns alles erzählen.* Ich erwiderte das mit einen Blick, den sie hoffentlich als *Klar, mach ich* interpretierten. Es war unglaublich. Wir hatten ja nicht geknutscht oder so, genau genommen eher das Gegenteil, da wir nun offiziell *Freunde* waren, aber natürlich ist er immer noch total heiß. Und wir konnten vielleicht doch alle zum Ball! Aber ich musste düster gucken, damit Luke dachte, Zac hätte mich zur Rede gestellt.

Zac machte sich gleich wieder an die Arbeit wie ein Profi, ohne sich anmerken zu lassen, was abging. Das veranlasste Tegan nur dazu, mich noch besorgter anzugucken, deshalb machte ich hinter Mr Lutas Rücken eine volle *Puh!-Stirn-mit-Hand*-Wischgeste. Luke beäugte mich argwöhnisch, deshalb wandelte ich sie in ein Oh-was-hab-ich-furchtbare-Kopfschmerzen-Miene ab.

Sobald Mr Lutas uns die Erlaubnis zu gehen gab, trieb ich Rachel und Tegan so weit wie möglich von Luke weg und erzählte ihnen alles. Sie waren total fertig, dass unsere gemeinschaftliche Bemühung, Zac für mich wiederzugewinnen, gescheitert war, aber sie flippten fast aus vor Aufregung, als ich ihnen die Neuigkeit vom Ball erzählte. Rachel brachte ein eindrucksvoll langes »Yehaaa« hervor – ohne zwischendurch Luft zu holen – und das, während sie im Kreis herumhüpfte. Es war so laut, dass Mikey ins Mädchenklo stürmte, weil er dachte, es wäre ein Mord geschehen. Aber als wir ihm sagten, was los war, hörte er auf nach Opfern zu suchen und stimmte ein »We've got ninety-nine problems, but prom ain't one« an.

Jo wartete draußen auf uns, also wurden wir kostenlos nach Hause kutschiert und redeten dabei nonstop, denn jetzt konnten wir endlich richtig Pläne für den Ball machen. Aber trotz meines hektischen Briefings vorm Einsteigen, ließ Rachel in der Aufregung das N-Wort fallen. Nachsitzen. Ich versuchte, das mit einem extra lauten, unmotivierten »Juchuhhh« zu übertönen, aber Jo entgeht nie was.

Sobald wir allein waren, sprach sie mich auch schon

darauf an. Und da ich nichts hatte, wo ich hinfliehen konnte, und total unter Adrenalin stand, gestand ich ihr die ganze Sache, angefangen mit der Kunststunde des Grauens. Nun ja, natürlich versuchte ich es zuerst mit einem halben Geständnis, aber Jo kam gleich dahinter, dass ich auf keinen Fall freiwillig einen außerstundenplanmäßigen tollen Nachmittag eingesperrt mit Zac, Luke und ZACS VATER verbringen würde.

Sie baute fast einen Unfall, als ihr aufging, dass ich mit Mr Lutas' Sohn rumgeknutscht hatte. Und dann hätte sie beinahe unser Haus umgefahren, weil sie nicht aufhören konnte darüber zu lachen, dass sie die Aktbilder meines Fast-Schwiegervaters gesehen hatte. Ich musste mir merken, Zac niemals davon zu erzählen.

Das ganze Schuljahr war ich nicht so glücklich zu Bett gegangen wie an diesem Abend. Ich musste Zac nur noch als Kunstlehrer statt als Knutschlehrer schätzen lernen. Außerdem würde die Sache mit der Kleiderpuppe, über die ich hergefallen war, eine witzige Geschichte für *PSSST* abgeben.

Doch als ich die App öffnete, war zwischen den Likes und Kommentaren und Witzen von *LilDrummerboy*, die mich immer zum Prusten brachten, etwas, das ich vorher nicht gesehen hatte. Eine persönliche Nachricht.

DANKE, DASS DU DEINE GEHEIMNISSE
ZUM BESTEN GIBST BLÖDE LANGWEILERIN.
DIE SIND 1A.

Ich klickte auf *löschen.* War nur Spam.

Aber im selben Thread war noch eine.

BL ENTTÄUSCHT NIE.

So, so, danke, geheimnisvoller Fan. Aber Blöde Langweilerin war noch nie mit BL abgekürzt worden.

Als ich noch mal genauer hinguckte, hörte meine Welt sich auf zu drehen.

Die hatten nicht BL geschrieben. Da stand *BF.*

Irgendwer da draußen wusste, dass ich das war.

Kapitel 23

Ich liebe Samstage. Es ist so schön, ohne das Gefühl aufzuwachen, gleich aus dem Bett springen zu müssen. Man kann einfach daliegen und auf die richtige Zeit zum Aufstehen warten. Das ist vielleicht um vier Uhr nachmittags, und ist total in Ordnung, solange ich ab und zu etwas auf dem Boden rumtrampele, damit Mum denkt, ich bin aufgestanden und mach was Konstruktives in meinem Zimmer.

Mein Handy summte laut. *Würg.* Sah mir gar nicht ähnlich, am Wochenende den Wecker zu stellen. Aber beim Herumtasten nahm ich aus Versehen einen Anruf an. Das war nämlich gar nicht der Wecker, sondern Rachel.

»Hallowiegehts?« Warum ist es schier unmöglich, über den Horizontalklang der eigenen Stimme hinwegzutäuschen?

»Hi, Faultier.« Rachel zog mich auf. »Ich wollte nur mal hören, ob du noch immer mitgenommen werden willst.«

Was?

»In die Stadt … du erinnerst dich?«

»Ääääh …« Das hier war zu früh für mein Hirn.

»Mit Tegan treffen?«

Mum steckte ihren Kopf zur Tür herein, um mimisch eine Teekanne darzustellen. Warum begriff sie nicht, dass Telefongespräche privat waren? Ich wedelte sie raus.

»Um nach Kleidern für den Ball des Jahrhunderts zu gucken … Du hast es total vergessen, oder?«

»Nein, hab ich überhaupt nicht …«

Mum machte jetzt ein T mit den Händen, während sie hilfreich lauthals »Tee?« flüsterte. Ich nickte, damit sie endlich ging, und steckte mir einen Finger ins ungenutzte Ohr.

»Und ich mache mich gerade dafür fertig. Sorry, Mum benimmt sich komisch. *Geh jetzt, Mum.*«

Mum zog ein langes Gesicht, weil ich weggehen wollte. Ich stand auf und machte die Tür zu, nachdem ich sie aus dem Zimmer geschoben hatte.

Irgendwie hatte ich vergessen, dass wir Shoppen wollten, denn ich war ziemlich damit beschäftigt gewesen, zu grübeln, wer mir da auf *PSSST* was geschickt hatte. War das ein Tippfehler gewesen oder die gruseligste Nachricht der Welt?

Ich hatte die App und meinen Account dort gelöscht, für alle Fälle. Trotzdem konnte ich den anderen nicht sagen, was mich bedrückte, weil ich ihnen ja noch nichts davon erzählt hatte.

Als Rachels Auto eine halbe Stunde später vorfuhr, hatte ich noch immer tropfnasse Haare und kein Make-up drauf. Entschuldigungen hervorsprudelnd warf ich mich auf den Rücksitz, ohne zu merken, dass nicht Rachels Dad am Steuer saß, sondern ihr modelnder, heißer großer Bruder Dan. Im Rückspiegel warf ich ihm den glühendsten Blick zu, den ich nur zustande kriegen konnte (nicht so leicht, wenn man nur an einem Auge Lidstrich hat und sich einem ein Sicherheitsgurtdings in den Rücken bohrt). Er lächelte höflich zurück, als wolle er sagen *du bist die Freundin meiner kleinen Schwester und jemand sollte dir endlich sagen, dass ich einen festen Freund habe.* Sonnenklar, Dan, hat mir schon jemand gesagt, aber wahrscheinlich weißt du nicht, dass du nur einer in einer langen Reihe von Jungs bist, die mich zum Sabbern bringen, obgleich sie niemals mit mir ausgehen werden. Das hält mich nämlich von nix ab.

Tegan wartete schon auf uns vorm Elgar-Denkmal. Ich hielt mich nicht damit auf, ihr zu erklären, dass ich an der Verspätung schuld war, sie wusste es sowieso.

Gestern Abend hatten wir per Konferenzschaltung mit Mikey im Detail besprochen, wie unsere Requisiten rechtzeitig fertig werden konnten. Tegan würde für eine Woche die Gymnastik an den Nagel hängen, damit die Spruchbänder fertig wurden. Da alles durchgeplant war und wir die Tickets so gut wie in der Tasche hatten, konnten wir uns jetzt auf die angenehmen Sachen konzentrieren. Nach einem Schuljahr voller Auf und Abs war es ein tolles Gefühl, dass wir uns jetzt endlich auf unseren ersten gemeinsamen Ball freuen durften. Wir mussten nur noch ein paar Hammer-Outfits finden. Das gingen wir an wie eine Militäroperation.

Shoppen in der Gruppe ist gelebte Politik. Rachel zieht es in Geschäfte mit Kleidern, die mehr kosten als mein Taschengeld fürs ganze Jahr einbringt, also gucken Tegan und ich uns da höflich um und tun so, als ob wir uns für Socken und Schlüsselringe interessieren würden. Ich muss immer beide bei mir haben, denn wenn wir endlich beim Anprobieren sind, verlasse ich mich mehr auf ihre Gesichter als auf die Spiegel. Spiegel sagen immer: *Ja, Bella! Kein anderer wird so ein Kleid mit Neonstreifen tragen!*, während ihre Gesichter sagen: *Meinst du echt, Glitzer-Politessenoutfits sind grade angesagt?*

Aber nach stundenlanger Suche hatte keine von uns ein Kleid gefunden.

»Laaaydies, wir gucken jetzt schon seit Tagen – und keine hat irgendwas gekauft.« Rachel hockte schlaff vor Tegans Umkleidekabine und hatte offenbar die beiden CDs, das Armband, den neuen Lippenstift, falsche Wimpern und die Tüte *Pick'n'Mix* vergessen, die sie gekauft hatte, ohne es zu bemerken.

Ich hielt meine kleine Shopping-Trophäe hoch.

»Ich hab diesen Nagellack gekauft, aber der wird keinem auffallen, wenn ich überall sonst nackt bin.«

Tegan steckte den Kopf hinterm Vorhang raus. »Leute. Eure ehrliche Meinung. Wie ist das hier?«

Ich klatschte in die Hände wie ein aufgeregter modebegeisterter Seehund, als Tegan den Vorhang zurückzog wie ein sexy Matador. *Boah*, sie sah hammermäßig aus. Das enganliegende, rückenfreie Kleid schmiegte sich an jede Stelle ihres Körpers, um dann bis auf den Boden zu rauschen. Sie sah so toll aus, und ich schwöre, sie schwebte durch die Umkleidekabine.

»Wow, Tegan, einfach nur wow.« Ich machte ein Foto von ihr. »Siehst du? Du siehst unglaublich aus.«

Sie strahlte.

»High-five für das hier. Und es ist runtergesetzt!« Ihre Stimme klang gedämpft, weil sie wieder in die Kabine abgetaucht war und sich das Kleid über den Kopf zog. »Vielleicht könnte ich da oben noch so schwarze Quastendinger drannähen, aber so, dass es gut aussieht.« Das brauchte sie nicht näher zu erklären, sie hatte ein Händchen dafür, Sachen so aussehen zu lassen, als wären sie maßgeschneidert.

Wir steuerten die Kasse an, froh darüber, dass eine von uns versorgt war. Tegan fischte ihr gesamtes Kleingeld heraus.

»Spitze, dass ich was gefunden habe, das ich mir leisten kann. Mum war so gar nicht bereit, mir Geld zu leihen, nachdem sie diesen Brief von der Schule gekriegt hatte.«

Ich zuckte zusammen.

»Ihr wisst doch, dass meiner nicht angekommen ist, oder? Ich lebe in totaler Angst.«

Rachel schüttelte den Kopf.

»Was hast du nur für ein Glück. Ist Mumbles darauf abgerichtet, Post zu fressen?«

»Wäre ihr zuzutrauen. Neulich hat sie versucht, eine Biene zu fressen, aber die hat sie ins Maul gestochen und sie sah aus wie nach einer Runde Botox.«

Rachel guckte beeindruckt.

»Da hat sie vielleicht eine Entdeckung gemacht. Hunde sind ja ziemlich runzlig. Aber, egal, genug gequatscht. Ich verschmachte hier. Wird es nicht bald ZEIT?«

Rachel meinte unser Ritual und die Antwort war JA. Also zogen wir drei – Tegan schwenkte glücklich ihren neuen Kauf – los ins *Froth*, eine umgebaute alte Kirche mit Sofas, die so groß waren, dass man drauf liegen konnte. Wir bestellten drei Mal heiße Schokolade (selbstverständlich mit Marshmallows) und eine XL-Schale Kartoffelspalten mit Majo. Damit hatten wir doch sicher alle wichtigen Lebensmittelgruppen abgedeckt. High von Marshmallows stürzten wir dann wieder mit frischem Enthusiasmus auf die Regale los und guckten noch mal in dem Schuhladen vorbei, in dem ein Junge arbeitete, den Rachel mag. Es stellte sich heraus, dass die nur Männerschuhe verkauften, also zeigte er ihr Hausschuhe für ihren Opa. Als wir wieder gingen, war Rachel total verliebt. Und stolze Besitzerin von drei Paar geruchsneutralisierenden Puschen in Größe 11.

»Habt – ihr – ihn – gesehen?«, sagte Rachel in Zeitlupe wie ein verliebter Zombie. Ich packte ihre Hand, damit sie nicht gegen den nächsten Baum lief und zog sie in einen Billigkleiderladen, ehe sie es merkte.

»Öh, ja, Rachel. Wir standen gewissermaßen neben dir und hatten seltsamerweise die Augen nicht die ganze Zeit geschlossen.«

Tegan war sachlicher.

»Wenn die Jungs, die wir kennen, doch alle so wie der sein könnten. Alle, die wir kennen, benehmen sich, als wären sie zwölf.« Normalerweise redete Tegan niemals über Jungs, es sei denn, sie erzählte uns, was sie zu ihnen auf dem Seitpferd gesagt hatte (klingt übrigens total nach schrottigem Lanzenwettstreit). Vielleicht sollte ich die Gelegenheit ergreifen, und Mikey mal wieder ins Spiel bringen?

»Na, einige von den Jungs, die wir kennen, sind doch in Ordnung.« Ich tat, als würde ich nachdenken, so, als wäre das nicht alles total gefaket. »Also ...« – mehr tiefes Nachdenken – »wie wäre es denn zum Beispiel mit Mikey?«

Tegan lachte. »Was ist denn mit ihm? Ich hab dir doch schon hunderttausend Mal gesagt, dass wir nur Freunde sind.« Und wir hatten ihr hunderttausend Mal gesagt, dass sie sich da irrte. »Klar, du weißt schon, ich hänge echt gern mit ihm ab, aber für ihn bin ich nichts weiter als ein Kumpel. Und das geht klar für mich. Jungs und Mädchen können Freunde sein, wisst ihr, also hört endlich mal damit auf!«

Es war das alte Dilemma. Entweder spielten wir die unerwünschten Cupidos und nervten Tegan, oder wir ließen es bleiben und waren frustriert, weil nicht wurde, was hätte werden können. Rachel entschied sich für Letzteres.

»Was ist mit dir, Bells? Was machen wir mit deiner Jungslage?« Sie piekte mich anklagend mit einem Kleiderbügel. »Und ich rede nicht von dem No-go-son-of-a-teacher-Man, sondern von der wahren Liebe deines Lebens: MDIHW. Was läuft da?«

Ich schnaubte. Jungs waren ein heikles Thema bei mir. Also, rein praktisch gesehen alles andere als heikel, weil ich wahrscheinlich niemals im Leben wieder in irgendeine heikle Lage mit einem geraten würde.

»Absolut Null. Weniger als Null.«

»Also, hör mal«, sagte Rachel, »wenn wir die Kleiderfrage vor fünf lösen, kann Dan auf dem Heimweg einen Abstecher machen und wir könnten noch ein bisschen im Park spähen gehen.«

Tegan piekte mich.

»MDIHW kennt das Auto nicht, also können wir so richtig an der Hecke entlangschleichen.«

Rachel grinste.

»Ja und wer weiß – vielleicht sieht er dich durchs Fenster und rennt hinter dem Auto her, bis du zu einem heißen, neuen torwartorientierten Date bereit bist.«

Ich prustete.

»Als ob, Leute! Innerhalb von zehn Minuten ist doch jedem klar, dass ich eine wandelnde Katastrophe bin. Da kann ich genauso gut weiter aus der Ferne gucken und Pläne fürs Alter schmieden, wo ich dann Selfies von mir und meinen zwölf Hunden mache und die übrige Zeit damit verbringe, mein Heim mit Bauernhausmotivtellern zu schmücken.«

Die anderen lachten. Aber es war auf seltsame Weise tröstlich, wieder genauso wenig begehrenswert wie immer zu sein. Wenigstens wusste ich, dass diese Version von mir funktionierte. Ich war frei, konnte Pickel ausdrücken und meine Abende damit verschwenden, mir Videos von Hunderennen in Zeitlupe anzugucken.

Vier anstrengende Stunden Speedshopping später hatte Rachel endlich Kleid, Schuhe, Halskette, trägerloser BH, Parfum und Lippenstift ihrer Träume gefunden, und ich hatte es geschafft, mir einzureden, dass ich zu Hause in meinem Schrank schon etwas finden würde. Dan holte uns total pünktlich ab und trotz seiner Proteste, er würde sich fühlen wie ein Eisverkäufer, fuhr er so langsam wie nur möglich am Sportplatz entlang. MDIHW ging ganz im Fußball auf und mir waren mehr als zwei herrliche Minuten ununterbrochener Zusehensfreuden vergönnt, bevor wir mit normaler

Geschwindigkeit zu Rachel fuhren. In ihrem Zimmer breiteten wir unsere Ball-Beute aus und wurden ganz albern vor Aufregung. Wie in aller Welt sollte das erst nächsten Freitag, dem Balltag, werden?

Zwischen uns und dem Abend unseres Lebens stand nun nur noch, dass wir zu Ende bringen mussten, was wir Mr Lutas versprochen hatten. Und nichts leichter als das.

Schade nur, dass es von einer heftigen Katastrophe begleitet wurde.

Kapitel 24

Ich hatte drei Nachrichten von Tegan – und selbst an dem Tag, als ihr von einem Salto schlagenden Schüler ein Schneidezahn rausgehauen worden war, hatte sie nur zwei geschickt. Da musste was Schlimmes passiert sein. Aber was? Und warum sagte sie, sie wolle mit uns reden, statt einfach mitzuteilen, worüber sie reden wollte. Ich war sowieso schon so nervös, wegen Luke, den wir heute garantiert in der letzten Nachsitzsession sehen würden. Zu unserer Verabredung vor dem Postamt kam ich ausnahmsweise mal nicht als Letzte. Es war eine besorgt aussehende Tegan, die sich verspätete.

»Bitte, nicht anschreien.«

Das waren nicht die allerberuhigendsten ersten Worte. Ob sie umziehen musste? Oder sich mit Zac verabredet hatte? Oder heimlich eine Doku für *Channel 4* drehte – über eine Gruppe von Freunden, in der eine ein bisschen seltsamer war als die anderen – und jetzt wollten sie mir beibringen, dass ich für sechs Wochen in ein Camp in Ohio geschickt werden würde?

»Das reicht jetzt. Was ist los?«

Sie verzog das Gesicht und guckte auf ihren linken Fuß, der gegen einen Laternenpfahl trat.

»Ehrlich, ihr bringt mich um.«

Rachel legte liebevoll den Arm um Tegan.

»Machen wir nicht, ehrlich. Was ist denn los?«

Tegan holte tief Luft.

»Wisst ihr noch ... gestern, als ihr nach Hause gegangen seid?«

Rachel und ich nickten. Wie geplant hatten wir unsere letzten Dekovorbereitungen in der Mittagspause zum Abschluss gebracht. Dann hatten wir nach dem Unterricht noch mal bei Tegan reingeschaut. Sie hatte mit vollem Einsatz an den Spruchbändern gearbeitet, mit einer Geschwindigkeit wie im Schnellvorlauf. »Und da musste ich noch die Hälfte der Buchstaben für die großen Begrüßungsbanner aufnähen.«

»Wobei wir nicht helfen durften.« Rachel sah sie wütend an, obwohl wir uns alle einig gewesen waren, dass Tegan am Ende nur länger brauchen würde, wenn sie in Ordnung bringen musste, was wir vermasselten.

»Ach, hätte ich euch doch helfen lassen.«

Oh je. Das klang gar nicht gut.

»Kurz nachdem ihr weg wart, tauchte Mum auf –

offenbar brauchten die spontan eine Vertretungsaufsicht in der Turnhalle, und sie hatte gesagt, ich würde einspringen. Sie hat nicht mal gefragt! Und mich gleich mitgeschleift. Wir haben mit dem Hausmeister geredet und der hatte versprochen, dass ich später wiederkommen und alles fertig machen könne. Mum hat sogar ihre Hilfe angeboten. Ich dachte also, alles wäre unter Kontrolle. Aber als wir zur Schule zurückkamen, war überall abgeschlossen …« Ihr Stimme wurde ganz leise. »Und ich konnte nichts machen.«

Rachel guckte verwirrt.

»Und was willst du damit sagen?«

Tegan betupfte sich die Augen, als ob sie eine Träne zurückhalten wollte. Bei näherer Betrachtung sah es aber so aus, als hätte sie vor Kurzem ziemlich viel geweint.

»Dass ich noch längst nicht fertig bin. Mr Lutas wird an die Decke gehen. Und nach all der Anstrengung kann ich nun doch nicht zum Ball – und wahrscheinlich hab ich alles für uns alle kaputt gemacht.«

Ich wollte was Positives sagen, war aber zu fertig dazu. Von uns dreien hatte Tegan am härtesten gearbeitet. Sie hatte es am meisten verdient, zum Ball zu gehen. Nur weil sie ihre Sache so toll machen wollte, hatte sie länger gebraucht. Vielleicht konnten wir ja in der Mittagspause arbeiten wie die Irren und fertig werden? Denn wir gingen entweder alle zu diesem Ball oder gar nicht.

Doch dieser Hoffnungsschimmer hörte auf zu schimmern, als wir in die Schule kamen. Im Kunstraum wurden in der Mittagspause Klausuren nachgeschrieben, betreten verboten.

Als die Zeit zum Nachsitzen näher rückte, waren wir am Ende. Ich versuchte Zac beim Reinkommen einen Blick zuzuwerfen, der sagte: *Hallo, FREUND. Bitte denk jetzt nicht, dass wir deinem Dad nicht dankbar wären, nur weil nicht alles fertig geworden ist, aber Tegan hatte einen Sportnotfalll.* Ich glaube, Zac interpretierte das als *hallo*.

Als Mr Lutas kam, war er so munter wie nie zuvor. Er wurde auf noch besorgniserregendere Weise freudig, nachdem er den Lagerraum aufgeschlossen und hineingeschaut hatte. Freute er sich etwa so darauf, Tegan zusammenzufalten? Hatte ich nicht gewusst, dass seine gute Seite nicht echt sein konnte?

»Kommt zusammen, kommt zusammen. Es ist an derrr Zeit, die Errrgebnisse unserrres kleinen Prrrojektes zu betrrrachten.«

Mikey guckte uns ganz aufgeregt an und hielt den Daumen hoch. Tegan hatte ihn nicht vorwarnen können. Luke guckte gelangweilt wie immer. Er würde das jetzt genießen.

Mr Lutas räusperte sich, als wolle er zu einer Rede ansetzen, von der wir noch kommenden Generationen berichten sollten. Oder wenigstens Zitate im Internet posten.

»Ich muss schon sagen, ich bin sehrrr enttäuscht von Ihnen allen.«

Ich machte mich auf den Einschlag gefasst.

»Wenn Sie nämlich das ganze Schuljahr so hart gearbeitet hätten wie in diesen letzten Wochen, wären Sie alle Einser-Kandidaten.«

Äh, was?

Er stieß die Tür ganz auf. Im Raum stand ein Bilderrahmen aus Holz, der jetzt mit Gold angesprayt und von fertigen Schildern umgeben war, alle in verschiedenen Formen, Größen und Ausführungen. Luke musste die ganze Woche rund um die Uhr gearbeitet haben, sonst wären sie nicht fertig geworden. Verflucht seien seine Fertigkeiten. Wenn er doch gescheitert wäre.

Aber darüber war etwas viel Seltsameres zu sehen. Da, von der Decke baumelten nämlich die Banner, die Tegan nicht fertig genäht hatte. Nur waren sie fertig. Alle Buchstaben aufgenäht, alles perfekt versäubert.

Ich bohrte ihr meinen Ellenbogen zwischen die Rippen. Wenn das ein Witz sein sollte, dann war das ein echt abgedrehter und unkomischer, womit es genau genommen gar keiner wäre. Aber Tegan guckte noch verblüffter als ich.

»Ich war das nicht!«, murmelte sie mir hinter Mr Lutas' Rücken zu.

»Deshalb … nehme ich zurück, was ich letzte Woche gesagt habe. Ich bin erfrrrreut, Ihnen mitteilen zu können, dass Sie sich alle Ihre Eintrrrittskarrrte für den

Ball verdient haben. Ich bin sicher, Sie freuen sich genauso darrrauf wie Zac und ich, all das im Einsatz zu sehen!«

Ich wusste nicht, wie, aber wir hatten es geschafft. Wir hatten es *alle* geschafft. Zusammen. Nicht ganz so, wie ich es mir erträumt hatte, aber ich würde zum Ball gehen und meine Freunde auch. Und Zac. Obwohl er jetzt mein neuer Betreuer-Freund war. Ich glaube, das, was jetzt passierte, bezeichnet man als *Wildes Rumgehüpfe*. Tegan, Rachel und ich nahmen uns in die Arme und sprangen in kleinen Kreisen herum, während Mikey ungeschickt versuchte mitzumachen, uns am Ende aber nur die Rücken tätschelte wie Männchen machenden Hunden. Zac konnte sein riesiges Grinsen nicht verbergen, als wir herumhüpften, sogar das Gesicht von Mr Lutas begann sich zu etwas Nichtwiederzuerkennendem zu verzerren. Oh Mann. Lächelte er tatsächlich? Und lächelte ich aus Versehen zurück, weil ich so erleichtert war?

Hallo, abgedrehtester Schulzwischenfall meines Lebens. Menschen sind ja so verwirrend. Die sollten echt zum Unterrichtsfach gemacht werden, anstelle von so was wie zum Beispiel Geschichte. Darüber kann man ja alles im Internet nachlesen.

Aber da war eine Person, die nicht mitklatschte. Luke. Trotz all seiner Anstrengungen, alles kaputt zu machen, waren Tegan, Rachel und ich am Ende dieses Schuljahres immer noch Freundinnen – Freundinnen, die zusammen zum Ball gehen würden. Was sagst du jetzt, KOTZBROCKEN?

»Beruhigt euch. Nun lasst das mal …« Mr Lutas wedelte mit den Händen, hoch und runter, damit wir mit dem Hopsen aufhörten, aber das sah eher aus wie eine Hip-Hop-Nummer. »Ich bin zwar sehrrr beindrrruckt, dass Sie alles rrrechtzeitig geschafft haben, aber es gibt noch etwas zu tun.« Er langte auf das oberste Regalbrett und holte einen staubigen Projektor herunter.

»Wir müssen uns ansehen, wie es in Aktion wirkt! Bella, haben Sie die Kamera dabei?«

Ich nickte und lief zu meiner Tasche. »Und bringen Sie diese Spezialstifte für die Schilder mit, wo Sie gerade da sind. Luke hat sie rausgelegt.«

Ich entdeckte den Haufen Stifte neben Lukes Sachen, stopfte sie mir in die Taschen und schnappte mir die Schwämme, die daneben lagen. Mr Lutas erklärte uns dann, wie die Sache funktionierte, bevor er uns mit Zac zur Generalprobe mit den Requisiten allein ließ.

Ich spielte mit den Einstellungen an meiner Kamera, während Tegan das Stativ aufstellte, und über Mikey lachte, der im goldenen Rahmen allerlei Wahnsinnsposen einnahm.

»Hier ist ein Genie am Werk, Tegan, lach ihn bitte nicht aus.« Mikey streckte die Zunge raus und machte das Victory-Zeichen. »Ihr dürft mich Mikey Cyrus nennen.« Dann wackelte er mit dem Hintern, ganz so, als ob er das schon viel zu oft in der Abgeschiedenheit seines eigenen Zimmers getan hatte.

Luke guckte angewidert weg, er ignorierte mein Prusten und verteilte die Schilder – und die Schwämme, mit denen sie wieder sauber gewischt werden sollten.

»Hier, ich glaube, wir können genauso gut die hier nehmen. Guckt mal, wie das aussieht, wenn da was draufsteht.« Er hätte nicht weniger begeistert klingen können. Dass alle seine Schilder so gut aussahen, nervte schon. Meine Lieblingsschilder waren eine riesige Gedankenblase und ein großer Pfeil, der mich an meine erste Begegnung mit Zac erinnerte. Ich schnappte mir beide.

Lukes übliche schlechte Laune beachtete ich gar nicht. Ich verteilte die Stifte und wir fingen alle an zu schreiben.

Rachel hatte den ersten Auftritt, sie zog einen Schmollmund, als sie ihr Schild hochhielt. Es war sternförmig, mit goldenen Punkten am Rand. In die Mitte, auf den mit Whiteboardfarbe bemalten Bereich, hatte sie geschrieben HÄNDE WEG VON DAN. Tegan weinte fast vor Lachen, während ich mit meiner Kamera Bilder machte und so tat, als würde ich die Anspielung überhaupt nicht verstehen. Die Requisiten wirkten total toll auf meinem Display. Es war also wirklich eine gute Idee gewesen!

Ich kam als Letzte dran. Ich hatte die beiden größten Schilder genommen. Auf das eine hatte ich eine Taube gemalt, auf das andere einen riesigen Klecks Vogelkacke. Luke konnte nichts damit anfangen. War ja auch nicht für ihn gedacht. Zac musste grinsen. Wie schön, etwas zu haben, auf das wir mit einem Lächeln zurückblicken konnten.

Zusammen klickten wir uns durch die Bilder auf meiner Kamera. Sie sahen toll aus, die anderen aus unserer Stufe würden sie lieben, vor allem, wenn sie an die Wand gebeamt wurden. Total überdreht, weil wir es geschafft hatten, packten wir alle Sachen zusammen, damit sie in die Aula gebracht werden konnten. Tegan und ich falteten gerade das Banner zusammen, als im Lagerraum losgebrüllt wurde.

»BELLA. Was zum Geier hast du da gemacht?!«

Das war Luke. Und er war stinkwütend.

Aber was hatte ich denn getan? Wir rannten hin, um zu sehen, was das Problem war. Luke hockte auf dem Boden zwischen den Schildern, mit dem Schwamm in der Hand und einem wütenden Gesicht.

»Ich kann nicht fassen, dass du sowas gemacht hast, du totale …«

Zac stürmte in den Raum und schnitt ihm das Wort ab, ehe er etwas sagte, das er lieber nicht sagen sollte.

»Ey. Ausdrucksweise. Was ist los?«

Luke rammte Zac meinen Pfeil in die Brust.

»Das.«

Zack nahm den Pfeil, aber genau wie ich, sah auch er das Problem nicht.

Luke zeigte mit dem anderen Schild auf mich.

»Sie hat das mit Absicht gemacht. Das weiß ich genau.«

»Was denn nur?«

Luke rieb an dem Schild herum.

»Sie hat allen Eddings gegeben.« Er kickte den Fuß gegen ein Schild. »Die hier sind hin.«

Eddings? Aber ich hatte doch nur die Stifte geholt, nach denen Mr Lutas mich geschickt hatte?

»Nein, das kann nicht stimmen.«

Ich hob Rachels Schild auf und rieb mit Pullover und Daumen drauf rum, wie meine Mutter an meinem Gesicht, wenn ich nicht gemerkt hatte, dass die Zahnpasta zu anhänglich gewesen war.

Die Worte gingen nicht weg. Meine gute Laune war alles, was verschwand. Was hatte ich bloß getan?

»Luke. Das war ein Irrtum. Ehrlich. Ein Irrtum.«

Normalerweise machte mir nichts mehr Spaß als Luke so richtig zu nerven, aber das hier fühlte sich nicht richtig an. Das hier war ein schrecklicher Unfall. Ich hatte nicht vorgehabt, seine Schilder zu ruinieren. Unser Projekt zu ruinieren.

»Du hast nicht einen ehrlichen Knochen im Leib, Blob. Hör also auf, so zu tun, als würdest du es mir nicht heimzahlen wollen.«

Total gefrustet schmiss er ein Schild an die Wand.

Ich guckte, wo es landete, und dann fiel mein Blick auf die Ablagefächer. Mein Magen verknotete sich. Die abwischbaren Stifte lagen noch da. Neben einer halbleeren Schachtel Eddings, in die ich offenbar gelangt hatte, als ich sie ausgeben wollte. Wie blöd ich doch war.

Ich zeigte mit dem Finger auf meinen Irrtum.

»Ehrlich, das tut mir SO leid. Guck, ich muss die Falschen erwischt haben. Ich hatte echt keine Ahnung.«

Luke reagierte nicht. Er sah völlig fertig aus. So sehr ich ihn auch dafür hasste, wusste ich doch, dass er sich mit Herz und Seele für dieses Projekt eingesetzt hatte. Er stützte den Kopf in beide Hände.

Zac legte ihm seine Betreuerhand auf den Rücken.

»Komm, das Problem können wir doch bestimmt lösen.«

Luke riss die Schulter hoch und schüttelte Zacs Hand ab.

»Also, wenn du nicht jede Sekunde deiner freien Zeit opfern willst, um das mit Fähigkeiten, die du nicht hast, wieder zu reparieren, dann kannst du wohl nichts machen.« Er schaute zu mir hoch. »Dieses Mal bist du zu weit gegangen, Blob. Und das weißt du.«

Es war still im Raum. Keiner wusste, was er sagen sollte. Besonders ich nicht. Ich entschuldigte mich in einer Dauerschleife, aber Luke wollte es nicht hören. Ich bot sogar an, beim Abschleifen der Schilder zu helfen und sie neu anzumalen. Viel war das nicht, aber mehr konnte ich nicht machen, und ich überließ Luke meine Kamera, damit er die Bilder, die wir gerade geschossen hatten, als Grundlage für die Rekonstruktion seiner Entwürfe nehmen konnte. Da Gespräche offenbar nirgendwohin führten, scheuchte Zac uns andere aus dem Raum. Wir sollten den Rest zusammenpacken und dann nach Hause gehen. Luke arbeitete noch immer im Lagerraum, als wir die Schule verließen.

Ich fühlte mich scheiße, aber die anderen waren ganz aufgedreht, weil es jetzt offiziell war, dass wir zum Ball gehen würden – und das in gerade mal 48 Stunden. Trotz meiner Schuldgefühle hatte die Aufregung der anderen auf mich abgefärbt, als wir uns dann alle in Jos Auto quetschten. Wir redeten durcheinander und versuchten zu ergründen, was passiert war. Jo ließen wir gar nicht zu Wort kommen. Rachel meinte, der Unfall sei Karma (bzw. Korma, wie sie erst sagte), Vergeltung für all die Sachen, die Luke mir in diesem Schuljahr angetan hatte. Tegan beschäftigte mehr, wer ihre Banner fertig genäht hatte. Sie hatte Zac und Mr Lutas in Verdacht. Ich versuchte, mir die beiden bei einer Highspeed-Nähorgie vorzustellen, und legte mich auf die weitaus logischere Erklärung fest, dass es ein Geist gewesen war. Von einer viktorianischen Näherin. Die Bälle am Ende des Schuljahres liebte. Ich fand es auch nicht mehr so schlimm, dass Zac unsere Ballaufsicht war, nachdem Tegan klargestellt hatte, dass es mit Zac und mir sowieso nie etwas werden könnte. Eines Tages müsste ich nämlich mit ihm und seinem Dad zu Abend essen. Und niemals würde ich es bringen, entspannt mit so einem Lehrer zu reden, während ich an einem Fischstäbchen kaute. Oder an einem Ort zu duschen, an dem Mr Lutas die Hüllen fallen ließ.

Trotz dieser heiteren Beweise, registrierte Jos Schwesternsensor, dass ich insgeheim immer noch ein bisschen finster drauf war und schlug vor, dass ich meine Musik laufen ließ. Drei Songs von der frisch zusammengestellten *Wahrscheinlich besten Ball-Playlist aller Zeiten* später verblassten Lukes Beschuldigungen. Beim fünften Song grölten wir alle mit, total unmusikalisch, aber glücklich. MDIHW war sogar draußen beim Fußballspielen. Ehe ich ihn daran hindern konnte, hatte Mikey auch schon das Fenster runtergekurbelt – genau in dem Moment, als aus den Lautsprechern dröhnte: »I want to kissy kiss your face, boi.« Ich tauchte sofort ab und beschimpfte Mikey dabei, der aber nur dem ganzen Fußballfeld königlich zuwinkte. Und da glotzten nun alle in unsere Richtung. Ehrlich, kannte sich dieser Junge denn überhaupt nicht mit Mädchen aus?

Nachdem alle abgesetzt waren, wurde es viel zu still im Auto.

»Hat also alles geklappt?«

Jo schien sich für mich zu freuen.

»Hm. Kann ich mich jetzt bitte mit der Kleiderfrage stressen?«

»Der am wenigsten subtile Wink aller Zeiten. Du willst dir also Klamotten leihen?«

»Gar nicht. Aber, wo du das schon mal anbietest …«

»Tu ich nicht.«

Aber vielleicht machte sie es ja doch, wenn ich die Sache richtig anging. »Wie war es beim Training?«

»Du weißt schon.«

Tat ich nicht, denn das letzte Training, das ich je absolviert hatte, war mein Töpfchen-Training gewesen – und daran erinnerte ich mich zum Glück nicht mehr.

»Freust du dich auf die Wettkampfreise?«

»Glaub schon.« Sie klang nicht so begeistert wie sonst. Aber ich musste sie auf meine Seite kriegen und meine Begeisterung reichte für uns beide.

»Also, vielleicht könnte ich mir ja einen deiner Wettkämpfe angucken?«

Sie verzog das Gesicht.

»Hä? Hab ich richtig gehört? Willst du freiwillig irgendwohin kommen und mir bei einem Rennen zugucken?«

Nicht zu glauben, dass sie so ungläubig war. Unverschämt. Interesse an Leichtathletik heucheln und im Gegenzug Zugriff auf ihren Kleiderschrank erhalten … war doch ein total ausgekochter Plan.

Sie bog in die Auffahrt ein und stellte den Motor ab. Mum winkte uns durchs Küchenfenster zu. Ich musste nichts hören, ich wusste auch so, dass sie zu ABBA tanzte. Normalerweise hieß das, wir würden was mit schwedischem Touch zu essen kriegen. Oder einfach nur was Angebranntes, weil sie sich zu sehr hatte ablenken lassen. Einmal waren wir auf Rote Bete gestoßen, die sie zwei Tage im Backofen gelassen hatte. Die sahen aus wie Kanonenkugeln.

Als wir uns zum Essen setzten, erfüllte Mum alle Erwartungen – was Forellenartiges mit schwedischen Loganbeeren (die Loganbeeren konnte sie aber nicht finden, also hatte sie stattdessen Erdbeermarmelade genommen) und zu Holzkohle transformierte Rote Bete. Es schmeckte auf perverse Art gut und ich schlang es runter, während ich Mums Geschichten über das Upcycling von benutzten Wattebäuschen zu kleinen Bettchen für obdachlose Hamster lauschte.

Nach dem Abendessen gingen wir ins Wohnzimmer rüber und guckten uns eine Sendung über Geisterjäger an. Vielleicht sollte ich die mal in die Schule einladen, um die paranormalen Nähaktivitäten zu untersuchen? Ich schnaubte laut und verächtlich, als Jo sich verdrückte und mich mit Mum allein ließ. Mum fragt Jo nie, warum sie die »Familienzeit« nicht respektiert. Wahrscheinlich setzte sie sich ab, um oben in ihrem Zimmer mit ihren Uni-Freunden zu skypen.

Aber als Jo wieder runterkam, wurde mir klar, dass ich ihr Unrecht getan hatte. Denn sie schleppte einen Armvoll Klamotten an.

»Dann komm mal. Wir haben nur zwei Abende, um dich für den Ball zurecht zu machen. Sie warf die Kleider auf den Tisch. »Also, welches macht dich zur Bella-vom-Ball?«

Sie hatte sogar das megateure Kleid mitgebracht, für das sie die ganzen Weihnachtsferien gearbeitet hatte.

Sie lächelte und hielt es mir hin. Und ehe mir bewusst wurde, was ich da machte, hatte ich meiner Schwester auch schon die Arme um den Hals geworfen und sie an mich gedrückt.

Kapitel 25

Ich glaubte, meine Lungen würden explodieren. Sie standen eindeutig in Flammen. Nach dem letzten Klingeln waren wir zu Rachel nach Hause gesprintet, obwohl wir alle diese Sachen aus dem Kunstunterricht mitschleppen mussten. Meine Käse-Ananas-Skulptur spendete ich der Mülltonne – ich hatte sowieso nur eine 2 dafür gekriegt. Mist.

Ob sich die Pinkfärbung und das Schwitzen reduzieren ließen, wenn man keuchend, und alle viere von sich gestreckt auf Rachels Bett lag? Das konnte ich nur hoffen. Ich sah aus wie ein Stück Schinken, das über Nacht im Frühstücksbeutel vergessen worden war. Und heute war der Abend, an dem ich heiß aussehen musste und nicht wie Schinken. Heute war DER Abend. Der Ballabend.

Während Tegan in Rachels Dusche sang, keuchte ich

weiter und wurde total panisch, weil mir die Zeit fürs Fertigmachen davonlief (und ich eigentlich noch nicht mal angefangen hatte, mich fertig zu machen). Ich schwör's, wenn mein Geist und mein Körper sich im wirklichen Leben begegnen würden, sie würden keine Freunde werden. In derselben Zeit hatte Rachel es geschafft, sich sämtliche Nägel zu lackieren und den Ball-Mocktail ihrer Mutter zu trinken. In unseren Gläsern waren sogar Buchstabeneiswürfel, aus denen man unsere Namen legen konnte (allerdings war bei mir das A geschmolzen).

Als Tegan aus der Dusche kam, schlug sie ihr Lager vor dem Spiegel auf. Eine aufgedrehte Rachel sprang neben mir aufs Bett, ich federte hoch und kippte mir mein Getränk in die Haare. Na ja, dann waren die also ein bisschen klebrig.

»Ich kann nicht fassen, dass es HEUTE soweit ist! Du weißt, was das bedeutet, oder?« Sie ließ mir keine Zeit zu antworten. »Das ist die Party des Jahres. Und wir müssen nur noch eine Woche Schule ertragen. Dann ist Sommer, Sommer, SOMMER!«

Tegan brüllt »Freiheit« gefolgt von einem noch lauteren »au«, weil sie sich fast das Auge mit der blauen Mascarabürste ausgestochen hätte.

»Hat eine von euch die Gästeliste gesehen? Ich will wissen, wer kommt.«

Ich schüttelte den Kopf, gar nicht so leicht, wenn man sich gerade falsche Wimpern ankleben will.

»Stellt euch mal vor … wer da alles kommen könnte. Der Schuhjunge …« Verträumt guckte sie ins Leere, so als würde es nach Paris gehen und nicht auf den Schulball. »Denk nur, Bella. Jemand könnte MDIHW eingeladen haben. Einer von den Jungs.«

Wenn eins von den Mädchen MDIHW als echtes Date mitbringen würde, wäre es moralisch vertretbar, meine frisch erworbenen Heißklebepistolenfertigkeiten zu nutzen und sie auf ewig mit der Klobrille zu verbinden. Ich strengte mich gewaltig an, bei diesem Gedanken, das Gesicht nicht zu verziehen, denn das erschwerte das Ankleben der falschen Wimpern erheblich. (Schon an meinen besten Tagen neigte ich dazu, mir ein Auge zuzukleben, und auf dem Ball wollte ich wirklich nicht aussehen wie ein Pirat.)

Ich brachte es Rachel schonend bei: »Tut mir leid, dich enttäuschen zu müssen, aber ich hab nicht gehört, dass irgendwer seinen Namen genannt hat.« Ich korrigierte mich. »Nicht, dass ich wüsste, wie er heißt.«

»Wahrscheinlich ist er nicht MDIHW getauft worden.« Rachel sagte das so, als würde sie echt hilfreich sein wollen. »Was würdest du denn machen, wenn er da wäre?«

Ich wollte antworten, aber Rachels Mum rief, wir sollten uns mal beeilen, das Beste aus unserem Typ zu machen.

Nach dreißig Minuten Spiegelsport sahen wir uns das Ergebnis an. Meine Proben mit Jo gestern hatten sich ausgezahlt. Ich hatte einen Look zustande gebracht, der ganz nah an *normales Mädchen geht aus* herankam. Nichts auf Rachels oder Tegans Niveau, aber *Bella an einem guten Tag*. Das ging klar.

Rachels Mutter stieß einen Pfiff aus, als wir die Treppe runterkamen. »Seht ihr aber erwachsen aus!« Sie gab die stolze Mum-Paparazza und schoss Fotos, ohne mir die Zeit zu geben, einzuatmen oder die weniger gute Augenbraue von der Kamera wegzudrehen. Wir mussten uns auf der Treppe aufstellen. In meinem bzw. Jos grünen Kleid fühlte ich mich wie eine Nixe mit Beinen – oder ist das nix?

Rachel trug ein enges weißes Etuikleid mit silbernen Peeptoes. Hört sich schlimm an und ein bisschen engelmäßig, funktionierte aber wirklich. Nur zwei Prozent aller Menschen kommen mit enger weißer Kleidung durch. Rachel gehörte dazu. Die anderen sind Eiskunstläufer bei der Olympiade. Auf eigene Gefahr hatte sie unsere Warnungen in den Wind geschlagen, unknutschbar zu sein, wenn sie zu viel Glitter auftrug. Es sei denn, der Typ wollte wie Lametta aussehen. Tegan hatte sich die Zöpfe aufgesteckt und zu ihren Smokey Eyes wirkte ihr blaues Kleid noch atemberaubender als im Laden. Mit den Quasten sah es aus wie was aus der *Vogue*. Ich liebte meine Freundinnen ja unheimlich, aber manchmal kam es mir vor, als wären sie die siegreiche Weltmeisterschaftsfußballmannschaft und ich ihr haariges Maskottchen.

Draußen hupte es. Rachels Dad wartete schon hinter dem Steuer seines frisch polierten Autos, mit Hut und Schlips (ihr Dad, nicht das Auto).

Er stieg aus und hielt uns die hintere Tür auf.

»Meine Damen, ich bin Ihr Chauffeur heute Abend. Bitte nehmen Sie Platz.«

»Oh, danke, Sir!« Ich wollte anmutig einsteigen, verhedderte mich aber mit der Hacke in meinem Kleid und klatschte auf den Rücksitz. Ein Maskottchenklassiker.

»I have a feeling tonight's gonna be a good, good night«, sang Tegan beim Einsteigen, dabei schob sie mich über den Rücksitz wie ein Tablett in der Kantine. »Vielleicht sogar superlativistisch gut.«

»Absolut. Obwohl ich nicht genau weiß, was superlativistisch bedeutet. Stellt euch mal vor, wie das wäre, wenn ich es geschafft hätte, MDIHW psychiatrisch heraufzubeschwören mit all meinen positiven Vibrationen und ihr beide würdet irgendwann heiraten?«, sagte Rachel verträumt. Tegan flüsterte: »Psy-chisch.«

»Heiraten?« Ich schnaubte. »Wen interessiert das denn noch? Solange ich ihm das Gesicht wegknutschen kann!«

Ich gackerte.

Rachels Dad knallte die Fahrertür zu und erinnerte uns daran, dass er Ohren hatte. Wir mussten das Gespräch in eine Dad-taugliche Richtung lenken.

»Mal ehrlich. Für mich geht es heute Abend nur um

euch, sonst nichts.« Ich schenkte ihnen mein schnulzigstes Lächeln.

»Ohhhh, danke, kleine Freundin.« Tegan legte den Arm um mich und drückte mir die Schultern. »Für mich auch.«

Mr Allen stellte per Rückspiegel einen Dad-mäßigen Blickkontakt zu Tegan her. »Ich dachte, du bist in einer Beziehung – oder wie immer ihr Mädchen das nennt – mit diesem netten Jungen … Michael?«

Rachel kreischte: »NEIN«, und rammte sich die Finger in die Ohren bei dieser väterlichen Fehlleistung.

Tegan guckte geschockt. »Ich geh nicht mit ihm. Sie sind ja genauso schlimm wie die beiden hier. Ich meine, ja, er ist toll, aber es ist nicht so, dass …«, sie suchte nach Worten, »… na ja, er steht nicht auf mich und selbst wenn … er ist einfach zu sehr …«, sie machte eine Pause »… ein Junge.«

Rachels Dad schüttelte den Kopf.

»Frauen. Ob jung, ob alt, ich werde sie nie verstehen.«

»Klappe, Dad. Wir sind hundertprozentig unverständlich.«

Rachel warf das Haar zurück und tat so, als würde sie nicht merken, dass sie die Kopfstütze total verglittert hatte. Als wir vor der Schule vorfuhren, sah der ganze Vordersitz aus wie für die Disco aufgepeppt.

Wir kletterten aus dem Auto und konnten einen ersten Blick auf unsere Deko im Einsatz werfen. Ganz schön aufregend, alles, wofür wir so hart gearbeitet hatten, an seinem Platz zu sehen. Tegans tolle Banner hingen über den Toren und Türen – die Geister konnten ziemlich zufrieden sein.

Die Girlanden, die Rachel und Mikey gemacht hatten, baumelten in den Fluren und raschelten. Überall, wo man hinguckte, waren unsere kleinen Details, die aus der höllenlangweiligen Schule ein Partyparadies machten. Als ich Arm in Arm mit meinen Freundinnen dastand und sah, wie hin und weg alle von dem waren, was wir fertiggebracht hatten, konnte ich überhaupt nicht mehr glücklicher sein. Es hatte zwar ein ganzes Schuljahr gedauert, aber am Ende hatte ich doch mal was richtig gemacht.

Wir schmissen die Haare zurück und stolzierten durch die Türen. Hallo, Welt, hier sind wir! Und ja, mein linker Knöchel knickte ein ganz kleines bisschen um, aber tun wir mal so, als wäre das nicht passiert.

Ohne den üblichen Schulkram wirkte der Raum sehr viel größer. Die Musik dröhnte und alle standen in ihren Gruppen am Rand rum. Das musste man Luke lassen, der Bilderrahmen sah fantastisch aus. Und er hatte ein ganz neues Set Schilder gemacht. Die Leute stellten sich schon damit in Pose und schrieben riesige Botschaften, während meine Kamera eifrig klickte. Am anderen Ende der Aula wurden die Bilder an die Wand geworfen und sie sahen toll aus. Allerdings wusste ich nicht so recht, wie gut es mir gefiel, Lous Nasenlöcher in Fesselballongröße zu sehen. Na ja.

Ich sah mich im Raum um und checkte ab, wer schon da war, dabei achtete ich sorgfältig darauf, keinen Blickkontakt zu der Traube von Lehrern hinten in der Ecke aufzunehmen. Ist Traube das richtige Wort? Trübe traf es vielleicht besser. Aus der Mitte der Trübe, wo er neben ein paar anderen Absolventen-Assistenten stand, stach Zac hervor wie ein sexy bunter Hund. Wenn mein Hirn sprechen könnte, würde es *schmacht* sagen. Aber so was von *schmacht.*

Zac im Anzug war zu gut für diese Party. Und für jede andere Party. Es sei denn, es war die Party für die zehn heißesten Typen der Welt. Und zu der würde ich niemals eingeladen werden, also könnte ich das gar nicht beurteilen. Er hob die Hand und winkte mir diskret zu.

Wenn mir in Black Bay jemand erzählt hätte, dass es so mit uns enden würde, hätte ich ihn für verrückt gehalten. Aber derjenige hätte mir entgegenhalten können, dass ich nur eine Pfeil tragende Irre mit einem Schuh sei und einfach keine Ahnung habe.

Die College-Mädchen neben Zac lachten alle zu sehr über seine Witze. Vielleicht fanden sie internationales Kino genauso urkomisch wie er? Sie wirkten so viel entspannter mit ihm, als ich es je gewesen war. Wahrscheinlich redeten sie übers College und Sachen wie Knüppelschaltung, Kreuzworträtsel und was man sonst so machte, wenn man siebzehn ist. Aber ich war nicht eifersüchtig. Denn jetzt war Zac für mich der heiße Freund, der dafür gesorgt hatte, dass ich zum Ball konnte. Und das fühlte sich viel besser an, als ihn als Date zu haben, weil er mich für was hielt, das ich nicht war.

Ich winkte zurück. Die Mädchen feuerten Todesblicke zu mir rüber. Ich erwiderte das lächelnd.

Sekunden später tauchte Mikey mit seinem besten Freund Jay auf. »Mit modischer Verspätung, wie ich sehe.«

Mikey trug einen Anzug, der ihm zwei Nummern zu groß war, ein klassischer Fall von Dad-Ausleihe. Er konnte den Blick gar nicht von Tegan losreißen. »*Wow*, du siehst unglaublich aus.«

Er trug so dick auf! Ich kickte die Fußspitze gegen seinen Schuh und quietschte, als mein Zeh Direktkontakt mit seiner Hacke bekam. Wieder ein Grund mehr, nie was anderes als Turnschuhe zu tragen.

»Äääh, ihr seht ALLE unglaublich aus. Wie immer.«

Tegan legte die Hand hinters Ohr und lauschte der Musik. Was Mikey sagte, entging ihr komplett. Sein Gesicht wurde ganz traurig, er sah aus wie ein schrumpeliger Luftballon.

»Hört ihr das? Das ist Tay-Tay. Wer ist dabei?« Sie wartete nicht auf eine Antwort, rannte auf die Musik und das Lachen in der Aula zu und winkte uns, ihr zu folgen. Rachel und ich hetzten hinter ihr her, ziemlich wacklig auf den hohen Hacken.

Nachdem wir über eine Stunde getanzt hatten, als würde keiner gucken (was leider doch alle taten, während ich sowohl dem Move *Rasier dir den Bart* als auch *Bändige das ungehorsame Ferkel* zur Welturaufführung verhalf), kündigte der DJ an, dass er in zehn Minuten die Ballkönigin und ihren Prinzen krönen werde.

Die Mädchen liefen los, um ihr Make-up aufzufrischen, die Jungs liefen los, um in irgendwelchen Ecken so zu tun, als sei ihnen das alles egal, und die Schlange vorm Bilderrahmen war verschwunden. Wir sahen unsere Chance und flitzten rüber, um uns alle zusammen für ein großes Bild zusammenzuquetschen.

»Lasst mich durch!« Mikey drängelte sich in die Mitte und hielt ein Schild hoch, auf das er *Ball-Crew 4eva* gekritzelt hatte. Er machte sein bestes Duckface. Tegan und ich machten Peace-Zeichen und Rachel hauchte der Kamera einen Kuss zu. Zac lächelte von der anderen Seite des Raumes zu uns rüber.

»Cheeeeese!«, kreischten wir, umarmten uns und waren glücklich, zusammen zu sein. Unser Bild erschien auf der Wand, wir sahen so riesig aus – so fröhlich. Mikey zeigte mit dem Finger drauf. »Fällt das nicht aus dem Rahmen?«

Wir brachen vor Lachen zusammen, als der mürrische Oberstufenfotograf uns höflich bat, doch aus dem Weg zu gehen.

Jemand tippte mir auf die Schulter.

»Wie gut ihr ausseht, Leute!« Ich wirbelte herum und sah gerade noch, wie Zac mir zuzwinkerte. »Aber ein bisschen zu wenig Vogelkacke für meinen Geschmack.«

Die anderen lachten, weil sie die Anspielung verstanden, immerhin waren sie mit der Geschichte so vertraut, als seien sie dabeigewesen. Zac ging etwas zur Seite, damit er allein mit mir reden konnte.

»Also, Bells, ich weiß nicht, ob ich es dir schon erzählt hab, aber nächste Woche geht es los. Sobald das Schuljahr zu Ende ist, bin ich weg hier.«

»Mist. Irgendwie war es toll, dich hier zu haben.« Ich korrigierte mich. »Ab und zu auch schrecklich, aber im Wesentlichen toll.«

Er lachte zustimmend.

»Hätte ich selbst nicht besser formulieren können. Es war auf alle Fälle ... denkwürdig.«

»Danke für all deine Hilfe. Besonders dafür, dass wir doch zum Ball durften.«

Zac guckte zu seinem Vater rüber.

»Ihm solltest du danken. Behalt es für dich, aber ich glaube, er hat die ganze Zeit versucht, zu helfen.«

Ich prustete durch die Nase. War ja immer gut, Zac ein paar scharfe innere Bilder UND Geräusche mit auf den Weg zu geben.

»Äh, reden wir hier von deinem Dad?«

»Ja, dem Mann, der seine neueste Schülerin dazu überredet hat, euch alle doch kommen zu lassen. Ich habe gehört, dass es heiß herging in unserem Wohnzimmer.«

Wovon redete er bloß? Zac merkte mir meine Verwirrung an.

»Mrs Hitchman? Wusstest du nicht, dass er ihr und ihrem Mann Zeichenunterricht gibt? Stillleben. Ich glaube, nur deshalb hat sie eingewilligt, euch teilnehmen zu lassen.«

Deshalb hatte ich die beiden also immer wieder zusammen gesehen. Mr Lutas war doch wirklich ein stilles Wasser. Obendrein eines, das wohl doch keine Affäre mit der Schulleiterin hatte. Wenn Wasser überhaupt Affären hatten.

Mr Lutas guckte zu uns rüber, als wisse er, dass wir über ihn redeten. Zac drehte seinem Vater den Rücken zu und bedeutete mir, mit ihm in den Fotorahmen zu steigen. Er war wirklich ganz schön aufmüpfig geworden, jetzt, da nur noch fünf Schultage vor ihm lagen. Aber als wir uns in Stellung brachten, entdeckte ich Luke in einer dunklen Ecke. Er beobachtete uns.

Aber ich würde nicht zulassen, dass er mir den Abend kaputtmachte. Er hatte in diesem Schuljahr schon mehr als genug kaputtgemacht. Ich verständigte mich mit Zac – und als der Fotograf losknipste, formte ich mit den Händen ein Herz, um der alten Zeiten willen.

Als das Bild an die Wand projiziert wurde, beachtete ich Lukes stetig wachsende Flappe immer noch nicht. So ist das, wenn ein Austeiler einsteckt.

Zac stupste mich in die Seite – ich spannte jeden beweglichen Muskel an. Sein Dad kam auf uns zu.

Mit einer Kopfbewegung wies Mr Lutas auf das Foto. »Ich kann nicht glauben, dass du sowas machst.«

Oh je. Vier Meter hoch wirkte meine herzförmige Verlegenheit gar nicht mehr so witzig. Ich wünschte, das Riesenfoto und ich würden einfach verschwinden.

»Ich hatte doch gehofft, dass gerade dir diese Komposition ein *bisschen* besser gelingen würde.«

Oh, ha-ha. »Aber, Miss Fisher, einen Rat will ich Ihnen geben ...«

Ach, du meine Güte! Was denn jetzt? Kein Wort, bitte, über Käseskulpturen.

»Lassen Sie bei der Wahl Ihrer Ferienrrromanzen mehr Weisheit walten. Auf Campingplätzen trifft man manchmal sehrrr merrrkwürrrdige Leute.«

Mr Lutas zwinkerte mir so zu wie Zac vor ein paar Minuten. Und er lachte. ER WUSSTE ES ALSO!

»Glauben Sie wirklich, ich wäre von gestern, Miss Fisher? Unterschätzen Sie mich nicht!« Er genoss sichtlich, wie ich damit *nicht* zurecht kam. »Und wo wir schon mal dabei sind, dieser jungen Mann da ist auch keineswegs zu unterschätzen.«

Mr Lutas nickte quer durch den Raum und mit einem großen Lächeln für Zac und mich, ging er davon. Er hatte zu Mikey rübergenickt. Der war mitten in einer spontanen Tanzeinlage mit Jay. Die beiden versuchten – vergeblich – eine ganze Justin-Bieber-Choreo zu reproduzieren. (Mikey sah dabei aus wie meine Mum, wenn sie mit einer Muskelzerrung im Rücken Yoga machte.) Ich drehte mich wieder zu Zac um, aber da rannte Luke uns beinahe über den Haufen, als er auf den Fotografen zustürzte und mit ihm redete. Offensichtlich war er noch immer sauer auf mich wegen der Schilder, doch ich war überrascht, dass er Zac nicht ein bisschen mehr Respekt entgegenbrachte. Aber ich wollte nicht noch mehr Zeit auf ihn verschwenden, als ich es schon getan hatte.

»Ich werde nicht damit fertig, dass dein Dad über uns Bescheid weiß, können wir also so tun, als hätte er das nie gesagt? Und kannst du mir stattdessen vielleicht diese Mikey-Sache erklären?«

Zac guckte betreten. »Kann sein.«

Ich piekte ihn mit dem spitzen Ende eines Schildes.

»Wir haben ja gesehen, was passiert, wenn wir nicht offen miteinander sind.« Ich piekte ein bisschen fester. »Spuck's aus!«

»Ey! Okay.« Er suchte nach den richtigen Worten. »Ich glaube, Dad meinte nur, dass … nehmen wir mal an … er hätte eine SMS vom Hausmeister gekriegt, der mitteilte, dass er die Schule abschließen würde, und nehmen wir mal an, er wusste, dass jemand noch rein musste, um an etwas zu arbeiten, und dann nehmen wir mal an, er erzählt seinem Sohn davon. Und sein Sohn hat das dann vielleicht erwähnt, als er abends jemandem begegnet ist. Jemandem, der gerne helfen wollte … und sich vielleicht, sagen wir mal, vorm Hausmeister versteckt hat und über Nacht geblieben ist, um die Arbeit zu beenden?«

Ach du …

Erzählte Zac mir da etwa – nur mal angenommen –, dass der Mensch, der da gerade tanzte wie eine schwerverletzte Marionette, derjenige war, der Tegans Banner fertiggenäht hatte? Dass der nur mal angenommene Mikey die ganze Nacht an der Nähmaschine verbracht hatte, damit Tegan zum Ball gehen konnte? Das war so GROSS. Verdammt und zugenäht.

Zac lachte. Er war ganz erleichtert, weil die Katze aus dem Sack war. Obwohl ich echt nicht weiß, wer Katzen in Säcke steckt.

»Mund zu, Goldfisch. Ich dachte, du wärst schon dahintergekommen.« Ich würde nicht zugeben, dass ich keinen Schimmer gehabt hatte.

»Also, er hat ja den ganzen Tag gegähnt. Aber das mache ich auch meistens und ich habe kein Superhelden-Näh-Alter-Ego.«

Zac war froh über den Themenwechsel.

»Wo wir gerade von Alter Egos reden, *Velvet Badger* hat im Juli einen Gig in Birmingham. Magst du vielleicht mit den anderen hinkommen?«

Großes Nüsternblähen. Mal wieder. Das wäre so was von toll. Und ich fand es auch toll, dass Zac nach allem, was passiert war, ein richtiger Freund sein wollte – auch wenn das Schuljahr vorüber war. Aber gerade als ich meine Gesichtszüge unter Kontrolle bringen und ihm sagen wollte, dass wir total dabei waren, wurde die Musik von lautem Lachen übertönt. Oh, bitte, lasst Mikey nicht schon wieder einen Headspin versuchen, beim letzten Mal hat ihm sein Knie die Nase gebrochen.

Wie alle anderen im Raum guckten Zac und ich, was los war. Mikey war *nicht* der Grund dafür, dass die Leute aufgehört hatten zu tanzen und auf die Wand projizierte Bilder guckten. Bilder, auf denen keine Leute waren, nur ein großes handbeschriebenes Schild. Ich las, was darauf stand.

Und wünschte mir sofort, es nicht getan zu haben.

Das waren Worte, die ich schon mal gesehen hatte.

Würdest du lieber zwei Jahre lang so tun, als hättest du deine Tage, statt zuzugeben, dass du sie nicht hast? Das hat meine Freundin getan, nachdem sie gebrüllt hatte »Kann mir jemand mal eine Binde geben?«

Mein Kleid schien sich in eine Zwangsjacke verwandelt zu haben, in der Atmen unmöglich war. Hektisch sah ich mich nach den anderen um. Bitte, lass sie es nicht bemerkt haben. Aber Tegan und Rachel standen Schulter an Schulter da und starrten auf die Projektion.

Ein neues Bild tauchte auf. Noch ein Schild. Genauso groß.

Meine Freundin Tee war immer so aufgeregt beim Versteckspielen, dass sie sich jedes Mal in die Hosen gemacht hat, wenn sie sich verstecken sollte.

Der Raum fing an sich zu drehen. Was war hier los? Warum standen meine Geheimnisse an der Wand? Warum hörten die nicht auf zu lachen?

Noch ein Schild erschien.

*Wollt ihr MJ zum Heulen bringen? Fragt ihn mal, was am Ende von Harry Potter passiert. ** Schade, dass er im wirklichen Leben keinen Liebestrank für seine Hermine – Tee finden kann.***

Hatte die Musik aufgehört oder hatten sich meine Ohren vor Entsetzen verschlossen? Der ganze Ball starrte jetzt auf die Projektionen. Nur Tegan nicht, die auf mich zugerannt kam. Sie sah aus, als wäre ihre Welt zu Bruch gegangen. Und genauso fühlte ich mich. Diese Geheimnisse hatte ich nie irgendjemandem erzählt. Niemanden außer *PSSST*. Warum standen die jetzt dort an der Wand – in meiner Schule? Was steckte dahinter? Und wie konnte ich verhindern, dass jemand spitzkriegte, dass es hier um mich und meine Freunde ging?

Tegan sprach ganz langsam.

»Warst du das?«

Ich wusste nicht, was ich sagen sollte.

»Bella. Warst du das?«

Ich fühlte mich so schuldig, ich hätte am liebsten gekotzt. Aber das würde nur die Aufmerksamkeit auf mich lenken und die Leute dazu bringen, darauf zu kommen, um wen es hier ging.

»Nein. Also … *vielleicht?*«
Rachel kämpfte sich durch die hysterische Menge.
»Kann mir mal jemand sagen, was hier vorgeht?«
Tegan zeigte auf mich.
»Frag sie.«

Habt ihr euch je gefragt, warum einer unserer Lehrrrerrr mit seinen Schülern Rrreisen machen darrf? Könnten außerstundenplanmäßige Besuche bei einer gewissen Person damit zu tun haben? (– etwa unserer Schulleiterin?)

In der Ecke knallte es laut, als eine wütende Mrs Hitchman zur Tür hinausstürmte, gefolgt von einem streng dreinblickenden Mr Lutas. Zac folgte ihnen. Und eine Welle von Gekicher. Nur eines lieben die Leute noch mehr als einen Schülerskandal – und das ist ein Lehrerskandal.

Woher weißt du, dass der heißeste Absolvent der Welt ekzact das ist? Wenn du herausfindest, dass sein Dad der seltsamste Lehrrrerrr ist und du ihm trotzdem das Gesicht wegknutschen möchtest. Um es gleich wieder draufzusetzen und noch mal wegzuknutschen.

Mein Magen verknotete sich so sehr, dass ich nicht wusste, ob ich noch aufrechtstand. Das waren die Sachen, die ich auf *PSSST* gepostet hatte, aber ich hatte doch keine Namen benutzt? Zac war ergänzt worden. Aber nur Tegan, Rachel und Zac wussten, was wirklich in Black Bay passiert war – und sie hatten doch bestimmt nichts damit zu tun!

War das ein Albtraum? Bitte, sag doch jemand, dass es ein Albtraum ist. Mum, weck mich mit einer Tasse Tee. BITTE. Mumbles, leck mir das Gesicht! Macht doch irgendwas!

Noch nie hatte ich so ein Gelächter in der Aula gehört. Der DJ hatte die Musik abgestellt, weil das Tanzen eingestellt worden war. Stattdessen zeigten alle mit den Fingern, während sie versuchten rauszukriegen, um wen es in den Geschichten ging. Bitte, mach, dass keiner dahinterkommt. Ich werde auch nie wieder über irgendwas jammern, nicht mal über meine abnorm langen Augenbrauenhaare, wenn jemand – egal wer – dafür sorgt, dass das hier aufhört, bevor noch mehr Schaden angerichtet wird.

Was konnte ich machen? Tief atmen, Bella. Denk logisch. Oder denk überhaupt mal. Ich musste verhindern, dass irgendjemand den Beweis dafür lieferte, dass diese Geschichten von mir kamen. Dann konnte ich die anderen immer noch schützen. Aber es durfte nicht noch mehr an die Wand geworfen werden. Nicht noch mehr Hinweise!

Ich bahnte mir einen Weg zum Projektor. Wo war dieser blöde Stecker?

Doch – zu spät. Ein Klick und das letzte Bild erschien. Es war jemand, den ich nur allzu gut kannte. Luke. Und mit einem Lächeln hielt er das bisher schlimmste Schild hoch.

Danke für die LOLs, Bella Fisher.
Viel Spaß beim Ball ☺

Kapitel 26

»Verstehe ich das jetzt richtig?« Auf der anderen Seite der Kabinentür wiederholte sich Tegan zum vierten Mal. Unter Tränen der Scham stellte ich mich schon auf das achtundneunzigste ein.

Ich hatte mein Bestes getan, zu erklären, was passiert war. Warum es passiert war. Obwohl ich immer noch nicht so richtig kapierte, wie es sein konnte. Beim ersten Mal hatten sie geschockt geguckt. Beim zweiten Mal verblüfft. Beim dritten so wütend, dass ich dachte, ich würde mich gleich im Spiegel über dem Waschbecken Rotz und Wasser heulen sehen. Um meine Würde zu wahren, war ich in eine Klokabine gerannt und hatte mich eingeschlossen. Gefühlt schwappte ihre Wut unter der Tür durch. Aber ich hatte es ja verdient.

Tegan war auf ruhige Art wütend – unheimlicher gings nicht.

»Du hast ALLEN die Sachen erzählt, die wir geschworen hatten KEINEM zu erzählen.«

Ich nickte. Ist aber nicht so nützlich hinter einer geschlossenen Tür.

»Irgendwie.«

»Irgendwie ja oder irgendwie nein?« Sie kochte – und das konnte ich ihr nicht zum Vorwurf machen. So schwer war es schließlich nicht, dahinterzukommen, dass sie *Tee* war und Rachel *R*. Und Mikey würde vielleicht nie wieder mit mir reden. Schon gar nicht, nachdem die ganze Schule ihm Sachen wie »Schniefus Snape« hinterher gerufen hatte. Und »Blahry Schnotter«. Und: »Hol dir den Schmatz«, als er Tegan hinterhergelaufen war. Sie hatte ihn abgewimmelt, es war ihr todpeinlich gewesen, dass ihr Privatleben so öffentlich geworden war. Bitte, bitte, lass mich unsere Freundschaft nicht für immer zerstört haben.

Ich, Bella Fischer, bin wie ein Klettverschluss, an dem alles festklebt, was Leben ruinieren kann. Kann ich mich nicht von jetzt an wenigstens darauf beschränken, mein eigenes zu versauen? Vielleicht sollte ich doch Nonne werden. Außerdem sind diese Roben auch echt geräumig, sollte ich die nächsten vierzig Jahre mit Frustfressen verbringen.

Ich holte tief Luft.

»Ich wünschte, ich könnte es erklären. Aber das kann ich nicht. *PSSST* war nur so eine doofe Sache, die ich gemacht hab, als wir Streit hatten. Nur, weil ich Zac finden wollte. Aber dann haben Leute angefangen, mein Zeug zu liken und ich hab weitergemacht. Da stand, es sei anonym. Ich hab nie Namen benutzt. Das schwöre ich! Ich hab das für total harmlos gehalten. Ich hatte nicht das Gefühl, dass echte Menschen es sehen könnten.«

Das klang jetzt blöd. Wer sollte die Posts denn sonst gelikt haben?

Als ich mich zum siebenundvierzigsten, achtundvierzigsten und neunundvierzigsten Mal entschuldigt hatte, schrieb ich Jo eine Nachricht. Sie sollte kommen und mich retten, ehe ich einen Fluchtversuch durch die Schulkanalisation wagte.

Rachel guckte unter der Tür durch.

»Ich kapier das nicht, Bella. Warum machst du so was? Ich dachte, wir wären alle wieder Freunde?«

»Wir SIND alle Freunde.«

Tegan mischte sich ein.

»Komisch, wenn eine Freundin so was macht, oder? Was denkst du?«

»Aber das ist doch das Problem. Ich denke nicht. Und das sollte ich tun. Ich werde es tun. Ehrlich gesagt, ich denke jetzt. Und ich denke, dass ich ein absoluter Idiot gewesen bin.«

Wenn ich doch nur nie nach Black Bay gefahren wäre. Dann wäre nichts von all dem passiert. Diese blöde App hatte ich nur benutzt, um Zac aufzuspüren.

»Ich weiß, dass ihr mich gerade hasst, und das kapier

ich auch total. Ich hasse mich auch! Aber bitte, bitte, bitte, denkt doch wenigstens drüber nach, ob ihr mir verzeihen könnt. Das war ein ganz komisch abgedrehter Unfall. So wie mein ganzes Leben. Ich werde alles tu, um es wieder gutzumachen. Ihr beide bedeutet mir alles.«

Aber es kam nichts zurück, bis Tegan sich räusperte.

»Reden hat jetzt keinen Zweck. Rachel und ich wollen wegen dir nicht den *ganzen* Spaß verpassen.«

Wenn ich dieses Schuljahr eines gelernt hatte, dann war es, meine Freunde nicht aufzugeben. Ich hatte Mist gebaut, ja. Aber ich wusste, dass ich es wieder in Ordnung bringen konnte. Ich haute gegen die Tür.

»Nein. Ich lass das nicht zu. Das wird unsere Freundschaft nicht zerstören. Ich kann eine gute Freundin sein. Und ich werde es sein.«

Aber Tegan klang total geknickt.

»Gute Freunde sind Leute, denen man vertrauen kann. Nun komm, Rachel.«

Die Tür vom Waschraum klappte zu, sie hatten mich verlassen. Ich blieb allein in meiner Schmollkabine, bis Jo schrieb, dass sie vor der Schule stehe. Dann versuchte ich mir die Wimperntusche unter den Augen wegzuwischen, verschmierte sie aber gewaltig. Na ja. Mehr demütigen konnte ich mich ja nicht mehr.

Dass rennen auf den Schulfluren verboten war, ignorierte ich, und sprintete, so schnell ich konnte (also nicht so schnell), auf den Geheimpfad durch die Büsche zu, der zum Schultor führte. Ich wollte nicht riskieren, jemandem zu begegnen.

Aber der Mensch, dem ich ganz besonders aus dem Weg gehen wollte, nahm sich auch gerade eine Auszeit.

»Du gehst schon so früh?«

Hätte ich nicht den Ring getragen, den Oma Jo geschenkt hatte, dann hätte ich zu meinem ersten Faustschlag mitten in Lukes Gesicht angesetzt. Ich weiß, mit Gewalt ist nichts zu lösen, aber Luke in einem Haufen Zweige und leeren Chipstüten liegen zu sehen, würde mich wenigstens aufmuntern.

»Hab ich dir je gesagt, was für ein absoluter Scheißkerl du bist?«

Er lachte.

»Jeden Tag.«

Ich konnte keinen Grund zum Lachen finden. Warum hatte er das gemacht. *Wie* hatte er das gemacht? Und warum musste er auch noch Tegan, Rachel, Mikey und – am schlimmsten von allem – Zac mit mir runterziehen? Zac hatte doch überhaupt nichts mit ihm zu tun gehabt.

»Also, was ist? Bist du jetzt so ein Internet-Stalker?« Ich schüttelte den Kopf. »Erbärmlich.«

Er lächelte. »Aber du hast es mir so leicht gemacht.«

Ganz bestimmt nicht. Leicht, das war, fünf Supermarkt-Donuts auf einmal zu essen und nicht, jemanden auf einer anonymen App zu finden, von der man eigentlich nicht mal was wissen sollte.

»Wie das, Stalker?«

»Ich werde dir das mal ganz genau erklären.« Das sagte er so, als wäre ich drei und er würde mir die ersten Worte beibringen wollen. »Erst hast du mir die App in der Bibliothek gezeigt, ich wusste also, dass du sie hattest.« Mist. Das musste damals gewesen sein, als ich ihm das Bild von Zac gezeigt hatte. Wie hatte ich nur so unvorsichtig sein können? »Und dann – und das weiß eigentlich jeder – wird einem nach der Anmeldung gezeigt, wer in der Nähe sonst noch dabei ist.« Jeder wusste das, nur ich nicht. »Und wegen all deiner Likes und der Tatsache, dass wir nur drei Straßen voneinander entfernt wohnen, hieß das, dass du die erste Person warst, die mir angezeigt wurde.«

WAS? Als ich mich angemeldet hatte, waren nur willkürliche Vorschläge aufgetaucht, wem man folgen könnte. Allerdings – mein Herz rutschte ein Stück tiefer – war ich bei der Anmeldung auf der Autobahn irgendwo am Ende der Welt gewesen. Vielleicht war niemand in der Nähe gewesen, der hätte vorgeschlagen werden können. Hieß das jetzt, dass ich aus Versehen meine am besten gehüteten Geheimnisse mit Leuten geteilt hatte, die in meiner Nachbarschaft wohnten? War das eine gute Idee bei so einer App?

Aber das war noch immer keine Erklärung dafür, warum er die Beiträge mit mir in Verbindung gebracht hatte. Oder die Wahrheit über Zac herausgekriegt hatte. Ich hatte so aufgepasst, ja jeden zu schützen.

»Kauf ich dir nicht ab, Luke. Das ergibt keinen Sinn.«

»Für mich schon. Ich dachte mir gleich, dass du das bist, als ich dieses Fußkettchen auf deinem Profilbild gesehen habe.« Mein Profilbild waren meine Füße auf einem Fensterbrett in Black Bay. Luke war ganz bestimmt nicht so aufmerksam. »Und dann war da diese Sache im Supermarkt, die mir irgendwie bekannt vorkam.« Was hieß: Von der er genau wusste, weil sie von ihm handelte – und damit hatte ich ihn nur noch wütender gemacht. »Und dann letzte Woche, als du das mit der Kamera gepostet hast, da wusste ich, dass du es sein musstest. Das waren einfach zu viele Zufälle.«

Wie konnte jemand, deren Mum die ganze Zeit damit verbrachte, gute Energie aufzusaugen, nur so ein Pech haben? Das eine Geheimnis, das Luke von mir kannte, war eines der letzten, die ich gepostet hatte. Die eine Person, über die ich am meisten gepostet hatte, war auch die eine Person gewesen, die alle Teile zusammengesetzt hatte. Ich hätte mich treten können. Aber ich war schon wackelig genug auf den Beinen, hinfliegen würde meine Lage auch nicht verbessern.

»Aber warum, Luke? Warum hast du das gemacht?«

»Hä? Weil du meine Arbeit ruiniert hast?«

Ich schnitt ihm das Wort ab.

»Das habe ich nicht getan.«

»Egal. Und weil du diese blöde Geschichte über mich

gepostet hast. Und …«, er schien nicht recht zu wissen, ob er weitermachen sollte, schaffte es aber auch nicht so ganz, die Klappe zu halten, »und weil du mich angelogen hast wegen Zac.«

»Aber das war wahr. Ich hab mir das alles ausgedacht. Und das hast du ja mit größtem Genuss der ganzen Scheißschule erzählt.«

»Ich hab die Bilder gesehen, Bella. Du solltest wirklich vorsichtiger sein mit deiner Speicherkarte.«

Mich zu treten, reichte nicht aus. Könnte ich bitte den Kopf gegen diesen Baum schlagen – mehrfach? Hatte mich die Sache mit den Schildern tatsächlich so gestresst, dass ich Luke meine Kamera inklusive aller Bilder überlassen hatte?

Aber es war seltsam, Luke sah überhaupt nicht sauer aus. Sondern irgendwie … verstört. Genauso hatte er ausgesehen, als ich ihm gesagt hatte, wir sollten uns nicht mehr so oft treffen. Und ganz genauso hatte er ausgesehen, als ich mit Zac für das Bild mit dem Herz posiert hatte. Kurz bevor er alle meine Geheimnisse öffentlich gemacht hatte.

Ob Mikey doch recht hatte? Machte Luke unsere Trennung mehr aus, als ich dachte? Diesen Gedanken schüttelte ich mir sofort wieder aus dem Kopf. Denn für mich spielte es keine Rolle, warum er getan hatte, was er getan hatte. Er hatte ja nicht nur mich verletzt, sondern auch meine Freunde. Und das so öffentlich wie möglich. Er war erbärmlich. So erbärmlich, dass mir endlich klar wurde, was ich schon vor Wochen hätte tun sollen. Was auch immer Luke von jetzt an sagte oder tat, würde mir nichts mehr anhaben können. Ich musste aufhören, meine Zeit auf ihn zu verschwenden, und mich darauf konzentrieren, den Schaden wieder gutzumachen, den er bei den Leuten angerichtet hatte, die ich liebte.

Also drängelte ich mich ohne weitere Antwort an ihm vorbei zu Jos Auto und warf mich auf den Beifahrersitz. Ich hoffte, sie würde mir verzeihen, dass Wimperntusche auf ihr Kleid gekleckert war, als mir Tränen in den Schoß gelaufen waren. Beim Wegfahren blitzten gerade die Lichter in der Aula auf und ich konnte die Silhouetten von Tegan und Rachel beim Tanzen ausmachen. Ich glaube, ich war froh, dass sie Lukes blöden Streich abgehakt hatten. Solange sie mich nicht auch abgehakt hatten. Ich versuchte, nicht daran zu denken, worum es bei dem Gespräch ging, in das Zac und Mr Lutas gerade so vertieft waren, und nicht in Panik darüber zu geraten, dass Mikey ganz allein am Rand der Tanzfläche saß. Aber das war schwer, weil er mir genau in dem Moment eine Nachricht schrieb, in der er mir dafür dankte, dass ich ihm jetzt bei Tegan alle Chancen kaputtgemacht hatte. Ich schaltete mein Handy aus. Das musste ich in Ordnung bringen.

Jo tat mir den Gefallen, den ganzen Heimweg kein Wort zu sagen. Als wir zu Hause ankamen, ging sie sogar in die Küche und verwickelte Mum in ein Gespräch, um für Ablenkung zu sorgen. So konnte ich mich unausgefragt in mein Zimmer verziehen.

Ich blieb voll angezogen unter meiner Decke liegen, bis ich sie klopfen hörte. Sie rutschte neben mich und regte sich überhaupt nicht auf, weil ich ihr Kleid statt Pyjama trug.

»Na, dann mal los. Spuck's aus. Alles, was du sagst, bleibt unter uns und diesem heißen Poster von Louis.« Letzte Woche hatte ich es so hingedreht, dass er neben mir lag, wenn ich morgens die Augen aufschlug. (Ohne, dass er von meinem Morgenatem getroffen wurde).

Jo steckte mir eine Haarsträhne hinters Ohr.

Ich wusste nicht, wo ich anfangen sollte.

Aber ehe ich mich versah, war ich fertig. Jedes Detail, jedes einzelne Detail – von Zac über das Nachsitzen bis hin zu Lukes blöden Drohungen und wie ich ihn aus Versehen so wütend gemacht hatte, dass er allen alles kaputtgemacht hatte.

»Also, das Positive daran …«

Ich schnaubte. Das einzig Positive war, dass ich, wenn ich mein Leben von vorn anfing und diese ganze Sache als schreckliche Generalprobe betrachtete, mit dreißig endlich eine normal funktionierende Fünfzehnjährige sein könnte.

»Wie ich schon sagte, wenigstens ist jetzt alles raus. Noch mehr Überraschungen lauern doch wohl nicht noch irgendwo?«

Aber da war noch etwas, das ich ihr nicht erzählt hatte. Und dann war ich fertig mit Geheimnissen.

»Na. Nicht so ganz. Da gibt es nämlich noch was, das ich dir sagen muss.«

Sie zog die Augenbrauen hoch.

Mir kam es so vor, als hätte ich meinen Körper verlassen. Ich beobachtete mich, wie ich etwas sagen wollte, war mir aber nicht sicher, ob ich dafür die nötigen Sprachmuskeln mobilisieren konnte.

Aber ich musste reinen Tisch machen. Jo konnte mir nur helfen, wenn sie alles wusste. Ich wollte eine geheimnisfreie Zone zwischen uns Schwestern schaffen – egal, was für Konsequenzen das haben würde.

»Es geht um die Kamera, die ich gewonnen habe.«

»Die, die ich mir nie ausleihen darf? Was hat die mit mir zu tun?«

Mach dich auf was gefasst, Bella. Aber nur noch diese letzte Sache, dann bist du offiziell lügenfrei.

»Also, das Gewinnerfoto war nicht das, das ich dir und Mom gezeigt habe. Das von Mumbles, der die Lefzen in die Augen klatschen, als sie über die Pfütze springt?«

Ihre Augenbraue ging nach oben.

»Weiter …«

»Also das war *Foto I*. Das andere hab ich als E-Mail geschickt und das war *Bild I*. Es war bloß ein Unfall. Ein absoluter Unfall, weil ich kurz davor war, den Einsendeschluss zu verpassen.«

»Und was genau war Bild I?«

Jetzt wurde es peinlich. Und vielleicht auch illegal.

»Dieses künstlerische, das du von der Aschenbahn gemacht hast.«

Oder auch: jenes Foto, das in Jos Zimmer hing. Das sie gemacht hatte.

»Nee, oder?«

Doch, doch – ein preisgekrönter Unfall.

»Das tut mir so leid. Es war ein absoluter Unfall. Und ich hab das erst kapiert, als ich auf die Bühne ging, um den Preis entgegenzunehmen. Da haben sie es auf dem Bildschirm hinter mir gezeigt. Ich wusste nicht, was ich tun sollte, also hab ich gar nichts getan. Und seitdem macht mich das total fertig.«

Ich hielt die Luft an. Würde Jo unsere Mutter hochrufen?

»Na, wenn das so ist …« Sie hob einen der Becher Tee, die sie für uns mitgebracht hatte. »… dann auf mich, weil ich auch eine preisgekrönte Fotografin bin! Wer hätte das gedacht?!«

Sie stieß mit ihrem Becher an meinen und lächelte.

Und ich lächelte zurück.

Erleichtert. Glücklich. Und ohne noch irgendwas zu verbergen. Abgesehen von dem Fleck auf ihrem Kleid.

Ich hatte ein volles Schwesterngeständnis überlebt.

»Und da du jetzt alles vom Herzen losgeworden bist – abgesehen von der Sache mit meinem Kleid und *JA*, ich habe den Fleck bemerkt.« *Ups.* »Bin ich wohl an der Reihe, reinen Tisch zu machen.«

Das verstand ich nicht. Wie konnte jemand, der nie etwas Falsches tat, etwas zu gestehen haben? Sie schüttelte mein Kissen auf und zog die Beine an.

»Weißt du noch, wie ich in der Weihnachtszeit den ganzen Monat gekocht habe, das Weihnachtsessen inklusive?«

»Natürlich weiß ich das noch. Es war der Wahnsinn!« Und das erste Mal, seit Dad weg war, dass es bei uns am Weihnachtstag keine Dosenravioli gab.

»Ach, danke, Schwester. Aber hast du dich nie gefragt, warum ich das getan habe? Ohne rumzujammern und so?«

Boah. Hatte ich nicht. Ich hatte bloß gedacht, sie schleimt sich mal wieder ein, wie üblich.

»Das hab ich getan, weil ich Hausarrest hatte.«

Ich prustete meinen Tee wieder in den Becher wie ein italienisches Springbrunnendings, aber ohne kleinen Steinpenis.

»Du hattest was?«

Das war ja so, als würde man erfahren, dass es den Osterhasen in echt gibt und er in einer riesigen Höhle in Herefordshire wohnt.

»Jep. Du weißt doch … diese Wettkampftour? Na, als die Mitteilungen über die Mannschaftsaufstellung verschickt worden waren, hab ich gemerkt, dass sie ein paar Kleinigkeiten verwechselt hatten …« Sie vergrub den Kopf zwischen ihren Händen. »… und dass sie mich sehr viel schneller gemacht hatten, als ich tatsächlich gewesen war. Und dass … dass ich vielleicht doch gar nicht so richtig in die Mannschaft gehörte.«

SCHLUCK. MEGA-SCHLUCK.

»Oh. Scheiße. Was hast du gemacht?!«

»Das ist es ja. Gar nichts. Das ganze Semester nicht. Aber als ich Weihnachten nach Hause gekommen bin, musste ich es Mum sagen. Ich konnte den Stress nicht mehr ertragen.«

Warum hatte ich nichts davon gewusst? Die ganze Zeit war ich stinksauer gewesen, weil sie immer die Mega-Schwester war – und tatsächlich hatte sie Mega-Ärger gehabt.

»Undwashatsiegesagt?«

»Sie hat mich sofort zum Club geschleppt und mich gezwungen, die Leute auf ihren Fehler hinzuweisen. Das war das Peinlichste, was ich je getan hab.« Das war eine kühne Behauptung, immerhin hatten wir beide ein Fotoshooting für die neonfarbenen Yogaklamotten von Mums Freundin mitmachen müssen. »Mum hat sich nicht mal dafür umgezogen, sie war immer noch in Kaftan und Puschen.«

Ich hätte gern gesagt, ich wäre sprachlos, aber das konnte ich nicht, weil ich sprachlos war.

»Ich durfte meinen Platz nur behalten, weil mir angerechnet wurde, dass ich gestanden hatte – und dann hat sich herausgestellt, dass meine Zeit doch gut genug war, nachdem jemand aus dem Team wegen einer Verletzung ausscheiden musste.«

Deshalb war sie also immer ausgewichen und hatte nie so richtig über die Tour reden wollen? Kein Wunder, dass sie sowas für sich behalten hatte.

»Mum wollte nicht, dass ich dir davon erzähle, weil es ihr gegen den Strich geht, wenn das Karma nicht für Ausgleich im Leben sorgt und sie auf stinknormale Bestrafung zurückgreifen muss. Aber ich hatte immer gedacht, du wärst dahintergekommen.«

Absolut nicht. Ich dachte, sie würde sich bei Mum lieb Kind machen. Mit köstlicher Brokkolisuppe.

»*Wow.* Ich hatte KEINE Ahnung.«

»Deshalb hab ich diesen Brief vor Mum versteckt. Ich konnte die Vorstellung nicht ertragen, irgendwelche deiner Kochversuche schlucken zu müssen. Oder mir dein Gejammer anzuhören.«

»Welchen Brief?«

»Der Nachsitzbrief, in meinem Zimmer. Oder willst du den wiederhaben? Ich hab das Schullogo erkannt.«

WAS? Mein blauer Brief war also angekommen! Und sie hatte ihn versteckt! Diese Seite von Jo kannte ich überhaupt nicht. Aber sie gefiel mir.

Ich drückte sie zum Dank gewaltig und schmierte ihr dabei Wimperntusche auf die Wange. Sie wälzte mich wieder auf meine Seite vom Bett und schnappte sich das Taschentuch aus meiner Hand, um die Mascara wegzuwischen.

»So, Panda. Genug von mir. Wie wär's denn, wenn wir uns überlegen, wie wir den Schlamassel in Ordnung bringen, in dem du steckst. Mir reicht das allmählich, dich hier im Haus rumleiden zu sehen.«

Sie hatte recht. Wenn ich Jo das erzählen konnte, wovor mir am meisten graute, konnte ich alles schaffen. Und dazu gehörte definitiv, Tegan und Rachel zu beweisen, dass ich tatsächlich die Freundin war, für die sie mich immer gehalten hatten.

»Jep, mit einem schlauen Menschen und einem … öh, mit … müssten wir doch wenigstens irgendwas wieder in Ordnung bringen können.«

Aber als ich den Satz beendet hatte, gähnte ich.

Es war nach Mitternacht und ich hatte meine gesamte Energie verpulvert. Jo und ich einigten uns darauf, das Gespräch am Morgen weiterzuführen

Jo hielt Wort und weckte mich um neun mit Toast – ganz viel Butter und wenig Marmite – so wie ich's am liebsten mag.

Sie brachte sogar einen Laptop mit. Sie meinte es also ernst.

Während wir redeten, wurde mir immer klarer, was ich zu tun hatte. Ich musste Rachel und Tegan beweisen, dass sie mir vertrauen konnten. Und dass sie mir wichtiger waren als das, was irgendwelche anderen Leute dachten. Aber ich wusste nicht so recht, wie ich das hinkriegen sollte.

Jo klappte ihren Laptop auf und klickte ihre Uni-Arbeiten weg. Und dann hatte sie eine Offenbarung und wusste genau, was ich machen musste.

Leicht würde das nicht werden, ehrlich gesagt, würde es todpeinlich-schrecklich werden. Aber mit ihrer Hilfe könnte ich es vielleicht schaffen.

Die Zeit war gekommen, dass ich, Bella Fisher, alles riskierte.

Kapitel 27

Für alle anderen war es der letzte Schultag.

Für mich war K-Tag. *Katastrophentag.* Oder *Kannst du denn nicht sehen, dass ich einfach nur blöd war, aber dass so was nicht wieder passieren wird, also bitte verzeih mir doch*-Tag.

Ich hatte die ganze Woche darauf hingearbeitet. Nicht, dass Tegan, Rachel und Mikey nicht mit mir geredet hätten. Das hatten sie. Aber das war es auch. Geredet hatten sie. Aber nicht gelacht. Keine Verabredungen getroffen. Mir abends keine Nachrichten mit Bildern von Gemüse geschickt, das aussieht wie eine Band. Sie waren höflich, hatte Jo gesagt. Aber das fand ich nicht besonders ermutigend.

Normalerweise zog die ganze Schule stumm vor Langeweile im Gänsemarsch zur Schulversammlung in die Aula ein, da das jetzt aber auf lange Sicht die letzte war, herrschte alles andere als Langeweile, und die Lehrer versuchten nicht mal, uns zum Schweigen zu bringen. Sie waren genauso bereit für den Sommer wie wir.

Ich setzte mich neben Rachel, dabei verhakte meine Armbanduhr sich aus Versehen in ihren Haaren. Sie sagte, das sei nicht so schlimm, was das Gegenteil bedeutete, denn normalerweise hätte sie einfach aus Rache an meinem Pferdeschwanz gezogen und gelacht.

Ich schaukelte auf meinem Stuhl vor und zurück, total nervös, während Mrs Hitchman ihre traditionelle Ansprache hielt – ein Rückblick auf das Schuljahr. Ich hoffte, sie hörte das Gekicher nicht, als sie die letztjährige Aufführung eines Weihnachtsmusicals als *einmalige Eskapade* bezeichnete. Die ganze Woche hatten die Leute über sie und Mr Lutas getuschelt. Ich hatte versucht, die Sache richtigzustellen, aber wer interessiert sich schon für die Wahrheit, wenn der Tratsch so viel unterhaltsamer ist?

Aber ich hörte nicht zu, als Mrs Hitchman ihren Bericht über den Erfolg der ersten pazifistischen Boxmannschaft herunterleierte. Ich konnte nur an das denken, was noch kommen würde. Konnte ich es wirklich tun? Am liebsten hätte ich mich flach auf den Boden gelegt und vor Angst hyperventiliert, aber dann würde ich vielleicht am Staub ersticken und das wäre noch viel peinlicher. Fiel mir denn kein Notfallplan B ein? Ich guckte zu den anderen, die neben mir saßen. Nee. Das waren meine besten Freunde auf dieser Welt und ich hatte sie verraten. Ich musste die Sache durchziehen.

Obwohl ich noch nie im Leben solche Angst gehabt hatte, gab mir der Gedanke, dass die winzigste Möglichkeit bestand, die Dinge wieder in Ordnung zu bringen, den nötigen Antrieb (leider nur mental und ohne Schokolade, die meine Nerven mehr beruhigt hätte).

Mrs Hitchman klatschte in die Hände und meine Ohren stellten sich wieder auf das ein, was sie sagte.

»Also werdet ihr mir wohl alle zustimmen, dass dies wieder ein außergewöhnliches Jahr gewesen ist.« Kein Mensch gab irgendein Geräusch von sich, das als Zustimmung ausgelegt werden konnte. Es sei denn, man zählte Mikeys Niesen, was ich nicht tat. Sie ignorierte das Schweigen und fuhr fort. »So, genug von mir.«

»Mehr als genug sogar«, flüsterte Mikey. Ich schämte mich innerlich dafür, dass er wieder mal versuchte, Tegan zum Lachen zu bringen und ihre Gunst zurückzugewinnen. Es war meine Schuld, dass er sie verloren hatte.

»Jetzt wird es Zeit für mein liebstes Schulritual, ich möchte etwas von euch hören.«

Mrs Hitchman lächelte auf uns herab, so als würden jetzt zum ersten Mal seit Menschengedenken sämtliche Hände in die Höhe gereckt, weil wir alle unsere intimsten Geheimnisse einem Raum voller Leute mitteilen wollten, die uns dafür verabscheuen würden, diese peinliche Versammlung nur noch mehr in die Länge zu ziehen. Was rührten die im Lehrerzimmer bloß in ihren Kaffee, das solche Wahrnehmungsstörungen hervorrief?

Aber dieses Jahr hob sich eine Hand. Und als das geschah, guckten Tegan, Mikey und Rachel, als hätten sie ein Gespenst gesehen (aber nicht jenes, das Tegans Spruchbänder fertig genäht hatte, denn das war Mikey gewesen, wie sich herausgestellt hatte). Allerdings hatte ich Tegan nichts davon erzählen können.

Die Hand zitterte vor Nervosität.

Die Hand war meine Hand.

Ich konnte nicht glauben, dass ich es tat.

Eine aufgeregte – und man kann wohl sagen überraschte Mrs Hitchman rief mich auf die Bühne. Ich versuchte, alle bösen Blicke auszublenden, die mir von sämtlichen Mitschülern zugeworfen wurden. Meine Beine waren wie Pudding und ich befürchtete schon, die letzten Schritte kriechend zurücklegen zu müssen.

In der ganzen Aula herrschte eine aufgeregte Stille, eine, die man sonst nur hört (oder nicht hört, da es ja Stille ist), wenn jemand im Begriff ist, etwas zu tun, das so peinlich ist, dass es zu einer permanenten Änderung des Spitznamens führen könnte. Für jemanden, der so unsicher war, dass er weder Bowlen ging noch Jenga spielte, war das hier unerträglich.

Tief atmen, Bella.

Die Lehrerin an der Technik nickte mir zu. Sie hielt die Datei bereit, die ich ihr gestern Abend gemailt hatte.

War es zu spät, umzukehren und so zu tun als wäre das der erste Fall verzögerten Schlafwandelns weltweit? Der Teil meines Hirns, der diesen Plan ersonnen hatte, brüllte mir zu, weiterzugehen. Der Rest meines Hirns sagte mir, ich solle aufhören, mich anzuschreien. Und dann sollte ich mich umdrehen, wegrennen und niemals zurückschauen. Meine Beine, die kein Hirn hatten, trafen die endgültige Entscheidung, sie schafften es mal eben, geradeaus zu gehen – wegrennen fiel also flach.

Ich sah die Sorge in Tegans Gesicht. Hoffentlich machte das jetzt nicht alles noch schlimmer. Vom Schuljahr waren aber nur noch zwei Stunden übrig, das war also meine letzte Chance, alles wieder in Ordnung zu bringen. Es gab kein Zurück.

Ich trat ans Mikrofon. Und jetzt ging's ... nicht los.

»Ist das Ding an?«

Meine Stimme dröhnte durch den Saal. In der letzten Reihe guckte man sich an, schon kurz davor, lachend zusammenzubrechen. Sag jetzt was Cooles, um sie auf deine Seite zu kriegen.

»Ja, ist es.«

Ich holte tief Luft und erinnerte mich an das, was Jo beim Üben gesagt hatte. Nicht, dass ich aussah wie ein Jack Russel, wenn ich panisch wurde, sondern dass ich versuchen sollte, alle im Raum auszublenden, nur die drei Leute nicht, an denen mir am meisten lag.

»So, äh, da wären wir also.«

Mrs Hitchman nickte ermutigend.

»Hier bin ich.«

Die Stimme, die zu mir zurückhallte, war die einer völlig Fremden. War ich vielleicht das erste Mädchen, das einen Stimmbruch hatte? Vor der ganzen Schule?

Einer der Oberstufenschüler tippte auf seine Uhr in einer *Na-mach-schon*-Geste. Unbedingt ausblenden den Typen.

»Also, ihr kennt mich vielleicht nicht. Oder vielleicht doch … ich war die, der letztes Jahr aus Versehen ein ziemlich großer Klumpen Bastelklebemasse in die Haare geraten ist. Der war riesig. Ehrlich, ihr habt keine Ahnung, wie schwer es war, den wieder rauszukriegen.« Nein, Bella. Zurück zu dem, was du geprobt hast.

»Eeegal. Ich bin hier, um euch die Wahrheit zu erzählen. Über dieses Schuljahr.«

Ich machte eine Pause.

»Über mich. Bella Fischer.«

Ich hörte jemanden rufen: »Alias Fishy Balls«, und eine kleine Gruppe von Leuten lachte, aber ich hatte jetzt an zu viel anderes zu denken, da konnte ich mich nicht auch noch über Luke aufregen.

Tegan und Rachel wirkten nervös. Wenn ich ihnen doch nur diskret versichern könnte, dass all das hier allein für sie geschah. Aber da 250 Augenpaare auf mich gerichtet waren, was so um die 500 einzelne Augen sind, konnte ich das nicht machen. Ausgeschlossen.

Ich gab das Zeichen, das erste Bild zu zeigen. Jo hatte

mir die ganze Woche bei den Vorbereitungen geholfen. Leises Lachen ging durch den Raum, als ein Bild von mir – mit Vogelkacke im Haar – auf die Wand projiziert wurde. Zac hatte mir das Original geschickt, als ich ihm erzählt hatte, was ich plante. Nachdem ich die Sache mit *PSSST* erklärt und er meine Entschuldigung für den Vorfall beim Ball angenommen hatte – und mir seine Festnetznummer gegeben hatte, damit ich dasselbe bei seinem Dad wiederholen konnte, der Mrs Hitchman wieder friedlich stimmen musste. Wahrscheinlich wird es in meinem Leben keinen peinlicheren Anruf mehr geben. Besonders schlimm war, dass ich mich verhört hatte, als Mr Lutas sagte: »Danke, dass Sie diese Angelegenheit rrrrektifiziert haben«, und nachfragte, was *rektal-fizieren* denn bedeute.

Hinten im Raum hielt Zac den Daumen hoch, das gab mir den nötigen Auftrieb, um wieder in die Spur zu kommen. Er würde mir fehlen.

»Soooo, das bin ich.« Ich glaub, das wussten sie schon, weil ich ja ich war und die Person auf dem Foto auch. »Ich nehme mir jetzt ein paar Minuten, um einige Dinge zu klären. Denn ich habe in diesem Schuljahr ein paar wirklich schlechte Entscheidungen getroffen und die absolut besten und unschuldigsten Leute sind dabei verletzt worden.«

Die Gesichter, die zu mir hochstarrten, wirkten so verwirrt, als wäre eine experimentelle Ausdruckstanztruppe auf die Bühne gekommen, um eine Performance über die Gefährlichkeit von Plastiktüten für die Meeresfauna abzuliefern.

»Ich bin hier, weil ich euch die Wahrheit über einige Dinge erzählen möchte, die ihr möglicherweise in den letzten paar Wochen gehört habt. Besonders die vom Ball.« Tegan und Rachel sahen aus, als wollten sie sofort zur Tür hinausstürzen. Aber sie MUSSTEN bleiben. Und sich das anhören, woran ich die ganze Woche gearbeitet hatte. Meinen Plan, der alle dazu bringen würde, nicht mehr über sie zu lachen, sondern über den Menschen, der es wirklich verdient hatte: mich.

»Zunächst mal zu mir. In diesem Schuljahr hab ich mich angestrengt, eine bessere Schülerin zu werden und irgendwie ... normaler zu sein. Aber wisst ihr was? Ich hab keine Ahnung, was normal ist. Das zum Beispiel ...«, ich zeigte auf das Bild an der Wand, »ist noch nicht mal das schlimmste Foto von mir. Bei Weitem nicht!«

Wahrscheinlich hätte ich das nicht so stolz sagen sollen. Ich nickte, damit das nächste Foto gezeigt wurde – ich beim Ausflippen, als mir der Überraschungsei-Behälter an der Backe festgeklebt war.

»Seht ihr. Ich bin die absolute Doofnuss. Und so wäre ich immer, wenn mir nicht die besten Freunde der Welt durch den Tag helfen würden.« Ich lächelte Tegan und Rachel entschuldigend zu. »Die darauf achten, dass mir keine Sachen im Gesicht kleben.«

Mrs Hitchman hüstelte inständig, weil sie nicht

wollte, dass ich je wieder *Doofnuss* sagte. Ich musste sie beschwichtigen.

»Wie Mrs Hitchman sagte, man kann zu Recht behaupten, dass dieses Jahr ein bisschen außergewöhnlich war.«

Ihr Lächeln kehrte zurück.

»Ein außergewöhnliches Desaster.«

Ihr Lächeln verschwand.

»Und hier ist, was ihr noch über mich wissen müsst, denn eines habe ich in diesem Schuljahr gelernt: Geheimnisse und so zu tun, als wäre man jemand, der man nicht ist, führen nur zu noch größeren Problemen. Und zu Vogelkacke auf dem Kopf.« Dieses Mal guckte ich Luke an. Er zog die übliche finstere Flappe. Und ich war entzückt. Wenn ich jetzt nämlich allen alles erzählte, hatte er nichts mehr in der Hand, mit dem er mir das Leben ruinieren und meinen Freunden wehtun konnte. Ich lächelte.

»Erstens.« Ein Bild von den Kunst-Stücken, die ich vor Weihnachten gemacht hatte, erschien.

»In Kunst bin ich ganz schlecht. Ein Mal hab ich eine Eins für dieses Bild von meiner Katze bekommen. Doch, Mr Lutas, ich muss Ihnen etwas gestehen.« Er zog eine Augenbraue hoch. »Das ist eigentlich nicht meine Katze, die *Katze* heißt. Ich war nur unter Druck, als Sie gefragt haben. Das sollte mein Hund sein. Mumbles. Und sie ist nicht mal ein katzenähnlicher Hund, weil sie immer nur allen an den Hosen rumschnuppert.«

Mr Lutas lächelte nicht. *O nein.* Hatte ich etwa alles nur noch schlimmer gemacht?

»Sorry. Darum geht es nicht. Es geht darum, dass Mr Lutas einen riesigen Applaus verdient, weil er jemanden wie mich in die Lage versetzen konnte, so was wie das zu machen.«

Ein Bild von der Balldeko kam. Ein paar verhalten beeindruckte Ohhhs von den Jüngeren, die sie nicht gesehen hatten, waren zu vernehmen.

»Cool, oder? Wer hätte gedacht, dass so was in mir steckt? Ball-istisch.« Ich wartete auf Lacher. Es gab aber nur zwei. Einer von Zac. Einer von Mikey. Aber mehr brauchte ich nicht. Ich strahlte beide an.

»Also, Applaus für Mr Lutas, der das jedes Jahr macht, nur für uns.«

Zum Glück klatschten alle und ich hatte Zeit, mich etwas zu beruhigen. Ich wischte mir den Handschweiß am Rock ab und fuhr fort.

»Und wir brauchen noch eine Runde Applaus für die Dame, die das alles geschehen lässt.« Mit einer Kopfbewegung wies ich auf Mrs Hitchman. »Die – wie ich zufällig weiß – auch sehr geschickt mit dem Pinsel umgeht, zusammen mit ihrem glücklichen Ehemann. Der sehr glücklich ist. Mit ihr. Als Ehefrau.«

Eine verwirrte Salve erzwungenen Klatschens ertönte im Raum. Mrs Hitchman wäre offenbar gern im Boden versunken. Zac fasste sich an den Kopf, mit beiden Händen. Na ja, die gute Absicht zählte.

»Und ein letzter Dank geht an die Absolventen, die ihre Zeit für uns geopfert und uns beraten haben.« Ein paar Hände klatschten. »Besonders Zac.« Zum Klatschen kamen bewundernde Pfiffe und Johlen. »Der, wie ihr inzwischen wisst, Mr Lutas' Sohn ist. Aber vielleicht wisst ihr nicht – denn das weiß nicht mal Mr Lutas –, dass Zac jeden Abend seiner letzten Woche bei uns dafür verwendet hat, einen brandneuen Raum für uns zu erschaffen.« Zum ersten Mal, seit ich ihn kannte, sah ich Zac rot werden. »Also, Applaus für Zac und seine Mitverschwörerin Mrs Hitchman, die den ersten Probenraum für Bands an St. Mary's geschaffen haben!«

Die ganze Aula klatschte wie besessen, angeführt von Mr Lutas, der Zac total stolz anguckte.

»Ziemlich cool, was? Wenn jemand mehr Informationen möchte, Zac hat das ganze Material am Schwarzen Brett ausgehängt.« Ich machte eine Pause, als der Applaus abklang. Aber mehr Zeit konnte ich nicht herausschinden. Ich musste mit dem schwersten Teil weitermachen.

»Also, weiter geht's. Hier ist Tatsache Nummer zwei. Dieses Jahr ist viel über mich und meine Freunde getratscht worden. Deshalb möchte ich euch sagen, was davon wirklich wahr gewesen ist.« Ich sah Rachel und Tegan direkt an. »Ich hoffe doch, das ist in Ordnung?«

Das nächste Bild erschien, darauf waren wir drei. Ich schluckte so laut, man hätte denken können, ein Lautsprecher sei durchgeknallt.

»Diese Person hier …«, ich zeigte auf Tegans Gesicht, »… ist vermutlich die allerschlauste, ach nein, der intelligenteste Mensch, dem ich je begegnet bin, und vom ersten Tag an ist sie mir eine tolle Freundin gewesen. Obwohl sie null Freizeit hat, denn sie ist ständig auf Achse und macht unglaubliche Sachen wie große Gymnastikwettkämpfe gewinnen …« Staunendes Gemurmel über diese Enthüllung. »… nimmt sie sich immer Zeit, wirklich jedem zu helfen, der ein Problem hat. Und sie hat mich in diesem Schuljahr nicht einfach sitzenlassen, nicht mal, als ich mich wie ein absolute Kuh benommen hab und ihr keine zweite Chance geben wollte. Also will ich diese Gelegenheit nutzen und mich bei ihr bedanken. Danke, dass du zu mir gehalten hast. Sie ist wirklich die beste Freundin, die man sich nur vorstellen kann.« Ich zögerte, vor dem, was jetzt kam, hatte ich Angst.

»Und deshalb hat sie nie irgendjemandem von meinem blondesten Moment erzählt …« Und jetzt kam's.

»Als ich sieben war, hat sie mal bei mir übernachtet, damals waren mir gewisse Sachen nicht so ganz klar. Also fragte ich meine Mum beim Abendessen, ob …« Tegan klappte der Mund auf. Ja, ich würde dieses Geheimnis preisgeben. Jetzt konnte ich keinen Rückzieher mehr machen. »… ob wir Küssen mit ihr üben könnten. Ja, richtig gehört, ich wollte mit meiner Mum knutschen.«

Alle im Raum schnappten nach Luft. Mrs Hitchman

funkelte mich so an, dass ich dachte, Teile von mir würden schmelzen.

»Ist doch klar, dass ich nicht wusste, was das war. Ich bin ja nicht pervers.« Boah, ich trat einen Schritt vom Mikro zurück, nachdem ich alle fast taubgebrüllt hatte. Diese Enthüllung durfte nicht das Letzte sein, was 250 Leute von mir hörten, bevor ich mich für den Rest des Lebens in Schweigen hüllte. »Und sie hat nein gesagt.« Immer noch zu laut. »Aber trotzdem will man ja nicht, dass alle Welt sowas zu hören kriegt. Obwohl ihr es jetzt wisst.«

Ich konnte Tegan nicht angucken, es konnte ja sein, dass sie mittlerweile noch wütender auf mich war als vorher.

»Und da, auf der rechten Seite, das ist Rachel. Wahrscheinlich kennt ihr sie alle als das *tollste Mädchen der Schule.*« Ein Anflug von Stolz streifte mich, als ich sah, wie beleidigt Lou wegen des allgemeinen zustimmenden Geflüsters war. »Und das ist cool.« Tut mir gar nicht leid, Lou. »Aber sie ist auch lieb und großzügig und kümmert sich immer um andere. Tatsächlich hat sie schon öfter die Schuld für etwas auf sich genommen, das sie überhaupt nicht gemacht hatte.«

Präziser werden musste ich doch nicht, oder? Aber als ich von der Bühne runterlinste, wurde mir klar, dass ich genau das werden musste, wenn ich total ehrlich sein wollte.

»Okay, ich lege alle Karten auf den Tisch. Einmal

hatte ich einen Pickel, der mich die ganze Mathestunde nervte und zog, weil er unbedingt raus wollte. Wie mein Hund – an der Leine. Aber ein Pickel?«

Mrs Hitchman hielt sich fest, so als würde sie damit rechnen müssen, gleich in Ohnmacht zu fallen. Vielleicht hätte ich es doch lassen sollen.

»Egal, ich hab dran rumgedrückt, viel zu heftig, und irgendwie hab ich mich auf das Waschbecken gestützt. Und das brach ab und das ganze Mädchenklo stand unter Wasser. Und ehe ich sie daran hindern konnte, hatte Rachel schon gesagt, dass sie es war! Weil ich schon eine Verwarnung hatte. Und ich konnte ihn nicht mal richtig ausdrücken. Den Pickel. Nicht Rachel.«

Wow. So hörte sich angeekeltes Schweigen also an. Rachel hatte offensichtlich einen Schock. Jo hatte mich davor gewarnt, allzusehr ins Detail zu gehen, aber hier oben auf der Bühne zu stehen, hatte bei mir offenbar alle Mundschleusen geöffnet, und ich konnte nichts mehr zurückhalten.

»Also, ja, vielleicht habt ihr Klatsch gehört oder auf dem Ball etwas Dummes gesehen, aber lasst euch von mir sagen, wenn man eine kleine Sache über jemanden weiß, heißt das noch lange nicht, dass man den Menschen schon kennt. Also verschwendet eure Zeit nicht damit, drüber nachzudenken, wer was gesagt hat und welche Gerüchte wahr sind. Denn ich garantiere euch, dass jeder Einzelne hier in diesem Raum schon mal was Komisches gesagt hat, missverstanden worden ist, sich verplappert hat oder für jemanden geschwärmt hat, für den er nicht schwärmen sollte.« Ich lächelte Mikey an. »Aber ich stehe hier, um zu sagen: Na und? Das ist doch nicht schlimm. Das gehört dazu, zum Normalsein. Das einzig wirklich Schlimme, was ich getan habe, war, das Vertrauen meiner Freunde, der besten Freunde auf der Welt, zu missbrauchen.«

Man hätte eine Stecknadel fallen hören können. Obwohl niemand je Stecknadeln dabei hatte – oder gar fallen ließ.

So schmerzhaft das hier auch war, ich war ein bisschen stolz darauf, dass ich mich einmal nicht hinter irgendwas versteckte. »Und deshalb möchte ich mich bei Rachel und Tegan entschuldigen – und – was soll's – bei Mikey, Zac, Mr Lutas und Mrs Hitchman auch. Und ich werde so was nie wieder tun. Ab sofort. Denn es gibt noch eine Sache, die ihr wissen müsst.«

Meine beiden letzten Bilder erschienen.

»Ich habe die Kamera, die ihr alle haben wolltet, nicht gewonnen. *Das hier* war mein Foto.« Mumbles schlackerndes Gesicht war vier Meter hoch umso eindrucksvoller. »Und dieses tolle Foto«, ich zeigte auf Jos Foto von der Aschenbahn, »war von meiner Schwester. Es war eine ehrliche Verwechslung, aber ich hätte es zugeben müssen.« Ich lächelte Mr Lutas entschuldigend an. »Damals habe ich nicht das Richtige getan, aber ich habe die Kamera zurückgegeben, ihr könnt sie euch in der Bibliothek ausleihen.«

Ein paar Leute klatschten. Die meisten saßen nur wie erstarrt da, total verblüfft darüber, wie die Versammlung zum Ende des Schuljahres zu etwas werden konnte, das man normalerweise im Reality-TV sah, wenn man krank im Bett lag. Aber mir war das egal, weil es vier Leute gab, die jubelten, pfiffen und mehr Lärm machten als die ganze Schule zusammen. Rachel, Tegan, Mikey und Zac. Meine Freunde.

Würde: 0. Leben: 1

Wow. Hatte ich, Bella Fisher, etwa eine fast gute Entscheidung getroffen?

Mrs Hitchman winkte mich von der Bühne. Und ich ließ das Johlen und Klatschen weitergehen, während ich wieder zurück auf meinen Platz ging, wo ich die fetteste Umarmung von Rachel und Tegan bekam – mit Mikey, der sich mit drüberwarf. Zum Glück war das die letzte Schulversammlung in diesem Jahr, sonst müssten wir wahrscheinlich sofort wieder nachsitzen.

Aber mir war es egal, ob ich Ärger kriegte. Ich hatte es getan. Mein Plan war nicht ganz nach Plan gelaufen, aber ich hatte mein Ziel erreicht – und meine Freunde wieder zurückbekommen.

Den Rest des Nachmittags wurde ich *Kackkopf, Mumknutscher* oder *Fishy Balls* genannt, aber das kannte ich ja. Allerdings wurde ich auch von Leuten gegrüßt, die bisher noch nie mit mir geredet hatten (jetzt aber fanden, es könne nützlich sein, mich zu kennen, weil es sehr aufbauend war, zu wissen, dass sie immerhin nicht ich waren, selbst wenn ihr Leben eine richtig schlimme Wendung nahm). Ich musste Abschied von einem nehmen, den ich gern länger um mich gehabt hätte. Aber das fiel mir wegen der vier *Velvet Badger*-Tickets, die ich in der Tasche hatte, nicht mehr so schwer.

Als es endlich zum letzten Mal an diesem Tag klingelte, warteten Tegan und Rachel unter dem Arschbaum auf mich. Rachel schwenkte was, das aussah wie ein riesiges Taschentuch, und wurde von allen Vorübergehenden schief angeguckt.

»Äh, warum winkst du mir mit 'ner Unterhose zu?«

Sie grinste.

»War Tegans Idee. Wir beginnen den Sommer mit einer Dreckige-Unterhosen-Party.«

Tegan lachte.

»Wie oft muss ich dir das noch sagen: Das heißt *schmutzige Wäsche*!«

Ich kapierte es trotzdem nicht.

»Kannst du die einpacken? Die Leute gucken schon.« Aber das war heute ja nichts Neues. »Kann mir das bitte mal jemand erklären?«

Während wir zu Tegan nach Hause gingen, machte sie genau das.

Zur Würdigung meiner freundschaftsrettenden Maßnahmen hatte Tegan beschlossen, den Sommer stilvoll mit einer *Schmutzige-Wäsche-Party* beginnen zu lassen. Ein Abend, an dem wir uns alle Geheimnisse erzählten, die wir jemals gehabt und für uns behalten hatten, damit wir ein Reset auf Null für alles vornehmen konnten, was wir nicht voneinander wussten. Mit Tegans Worten war das ein Tribut an mich, die ich mich *vor der ganzen Schule zum Vollpfosten gemacht hatte, mit dem sie nun für immer zusammenbleiben mussten, weil nie wieder jemand wagen würde, sich mit mir anzufreunden.*

Wir setzten uns in den Garten und genossen den warmen Abend, machten unsere Diätcolas auf und uns über das Haribo her, und gelobten, einfach alles zu gestehen. Kein Geheimnis war zu groß oder zu klein. Tegan machte den Anfang. Obwohl ich mir nicht vorstellen konnte, dass jemand wie sie überhaupt etwas zu verbergen hatte.

»Okay, das Wichtigste zuerst. Ich entschuldige mich bei Rachel.« Also, das fing ja schon mal interessant an. Sie schloss die Augen, als sei es ihr zu peinlich, Rachels Reaktion mitanzusehen. »Nicht nur Bella mag heiße Typen. Oder sollte ich sagen … deinen heißen, großen Bruder.«

Ich hab doch immer gewusst, dass ich nicht die Einzige bin, die Dan heiß findet! Und Tegan hat mich immer so hingestellt, als wäre ich total unmöglich. Ich kreischte: »Ich hab's gewusst!« Rachel steckte mir die Zunge raus und ließ mir aus Versehen eine angekaute Colaflasche aufs Knie fallen. Als ich die abgekratzt hatte und sie mit dem Lachen fertig waren (und ich dieses Bild von Dan rausgekramt hatte, auf dem er so gut aussah, dass nicht mal Rachel das abstreiten konnte – obwohl sie es trotzdem tat), bemühte sich Tegan um ein schön ernstes Gesicht für die zweite Runde.

»Seid ihr bereit? Wollt ihr mehr hören?« Wir nickten beide.

»Okay. Dann los. Einmal, bei einem ganz großen Wettkampf, wollte ich älter aussehen. Irgendwie ernstzunehmender.«

»Aha«, sagte ich. Aber eigentlich leuchtete mir das nicht ein, weil Tegan das immer mühelos gelang. »Also hab ich mir Watte in mein Trikot gestopft.«

Kein großes Ding, das hatte sie uns schon vor Jahren erzählt.

»Die Sache ist die …« Ein Grinsen schlich sich wieder auf ihr Gesicht. »Ich musste einen besonders harten dreifachen Rückwartssalto machen – und dabei ist alles rausgeflogen. Den Preisrichtern mitten ins Gesicht.« Ich prustete, als ich mir das vorstellte. Sie bog sich auch vor Lachen, wobei sie die letzten Details herauskeuchte.

»Ich wollte keine Punkte verlieren. Deshalb … deshalb hab ich denen gesagt … dass … die Watte … für … medizinische Zwecke … gegen Busenschweiß … wäre.«

Die Grenze zwischen Lachen und Lachen, bis die Tränen kommen, wurde überschritten. Es tat echt weh. Konnte man sich etwa totlachen? Das war so gar nicht Tegan! Meine Muskeln schmerzten, das hier war wirklich Sport.

Und das Lachen hörte nicht auf, ich musste mich in die Embryonalstellung bringen, um Rachels Beschreibung ihres Ausflugs in die Notaufnahme zu überstehen. Uns hatte sie immer erzählt, dass es passiert war, nachdem sie vom Sitzball ihrer Mutter gefallen war. Aber offenbar hatte sie ihr Ohr so fest an Dans Tür gedrückt, weil sie ein Gespräch mit seinem unheimlich toll aussehenden Freund belauschen wollte, dass sich ihr Ohrring an der Türklinke verhakt hatte – und rausgerissen wurde, als die Tür plötzlich aufgemacht wurde. Der tolle Freund fuhr sie dann ins Krankenhaus, während sie heulend auf dem Beifahrersitz saß, mit einem Paar flauschigen Ohrenschützern in Pink, die das Blut stillen sollten. Glamourös.

Wir blieben draußen im Garten und redeten, kauten, lachten, prusteten, bis es dunkel wurde. Es stellte sich heraus, dass wir alle gedacht hätten, wir würden einander gut kennen, und trotzdem einen ganzen Haufen komische Sachen gemacht hatten, die wir glaubten, anderen Menschen nie erzählen zu können. Ich war so glücklich – und voller Süßigkeiten –, ich hätte platzen können. Aber nicht nur, weil ich herausgefunden hatte, dass die anderen genau solche Versager im Leben waren wie ich. Sondern weil dieses schreckliche Schuljahr damit endete, dass wir bessere Freundinnen waren als je zuvor.

Als Tegan gerade ihre letzte Geschichte vom Stapel lassen wollte, rief ihr Dad, sie habe Besuch. Aufgeregt huschte sie ins Haus, schneller als ich, wenn meine Mum mich in einen ihrer *Geschmeidigkeit und Sexualität*-Workshops mitschleifen will. Rachel und ich sahen uns an, wir hatten beide kapiert, dass hier was im Busch war. Tegan lässt sich niemals von irgendwas aus der Ruhe bringen.

Ein paar Minuten später klopfte sie erst an die Terrassentür und steckte den Kopf nach draußen, statt gleich rauszukommen.

»Also, hier wäre dann das Letzte, was ich euch noch nicht erzählt habe.«

Sofort setzte ich mich kerzengerade hin.

Hatte sie eine Überraschungspizza für uns alle bestellt? Diese Neuigkeit wäre echt willkommen. Sogar wenn es eine mit blöden Pilzen war.

»Nicht sauer sein. Aber ich … ich glaube, es wird Zeit, dass ich euch jemanden vorstelle …« Sie versteckte sich hinter der Tür, um sich zu beruhigen, ehe sie den Kopf wieder raussteckte. »Begrüßt meinen … Freund.«

Ich holte so tief Luft, dass ich eine riesige Schnake mitten im Flug einatmete. Das war die Neuigkeit des Jahrhunderts. Die Geburt von Louis Tomlinsons Baby mitgerechnet.

Ich reckte den Hals, weil ich hinter die Tür gucken wollte. Wer war der Typ, den Tegan geheimgehalten hatte? Wer hatte ein Mädchen für sich gewonnen, das

Jungs kaum beachtete (außer Rachels Bruder, aber der hatte einen Freund, also konnte sie den nicht haben). Schluck. Es war unsere Freundinnenpflicht, ab jetzt auch mit demjenigen abzuhängen. Dann sollte er lieber ganz fantastisch sein. So fantastisch, dass er Tegan auch verdiente. Aber nicht so fantastisch, dass wir auch total hin und weg von ihm waren und alles komisch wurde. Bitte, sagt mir, dass es nicht Zac ist!

Tegan schob die Tür auf. Und grinste.

Und plötzlich war alles sonnenklar.

Ihr Freund trat vor.

Und er lächelte so wie jemand, der gerade erfahren hatte, dass er den Hauptgewinn gezogen hatte.

Der war genehmigt, fand ich. Und an Rachels Lächeln konnte ich sehen, dass auch sie das fand.

»Überraschung!« Mikey zwinkerte uns zu.

Und dann schloss er Tegan in die Arme und drückte ihr einen fetten Kuss auf die Stirn.

Kapitel 28

»Also, wie war es?«

Jo war nicht zu Hause gewesen, als ich von der *Schmutzige-Wäsche*-Party zurückgekommen war. Aber ich hatte zu sehr unter Schock gestanden wegen der Mikey-Enthüllung und hätte sowieso keine ganzen Sätze sprechen können. Ehrlich, ich hätte nicht glücklicher sein können, wenn ich selber einen mega-perfekten Boyfriend gefunden hätte.

Und während ich heute Morgen Stunden damit verbracht hatte, die Energie fürs Aufstehen zusammenzusammeln, war meine Streberschwester schon draußen beim Leichtathletiktraining gewesen. Jetzt war sie wieder zurück und hockte auf einem Hocker in der Küche. Da schaufelte sie sich was rein, das Ähnlichkeit mit Rußflocken hatte (waren aber die Blätter von geröstetem Rosenkohl, die sie im Backofen entdeckt hatte).

Nach all der Hilfe, die sie beigesteuert hatte, wollte sie unbedingt hören, wie die große Enthüllung gestern gelaufen war.

Aber diese Unterhaltung würde mit Geknuddel einhergehen, für das Bekleidung erforderlich war. Ich rannte nach oben und zog meinen extra-flauschigen Bademantel über den Schlafanzug, obwohl es schon Mittag war. Drei Stufen auf einmal nehmend polterte ich wieder runter in die Küche und hüpfte auf den Hocker neben ihr.

»Allllso, eigentlich war es das Schlimmste überhaupt. Aber auch das Beste – und jetzt ist alles mega. Also, danke. Massenhaften Dank. Und ich werde *Velvet Badger* sehen. Und du darfst mit.«

»Danke, ich glaube, ich verzichte.« Jo war inzwischen dabei, Gemüse und Limonenpaste in kleine Würfel zu hacken. »Frag nicht – Mum hat gelesen, dass die Lebenserwartung steigt, wenn man Grünes isst. Und entweder gibt es das hier oder saure Gurken.«

Ich würde mich immer für saure Gurken entscheiden.

»Da entgeht dir was. Das ist die beste Gitarrenband aller Zeiten. Obwohl es Keith zurzeit nicht so gut geht. Und er ist die Gitarre.« Aus Gewohnheit stopfte ich mir alles Essbare in Reichweite in den Mund, in diesem Fall Paste und Sellerie. Vergeblich versuchte ich, so zu tun, als wäre es lecker.

»Wie auch immer, Mikey und Tegan sind praktisch verheiratet. Die sind mega-zusammen. Und das ist so was von süß. Und Rachel und ich werden Brautjungfern. Obwohl ich eigentlich nicht im gleichen Kleid neben ihr stehen will. Man wird Vergleiche anstellen. Allerdings glaubt Tegan nicht ans Heiraten, also vielleicht wird das nur so eine Zeremonie, aber das geht schon klar.«

Sobald Jo entschlüsselt hatte, worauf ich hinauswollte, wirkte sie ehrlich erfreut.

»Oh, spitze! Dann hat Tegan also endlich gepeilt, was für ein guter Typ er ist?«

Na ja, irgendwie. Es war eher so, dass Zac – nachdem ich vom Ball abgehauen war – über Mikeys heimliche nächtliche Nähaktion geplaudert hatte. Vermutlich hatte es ihn genervt, mich ständig faseln zu hören, wie hammermäßig die beiden zusammenpassen würden. Und das hat Tegan dazu gebracht, Mikey so zu sehen, wie wir das schon ewig tun. Sie hatte nur auf den richtigen Zeitpunkt gewartet, uns das zu erzählen.

Jo packte ihr Gehacktes in den Kühlschrank und klappte die Tür zu.

»Und hast du es geschafft, die Rede so zu halten, wie wir es geprobt hatten?«

Ich nickte. Sie brauchte nicht zu wissen, dass ich auch allen von meinem Megapickel erzählt hatte. Oder eine Rotzblase am linken Nasenloch hatte, als ich zu panisch atmen musste.

NAMASTE.

Eine Männerstimme dröhnte Mums liebsten Yogagruß. Ich brauchte eine Weile, bis mir wieder einfiel, dass sie unsere Türklingel vor ein paar Wochen neu eingestellt hatte, um Ankommende positiv zu bestärken. Ich vergaß das bloß immer und kam dann viel zu spät zur Tür.

Mums Schritte rumpelten, also setzten Jo und ich unsere Unterhaltung fort.

»Übrigens.« Ich holte die Kamera aus der Tasche und setzte sie auf den Tresen. »Ich hab noch was ergänzt. Ich hab die Sache mit dem Fotowettbewerb gestanden! Und Mr Lutas warrr beindrrruckt und hat gesagt, den Sommer über darf ich sie behalten, wenn ich sie im nächsten Schuljahr abgebe. Und das ist doch ein tolles Ergebnis.«

»Bella!« Mum riss die Küchentür auf. Sie trug den gestreiften Kaftan, in dem sie aussieht wie eine Packung Fruchtpastillen.

»Was?«

»Da ist jemand für dich an der Tür.«

»Hä? Wer?« Sah ihr gar nicht ähnlich, mir das nicht zu sagen.

»Keine Ahnung.« Sie senkte die Stimme. »Aber er ist EIN JUNGE.«

»Das haben Ers so an sich.«

Jos Augenbrauen schossen nach oben.

»Ist es Luke?«

Ich hatte keinen Schimmer. Aber heute konnte nicht mal er mich runterziehen. Ich hüpfte aus dem Raum und klatschte Mum auf dem Weg mit einem »Namaste«

ab. Und ich begutachtete mich nicht mal in der Mikrowellentür, um nachzusehen, ob ich vielleicht kleine Fruchtpastenstücke auf der Oberlippe hatte (hatte ich).

»Hey, hey, Namaste!«, sang ich fröhlich an der Tür und riss sie auf.

Aber das war nicht Luke vor der Tür. Da stand nämlich die totale Überraschung höchstpersönlich. Oh je. *Ohjeohje*. Warum trug ich bloß einen Schlafanzug mit Teddybärenmuster? Um drei Uhr nachmittags. An einem Samstag.

»Was machst DU denn hier?« Schwer zu sagen, wem das jetzt peinlicher war. Ihm oder mir? Ich hatte aber definitiv den Preis für den peinlichsten Auftritt abgeräumt.

Aus irgendeinem Grund stand hier vor mir auf meiner Türschwelle, völlig ohne vorherige Ankündigung: MDIHW. Der Fußballboy. Der Traumjunge. Der Mann, den ich – wie sein Name schon sagte – heiraten würde. Und da war er nun. Er stand einfach da mit seinem Mega-Lächeln, nicht die Spur irritiert von meinem Teddybärenaufzug. In seinen tollen Jeans und dem weiten Kapuzenshirt. Er sah *so* heiß aus.

Und ich hatte ihm gerade ins Gesicht gesungen.

Und er war meiner Mutter begegnet.

Beim Aufklappen meines Mundes verirrte sich ein kleines Stück Limonenpaste auf meine Unterlippe. War es jetzt zu spät zurückzurennen und im Spiegel zu überprüfen, ob es mehr davon gab?

»Äh … ich glaub, ich steh hier bloß, weil ich mal Hallo sagen wollte.« Er sah aus, als könne er sich jeden Moment umdrehen und weggehen. Das sollte er wahrscheinlich auch lieber machen, denn ich wirkte wie jemand mitten in einer Elektroschockbehandlung. Aber eigentlich sollte er es lieber lassen, denn ich würde ihn gern in einen Blumentopf stecken und für den Rest des Lebens hierbehalten. »Oder sogar Namaste?«

Tatsache ist: Unsere Schwelle ist nie mit etwas derart Heißem in Berührung gekommen. Nicht mal, als meine Mum nach Experimenten mit einer Ohrkerze einen brennenden Kapuzenschal rausgeworfen hat. Aber warum *war* er hier? Schon wieder eine Torhüterkrise? Oder wollte er meinen Hund wegen Hosenschnüffelei drankriegen?

»Woher weißt du, wo ich hause? Sorry, wohne?«

Bye-bye Sprachvermögen.

»Hab ich auf dem Hundehalsband gesehen, als wir uns über KOTZ unterhalten haben?«

»Kotz?« Dieses Wort prustete ich so heftig heraus, dass ein Pastenkrümelgeschoss in den Haaren über MDIHWs Ohr hängenblieb.

»Dein Fußballverein. Hoffentlich ist das okay. Klingt komisch, wenn man's laut sagt.«

Ach du meine Güte. Der Pastenkrümel hielt sich in den Haaren. Guck nicht hin, Bella. Guck bloß nicht hin. Das darf er nicht wissen!

»Nein, das ist natürlich in Ordnung. Bist du deshalb

gekommen? Wegen KOTZ?« Schnell, Bella, Thema wechseln, sonst hält er dich noch für eine spuckende Irre im Pyjama. »Ich spiele nämlich nicht mehr. Wir kamen nicht weiter. Mit Kotz. Also haben wir einen schnellen Abgang gemacht. Ich hab meine Hupen an den Nagel gehängt.«

»Hupen?« Er guckte entgeistert.

Ich prustete. »STULPEN.«

Das hier war eine Katastrophe. Und ich hatte mir die Haare siebzehn Stunden lang nicht gebürstet. Und wahrscheinlich klebte sonst was an meinem Kopf und ich wusste es nicht mal.

»Gut.« Er machte einen Schritt vor und lehnte sich an den Türrahmen. *O mein Gott.* Er berührte mein Haus. Und damit mich – so gut wie – irgendwie. Obwohl, Hilfe, ich drehte mich so hin, dass ich die ABBA-Benny-Pappfigur verdeckte. Die könnte das Fass zum Überlaufen bringen.

»Eigentlich bin ich oft hier in der Gegend, weil ich gleich um die Ecke Schlagzeugunterricht kriege.«

WAS? MDIHW drückte sich in meiner Nähe herum? Wetten, dass ich ihn nur nie gesehen hatte, weil ich gerade unterwegs war und versucht hatte, ihn woanders zu erspähen? So was aber auch.

»Schlagzeug?« Toll. Wieder so ein unkontrollierter Mundausbruch. Warum fing Jo meine telepathischen Vibrationen nicht auf? Warum kam sie nicht und warf ein Laken über mich, damit Schluss war mit diesem Irrsinn. »Das ist …«, sagte ich, um was Normales zu sagen. Sei einfach ehrlich. »Scharf.« Doch nicht so ehrlich! »Sinnig! Scharfsinnig von dir so als Schlagzeuger …« nicht so scharfsinnig von mir, dass ich nicht gleich gesehen hab, dass du ein Schlagzeuger bist – fasel.

Natürlich spielte er Schlagzeug. Er machte nur heiße Sachen. Nur nicht-interessante Leute wie ich mussten nicht-interessante Sachen machen wie Zähneputzen oder Kissenbezüge wechseln.

»Ja … und da hatte ich gehofft, dich mal zu sehen …«

Ich nickte blöde wie einer von diesen Hunden, die Leute hinter die Windschutzscheibe setzten. *Er hatte gehofft, mich zu sehen.* Mich? Wenn mein Hirn jetzt platzte, während es das verarbeitete, würde es mir dann aus den Ohren quellen? Und würde er dann denken, das sei noch mehr fliegende Fruchtpaste?

»… weil ich dir was sagen wollte.«

»Ich bin im Pyjama.«

Aus irgendeinem Grund hatte ich gerade das Offensichtliche ausgesprochen. Laut. Ihm ins Gesicht.

»Äh, ja, das bist du. Aber darum geht es nicht. Die Sache ist die … Ich bin das.«

Er konnte genauso verblüffen wie ich.

»Was bist du?«

»*LilDrummerBoy*? Der, der dir geschrieben hat?« Oh. Heilige ***. Das war zu viel. Er war *LilDrummerboy*? Und hatte meine geheimsten Geheimnisse auf *PSSST* gelesen? Hatte über meine Unfähigkeit, normal zu sein, gelacht? Und war selber nicht-normal? Ich war so sprachlos, dass ich befürchtete, sämtliche Wörter verloren zu haben. Aber dann wurde mir klar, dass ich ja in Worten dachte, also beruhigte ich mich ein bisschen.

MDIHW sah aus, als ob ihm das alles total peinlich sei.

»Ich dachte, du wüsstest das. Du hast immer zurückgeschrieben … aber dann warst du verschwunden.« *Verschwunden? Gelöscht* traf es wohl eher – um einen Fitzel meiner Würde zu retten. »Seit dem Tag auf dem Fußballplatz hab ich mit dir reden und dir richtig Hallo sagen wollen. Als du mir die Bilder von dir und deiner Freundin mit Frischhaltefolie auf den Gesichtern gezeigt hast.«

Das wollen wir mal klarstellen MDIHW, die hab ich dir nicht gezeigt, du hast sie zufällig zu sehen gekriegt.

»Das war nicht ich, das war nur jemand, der so aussieht wie ich. Und jemand, der aussieht wie meine Freundin. Zusammen. Und irgendwie war das auf meinem Handy.«

Das schien ihn nicht zu überzeugen.

»Äh, na ja, so um die Zeit herum hast du diese Fußballgeschichte auf *PSSST* gepostet und da hab ich kapiert, dass du das warst, der ich folgte. Online! Nicht im wirklichen Leben oder so. Du warst in meinem Feed, seit ich mich da angemeldet hatte, während ich darauf wartete, dass mein Schlagzeugunterricht anfängt. Du bist vorgeschlagen worden, weil du in der Nähe warst.« Okay,

Welt, ich hab verstanden. Ich bin wirklich der einzige Mensch, der nicht gerafft hat, wie *PSSST* funktioniert.

»Ich fand dich hammerwitzig.«

Moment mal. Dann hatte ich die ganze Zeit mit MDIHW auf *PSSST* gechattet? Und ich hatte gedacht, er wäre so ein total zufälliger Follower – im Gegensatz zu einem nicht-zufällig total heißen Typen?

»Aber dir ist klar, dass ich im Pyjama bin, oder?«

»Äh, ja.« Er musterte mich von oben bis unten. »Das kann ich immer noch sehen … Doch, obwohl deine Mum mich für verrückt hält, dein Hund findet, dass meine – äh – Hosen riechen und nicht zu vergessen, du vielleicht denkst, du hättest in den letzten Monaten einen Online-Stalker gehabt … hast du vielleicht Lust, mit mir mal was zu machen? Morgen vielleicht? So gegen sechs?«

Konnte das sein? War das eine Einladung? Von ihm?

»Morgen? Sechs?« Mehr als das kriegte ich nicht raus. Ich brauchte einen Dolmetscher. Wenn Benny doch nur echt wäre. Ich konnte nicht reden. »Ich bin im Pyjama.«

Wow, Bella. Wenn dein Styling nicht schon Eindruck genug gemacht hat, wirst du mit deiner Wortgewandtheit bestimmt alles wieder rausreißen.

»Ja, das ist mir nach wie vor klar. Also, soll ich dann vorbeikommen und dich abholen? Bist du da?«

Ich konnte nur eines sagen. Buchstäblich, ich konnte mich nämlich nur an ein paar wenige Worte erinnern.

»Ja. Cool«, ich versuchte, mich an weitere Worte zu erinnern. »Nur noch eines …«

»Ja?« Besorgnis zeigte sich auf seinem sommersprossigen Gesicht.

»Bitte verlang nicht von mir, irgendwelche Bälle zu fangen.«

»Einverstanden. Und du … wäre es eventuell möglich, dass du dich nicht wieder mit Teddymuster in der Öffentlichkeit zeigst? Das ist ein bisschen … viel. Die Pferdepuschen … die können aber bleiben.«

Mist. Die hatte ich nicht mal bemerkt. Und ich dachte, Pferdefüße bringen Glück.

»Also, dann bis morgen? Gleicher Ort – andere Outfits?«

Ich nickte und versuchte, das mega-verträumte Lächeln unter Kontrolle zu halten, das mein Gesicht gerade kaperte.

MDIHW hatte sich schon umgedreht und auf den Weg gemacht, blieb aber plötzlich stehen.

»Oh, eines wäre da noch, ehe ich gehe …«

Was? Bitte, sag jetzt nicht, dass es nur ein Witz war. Bitte. In diesen Puschen konnte ich nicht weglaufen, wahrscheinlich würde ich über die falschen Pferdeschwänze an den Hacken stolpern.

Er streckte mir aber nur die Hand hin und sah mich mit seinen blauen Augen an.

»Ich bin Adam. Schön, dich kennenzulernen.«

MDIHW hatte endlich einen Namen.